文春文庫

スタッフロール

深緑野分

文藝春秋

目次

本文イラスト　上楽藍

スタッフロール

第一幕の登場人物

マチルダ・セジウィック……特殊造形師。メイキャップ・アーティスト
ジョゼフ・セジウィック……マチルダの父
エイミー・セジウィック……マチルダの母
ロナルド……ジョゼフの友人。ハリウッドの脚本家。通称ロニー
エヴァンジェリン……マチルダのダイナーでの同僚
アンブロシオス・ヴェンゴス……特殊造形師
チャールズ・リーヴ……合成背景画家。兼業で広告デザインも請け負う
ベンジャミン・モーガン……マチルダのプロダクションでの同僚
モーリーン・ナイトリー……ユタ大学の院生
マシュー・エルフマン……〈アルビレオ・スタジオ〉のリード・アーティスト

第一章　映画に夢を見るな

一九四八年
ニュージャージー

マチルダ・セジウィックが覚えている最初の記憶は、緑色のベッドカバーと、その擂《す》り切れたところからはみだした黄色いマットレス、そして、白っぽくて丸い光に浮かぶ、影絵だった。

二度目の世界大戦に勝利したばかりの頃、世界恐慌の影響から立ち直りつつあったアメリカ合衆国は、空前のベビーブームで、世帯の数に比べて明らかに家が足りなかった。軍は用済みになったかまぼこ型兵舎を改装し、一戸建ての平屋の住居として提供した。成人男性には狭く天井も低すぎたが、多くの復員兵と妻と子どもがここで暮らし、陸軍空挺師団の衛生兵として従軍したマチルダの父、ジョゼフもまた、その恩恵にあずかっていた。

影絵のことを思い出す時、くっきりとした光と影のコントラストから、あれは夜の出来事だったと勘違いをしていたが、実際には昼間だった。当時二歳だったマチルダはその日、りんご病にかかって、狭いベッドで寝かされていた。母は買い物に出かけて不在、すぐ近くの兵舎で暮らす他の人々の声も珍しく聞こえない。ライトは消され、窓のカーテンも引かれていたために、夜のように暗かった。

鼻水まみれの赤い顔で、ぐずぐず泣きながら眠れずにいると、ふいに、窓にかかったカーテンが明るくなった。ベッドから出られないマチルダを可哀想に思ったのか、それともからかおうとしたのか。誰かが懐中電灯を使って、外からスポットライトのようにカーテンを照らし、右手と左手を組み合わせて犬の影絵を作り、見せに来たのだ。

その頃、幼いマチルダはまだ、犬を知らなかった。

突然現れた〝それ〟は、まさに怪物だった。異様に長い首に、頭は不釣り合いなほど大きく、ハンマーのように長方形で、尖《とが》った二本の耳を生やしている。そして顎《あご》ががばりと開き、マチルダは悲鳴をあげた。

枕に顔を埋《うず》めたマチルダの耳に、誰かを怒鳴りつける母エイミーの声と、大人の男性の謝る声、続いて玄関のドアが勢いよく開く音が聞こえる。抱き上げられたマチルダは、母の柔らかな胸に額を埋めながら、ただただ震えた。

それから間もなく、マチルダと両親は仮住まいだった兵舎を出て、ニュージャージー州に引っ越した。幼かったマチルダは、一九四六年の九月に生まれてから一九四九年の夏までを過ごした兵舎時代をほとんど忘れてしまった――アーチ型をしたトタンの天井も、ベッドフレームを舐《な》めると口に広がった鉄の味も、ひどく狭いシャワールームも、時々近くを通りがかる、焦げ茶色の礼服を着たＧＩの姿も――後になって両親から聞かされるたび、覚えていない、と肩をすくめるようになる。

ただ、あの影絵だけは強烈に脳裏に焼き付いて、いつまでも離れなかった。

マチルダと両親が住みはじめたニュー・サンフラワー・レーンは、この頃あちこちの郊外に乱立しだした郊外住宅地《サバーブス》のひとつで、幾何学的に整備された道に沿い、外観も間取りもまるで同じ大量生産の家が建ち並ぶ、巨大で清潔な街だった。キャンディカラーの三角屋根は煙突つきで、木製の白い壁に、玄関の前にはポーチがあるという、アメリカ国民の郷愁《きょうしゅう》を誘うケープコッド・スタイル。「頭金なし、一ドル引き」が売り文句で、賃貸料金はひと月二十九ドルと格安だった。たいていの場合、家の前に最新型の乗用車が停まっていて、青々とした芝生の庭では洗濯物がはためいていた。

家も似ていれば、住む家族の形もまた似ていた。二十代か三十代のまだ若い父母と、小さな息子か娘。父親は髪を七三に分けてポマードで固め、平日は肩パッドの入った背広に太いスラックス姿で、毎朝電車に揺られるか自家用車で仕事場へ行き、母親は夫が戦地から戻るまで勤めていた仕事を辞め、家事に勤しむ。ふんわりと広がるスカート、襟元《えりもと》がしっかり留まったブラウスに、コテで巻いた髪。子どもたちは住宅街に新しく出来た学校へ通う。テレビコマーシャルや食品のパッケージに登場する家族もだいたい似たり寄ったりで、貼りついたような笑顔を振りまいている。

加えて、ニュー・サンフラワー・レーンには、たくさんの犬がいた。赤いリボンをつけたヨークシャー・テリア、まだら模様のダルメシアン、毛足の長いコリー、凛々《りり》しい面立ちのシェパード犬も。

五歳の誕生日を迎える前、一九五一年のある夏の日、マチルダはエイミーに連れられて、隣家に新しく入居してきた家族を訪問した。芝を刈ったばかりで真っ平らの庭には、青い首輪をはめ鎖《くさり》に繋《つな》がれたシェパード犬がいて、ピンク色の舌を小刻みに震わせながら、マチルダを見た。

母親たちは自宅と同じ間取りの清潔な台所で、ブラウニーを焼きながらおしゃべりし、子どもは子ども同士で遊ぶ。その家の息子リッキーは、両親から受け継いだ金髪を持ち、肌の色が白く、マチルダと同い年だが、背はずっと高かった。

人見知りのマチルダは、母の膨らんだ緑色のスカートから手を離し、リッキーの後についておずおずと子ども部屋に入った。リッキーは威張ったような顔でカーテンを閉め、部屋を暗くする。これから何がはじまるのだろうかと、マチルダは身を固くしながら、真新しいカーペットに座った。すると懐中電灯の明かりが点いた。

「お前、もうちょっと後ろに下がれよ」

そう命令しながらリッキーは懐中電灯をベッドに置き、暗い壁をスポットライトのように照らす。言われたとおりにマチルダが後ろに下がると、壁に影絵が浮かび上がった。

二本の親指は耳、残りの指は横顔。加えてリッキーの「わん、わん」という鳴き真似。マチルダは眉《まゆ》をひそめて振り返ると、リッキーはベッドに置いた懐中電灯の前で、両手を組み合わせている。

「こっち見んなよ！」

「……ひょっとして、これ犬？」

するとリッキーはむっとした顔で、「当たり前だろ、犬以外の何に見えるんだよ？　うちのジャックそっくりだろ」

ジャックというのは、庭にいたシェパード犬のことだろう。マチルダは戸惑った。いつ、どこで見たのか、マチルダはすっかり忘れている。それでも彼女の記憶には、兵舎で見たあの恐ろしいシルエットが、消えない染みのようにこびりついたままだった。リッキーが両手で作った影絵は小さい上に、動きがぎこちなく、ちっとも怖くなかった。それでもこの出来事が引き金となり、記憶の染みがくっきりと浮かび上がって、マチルダを呼ぶ。

失意のマチルダはそれからリッキーが何を言っても何をしても面白くなく、暗い表情のままで、別れの挨拶さえも、母に何度も小突かれてやっと口にしたほどだった。

家に帰ると手洗いもそこそこに、部屋に閉じ籠もった。

夏の夕方の六時前、明るい金色の光が、ブラインドの隙間から差し込んで、ベッドに縞《しま》模様の影を落としている。朝に整えてぴんと張ったシーツに飛び込み寝転がりたい。マチルダはベッドに俯《うつぶ》せに倒れ込んでシーツに染みこんだ自分のにおいを嗅ぎ、いっぱしの大人のように溜息をついた。

芋虫《いもむし》めいた動きで枕までにじり寄り、お気に入りの熊のぬいぐるみを手に取る。ガラスの目はつぶらで、ふかふかの毛、丸い耳に丸い体をしている。マチルダはむっくりと体を起こし、ふと水色の棚に視線をやると、おもむろにぬいぐるみを放って、黄色いプラスチック製の道具箱を引きずり出した。ベッドに道具箱を直接置いているのが母に見つかったら、叱《しか》られるに違いない。マチルダは大急ぎで、おもちゃやがらくたでいっぱいの箱をまさぐると、小さなスケッチブックとクレヨンのケースを摑《つか》み取った。

目を閉じて、あの怪物を記憶から甦《よみがえ》らせる。

そう、あれはカーテンに映った影絵だった。今日リッキーがやって見せたことで、マチルダは怪物のタネがわかった。しかしリッキーの作った犬は怖くないのに、あの日見た怪物は今も恐ろしくてたまらない。

漆黒《しっこく》の体、異様なほど巨大な頭部、歪《いびつ》に開いた口、ぎざぎざした牙と耳。

「あれは犬なんかじゃない」

やがて窓が開き、ブラインドの隙間から尖った鉤爪《かぎづめ》が覗《のぞ》いて、ゆっくりとめくりあげる。汗をかきながらマチルダが瞼《まぶた》を開けると、怪物の鋭《するど》く光る赤い目と目が合う。怪物は音もなく静かに窓から侵入する。頭は犬で、全身剛毛が生えているのに、体のあちこちがぬらぬらしている。そう、マチルダの大嫌いなナマズのように。

太い尻尾もずるりと音を立てながら入ってきて、狭い子ども部屋に巨体をおさめた怪物は、ゆっくりと呼吸する。湿った息、鼻や牙からねばねばした粘液を滴《したた》らせ、マチルダの父よりもずっと低い声で、呼びかけてくる。

――小さなマチルダ。私が怖いか？

マチルダははっと我に返った。子ども部屋に怪物はいない。いるのはマチルダといつもと同じぬいぐるみやおもちゃだけで、みんな夕暮れに赤く染まっている。もうすぐ晩ご飯の時間だ。

しかしマチルダは、確かにそれを見たし声を聴いたと信じていた。

あの怪物は生きていて、世界のどこかに潜《ひそ》んでいる。いつもは見えないだけで。

とにかく形にしなければ。あの真っ黒い体の怪物を、目に見える存在にしなければ。

しかしいくらスケッチブックに描いても、本物の怪物に似せることができない。悔しさは怒りから、次第に悲しみへと変わり、スケッチブックをびりびりに破いて捨ててしまった。

このもどかしい焦燥《しょうそう》こそ、マチルダ・セジウィックという女が人生に張った帆《ほ》に吹きつける、強い風となるのだが、少女はまだそれを知らない。

それからしばらく経った日の夕方、マチルダはダイニングテーブルについて、グラスのオレンジジュースをちびちび舐めながら、テレビを見ていた。

今日の服はいつものスカートではなく、よそ行きのワンピースとフリル付きの靴下だ。母の肩に摑まってバランスを取りつつ、わすれな草色のワンピースに足を突っ込み、「これからどこへ行くの、ママ？」と訊ねてみたが、エイミーは赤い唇でにっこり微笑《ほほえ》むだけで、答えてくれなかった。

ブラウン管のテレビは箱ばかり大きく、肝心の画面は小さい。白と灰色と黒しかないモノクロの世界では、カウボーイのハウディ・ドゥーディが、田舎訛《なま》りの野太い声で子どもたちに話しかけている。マチルダはギンガムチェックのクロスがかかったテーブルに行儀悪く肘《ひじ》をつき、音を立ててジュースをすすり、足をぶらぶらさせた。

「またリッキーのおうちだったら嫌だなあ」

そう呟《つぶや》いた時、庭先で車が止まる音がした。続いて玄関のドアが開く気配がし、父の声と、もうひとり、別の男性の声が聞こえてきた——よく知っている声だ。退屈しきっていたマチルダは顔を輝かせ、椅子《いす》から跳ね降りると、廊下に飛び出した。

「ロニー！」

玄関前にはベージュの背広に中折れ帽をかぶったすらりと背の高い男性がいて、マチルダの声に振り返ると、弾けるような満面の笑みを浮かべた。

「マティ！　おいで！」

マチルダは母の脇をすり抜けて、両手を広げて待ち構えるロニーに飛びついた。はずみでロニーの頭から帽子が落ちたが頓着せず、小さなマチルダを軽々と抱き上げる。父の友人のロニーは、マチルダにとっても一番仲の良い大人の友達だった。

「ちょっと見ないうちにまた大きくなったんじゃないか？」

「子どもの成長は早いのよ、ロニー。マティの服にしわをつけないでね」

「大丈夫だよ、ママ」

マチルダが代わりに答えると母は肩をすくめ、荷物を取りにリビングへと戻っていく。

ロニーはマチルダを抱いたままその場でくるりとターンし、マチルダがけらけらと笑う。

「俺も年を取ったかな。ちょっとした父親気分だ」

「君に子育ては無理だろう。脚本家なんてほとんど食えないじゃないか」

そう軽くあしらうジョゼフ・セジウィック、マチルダの父親は、かぎ鼻に丸眼鏡をかけた顔に陰があり、ひとつしか年が違わないのに、潑剌《はつらつ》としたロニーより十は老けて見えた。小柄な全身を黒い服で固めているので、まるで葬儀の帰りか、葬儀会社に勤めているかのような印象を他人に与えるが、実際のところ、そのどちらでもない。ただ選びやすいからという理由で黒を着ているに過ぎなかった。

ジョゼフの色の悪い唇の右端には、西部戦線の戦場でついた傷跡が残っている。その傷がついた時、ロニーが隣にいた。迫撃砲と戦車砲の轟音《ごうおん》の中、砂まみれで気を失いかけたジョゼフをロニーが助けたこと、その最中にロニーも被弾して右手の指を二本失ったことを、マチルダは知らない。

「ジョー、君みたいに手先の器用な奴がこんなところで燻《くすぶ》ってるなんてな。義肢《ぎし》会社なんて辞めて、こっちに来いよ。造形ができるやつは今後もっと重宝されるだろうから」

「馬鹿言うな」

「じゃあマティを連れて行こう。なあマティ、一緒にハリウッドへ行こうか」

「ハリウッド？」

そこは確か、ロニーが働いている場所の名前だ。そして映画に関係がある——マチルダはまだ映画を観たことがない。真夜中にトイレに起きた時、父の背中越しにテレビ映画をちらりと覗いたことはあったが、一本をはじめから終わりまで、それも映画館で見たことはなかった。ロニーの首に腕を回したままマチルダが顔を起こすと、夏空のように明るく青い瞳と目が合った。ロニーは普通の大人とは違うとマチルダは思っていた。まるで同じ年頃の子と話しているような気分になるのだ。

「ハリウッドは夢の製造工場だよ。あそこでは、どんなことでも現実になる」

「……どんなことでも?」

「そうだよ。動物がしゃべったり、二本の足で立ったりするんだ。魔法使いが空を飛ぶのを見ることだって、宇宙船に乗って月を探検することだってできる。貧乏人が王様になることだってね」

マチルダは心の隅っこで、黒い影がむくむくと起き上がるのを感じる。

「ハリウッドには、怪物もいる?」

「もちろんさ! 恐ろしい顔をしたやつらがそこら中をうようよしているよ!」

そう言ってロニーが唇をひん曲げ、寄り目を作って変な顔をしてみせると、ジョゼフが深々とため息をついた。

「耳を貸すなよ、マティ。もうハリウッドの黄金時代は終わったんだ。ロニー、ブラックリストの件を忘れてないだろうな」

「はいはい、ご心配なさらず。でも今の我が国はどこだってそうだろう。戦争の後にやって来るのは平和じゃなくて、次の戦争への準備だ。みんな互いを監視し合ってる。嫌な世の中だよ」

ふたりはマチルダの耳にはっきりとは聞こえないように声を潜める。ちょうどカーディガンとハンドバッグ、マチルダ用のトートバッグを持ったエイミーが戻ってきて、会話は中断する。

「さあ、行こう。面倒なことは忘れて」

四人はジョゼフのフォードに乗り、南へ向かった。太陽は完全に沈んで雲ひとつなく、空はまるで一面を瑠璃《るり》色のガラスで覆ったように美しかった。郊外の空は広い。マチルダは、昼の柔らかな青と夜の深い黒のあわい、この束《つか》の間《ま》の瑠璃色が好きだった。黄色や赤が目立ちはじめた街路樹の上に、一粒だけこぼれ落ちたダイヤモンドのような一番星が輝いている。

車は庭師が切り揃えたように平板な郊外住宅地を抜け、大通りを走る。ディスカウントストアの看板が客を引こうと電飾を点滅させ、車の修理工場では、作業服姿の男たちがピックアップトラックに寄りかかって煙草を吸い、仕事終わりのひとときを楽しんでいた。昼営業の店はいそいそと閉店準備にかかり、夜営業の店はシャッターを開けはじめる。

うちの車はどこで止まるんだろう？　いつものダイナー？　誰かのおうち？　それともお香のにおいが立ちこめる礼拝所だろうか？　しかしいずれも通りすぎ、十分経っても二十分経っても、車はスピードを緩めない。予想がつかなくなったマチルダは、ガラス窓から額を離してシートに背中を預けた。

道路の西側は隣のペンシルバニア州となり、境界には大きなデラウェア川が流れる。ずっと昔、アメリカの初代大統領が渡ったと言われる川だ。車は川に沿うようにして州間高速道路を走り、郊外の住宅地を離れて、やがて華やかな都市、フィラデルフィアに到着した。

「さあ、降りなさい」

父が後部座席のドアを開け、マチルダはおずおずと車から降り、すぐに息を飲んだ。

空が小さい。まわりを囲う建物は天を貫くほど高く、数え切れないくらいに窓が並んでいる。ビルはひしめき合い、どこもかしこも人で溢《あふ》れて、最新型の車が当たり前のように走っていく。バドワイザーのちかちかした赤いネオン、〝おいしい印〟のコカ・コーラ、ウェスティングハウス・エレクトリック社による電気製品の広告。空気のにおいも郊外住宅地とは違った。ディーゼルエンジンのむせかえる臭気、煙草と酒、様々な人から醸《かも》し出される体臭、道の地下を流れる下水のにおいが混ぜこぜになり、街角でガムを膨らませている少年の口からミントの香りが漂う。

もし迷子になったら、もう家に帰れないかもしれない。マチルダは母の手を離さないよう力を込め、雑踏を懸命に歩く。そして目的地に着くなり、あっ、と声を上げた。

「私たち、映画を観るんだね！」

他のネオンサインが霞《かす》んでしまうほど、映画館の電飾はきらびやかで、まるで映画館そのものが黄金に輝いているかのようだった。更に、眩《まばゆ》い電飾の上には〝封切り！〟〝感動の傑作！〟〝ニュー・フェイス、鮮烈に登場！〟などといった文字が躍り、道行く人たちの足を止める。

今日はこの中に入っていいのだ。しかし興奮するマチルダの手をロニーは優しく摑み、「まだだよ、チケットを買わなくちゃ」と言う。

映画館は手前が切符売場、奥にガラスの回転扉があり、赤い制服を着たドアマンが待機していた。チケット売場の前には行列ができ、オレンジ色の柱から向こうの角まで続いている。

ロニーは「すぐ順番が来るよ」と言い、実際五分もしないうちにチケットは買えたが、早く映画館の中に入りたいマチルダには、それがとてつもなく長い時間に感じられた。ようやく手に入れたチケットを握りしめ、ドアマンが押してくれた回転扉の向こうへ進む。たちまちポップコーンとコーヒー、煙草と香水の入り交じった独特のにおいが、マチルダの鼻から胸いっぱいに満ち、心がはずんだ。

劇場は思ったよりもずっと広かった。カーペットと同じ臙脂《えんじ》色をした座席が、揃いも揃って前を向いているのが、マチルダにはとても奇妙に感じられた。その先にはステージがあり、正方形よりもやや横幅が長い、巨大な白い紙のようなものがかかっている。

ロニーの真似をして、閉じられた座面を開き、その上に座る。体重の軽いマチルダは少し動くとすぐ座面が上がってきてしまい、右隣に座った母のトートバッグやらショールやらを膝の上に載せて、やっと安定した。

「ロニー、あの白い大きな紙は何？」

「スクリーンだよ。映画はあそこに映るんだ」

スクリーン。マチルダが小さく復唱した直後、照明がすべて消えて闇に包まれ、思わずロニーの袖口を握りしめた。

トランペットのファンファーレが響き渡ると同時に、スクリーンだけが明るくなって、槍《やり》を持ったトランプの絵が浮かび上がった。マチルダはぽかんと口を開ける――色がついている！　テレビはいつだってモノクロなのに！　歌がはじまり、タイトルが現れる。

「『ふしぎの国のアリス』？　どういう意味？　どういうお話なの？」

「しっ。いいから見ててごらん」

マチルダはかすかに眉根を寄せながらスクリーンに視線を戻す。そしてぽかんと口を開けた。絵だ。絵なのに、動いている。蝶々《ちょうちょ》が緑豊かな川面を飛び、ふんわりした黄色い髪を垂らした女の子が、まるで本物の生きている人間のようにしゃべり、猫と遊び、歌い、歩き回る。お姉さんとの勉強に飽きたアリスが花咲き誇る美しい川辺でまどろんでいると、突然服を着た白いウサギが現れて、穴の中に飛び込む。そして好奇心旺盛《おうせい》なアリスはウサギを追いかけて穴へ落ちてしまうのだ。

その先に、カラフルで混沌とした、おかしな世界が広がる。マチルダは前のめりになり、丸い目をさらに丸くしてスクリーンを見つめた。アリスはドアノブと話し、小さくなったり大きくなったりし、自分の流した涙で溺《おぼ》れそうになる。やがてゴムボールみたいにはずむ双子と出会い、牡蠣《かき》の話に胸が痛んだかと思えば、歌うパンジーや百合《ゆり》にいじめられ、しゃべる芋虫がパイプをふかす。助けてくれるのかくれないのかわからない気まぐれなチェシャ猫に翻弄《ほんろう》されると、マチルダもアリスと同じように腕を組んで困った。

赤、青、夜の闇、けばけばしい黄色。あまりにもカラフルなので、色が氾濫《はんらん》してスクリーンから溢れてきそうだ。ストーリーは半分も理解していなかったが、マチルダの目には映画しか映らない。ハートの女王が凄まじい形相で追いかけてくると、観客席のあちこちで子どもの悲鳴が上がった。マチルダは両手で顔を覆い、指と指の隙間からスクリーンを見た。危ういところでアリスが目を覚まし、元いた川辺に戻ってくる。ほっと一安心、再び合唱が鳴り響いて、映画は終わった。

まだ歌は続き、スクリーンにはスタッフの名前が流れていたが、劇場の照明が点灯して、観客たちも次々に席を立って帰っていく。しかしマチルダは呆然《ぼうぜん》としたまま動けなかった。スタッフロールが終わり、スクリーンが灰色に沈んで本当にすべてが終わって、やっとマチルダは「痛っ」と呻《うめ》いてお腹を押さえた。トイレを我慢していたせいだ。

この時代のアメリカではまだ、映画館の座席と同じように、トイレも人種によって分けられていた。マチルダは「白人用トイレは右手　黒人用は左手」の看板と矢印を見て、もしアリスならきっと真ん中の通路を通っていくだろうと思いつつ、右手に向かう。

用を足した後はすっきりしたが、気持ちはまだふわふわと浮ついていた。帰りにダイナーに寄って食事を取り、たっぷりの生クリームにさくらんぼを載せたストロベリー・ミルクシェイクを飲んでいる間も、マチルダはまだふしぎの国にいて、ウサギを追いかけていた。大人たちは顔を見合わせ、父が娘の目の前でパチンと指を鳴らすと、マチルダはやっと我に返った。

「シェイクが減ってないぞ。サーモンソテーも全然食べてなかったじゃないか」

マチルダはシェイクのグラスを引き寄せ、ストライプ柄のストローを咥《くわ》えようと口を開けかけて、隣のロニーと目が合い、ふと訊ねてみた。

「どうして絵が動くの？　なぜ色がついていたの？」

ハンバーガーにかぶりついていたロニーはもぐもぐと咀嚼《そしやく》しながら、そんなの言うまでもないと言いたげに、平然と肩をすくめた。

「魔法がかかっているからさ」

「嘘だ。魔法なんてないもん」

「ああそう？　それなら魔法を見せてあげよう」

ロニーは備え付けの紙ナプキンの束を取り、ジョゼフから万年筆を借りると、ナプキンの角に何か書きはじめた。一体何をするつもりなのかと、マチルダはシェイクの生クリーム越しに首を伸ばす。万年筆を扱うロニーの手。小指と薬指だけは死んだ芋虫のように動かず、マチルダはついそこばかり見てしまう。ロニーは「できたぞ」とにっこり笑った。

ナプキンに描かれた絵は、ただの棒人間にしか見えなかったが、ロニーが「アブラカダブラ」と唱えながらナプキンをめくると、驚いた。棒人間は歩き、側転し、小石に躓《つまず》いて転び、最後には大きな頭が卵のように割れてしまう。マチルダは顔をしかめた。

「かわいそう」

「でも絵は動いたろう？　ほら、やってみて」

マチルダはナプキンの束を受け取り、自分でもぱらぱらとめくってみた。ロニーがやってみせたように滑らかにはいかないが、棒人間はぎこちないながらも、紙の上を動く。

「どうして？」

「一枚ずつめくってごらん。少しずつ動きをずらした絵を素早くめくると、目の錯覚で動いているように見えるんだ。これはパラパラ漫画だけど、さっきの映画は命のないものに命を吹き込むという意味で、アニメーションというのさ」

ナプキンをゆっくりめくれば棒人間はゆっくり歩き、早くめくれば早く歩く。マチルダは何回か試してみて、ナプキンの束をロニーに戻した。

「絵だけじゃなくて写真でもできるぞ。たとえばマティがスプーンを持ち上げて、シェイクの生クリームをすくって、口を開けて、スプーンを口に運んで、食べる。その動きをひとつひとつカメラで撮って繋げても、動いているように見えるんだ。映画フィルムの原理もこれと同じだよ」

「それが魔法？　だけど、さっきの映画はもっとすごかった」

「そりゃあそうさ。あっちの魔法はもっと大がかりで、たくさんの人間が全員で魔法をかけているからね。たくさんの時間とお金も」

ロニーは片目をつむった。しかしジョゼフは首を振って冷たく言い放つ。

「うちの子に妙なことを吹き込むな、ロナルド。変に将来に期待して君みたいになったらどうしてくれる」

「人聞きが悪いな。気にするなよマティ、君の父さんはちょっと頭が固いんだ」

マチルダは隣のロニーと、向かいの父親を見比べ、さらにその隣の母親の顔色を窺《うかが》った
——いつもの涼やかな目と目が合う。母のことは大好きだし、そばにいれば誰よりも安心する。しかし時々母は、奥歯をぐっと嚙《か》みしめて、飲み込めない何かを隠しているような表情でマチルダを見ることがある。今がまさにそうだ。

注文したシェイクをちゃんと飲まないから怒っているのかもしれない。マチルダは目を合わせたまま急いでストローを咥えてシェイクを飲む。まさか、母が「マティ、あの絵の話をロニーおじさんにしてあげたら？」と言うとは思わなかった。

「絵？　絵って何だい、マティ？」

「うーんと」

マチルダは大人たちの表情をちらちら窺い、生クリームまみれのストローをいじくって上下させながら、スケッチブックに描きまくった怪物の話をした。犬のように耳が尖っていて、口が大きいけれど、犬よりもずっと恐ろしい存在のことを。

「あんまり覚えてないけど、前に見たの。すごく怖かったのに、うまく描けない」

するとロニーは目を瞬《しばた》き、ジョゼフは訝《いぶか》しげに眉を顰《ひそ》め、エイミーはうっすらと笑った。

「身に覚えがあるでしょう、ロニー」

「え？　いやあ、そうだな……」

マチルダには意味がわからず、たちまち不機嫌になって大声を上げた。

「わかんない！　自分たちばっかで話をしないで！」

ダイナーの客やウェイトレスたちが一斉にこちらを見たので、慌ててロニーがマチルダをなだめ、背中をさする。

「ごめんよマティ、仲間はずれにしてたわけじゃないんだ」

「ロニーが犯人なの。マティが見た怖い怪物の正体は、ロニーが職場から持ってきた人形《パペット》だったの」

するとマチルダの固く握った小さな手からゆっくりと力が抜けていった。

「パペット？　ロニーの職場？」心臓がどきどきと跳ねる。「じゃあ、見せて」

見せて、と口で言いながらもマチルダは本当に自分がそうしたいのかわからず、泣きそうな顔になる。見たいけれど見たくない。だからロニーが「残念だけど」と言った時は、がっかりしたような安堵《あんど》したような、複雑な気持ちになった。

「あのパペットは元々、造形師から失敗作をもらったやつでね。処分……もとい、さよならしてしまったんだ」

「さよなら？　もう見られないってこと？」

「そうなんだ。あいつは遠い世界に行ってしまった。悲しいかい？」

マチルダは返事をせずに、勢いよくストローを啜《すす》り、すっかりぬるくなって牛乳のにおいが強くなったストロベリー・シェイクを一気に飲み干した。気持ちと同じように胃の中がもやもやして、甘酸っぱいゲップが出る。

その夜は、なかなか眠れなかった。マチルダはベッドの中で何度も寝返りを打ち、枕をふかふかになるまで叩いて頭を乗せる。それでも目は冴《さ》えたまま、睡魔はちっともやって来ない。

もしパペットと会えたら嬉しかっただろうか。会えなくて悲しいのだろうか。幼いマチルダにはまだ、自分の胸の奥で渦巻いている感情を言葉にできない。ふと棚のぬいぐるみを見ると、『ふしぎの国のアリス』に出てきた得体の知れないチェシャ猫が紛れていて、まるで見透かすようにニヤニヤ笑っている気がした。

諦めて上半身を起こす。ブラインドの隙間から青白い月明かりが差し込んでいる。満月だ。家族は寝静まり、庭にいるらしい虫の声だけが聞こえた。マチルダはゆっくりと両手をあげて重ね合わせ、月明かりにかざした。布団の上に黒い影が映る。光と影、リッキーとロニーが使った懐中電灯の仕掛けと同じだ。それからマチルダは指を開いたり、交差させたりして、動きを加えた。リッキーたちが前にやったような、犬の影絵も作ってみる。口に見立てた人差し指と中指、薬指と小指をぎこちなく開いて、そのたび瞬きをした。もしマチルダの目がカメラで、瞼がシャッターならば、これで映画になるんだろうか。

——映画。小さな唇で呟き、組んだ両手をぱっと離す。影絵は消え、何の変哲もない手に戻る。

道具箱からスケッチブックを取り、ロニーがやったように、パラパラ漫画を作ってみた。ページの角に頭だけ犬になっている棒人間を描いて、動かす。しかしマチルダの絵はまだ下手で、紙の上の怪物もどことなく窮屈そうだ。だが他にどうすればいい？

ふいに月明かりの下を影が過《よぎ》り、顔を上げると、大きな鳥がどこかへ飛んでいくところだった。

ロニーは、映画にはパラパラ漫画よりも大きな魔法があると言った。もし映画の世界に行けるのならば、怪物も、あの鳥のように自由になれるのだろうか？

マチルダの欲求は熱を帯び、高速で回転をはじめる。しかし現実はそう簡単に幼いマチルダを飛ばせてくれない。手は小さすぎ、動きは鈍く、考えは単純で、そもそも〝どう〟したいのかがわからず熱は行き場を見失って燻る。

映画を観たくてもほとんどが大人向けの作品で、内容は理解できないどころかむしろ怖かったし、テレビ映画は途中で父が「もう寝る時間だ」とスイッチを切ってしまう。家に引きこもって絵を描いていると外に行きなさいと言われ、気の合わない近所の子どもたちと遊ばなければならない。マチルダは、「仲間に入れたくない」と言いたげな子どもたちの視線に耐えながら、遊びに加わっているともいないとも言えない距離を保った。でないと、誰かの親が自分の親に「マティはどうしたのかしら」と告げ口するだろうから。

それでも、ある日のマチルダは、子どもたちの輪の中に飛び込んだことがあった。

「みんなでエイガごっこしようぜ。俺はカントクな、お前はヒーローをやれ。お前は悪役」

リッキーが威張ってそう言った時、マチルダは「私も！」と叫んだ……つもりだった。しかし子どもたちが口々に騒ぐので、マチルダのか細い声はかき消えてしまう。

「ひどいよ、なんで僕が悪役なの？」

「ねえねえ、この石を見て！　カメラみたいだよ！」

子どもたちは一斉にしゃべり、一斉に動き、好き勝手に遊ぼうとする。カメラみたいだという石は、確かに手持ちの八ミリカメラに似ていると言えなくもない形で、縦に長く、レンズのような突起がある。リッキーはそれを奪うように取ると、覗く真似をしながら「アクション！」と言った。

マチルダも何か特別なことがしたかった。気が合わないと思っていた子どもたちが映画を好きだと知って嬉しかった。けれども人質役か赤ん坊役を命ぜられ、「お前は隅っこで泣いてろよ」と肩をどつかれた。

憤慨したマチルダは走って家に戻り、台所にいた母が「どうしたの？」と呼びかける声も無視して子ども部屋に飛び込むと、道具箱をひっくり返してスケッチブックをむんずと摑み、また庭へ駆け出した。そしてリッキーの前でスケッチブックを広げて掲げ、見せつける。

「私は怪物をやる！　私は怪物を知ってるもん。とってもこわいんだから！」

画用紙がぱらりとめくれ、マチルダが黒のクレヨンで懸命に描いた怪物が風に揺れる。一面に描かれた尖った耳、開いた口から覗く鋭い牙、赤い舌――しかし怖がる子どもは誰もいなかった。どっと笑い声が上がる。

「何だそれ、へったくそ！」

「ちっとも怖くないや、そんなの！」

笑われ、からかわれ、マチルダの顔がみるみる赤くなっていく。大きな目いっぱいに涙を溜め、マチルダはスケッチブックを胸に抱いて走った。

「映画の怪物なんて、お前みたいなチビの女には無理だよ！」

追い打ちのように嘲《あざけ》りが投げつけられ、玄関のポーチを駆け上がってドアから家へ突進したマチルダの顔は、涙と鼻水と怒りでぐちゃぐちゃだった。

子ども部屋に入ってうずくまった体が、まるで火に包まれたように熱く、感情が激しく燃える。腕の中のスケッチブックを振り上げて壁に投げつけクレヨンを蹴り飛ばし、鼻の穴を膨らませて肩で息をする。

「大嫌い！　大嫌い！」

マチルダは叫ぶと、壁に当たって床に落ちたスケッチブックを拾い、びりびりに破いてやろうと手をかけた。その時、きっぱりとした声が後ろから聞こえた。

「やめなさい」

振り返ると母がいた。冷静な母の顔を見て、激しかった炎が押し寄せる水に消されていくのを感じる。しかし水は渦を巻いてあっという間に心を満たし、洪水となってマチルダの目や鼻から溢れ出した。

母はこちらにやってくると目の前にしゃがみ、ハンカチで顔を拭かれた。かんかんに火照《ほて》った頭や頬に、母のひやりと心地よい手のひらを感じる。

「破ってはダメ。顔をちぎったら、怪物が可哀想よ。とても痛がると思うわ」

母はスケッチブックのページを揃えて表紙の紐を綴《と》じ、マチルダに返した。感情の嵐にもまれて漂流した小さなボートが、やっと故郷の浜辺にたどり着いたようだった。マチルダは鼻水くさい息を吐いて「ごめんなさい」と言った。

「謝らなくていいの、あなたは何も悪くないんだから。さあ、立って。いいところへ連れて行ってあげる」

自分のことでいっぱいで気づかなかったが、落ち着いてよく見ると、母はすでに外出用のコートを着ていた。片手にはマチルダのコートを持っている。

ふたりはバスに乗り、三つ先の停留所で降りた。ニュー・サンフラワー・レーンの先には、他の郊外住宅地と同じように、入居者たちを迎えるための新しい公共施設や商業施設があった。学校や教会、ショッピングセンターにドラッグストア。

その中のひとつに、三番館があった。一般公開を終えてしばらく経った作品を、二本立てで上映する映画館だ。フィラデルフィアのような立派で華やかな映画館とは違う。棒キャンディやポップコーンの売場は外にあり、寒空の下でベンチに座ったしわくちゃの老人が、口からぼろぼろこぼしながらポップコーンを食べ、その足もとにはふっくらと肥えたスズメや鳩が群がっていた。

〝上映中〟の札がかかった壁には、『シンデレラ』と『ハーヴェイ』のポスターが貼られている。『シンデレラ』はピンク色のタイトルロゴの上に、王子様とお城のイラストが描かれ、左下に美しいドレスを着たお姫様のイラストがあった。その隣の『ハーヴェイ』はもっと不思議だった。見るからにくたくたの中折れ帽と背広を着た男性がにこにこと笑っていて、その肩にウサギが手を回していた。ウサギはひょうきんな顔をした線画だ。

「実は去年ね、寝ついたあなたを子守に預けて、お父さんとこの映画を観たのよ。あなたにも観せたいと思って」

母はマチルダの手を引き、大人と子どものチケットを一枚ずつ買うと、暗幕をめくって場内に入った。『シンデレラ』は終わり、ニュース映画が流れている。

『アメリカの熱いトレンド・ワードといえば〝マッカーシズム〟。共産主義者のスパイをあぶり出すため、マッカーシー上院議員は各界にリストを突きつけて回っています。〝アカ〟との闘いはこれで……』

映写機のカタカタという音、真っ直ぐスクリーンを照らす青白い光に埃《ほこり》がちらちらと浮かぶ中、一番後ろの空いている席に座る。ニュース映画が終わると画面がいったん白くなり、『ハーヴェイ』がはじまった。

マチルダはてっきり、どこかとぼけた格好の中年男性がハーヴェイなのかと思ったが、違った。彼の名前はエルウッド。せかせかと忙しそうな他の人々と違い、いつも朗らかに笑っていて、気は優しく穏やかだ――あるいはだからか、親族から四六時中心配されている。

ハーヴェイは、エルウッドの友達の、大きなウサギの名前だ。しかしエルウッド以外、誰もハーヴェイを見ることができないし、話もできない。観客にさえハーヴェイは見えない。エルウッドは何もいない空間や、空っぽの椅子にしゃべりかけ、周りの人々は困惑し、からかっているのかと怒る者も出てくる。

エルウッドは〝変〟だと言われ、病院に連れて行かれてしまう。それでもエルウッドはのんきに、身長六フィート（約一八〇センチ）のしゃべるウサギ、ハーヴェイの紹介をし続ける。ハーヴェイは〝プーカ〟という、ケルトの妖精のひとりなのだと。

前の席に座っている観客のひとりが、「エルウッド、この嘘つき野郎、病院に戻れ！」と野次を飛ばし、さざめくような笑いが起きる。だがマチルダは憤然とした。たとえ画面に映らなくても、エルウッドには見えるのに。

「黙ってて。ハーヴェイは本当にいるんだから」

マチルダは知っていた。だからこそラストシーンの意味がしっかりとわかった。庭先の柵扉がなぜ誰もいないのに閉められたのか、間違いなく理解できた。

座席に座ったまま左隣を見ると、静かに微笑む母と目が合った。マチルダは微笑み返し、スタッフロールを眺めながら誰もいない右側のシートに手を伸ばす。「こっちに座っているよ」。空っぽの空間をかすめるとき、指先がぬくもりに触れた気がした。「ほら、やっぱり」。誰にも見えなくても、怪物はここにいる。マチルダの隣、あるいは誰かの隣に。

久々にロニーがハリウッドから帰ってきて、セジウィック家を訪れたのは、それからほぼ一年後、一九五二年の秋のはじめのことだった。

その頃、マチルダは小学校に入学したばかりで、住む街も変わっていた。引っ越したのは、ジョゼフの収入が上がっていくらか豊かになったこともあるが、ニュー・サンフラワー・レーンのそばにあった小学校の教師が、ユダヤ人の生徒をひどく折檻《せっかん》したという事件が起きたからだった。噂《うわさ》によるとその教師は以前も、黒人たちが集うレストランに火のついたままのライターを手に入ったこともあるらしい。フィラデルフィアの全国カラード・ピープル地位向上協会《NAACP》からの抗議文書が学校に届けられたが、しかし学校側は、いずれの事件でも教師を罰せず、泥酔していたせいだと擁護した。

ジョゼフもエイミーもすでにユダヤ教徒ではなかったが、ユダヤ系ではあった。自由を謳《うた》う国家アメリカとはいえ、白人のキリスト教徒以外の人々が生きるには、困難がつきまとう。

「うちの娘をそんな輩《やから》のいる学校にみすみす通わせるものか」

それで夏休みの前に別の住宅地に引っ越した。新しい家は二階建てで、壁は白く屋根は茶色、寝室が四つ。玄関前の木製のポーチは前よりも面積が広く、家をぐるりと囲うほど長い。雨が降っても軒下で遊べるし、晴れた日には外で揺り椅子に腰かけ、オレンジジュースが飲める。

マチルダはこの新しい街の方がずっと好きだった。庭にははじめから大きな木が育っていたし、近所にはやたらと除草する人もおらず、道沿いの草花が無造作に生えていて、大量生産の街につきものの無機質な印象がずいぶん和らいだ。何より嬉しいのは、リッキーにもう会わなくてすむことと、映画館がすぐそばにあること。

唯一不満があるとすれば、父親から下された、屋根裏部屋への入出禁止令だ。一度、内緒で梯子《はしご》を登りドアを開けようと試みたが、鍵がかかっていた。

そんな日々の最中に、ロニーはふらりとやって来た。

格子柄の背広を着たロニーが玄関に現れた時、マチルダはいつものように飛んでいって抱きつこうとしたが、できなかった。潑剌としていた顔に陰が落ち、髪はべったりして、体つきもいくらか痩《や》せたようだ。何より、マチルダの姿を見ても、両腕を広げて「おいで」と迎えてくれない。ただ微笑むだけで、すぐ大人たちの話に戻ってしまう。

マチルダはロニーと映画の話がしたかった。しかし母にせがんでもコーヒーを運ぶ役は任せてもらえなかったし、この間観た『雨に唄えば』や『月世界征服』について話せば、父から「部屋にいなさい」とあしらわれる始末だ。ふてくされて部屋に閉じ籠もり、落書きをしていると、やがてノックと共に「夕食よ」と声が聞こえてきた。

張り詰めた重苦しい空気は食卓にも漂い、食器がこすれ合う音だけでなく、咀嚼するかすかな音までもが聞こえるほど、静かだった。マチルダは食欲が湧かず、チキンスープを少しとアーティチョークの端っこをかじっただけで、フォークを置いてしまった。

するると、隣に座っていたロニーが、ようやく話しかけてきた。

「もう食べないのかい？」

「……お腹いっぱいなの」

顔も上げずに答えるマチルダに、大人たちは顔を見合わせる。ジョゼフは小さく首を振って、スプーンでスープを掬《すく》いながら「君に構ってもらえないから、怒っているんだろう」と静かに言った。マチルダはなおのことうつむき、今すぐにでもこの椅子を飛び降りて、自分のベッドに潜《もぐ》り込みたくて仕方がなかった。

「マチルダは、映画が気に入ったのかい？」

ロニーの声は優しい。しかしマチルダは、腹が立っているのと、今言うべき適切な言葉が見つからないのとで、唇をもごもごさせるばかりだ。代わりにエイミーが答えた。

「気に入ったも何も、映画のことばかり話すわ。あとテレビね。でも『アイ・ラブ・ルーシー』は嫌いなの。時々夜中に起きてきて、こっそりSFドラマを観てるくらいなんだから」

消える。

「SFなんて観せるな、エイミー」

ジョゼフは憮然《ぶぜん》と言い放つと立ち上がり、ちょうど大統領選の開票予測を報じていたテレビの前に向かった。画面では科学者が、「コンピュータがアイゼンハワーとスティーヴンソンのどちらが勝利するかを計算した」と熱っぽく語っていたが、ブツンと音を立てて消える。

「SFだのコンピュータだの、くだらない」

ロニーは不機嫌なジョゼフが席に戻ってくる前に、マチルダに向かって片目をつむった。

「いいね。将来は僕のようになるかな」

「どうかしら。この子、あなたみたいにお話を書いたりはしないのよ。ただスケッチブックに変な生きものをしょっちゅう描いているけどね」

「へえ、あの怖がりなマティがね」

からかわれたように感じて、マチルダはロニーを睨《にら》みつけた。

「怖がりじゃない。もう小学生だもん……そりゃ、最初は怖かったけど。でも怪物たちってみんなひとりぼっちなんだよ。私が友達にならなくちゃ」

するとマチルダを見つめるロニーの瞳がきらりと光り、瘦《こ》けて色が悪かった頰に赤みが差した。まるで枯れかけた草木が慈雨を得て、ほんの束の間、息を吹き返すように。

ロニーはナプキンをテーブルに置くと席を立ち、「ちょっと失礼するよ、エイミー」と言いながら、マチルダをひょいと抱き下ろした。

「どうしたの？」

「おいで」

戸惑うマチルダの手を引いて、ロニーはダイニングを出て廊下を進む。そして階段を上がり、二階の梯子を登ろうとする。マチルダはひるみ、一歩後ろに下がった。絶対に入ってはいけないときつく言われている屋根裏部屋だったからだ。それに、階下から父が名前を呼ぶ声が聞こえてくる。きっと叱られる。

「大丈夫だ。君の父さんはちょっと頭が固すぎる」

迷いながらマチルダはロニーの後に続く。ドアに鍵はかかっておらず、ロニーがドアノブに手をかけるとすんなりと開いた。たちまちゴムや粘土のにおいが溢れ出て、マチルダの体を包む。

「さっきジョーに指を修理してもらったばかりでね。鍵を開けっ放しにしてたのさ」

「おいおいロニー！　何をするつもりだ」

ふたりに追いついたジョゼフに、ロニーは何でもないことのように答える。

「いいじゃないか、君はもう粘土を使わないんだろう？　それにマティにはちゃんとした道具が必要だよ。何しろこの子は魔法を求めているんだから」

そう言って壁のスイッチを点ける。天井からぶら下がった裸電球が音を立てて光り、部屋が明るくなった。室内はきれいに片付けられていたが、棚には物がたくさん並び、ビニールカバーで覆われて、圧迫感を感じる。左側の窓も棚で塞《ふさ》がっていた。

開かれたドアから、マチルダは躊躇《ためら》いながら一歩を踏み出す。そして右側の壁に視線をやった瞬間、驚いて飛び退き、悲鳴を上げた。

壁に人間の手や足がぶら下がっている！　まるで精肉店のハムやベーコンのように。まさか父さんが人を殺して手足を切ったのだろうか？　怖いテレビ映画みたいに包丁を振り上げて！　マチルダは飛び出さんばかりに目を見開いて、慌てて踵《きびす》を返して逃げようとしたが、ロニーに抱き留められた。

「大丈夫、よく見てごらん。偽物だよ」

ロニーの口調はどこか面白がっているようだ。ロニーの足にしがみついたマチルダはおそるおそる振り返る――顔を半分隠しながら。

確かによく見れば、ショーウィンドウに飾られているマネキンとよく似ている。マチルダは唾《つば》を飲み込み、ロニーの足からゆっくり手を離して、偽物の手足に近づいていった。女性のものと思《おぼ》しきほっそりした腕、自然に曲げられた指。マチルダは手を伸ばして、その指先に触れる。驚くほど軽く、ことんと音を立てて壁に当たる。

「……木で出来てる」

「そう。これは君のお父さんの仕事の一部なんだよ。たとえば、ほら、俺の右手」

ロニーはマチルダの傍らにしゃがんで、右手を差し出した。その小指と薬指は、他の指とは違う。ロニーの肌よりも少し濃い色の、芋虫のような指。遠目では気づかないが、近づけば白すぎる爪やしわの線、本物の肌との繋ぎ目から、偽物だとわかる。いつも気になっていたけれど聞けずにいたその指に、マチルダがおずおずと触れると、固いような柔らかいような、不思議な感触が伝わってきた。

「この二本は戦争でなくしてしまってね。でも君のお父さんが後で代わりを作ってくれたんだ。こいつは動かないエピテーゼだけど、関節を動かせるタイプのものもある」

しげしげと観察するマチルダの後ろに父が立ち、ため息交じりに言う。

「うちの娘に何を見せるのかと思えば。マチルダ、父さんはもう義肢は作らない。今後は若い職人たちや工場に任せるんだ。私はただ売るだけ」

「だからこそだよ。なおさらマチルダに工房を渡してやるべきだ」

「シリコンゴムの値段を教えてからにしてやれ」

「ラフ用の粘土を使えばいいじゃないか。まずはこういうものに触れてみなきゃはじまらん。この子ならきっと面白い物を作るだろう。マティのスケッチブックを見たことがあるか？」

「やらせてあげて、ジョー」

エイミーの加勢にジョゼフが黙ると、ロニーは棚を覆う透明なビニールをめくって、大きな道具箱を引きずり出した。中には袋がぎっしり詰まっており、そのうちのひとつを破ると、黒に近い灰色の粘土が顔を覗かせた。

「手を出して、マティ」

マチルダが言うとおりにすると、ロニーは粘土を千切って、小さな手のひらに載せた。

粘土を触ったのはこれがはじめてだった。油臭いような淀《よど》んだ水のような不思議なにおいがする。ぎゅっと握ると吸い付くような感触がして、かたまりに指の痕《あと》が残った。

「粘土があれば何でも作れる。やってごらん」

「怪物も？」

顔を輝かせるマチルダにロニーは苦笑した。

「本当に気に入ったんだな、俺がやったあの影芝居が」

「子どもってそういうものよ。大人が何気なくやったことに強烈な印象を受けて、ずっと記憶に残り続ける」

「そりゃあ……うかつだったかな」

「いいえ。いいのよ」

「エイミー。君は何を考えているんだ？」

「私たちの娘のことよ、ジョゼフ」

大人たちの会話はマチルダのくしゃくしゃな栗毛の上を素通りしていく。体温で柔らかくなっていく粘土のにおいは、悪くなかった。床に座って粘土をこね、丸い顔に三角形の耳を生やし、体を作る。スケッチブックや泥団子よりもずっとすごい。粘土はマチルダの体と心に馴染み、しっとりと吸い付く。

「うまいじゃないか、マティ。俺が書いたお話に出てくるモンスターも作ってくれるか？」

「もちろん！」

「約束だよ。原稿は、君の父さんに渡しておくから」

マチルダはその日のことを、はじめこそ最悪だったが、最後はとても幸せになった日――そしてロニーと過ごした最後の平穏な日だったとして、記憶することになる。手を洗ってダイニングに戻り、残していた夕食をすっかり平らげた後、ロニーと一緒に夜更かしをして、SFテレビドラマの『Tales of Tomorrow』を楽しんだ。

朝が来て目を覚ました時には、ロニーはもう姿を消していた。そしてこの先、生きたロニーと会うことは、二度となかった。

だがまだマチルダはそれを知らない。

ロニーが見立てた以上に、マチルダと粘土の相性は抜群だった。立体は平面と表現できる範囲が異なる。平面では簡単に立てるが、立体だと立たせるためにバランスを考えねばならない。だが背中の回り込みなど、平面では一面しかわからない部分を、立体だと表現できる。尖った牙、盛り上がった背骨。ちまちまと粘土を千切っては平たく潰して、鱗《うろこ》を一枚ずつ造り、体にせっせとくっつける作業も、苦にならない。

学校へ行っても頭は粘土と怪物のことでいっぱいで、勉強はまるで手に付かない。子どもも用の自転車を漕いで映画館に出かけ、「子どもはひとりじゃ入れないよ！」ともぎりの若い女に追い払われるまで、ポップコーンやセルロイドのにおいを嗅ぎ、旬の男優や女優の絵が描かれたポスターを見て回った。時々、掃除係の老婦人がキャンディを手にのせて差し出してくれ、マチルダは、バタースカッチ味のキャンディを口の中で転がしながら帰った。はじめは叱っていた母のエイミーも折れざるを得ず、マチルダが二年生に進級する一九五三年の八月頃には、勉強をがんばったら映画館に連れて行くという作戦に、方向転換した。

七歳から八歳のマチルダは、映画に夢中、画面の中で躍動する怪物たちに夢中で、他のことはほとんど入ってこなかった。真夜中、トイレに起きた時、まだ明かりが点いているダイニングで、父が険しい顔でテレビに見入る姿を、ドアのガラス窓越しに眺めても、すぐに踵を返して自分の部屋に戻った。

モノクロの小さな画面の中で声を上げる人々の姿も、遠いアジアで起きた戦争の結果も、ソ連との競り合いも、嫌われ者の〝アカ〟は一体誰のことを指す言葉なのかも。その一切合切を、マチルダは気に留めなかった。時代の風が愛する映画やテレビドラマの中に吹いていても、せいぜい耳鳴り程度にしか感じなかった。

それよりもロニーに会いたかった。ロニーは自分の書いたお話のモンスターをマチルダに作ってもらいたいと言ったのだ。しかし彼はハリウッドにいて、映画の脚本を書いているのだと両親は言う。だから忙しくて、しばらく会いに来られないのだと。

「じゃあ手紙は？　電話は？　会いに行ってもいい？　このままじゃ顔を忘れちゃう」

無邪気に訊ねるマチルダを、ジョゼフは珍しく抱き上げて、膝の上に乗せた。

「……あいつは秘密の映画を撮っているんだ。もしお前から手紙が届いたり、会いに来たりしたら、きっとうっかり秘密を漏らしてしまうよ。だからそっとしておいてやれ。わかるな？」

丸い眼鏡越しに見下ろしてくる黒い瞳は悲しげで、マチルダは父が嘘をついていると直感したが、これ以上質問してはいけないのだと察した。

訊きたいことは山のようにあった。最後にロニーが家に来た日からしばらく経った夜、中折れ帽にトレンチコート姿の男がチャイムを鳴らし、玄関先で父と話したのを知っている。それに、父の部屋から時々呻くような声が聞こえ、母が台所の窓から外を見つめる横顔に陰が落ちていることも、知っていた。

だが、時が過ぎて、面長のエド・マローの顔と「グッドナイト、アンドグッドラック」の言葉をテレビでよく見聞きするようになった頃、難しい表情を浮かべ続けていた両親の険が少しずつ和らいでいった。そして一九五五年の冬には、もしかしたら近いうちに、ロニーが家に遊びに来るかもしれない、という話まで持ち上がった。

マチルダはその日が待ち遠しくて仕方がなかった。何の話をしよう？　リバイバル上映で観た『オズの魔法使』や『原子怪獣現わる』の話？　造形の魔術師、レイ・ハリーハウゼンのこと？　いや、ジム・ヘンソンだ。夜更かしして観るテレビ番組の『Sam and Friends』のドタバタコメディのなんとおかしいことか。ジム・ヘンソンが生み出すカエルのカーミットやたくさんの〝マペット〟は最高だって、きっとロニーも同意してくれるに違いない。

しかしそんな日は永遠にやってこなかった。

期待を裏切られ続けて二年が経った一九五七年の十月五日。その日は朝から晩まで、テレビも新聞もラジオも、ソ連が昨日打ち上げに成功した人類初の人工衛星、スプートニクの話題で持ちきりだった。十一歳に成長したマチルダは、早くアメリカも人工衛星を打ち上げなければと、屋根裏部屋の窓から夜空を眺めていた。手の中には作りかけの粘土の怪物があり、ちょうど背中にトゲをつけてやっているところだった。

電話が鳴った。カウチに腰かけていたジョゼフは「誰だ、こんな夜に」と呟いて電話を取りに行き、二言三言交わすと、手から受話器が滑り落ちた。かけてきたのはジョゼフが勤める会社の秘書、イギリスのロンドンから届いた電報の内容を伝える電話だった。ロニーが事故死したと。

生まれてはじめて着る喪服、生まれてはじめて参列する葬儀。マチルダにとっては、ロナルド・E・サンダースという墓碑銘《ぼひめい》も、五年ぶりに見た顔も、まったく現実味がなかった。棺《ひつぎ》を覗き、遺体の包帯で巻かれた顔を見つめながら、こんな顔だっけ、もっと凛々しかった気がするのに、と思った。わからなかった。ハリウッドで映画の脚本を書いていたはずなのに、なぜ外国のイギリスで事故に遭ってしまったのかも。

エイミーは泣いていたが、マチルダとジョゼフは一筋の涙も流せなかった。葬儀から帰宅すると、ジョゼフは屋根裏のドアに鍵をかけ、マチルダに今後映画を観に行くことを一切禁じた。

ショックを受けたマチルダは目頭が熱くなり、どっと涙が溢れ出るのを感じた。

「何で、どうして？　ロニーを喪《うしな》ったんだよ。映画まで観ちゃいけないってどういうこと？」

　押さえ込んでいた感情が決壊した。ロニーがいなくなって悲しいのか、ちっとも自分に会いに来ずに死んでしまったのを恨《うら》んでいるのか、映画を禁止されて混乱しているのか、怒っているのか。マチルダは自分でも驚くほど猛然と父にたてついたが、しかし父は頑として受け入れない。

「親の言うことを少しは聞きなさい」

　マチルダの足のつま先から頭の頂点まで、炎の血潮がすさまじい勢いで駆け上っていく。近くにあった椅子を乱暴になぎ倒し、けたたましい音が立った。怒りで拳が震えている。

「私はハリウッドに行く。ロニーと同じように」

　そして自分の作った怪物、怪獣、クリーチャーたちをテレビや映画に登場させよう。ロニーは天国で、きっととても喜んでくれるだろう。

　しかしジョゼフは娘の挑発に乗らない。冬の蕾《つぼみ》のように固く、冷たい口調で言い放った。

「映画に夢を見るな」

　ブラインドから差し込む夕日に、ジョゼフの眼鏡が反射する。黒ずくめの格好で部屋の隅に立つその姿は、まるで引導を渡しに来た死神のようだった。

「ハリウッドは非情の魔窟だ。ロニーすら失敗したのに、女のお前に何ができると？」

第二章　ヴェンゴスとリーヴ

一九六六年
フィラデルフィア／ニューヨーク

今晩最後の客を店から追い出したマチルダは、モップをバケツに突っ込んで濡らすと、ダイナーのピンク色のタイルを拭きはじめた。飛び散ったケチャップの赤やマスタードの黄色を消し、踏まれて潰れたストローや、くしゃくしゃに丸まった紙ナプキンを拾っては、ゴミ箱に捨てる。店内のジュークボックスからはマーヴェレッツの『プリーズ・ミスター・ポストマン』が、陽気な調子で流れている。誰かが閉店間際に投入したコインの料金分がまだ終わらず、オレンジ色の電灯を光らせ続ける装置を、マチルダは少し哀れに思う。

入口のドアガラスに反射するマチルダの姿は、身長こそ伸びたものの、手足は棒きれのように細く、猫背で、自信のなさが表れている。水色の制服はぶかぶかだし、チューリップ袖も膝丈のスカートもとても似合っているとは言えない。髪型も無造作すぎ、生まれつき癖が強いブラウンヘアを適当に短く切っているため、鳥の巣を頭にかぶっているように見える。

「適当にやって。どうせ給料は変わらないんだし」

カウンターの掃除をしていた同僚のエヴァンジェリンが言って、雑な手つきで布巾を放る。エヴァンジェリンは粗雑を気取っているが、動きがどこか優雅で、マチルダはつい見とれてしまう。

「テレビ消すね。そっちのジュークボックスはお願いするわ」

「はい」

エヴァンジェリンが豊かな黒髪を揺らしながらカウンターに手を伸ばしてテレビのスイッチを切ると、マリリン・モンロー、四年前の夏に突然世を去った人気女優の映画は、ブツンと音を立てて暗転した。ジュークボックスもただの大きな置物に戻り、店内はしんと静まりかえる。

気を紛らわせていた音がなくなると、どうしても意識せざるを得なくなる——夜の九時を回った時計と、更衣室に置いてあるボストンバッグ。あの中にはこれまでこつこつ貯めてきた全財産が入っている。

キッチンのスチールドアが開いて、仕事を終えたふたりのコックたちが後ろを通る。通りすがりに尻を触られて、マチルダは悲鳴を上げた。素早く店を出て行くふたりの背中にエヴァンジェリンが罵声《ばせい》を浴びせたものの、彼らは大笑いするだけで悪びれもせず、ドアが閉まった。マチルダはモップの先を床に叩きつけ、先ほどよりも強い力でタイルを磨く。

こんなことも今日で最後だ。

ふたりはともに店を出た。秋の終わり、十一月末の夜風は、冬のはじまるにおいがする。フィラデルフィアのビル群は高く、無機質で、どうにも落ち着かない。駅までの道は広いが、あちこちにゴミが散らばっていて、野良犬がうろついている。汚れたローファーの足もとから石畳の冷たさがじわじわと伝わり、マチルダはジャケットの襟元をかき合わせた。右手に提げたボストンバッグがやけに重く感じて持ち直すと、中身がじゃらっと鳴るかすかな音がして、マチルダは思わずエヴァンジェリンの方を窺った。

「あんた、大学生だよね」

唐突にエヴァンジェリンが尋ねる。

「えっ？　はい、そうです」

「何歳だっけ」

ほっと胸を撫で下ろす。ボストンバッグの中で鳴った音は聞こえなかったようだ。年上のエヴァンジェリンは煙草を咥えて、歩きながら無駄のない手つきでマッチを擦《す》る。彼女の柿色のコートは、襟が大きく全体が直線的なフォルムの流行のデザインだが、よく見ればあちこち手直しした跡が残っている。

「二十歳です」

「でも見た目はまだ子どもだね。その鞄《かばん》、重そうだけど持とうか？」

マチルダはぎこちない笑みを浮かべ、ボストンバッグを握る手に力を込めた。

「いいえ、大して重くないんです。ありがとう」

隠しごとをしているのはバレているだろうが、仕事以外で付き合いのない同僚が、これ以上踏みこんでくるとも思えない。エヴァンジェリンは口をすぼめて煙草を吸い、星のない空に向かって紫煙を吐きながら、何か言った。英語ではない言葉だった。

「何て？」

「別に。うちのばあちゃん、メキシコ人でさ。時々出ちゃうんだよね」

駅前の横断歩道の信号が赤になり、ふたりは並んで立つ。すると一台の車がクラクションを鳴らし、若者が窓からマチルダとエヴァンジェリンに向かって口笛を吹いた。それも一度ではなく、二度も三度も。そのたびにエヴァンジェリンはにっこり笑って、中指を突き立てる。振られた腹いせに聞くに堪えない罵倒の言葉を吠え、後続車にクラクションで叱られながら、若者たちは去って行く。

「……怖くないんですか？」

「何が？」

エヴァンジェリンは長い前髪をかきあげ、白目の美しい目でマチルダを見る。

「そうやって中指を立てること。私にはとてもできない」

「簡単だよ。手を貸してごらん、中指以外の全部の指を曲げて相手に向けんの」

エヴァンジェリンが本当にマチルダの手を摑んでやってみせたので、マチルダはつい吹き出した。

「やり方はわかってる、ありがとう！　そうじゃなくて私には怖くてできないって意味」

「別にあたしの真似しなくていいんじゃない？　実際、安全とは言えないしね。ただまあ、むかついた時には腹ん中でやってやんな。ほら行くよ、信号が青になった」

　あっと言う間もなく、エヴァンジェリンはマチルダのボストンバッグを軽やかに取って、さっさと横断歩道を渡ってしまう。慌てて後を追いかけ、地下鉄の階段の前で呼び止めた。

「あの、待って！　私、家に電話しなくちゃ。だからここで」

「オーケー。じゃあね。気をつけて帰りな」

「ええ、あなたも」

　エヴァンジェリンはマチルダにボストンバッグを返すと、柿色のコートを翻《ひるがえ》して階段を降り、雑踏の中へと消えてしまった。ひとりになったマチルダはひとつ息を吐き、人波を押し分けて公衆電話へ向かう。

　受話器を取ってダイヤルを回すと、電話交換手の女性の声が聞こえてきた。

『どちらへおかけですか』

「デズモンド・ストリート三三六番地、ジョゼフ・セジウィック宅へお願いします」

『三分五十セントです。少々お待ち下さい』

　ジャケットのポケットをまさぐり、二十五セント硬貨を二枚投入口に入れると、小さく咳払いした。電話ボックスのガラス窓に茶色く大きなガムがくっついている。よく見れば、それはサナギだった。ややあって受話口から聞こえてきたのは、母の声だった。

『どちらさま？』

「ハイ、お母さん。マチルダです」

大学に通うために寮暮らしをはじめてから、こうして毎晩家に電話をかけるのが、ひとり娘の義務だった。

『交換手がフィラデルフィアの公衆電話と言うから、誰かと思ったわ。今どこなの？』

母の潜めた声の後ろからテレビの音が聞こえてきて、父の少し禿《は》げてきた後頭部を思う。

「フィラデルフィアの図書館で調べ物をしていたの。どうしても授業で必要で……今から寮に帰るところ」

用意していた答えを言うが、舌先から押し出すような引っかかりを覚える。もう少しで本当のことを漏らしてしまいそうだ。荒くなった鼻息を聞かれないよう、マチルダは送話口を少し口から離した。

『こんな夜に、ひとりで地下鉄に乗るつもり？　危ないわよ』

「ううん、ひとりじゃない。友達と一緒……エヴァンジェリンっていうの」

電話のコードを指でいじくりながら、母が信じてくれることを祈った。

『そう。お友達ができてよかった。じゃあ、気をつけて帰りなさいね』

電話を切り、マチルダは鉛《なまり》のように重い心を抱えてよろめきながら電話ボックスを出る。

本当は友達はひとりもできてないし、もう寮には帰らない。気持ちはとうに固まっていた。この日を指折り待っていたのだから。

ボストンバッグを抱え、躊躇いを振り払うようにマチルダは走り出す。切符を買って地下鉄に飛び乗り、閉まったドアにもたれかかった。かすかに小便のにおいがする車内は空いていて、時計の針は間もなく十時になろうとしている。地下鉄は発車すると大きく揺れて軋《きし》み、マチルダはスチールポールにしがみついて、倒れないように踏ん張った。向かう先はニューヨーク、マンハッタン島の中心部。

マチルダは大学から数マイル離れたダイナーで働いていることを、両親には秘密にしていた。名門大学に合格したものの、勉強にまるで身が入っていないという事実は、もっと言えなかった。九月に進級してからは授業にもほとんど出ていない。

入学した当初はそれなりに大学へ通ったが、やはり自分に嘘をつき続けることはできなかった。少しずつアルバイトをはじめ、ここ三ヶ月は金稼ぎに明け暮れた――ダイナーではできる限りシフトに入り、朝は売店で働き、日中は大学近くの映画館で床磨き。身を粉にしてひたすらに働いた。今日の稼ぎを合わせれば〝新しい生活〟にかかる当面の金もできる。

九年前に決意したのだ。親が口出しできない場所に行って、夢を叶えると。そして半年前、運命的な出会いがあった。

マチルダは空いている座席の真ん中に腰かけ、ジャケットの胸ポケットに折りたたんで仕舞っていたチラシを抜き取り、改めて読み返した。

〝ハリウッド御用達、ヴェンゴス工房の助手募集。私は経験よりセンスを重んじる。造形、彫刻について学びたい者は扉を叩くがよい。勤務は十二月一日より。受付は前日の午後六時から夜中十二時まで、下記の住所に訪問されたし。百聞は一見にしかず。〟

おかしな広告だ。募集期間が限定的で短すぎるし、電話を引いていないのか、記載されているのは住所だけだ。今の時代でも電話を持たない家庭は移民や貧困層などをはじめとしてまだあるが、造形師として名の知られているアンブロシオス・ヴェンゴスの工房に電話がないとは。ひょっとするとわざと電話番号を省いたのだろうか？　どうにも怪しげだが、しかし掲載されているアンブロシオス・ヴェンゴスの顔写真に間違いはないし、そもそもこの広告は、ヴェンゴス老人が市民向けの一日講座を開いた際に、本人から直接受け取ったものだった。

ヴェンゴス老人の印象は、正直なところ良くはなかった。態度も教え方も傲岸不遜《ごうがんふそん》に感じられたし、他の受講生たちは「ナルシスト爺さん」と呼んでいた。チラシの文言が傲慢なのもむべなるかなと思う。だが腕は立つ。

とにかくチャンスは今日の午後六時から夜中の十二時までの六時間だ。もう少し余裕を設けてくれればいいのにと思うが、理不尽でも向こうのルールに合わせるしかない。

落書きだらけの地下鉄に揺られてペンシルバニア駅に着いた頃には、真夜中の十一時半近かった。あと三十分。思ったよりも乗車時間が長くかかり、焦りが体中の毛穴からにじみ出してくる。階段を駆け上がり、息を切らして外へ出た。冷たい夜風が髪とスカートを吹き上げ、枯葉が宙を舞う。

マンハッタンに一歩降り立ったとたん、たちまちすさまじい光の洪水が押し寄せ、マチルダは足を竦《すく》ませた。騒々しさとは聴覚だけではなく視覚でも感じられるものだ。

マチルダが生まれ育ったニュージャージー州では、この時間になると酒場を含めてほとんどの店が閉まり、誰もかもが寝支度を整えてベッドに入るものだった。しかしここではまるで今から一日がはじまるとばかりに、明るく、やかましく、活気づいていた。ほとんどの店が開いていて、人々が行き交い、まるで不眠症患者が見る白昼夢のように地に足がつかず、浮ついている。通りはフィラデルフィアよりも派手で騒々しく、マチルダは思わず、金の入ったボストンバッグを抱きしめ、持ち手を右の手首にくくりつけた。

そこらじゅうに巨大なネオンサインが掲げられ、我こそはと激しくアピールしていた。ゴードンズ・ジンの広告では酒瓶の口からジンが溢れ出し、壁一面を広告でラッピングしているビルまである。しかしいずれも自己主張が激しすぎて、かえって個性が埋もれ、街全体がただの光の塊に見えた。

そして暗く小さな夜空に、ひときわ高く豪奢《ごうしゃ》なビルがアッパーライトに浮かび上がり、天を突かんとそびえ立っていた。

「……エンパイア・ステート・ビル。本物の」

思わず呟く。キングコングが故郷の木と同じように登り飛行機と格闘した、現代の巨大な塔。できればこのまま、美女をさらったキングコングに思いを馳《は》せたかったが、ぼんやりしている暇はない。

チラシにあった番地によると、目的地は九番街にあるという。タクシーで行けば五分とかからず到着できる計算だった。

しかしタクシーを止めようと手を挙げるも、すでに乗客がいるか、マチルダの背が低くて見えないのかそれとも無視されているのか、止まってくれない。歩道から片足を下ろして懸命に手を振っても無駄だった。

もしエヴァンジェリンがここにいたら止まってくれただろうかと考え、ジャケットのポケットに突っ込んでいた左手で、こっそり中指を立てる。はじめての挑発と侮蔑《ぶべつ》の仕草はぎこちなく、そんな場合ではないのに我ながら笑ってしまう。

「おい、嬢ちゃん」

突然野太い声をかけられてはっと顔を上げると、車が一台、すぐ目の前に停まっていた。タクシーかと思ったが、あの特徴的な黄色い車体ではない。黒いフォード車の開いた窓から、毛むくじゃらの青白い腕が見えていた。

「俺のこと止めただろ。乗せてやるから早くしろよ」

運転席は暗く、運転手の顔がよく見えない。ぞっとしてマチルダは首を振り、後退《あとずさ》ってこの場から去ろうとしたが、タクシーを止めようと必死になって、いつの間にか車道に近づきすぎていた。窓から腕が伸び、マチルダの手首を摑む。

「どこ行こうってんだ、このアマ。俺を誘惑しただろ？　だから手を振ったんだろ？」

いきり立つ男の歯が闇に白く浮かぶ。悲鳴を上げようにも恐ろしすぎてなかなか声が出ない。身をよじって手をふりほどこうとしても、男の手は細いくせに力があった。

「や、やめて。誰か」

その時、横から誰かが男の手首を掴んだ。マチルダの涙で滲《にじ》んだ視界に、黒い男物の腕時計が映る。ふたりの間に割って入り、マチルダを助けたのは、見知らぬ若い男性だった。

「嫌がってるだろ、手を離せ。でないと地面にキスさせてやるぞ」

車の不審者はマチルダから手を離したが、若い男性が手首を掴んだまま関節と反対方向に腕をひねったので、声を張り上げて痛みを訴えた。通りを行き交う人々が何ごとかとこちらを見ている。

「悪かった、悪かったって！　もういいだろ、手を離してくれ！」

「この下衆《げす》野郎」

男性が乱暴に手を離すと、車はタイヤを鳴かせながら急発進して、まわりにクラクションを浴びせかけながら排気ガスをまき散らして行ってしまった。

マチルダは痛む手首をさすりながら、助けてくれた男性の背中を呆然《ぼうぜん》と見つめた。背筋が伸び、肩幅が広く、堂々としている。

「やれやれ、災難だったね」

こちらを振り返った男性はマチルダよりも五、六歳は年上に見えた。焦げ茶色のツイードのジャケットに赤いセーター、黒髪をやや長めにカットした、流行のスタイルに整えている。面長で垂れ目がちな顔は、どことなく俳優のポール・ニューマンを思わせた。

「警察に行こうか？　奴が諦めずに待ちぶせてると危ないし」

交番を探そうとする男性をマチルダは慌てて引き留める。警察に行けば身元を話さなければならなくなり、家に連絡が行って、今日の計画が台無しになってしまう。両親はきっと「こんな夜更けにニューヨークで何をしていたんだ」と詰問するだろうし、そうなればマチルダはここまで育ててきた翼を失う。

「いいんです、もう行ってしまったし……助けて下さってありがとうございました」

「どういたしまして。ご家族か彼氏はどこにいるんだい？　ひとりってことはないよね」

マチルダが口をつぐむと、男性は真顔になってため息をついた。

「警察に行きたがらないってことは、家出か？　車を呼んでどこへ行くつもりだった？」

「……九番街へ」

「九番街だって？　こんな夜中に女の子がひとりで行くような場所じゃないぞ。そもそもこのあたりだって危ないんだ」

男性は顎をしゃくって、街灯の下や街角を示す。喧噪《けんそう》に圧倒されて気がつかなかったが、そこかしこにだらしない服装をした手ぶらの男がいて、通りを行く人々を見定め、獲物を狩る獣のように声をかけていく。

「麻薬の売人だよ。この街は何でもありだ。またさっきみたいな変質者に狙われるかもしれないぞ。明日にしたらどうだ」

明日ではダメなんだと言いかけて、マチルダは口をぽかんと開けた。時間。

「い、今何時ですか？」

マチルダは無我夢中で男性の腕時計に飛びつき、文字盤を確かめた。十二時三分前。もう間に合わない。遅すぎたのだ。時給一ドル十セントの給料を惜しんでいないで、もっと早くダイナーを出発していればよかった。いや、休んでもこちらに来れば良かったのだ。そもそもフィラデルフィアからニューヨークまでどれほど時間がかかるのか、予測が甘すぎた。

「大丈夫?」

その声に、やっとマチルダは自分がまだ彼の腕時計にしがみついていたことに気づき、急いで手を離す。

「すみません。もう、行きます」

がっくりと肩を落とし、挨拶もそこそこにひとりで往来へ歩き出そうとする。これからどこへ行こう? 工房に飛び込んでしまえば後はどうとでもなると思っていた自分の無謀さを呪い、大学へ戻ることを考えた。両親にはまだバレていないし、寮の門が再び開く朝までどこかでやりすごせさえすれば、元通りの生活に戻れるだろう。いつかまたチャンスが……しかしいつになる? あとどれくらい待てばいい?

「君、君ったら!」

後ろから腕を摑まれ、振り返ると先ほどの彼がいた。笑い出したいような、誰かのしでかしたいたずらに呆《あき》れたような表情で――後ろのネオンサインがきらきらと輝いていたせいか、彼の顔はとても生き生きとして見え、マチルダはどきりとした。

「……何？」

「落とし物だ。驚いたよ、君みたいな女の子がこんなものを持ってるなんて」

　そう言って彼はもう一方の手を掲げ、一枚の紙をちらつかせる。いつの間に落としたのか、マチルダがポケットに入れていたはずの、ヴェンゴス工房のチラシだった。マチルダはたちまち不機嫌になって、チラシを奪い返した。

「こんなものですって？　女が持ってたからって何？　あなた失……」

「失礼だって？　ああ、確かに。悪かった。びっくりしたせいだよ。何しろ、君がこのあたりじゃ有名な偏屈爺さんの家に行こうとしているみたいだからさ」


　九番街の歩道は、大きな正方形のコンクリート板をばたんばたんとはめ込んでいったような造りで、マチルダはあと何枚この板を進めば目的地にたどり着くのだろうかと、数えながら歩いた。そうでもしなければ、隣を歩くこの男との会話を考えなければならなくなる。男はすぐ近くにあるというヴェンゴスの工房まで送ると申し出た後、チャールズ・リーヴと名乗った。

「ブロードウェイがすぐそばにあるせいか、このへんにはアーティストが多く暮らしてる。僕もまあ、そんなところ。受付の時間切れ？　どうせたいした意味はないさ。僕が口添えをすればきっとドアを開けてくれる」

　信用していいものかどうかマチルダは迷ったが、リーヴが歩道の止水栓の陰から取った荷物を見て、ひとまずついて行くことに決めた。それは大きな長方形の包みで、例の運転手とマチルダが揉めているのを止めに入る前に、置いたものだった。画学生やデザイナーが作品を携行する際に使うこのポートフォリオ入れは、マチルダもよく知っている。

九番街はミッドタウンの西側にある元工場街で、今は赤煉瓦《れんが》で作られた住居が窮屈そうに並んでいた。どの壁にも鉄製の階段や梯子がとりつけられ、そこかしこに落書きや、大きく削れた痕がある。時には銃弾の痕のような丸い穴まであった。家々は歪でみすぼらしく、貧しさが煤《すす》と一緒にこびりついていた。

〝ヘルズ・キッチン〟の異名はマチルダも知っていた。『ウエスト・サイド物語』の舞台になった街、移民とギャングが暮らす街。空気には、垢《あか》がたまったような饐《す》えたにおいとエキゾチックな香辛料の香りが混ざり、様々な肌の色、顔の形をした人々とすれ違う。窓ガラスが割れたままになっているレストランの前で薄着の街娼が煙草をふかし、金がないけど触りたいとごねる客に「失せな」と警告しながら、もう少しましな客を探している。

ここはマチルダが生まれ育った、すべてが画一的で漂白された街とは正反対の場所だった。

その先、ひときわ暗い区画の、ゴミが散らばる薄汚れた街角を入る時、リーヴが腰をかがめてマチルダに耳打ちした。

「そこの前は走って。止まってはいけない」

蔦《つた》が生い茂る建物の、ひときわ暗い階段に、胡乱《うろん》な目つきの青年がふたり座っている。

その手には、ぎらりと鈍く光るものがあった。すぐさま銃かナイフだと気づいたが、マチルダは強張《こわば》ってしまい目を逸《そ》らせない。

「見るな。素早く通り抜けるんだ」

リーヴに背中を押されながら、マチルダは小走りに駆ける。誰かが後ろからつけてくるような気配がして振り返ったが、幸い誰もいなかった。背中に感じるリーヴの大きな手が温かい。

ヴェンゴス老人がチラシで指定した建物は、銀杏並木のある通り沿いに立っていた。まわりと同じ煉瓦造りのアパートメントで、玄関ポーチの上からぶら下がる裸電球は点いていたが、上階の窓はひとつを除いて、すべて暗く沈んでいた。

マチルダが躊躇っていると、中からきらびやかな格好をした男性が出てきた。その開いたドアを、リーヴは微笑みながら支え、マチルダを呼んだ。

「さあ早く入って」

ふたりはドアの中へ体を滑り込ませ、リーヴが内鍵を閉める――電球が寿命なのか壁付けライトはバチバチと不気味に瞬く。仄暗《ほのぐら》く狭い階段室に自分たちの靴音が響き、マチルダは思わず体を強張らせた。

「行こう。爺さんのアトリエはこの上だよ」

三階の角の右手側のドアの前で、リーヴが呼び鈴を押し、ついでにドアを軽くノックする間、マチルダは緊張を和らげようと両手を擦り合わせた。老人は本当に会ってくれるだろうか？　そこではたと気がついた。もう定員がいっぱいだったらどうしよう？　ややあってドアが蝶番《ちょうつがい》を軋ませて開き、顔色が悪くてしわだらけの、眼鏡をかけたポパイが顔を出した。

「やあ先生、久しぶり」

老人の顔は、すべてのパーツが中央にくしゃっと寄っていて、コミックスのポパイに似ている。間違いなく、マチルダが一日講習を受けた造形師、アンブロシオス・ヴェンゴス本人だった。

「この腐れ画家野郎、夜更けに何しに来やがった。金はねえぞ」

「僕があんたに金の無心なんてするわけないだろ。この子を連れてきたんだ」

マチルダは一歩進み出て、ヴェンゴス老人の前に立つ。ひょっとしたら講習で顔を覚えられているかと期待したが、まったくそんなことはなかった。

「あんたの弟子になりたいそうだ」

「誰が？　あんたの兄さん？　弟？　それとも夫か？」

「いいえ、私です。私本人」

「……あんた、間違えてない？　ここは映画の特殊メイクや造形を教えるところ。簿記の勉強は向かいの建物。明日出直しな」

老人は素っ気なくドアの外を指さすと、頭を引っ込めてドアを閉めようとした。マチルダが慌てて遮《さえぎ》ると、老人はしばしばと両目を瞬かせた。

「間違いじゃありません。チラシの受付時間にはちょっと遅れましたけど、私、映画の特殊造形を学びに来たんです。先生の腕は見事です。講習もフィラデルフィアで受けてます」

「講習？」老人はほとんど禿げてしまった眉毛をひそめて固く目をつぶり、「そういや、男ばっかの中に娘っ子がひとりだけ紛れてたな。しかしまあ……」だの何だのともごもご呟くと、泥に引いた一本の筋のような唇をぎゅっと結んだ。

よもや居眠りでもはじめたのかと訝り、隣でにやついているリーヴに助けを求めるような視線を送ると、老人が再び口を開いた。

「嬢ちゃん、『アルゴ探検隊の大冒険』で好きなキャラクターは？」

「はい？　えーと、骸骨も捨てがたいですが、やはり動く銅像でしょうか」

「ドラキュラは誰が好き？」

「クリストファー・リーの血眼が好きですが」

「んじゃ、ポール・ブレイズデル」

一体何だこの質問は？　マチルダは戸惑いながら、正しい答えを見つけようと頭の中にある抽斗《ひきだし》や宝箱を引っかき回した。

「……ポール・ブレイズデルが作ったモンスターで好きなものはどれかという意味でしたら、『金星人地球を征服』の、ヒトデのできそこないみたいな円錐型の彼です。ブレイズデルの失敗作だと言われてますし、確かにちっとも怖くない上にとてつもなく奇妙だけど、あれは優れた愛嬌《あいきょう》だと思います」

これでよかったのだろうか？　老人が何を考えているのかマチルダにはさっぱりわからなかったが、かすかな興奮に頰が上気しているのは感じる。他人と映画の話ができたのは、ロニーが死んでからはじめてだった。

するとマチルダの肩に横からぽんと手が置かれた。隣で様子を見ていたリーヴだった。

「ほどほどにがんばれよ。この爺さんの面倒を見るのは骨が折れる」

彼は腰を軽く曲げてマチルダに耳打ちすると、挨拶もせずにこの場を離れ、階段を降りて行ってしまった。

リーヴが去ろうが去るまいが、ヴェンゴス老人は気にしていないようだった。

「ポール・ブレイズデルはろくでなしさ」

パン生地をぎゅっと握ってそのままにしたかのようなしわくちゃな顔の中心で瞼が動き、ふたつの瞳がきらりと光る。

「だが、あのヒトデもどきは俺も好きだ。少なくとも俺のルールに従って飛び込んで来たってだけで、嬢ちゃん、あんたには根性がある。入りな」

アンブロシオス・ヴェンゴスのアトリエは、ゴムや粘土、合成樹脂のにおいがする。壁紙は無数の油っぽい指紋や跳ね痕で汚れ、カーペットのないコンクリートむき出しの床には、粘土のかけらがそこかしこに飛び散っていた。棚に並んだ造形物や胸像、骨格標本などはすべてビニールがかけられ、世界中にある美術室や博物館と同じように、真夜中、電気を消すと不気味だった。

それらに取り囲まれながら、白熱灯の青白い光の下でマチルダは作業に没頭する。粘土が乾燥するという理由で暖房がないため、体を毛布でくるみ、腰の位置まである作業台に向かう。ワイヤーと金具をアルミホイルで巻いた基礎に、粘土を薄く付けていく。

作っているのは人間の頭蓋骨だ。表面をへらで滑らかにしつつ、月のクレーターのように丸くえぐれた眼窩《がんか》の縁を整えていく。こめかみを薄く削って凹《へこ》ませ、鼻梁《びりよう》を盛り上げて鼻孔の穴を取る。

作業台の横には、ヴェンゴス老人が作った頭蓋骨模型が鎮座している。〝発掘された古代人の頭部〟というプレートつきで博物館に陳列されていても不思議ではない精巧さで、完成度の差は大人と子ども——自分ではなかなかの腕だと思っていたマチルダは、すっかり鼻をへし折られてしまったが、先へ進むほかない。

マチルダがフィラデルフィアでの大学生活を捨て、ニューヨークのヴェンゴス老人のアトリエにやってきてから、二ヶ月が経とうとしていた。

大学からの退学通知は実家にも届いているだろう。両親には「心配しないで、元気でいるから」と書いた、マンハッタンを描いた絵葉書を一葉送っただけで、住所も伝えていなかった。今日こそ電話しようと思いつつ、また明日、また明日と引き延ばしている。母はともかく父の反応は容易に想像できた。勘当も覚悟せねばならない。自分で進んで蒔《ま》いた種とはいえ、それに直面するのは恐ろしかった。せめて両親が一年と三ヶ月の間、大学に支払い続けていた無意味な授業料を返さねばとは思っている。しかしいつになることか。ヴェンゴス老人は給料を払ってくれなかった。「タダで技術を学べるんだから贅沢《ぜいたく》を言うな」が老人の弁で、助手志望がマチルダしかいなかった理由も頷《うなず》けた。

マチルダの所持金は、フィラデルフィアのダイナーで稼いだ給料とかき集めたチップ、子どもの頃からこつこつ蓄えた貯金を合わせた、八百十一ドル二十五セントだけだ。標準的なアパートは賃料が月額約二百ドルだが、たとえ百ドル以下の格安アパートを見つけても、当面の生活費を考えると、とても借りることはできない。マチルダはヴェンゴス老人に、アトリエの台所――小さなシンクと蛇口、野外用のガスバーナーがひとつしかなく、明かりも裸電球ひとつというひどく殺風景な部屋――に泊まりたいと申し出た。老人は渋い顔をしたが、賃料五十ドルを先払いで、半年間は許してもらえた。トイレと風呂は隣に住むメキシコ人老婆のものを一回二十五セントで借り、一応の清潔は保っている。月々約六十三ドル使っても、最大で一年間は暮らせる計算になった。新しくアルバイトをはじめれば、数年はなんとかなるだろうという目算だった。

しかし他にアルバイトをはじめる時間も体力も、すぐさまなくなった。

アスファルトの上に敷いた薄いマットレスで眠っても疲れは取れないが、気力を奮い立たせて毎朝起きる。しなびた果物と薄いコーヒーの朝食を摂って身支度を調え、昼までアトリエにある解剖学の本を読んだり、デッサンをしたりする。そのうち配達業者が来るので、ヴェンゴスの作品を渡す。

日が高く昇った頃に、通りの向かいに住むヴェンゴス老人を起こしに行く――しかし建物の正面玄関の鍵はかかっている上に、呼び鈴を押しても応答はない。諦めて一階にあるプエルトリコ人の商う食料品店へ行き、右側の客用ドアから入り、カウンターにいる目つきの鋭い中年女に裏口を開けてもらう。スペイン語で何ごとかまくしたてられ、怒られているのか、それとも別の話をされているのかもわからず、気まずい思いをしながら階段を駆け上がり、三階で眠っているヴェンゴス老人を起こす。

ヘルズ・キッチンにはまだ慣れない。周辺の住民たちもまた、この若い女の新参者をじろじろと見て、警戒しているようだった。ハリウッドに嫌気が差してここに来たというヴェンゴス老人は、ヘルズ・キッチンに暮らして長く、住民たちとスペイン語でやりとりもできる。親しそうな時もあれば、言い争っているようにしか見えないこともある。

老人をアトリエに連れて行って作業を見守り、コーヒーを淹《い》れ、足りない材料や道具は買いに行く。夕食は二ブロック先にあるギリシア料理店でギロ・ピタを持ち帰る。ヴェンゴス老人の財布の紐は固く、食事代も自分の分しか支払わない。マチルダは貯金を少しずつ削って、肉のかけらと野菜を挟んだピタ、ひとつ五十セントを食べる。老人が作業を終えるのは遅く、日付が変わる直前にようやく「できた」と呻いてカウチに倒れ込む。マチルダの仕事も終わり、かと思いきやそうではなく、完成した作品を梱包しなければならない。ぼろぼろのカウチの上でいびきをかいて眠っている老人を揺り起こし、自宅へ送り届けると、深いため息が出る。老人の家の前にはなぜか決まって、果物かパンが入ったしわくちゃの紙袋が置いてあった。英語ではない言葉でメッセージが殴り書きされているが、老人は無視して部屋へ入ってしまうので、代わりにマチルダがもらい、翌日の朝食にする。アトリエに戻る頃にはへとへとだったが、気力を奮い立たせて彫塑台《ちょうそ》に向かい、一時間ばかり粘土をいじる。そんな毎日の繰り返しだった。

マチルダは顔をしかめて自分の作品を眺めると、へらを置き、寒さで強張った指先に息を吐きかけて温めながら、傍らに広げておいた解剖学の本と見比べた。どうにもバランスが悪い。ヴェンゴス老人にも一瞥《いちべつ》するなり「この頭蓋骨には脳みそが入ってねえな」と吐き捨てられてしまった。

大きくため息を吐いて作業をやめ、スケッチブックをめくって鉛筆デッサンをはじめる。学ぶべきことは多すぎ、時間がいくらあっても足りない。

ようやく鉛筆を止めて、粘土だらけの手を台所のシンクで洗い流そうと立ち上がった時間は、深夜三時を過ぎていた。琺瑯《ほうろう》の盥《たらい》に沸かした湯と水を注ぎ合わせ、手をゆっくり浸す。

ひとりぼっちの夜更けには、視線がついボストンバッグの方へ向かってしまう——外側のポケットに、一枚のメモ用紙が入れっぱなしにしてあった。それにはサインペンで、電話番号と〝困ったら電話して、エヴァンジェリン〟の言葉が走り書きされている。フィラデルフィアを後にしたあの日、マチルダからボストンバッグをほんの一瞬取った隙に入れたのだ。あんな大きな荷物を持って「バレていない」と思い込んでいた自分の幼稚さを恥じる一方、孤独に押し潰されそうになり、彼女に会いたいという葛藤で揺れる。

二月の一週目が終わろうとする日、アトリエにひとりの男が訪ねてきた。タイムズスクエア前でマチルダを助け、ここまで道案内をしてくれた、チャールズ・リーヴだった。

「ちょっと見ない間に、ずいぶん薄汚れたね。目の下にクマも出来てる」

映画俳優のように颯爽《さっそう》としているリーヴから開口一番そう言われたマチルダは、顔を真っ赤にしてアトリエの奥へ逃げ込もうとしたが、ヴェンゴス老人に制された。

「気にすんなよ、嬢ちゃん。汚れてんのは働いてる証さ。こいつみてえな小ぎれいな輩は、後でキリギリスみたいに野垂れ死ぬ」

「何度でも言うけど、僕には合成背景画家《マット・ペインター》っていう立派な仕事があって、ちゃんと稼いでるよ。まあ、広告の依頼で食いつないでるところもあるけどね。それにしても彼女、よく続いてるな」

マット・ペインターとは、映画の合成用背景を描く人々のことを指す。描くのは細密でリアルな作品がほとんどだ。リーヴは、まるでリサイクル・ショップのオーナーが買い取る品物を面白がりつつ真贋《しんがん》を見定めんとするかのような、油断のない目つきでマチルダを見る。「この人はもう映画の世界で働いているんだ」という感動と、そんな人に見られている緊張でマチルダは固まった。

「やる気はあるみたいだけど、先は長いよ。適度に休まなきゃ倒れるぞ。それにこんな仕事、今時分は金にならないし」

最近の流行映画は骨太の社会派作品や皮肉な諷刺《ふうし》コメディ、スパイもので、主人公像も、高潔で正しいヒーローより、粗雑でニヒル、暴力的なアンチ・ヒーローが好まれはじめていた。歴史映画では『ドクトル・ジバゴ』が人気で、ミュージカルの『サウンド・オブ・ミュージック』と並び、アカデミー賞作品賞候補になっている。

その影響のせいで、リーヴが指摘したとおり、特殊メイクや特殊造形を必要とするSF映画、ホラー映画は、子どもだましだとして人気が翳《かげ》り、地位がますます下がっていた。この時代、子ども向けの映画と大人向けの映画は違うというのが観客側も制作側も共通した考え方で、宇宙人やモンスターが登場する映画が賞の候補になるなど間違ってもあり得なかった。B級、まがい物、キワモノ等々のレッテルを貼られ、偏狭なマニアが薄汚れたグラインドハウスに引きこもり、三本立てで夜通し観るといった需要に偏っていた。

「ふん。怪獣映画やホラー映画は昔からそういうもんだ。今だってドラキュラの新作じゃ、相変わらずクリストファー・リーが口に牙をつけて演じてる。それにディズニーが『メリー・ポピンズ』みたいなガキ向けの映画を撮ってくれる限り、俺たちの仕事はまだまだあるんだ」

そう答えるヴェンゴス老人の言葉は信頼に足るのか、それともただの強がりなのか、マチルダにもわからない。リーヴはもみあげのあたり――流行のヘアスタイルに則って短く水平にカットしてある――を掻《か》き、曖昧《あいまい》な笑みを浮かべた。

「まあそうかもしれないな。それより先生、面白い話があって……」

　ふたりが話をする間マチルダは台所へ行って、人数分のコーヒーを淹れた。

　ヴェンゴス老人の仕事は、ほとんどがテレビ映画かドラマ、あるいは舞台や子ども番組用に使われるものばかりで、フィルム映画の仕事はほとんどない。修業の場はここで正しかったのか、という迷いがちらちらと過る。

　湯気の立つマグをトレイに載せてマチルダがアトリエに戻ると、ヴェンゴス老人とリーヴは窓辺に寄りかかり、揃って紫煙を吐き出しながら、会話していた。

「……マンハッタン計画だって？」

　老人が訝しげに口にした単語に、マチルダもぴくりと眉を上げた。しかし、どうやら第二次世界大戦中に用いられたコードネームとは別物らしい。

「そうさ、笑っちゃうだろ。もちろん原子爆弾とは関係ない。二年前だか三年前だか、スタンリー・キューブリックがイギリスへ行っちまう前に、新作映画の爆発シーンをマンハッタンのどこかで撮ったらしい。極秘でね。そのプロジェクトの通称だそうだ」

　スタンリー・キューブリック……新進気鋭の天才監督として、マチルダもその名をよく覚えている。

「しかし映画はまだ完成してない。ロンドン郊外のMGMスタジオで今も撮影を続けてるんだって」

「とんだ金食い虫を飼っちまったなあ、MGMの連中は。首くくることにならなきゃいいがな。しかしマンハッタン計画とはね。また水爆ものでも撮るつもりか？」

「どうだろうな。小説家のアーサー・C・クラークが脚本に関わってるって話だから、SFかもしれない」

「SFだって？　かの天才若手監督がSFを撮るとは、本格的にMGMはどうかしちまったのかもしれない」

「そう？　俺はそろそろSFの波が来てると思うよ、宇宙開発が盛り上がってるし、ちゃんと研究に基づく宇宙を撮りたいってやつも多くなってきてる。先生は短編映画の『Universe』を観たかい？　オスカーの短編ドキュメンタリー部門の候補になったやつだ。カナダ産だが、まるで本物だったよ。金星だの水星だのの地表や、彗星《すいせい》の靄《もや》や……」

「本物みたいだなんて、なんでお前にわかるんだ？　惑星なんざ望遠鏡でもぼんやりとしか見えんのに〝本物〟だと、笑わせるわ。科学者だって推測の範囲を出てねえんだぞ。想像力、大いに結構だが、映画にできるのは本物〝らしく〟する程度のもんだ。何せ俺たちゃ、まだ月にすら行ってねえんだから」

ケネディ大統領が「六〇年代が終わるまでに月面着陸を成功させる」と宣言してから、もう五年以上が経つ。宇宙に飛び立つことと有人飛行は成功したものの、いまだに人類は月へ到達しておらず、大統領は偉業を目撃しないまま暗殺された。

ソヴィエト連邦の科学者たちがスプートニク一号を世界に先んじて打ち上げてからというもの、アメリカ政府は、ただでさえ一触即発の睨み合いを続けているソ連に対し、宇宙開発でも肩を押し合い、どちらのつま先が前に出ているかを競うような争いを繰り広げていた。ＮＡＳＡの動向はしょっちゅうテレビの電波に乗って報道され、人々はこぞって注目した。宇宙開発ブームは、冷戦の影響だけでなく、純粋な好奇心も大きかった。六一年に世界ではじめて宇宙へ行ったソ連のガガーリンは、「空は非常に暗かった。一方、地球は青みがかっていた」と言ったが、一般市民はいまだに、自分たちが住んでいるこの星、地球の姿を、写真でさえも見たことがなかった。

「まあ、本物の宇宙だのキューブリックだのはどうでもいい。本題はだな、実はその〝マンハッタン計画〟に参加した特撮スタッフが僕の知り合いでね。ニューヨークにある視覚効果会社の、非正規雇用の下っ端だよ。撮影では、斬新で非常に美しいテクニックを使ったそうだ。例の『Universe』で視覚効果を手がけたウォーリー・ジェントルマンが思いついた技法らしい。彼はキューブリックのチームに抜擢《ばってき》されたよ」

「そうかい。まあ、ジェントルマンの腕は確かだ」

「だろう？　それで僕の知り合いは、その時に覚えた技術を、仲間と自主制作映画に使っていうんだ。明日、撮影を見学しに行く」

「要は技を盗むってことじゃねえか。機密を破ったら告訴されて大損だぞ」

「僕はただ見せてもらうだけだ、通行人にすぎないよ。先生もどう？」

ヴェンゴス老人は鼻を鳴らして断ったが、そばで話を聞いていたマチルダの瞳はきらきらしている。老人が指摘したように、技術を流出させたスタッフには重いペナルティが科されるだろうが、それを脇に置いてでも、新しい技術を見てみたかった。宇宙や時空の表現とあらばなおさら。

マチルダの視線に気づいたリーヴはぷっと吹き出し、「わかった。明日の朝、迎えに来るから」と言って帰った。

「明日、お休みしても……？」

マチルダがおずおずと訊ねると、老人は呆れた様子で肩をすくめた。

「好きにしな」

撮影は、キューブリックのチームが使ったのと同じ場所で行われるという。タクシーに乗っている間、マチルダとリーヴはほとんど口をきかなかった。リーヴははじめて会った時と同じジャケットの下に、ネイビーのタートルネックセーターを着て、隣に座ると煙草と油絵の具と松ヤニ油《ターペンタイン》の混じったにおいがした。背景画家だから仕事で油絵の具を使うのだろうかという話題は口にせず、マチルダは窓の外を眺めた。

ビートルズの〝デイ・トリッパー〟を大音量でかけていたタクシーの運転手は、セントラル・パークの西側を走るブロードウェイと、西七十二番ストリートの交差点で、注文どおりにブレーキを踏んだ。後続車がクラクションを鳴らして追い越していくのを尻目に、リーヴは優雅な手つきで料金とチップを払い、マチルダを降ろした。

凍えるほど冷たい朝の風に髪が逆立ち、癖毛が一層もみくちゃに絡まるが、マチルダの関心は目の前の工場へと真っ直ぐに向いている。

工場は四階建ての煉瓦造りで、中庭も含めれば、デパートひとつくらいすっぽりと収まってしまいそうなほど大きい。しかしずいぶん前に閉鎖したらしい。鉄の門扉の横では若者が地べたに座り、いびきをかいて眠っている。ぼろぼろの軍服を着て、右腕がない。首には〝ベトナム帰還兵、国のために戦った私にどうかお恵みを〟と書いたボードをぶらさげている。マチルダはそっと目を逸らし、リーヴに話しかけた。

「キューブリック監督が本当にこんなところで撮影を？　セットじゃなくて？」

「最近は撮影所の閉鎖も多くてね。使うにも金がかかるし。さあ嬢ちゃん、急がないとはじまっちまう。せっかく駄々こねてついて来たんだから」

かちんときて言い返そうとしたが、リーヴは傾いた門扉の隙間をさっさと抜けて、敷地へ入ってしまった。急いで追いかける。

「……お言葉ですけど。私は駄々なんかこねてません。それと嬢ちゃんって呼ぶのはやめて下さい。もう成人してるんです」

「二十歳だろ？　知ってるよ、爺さんから聞いた。名門大学を中退したってのもね」

「じゃあどうして〝嬢ちゃん〟なんて。あなたと五歳しか違わないのに」

マチルダのスカートの裾に門扉の蝶番が引っかかり、びりりと音を立てて生地が裂ける。服はこれの他にもう一着しか持っていない。するとリーヴが戻ってきて、引っかかった糸を蝶番から外した。

「……こういうところだよ」

ふたりは廃工場へと入っていく。奥行きのある広大な作業場に、年季の入った木製の台がずらりと並んでいる。誰も顧《かえり》みなかったのか、型が古すぎて売ろうにも売れなかったのか、大きな業務用ミシンもそのまま残っていた。目を閉じれば、かつて響いていたであろう踏板やはずみ車の音が聞こえてきそうだった。

ところどころガラスの割れた大きな窓から、冬の弱々しい陽光が差し込み、灰色の床にうっすらと、四角い光を落としている。壁際には首と足のない女性体のマネキンが並び、そのうちの何体かはコルセットをつけていた。

作業台の上にはコルセットの型紙と花柄のバンダナが、埃をかぶったまま置き忘れられていた。マチルダはここで働いていたであろう女工たちのことを考える。

「そういえば、私の母も戦時中は工場で働いていたって」

「今も戦時中だよ。ベトナム、ソ連、キューバ。アメリカはいつだって戦争してる」

リーヴは振り返りもせず奥のドアを開き、そのはずみで、日付が一九三〇年で止まったままの壁掛けカレンダーが床に落ちた。

中庭に出ると、撮影隊がいた。真冬にもかかわらず、ワイシャツ一枚で袖まくりをした若者たちが、額に汗を光らせて機材を運んでいる。脚立やテーブル、スチール製の棒。知人を見つけたリーヴが話し込んでいる間、マチルダは中庭の隅で、撮影スタッフの動きを観察した。棟の前の作業台にはポリタンクが並び、熟れすぎたメロンやバナナのにおいをもっとひどくしたような、ラッカー臭を放っていた。

棟の中は、先ほどの作業場と違い、台やミシンはひとつ残らず片付けられ、窓も板や暗幕で塞がれて暗かった。床置きの白熱灯の明かりを頼りに、大蛇のように床をのたうつコードをまたぎ、大きな呻り声を上げる発電機の前を通る。閉めきっているせいで、男たちの体臭や化学物質のにおいが換気されず、息苦しく暑かった。

爆発シーンの撮影なら当然、火薬や導火線、模型があってしかるべきだが、そういったたぐいのものは見当たらない。

中央に集まったスタッフはほとんどが男で、マスクとゴーグルをつけた真剣な面持ちが、照明を受けて暗闇に浮かんでいる。馴れた手つきで電気ドリルで金具を繋ぎ、何かのセットを組み立てているが、あれはどう見ても水槽だ。マチルダは少し近づいて観察した。海のシーンでも撮るのだろうか？　完成した水槽は腰ほどの高さの台に置かれ、その周りに、子どもが砂場で遊ぶ時に使うような、小さなバケツがいくつも並べられていった。中を覗いてみると、ただの水が張ってあるようだった。背後では撮影用カメラのチェックが行われている。

「おおい、道を空けろ。バナナ・オイルが来たぞ」

声のした方を振り返ると、マスクをつけた男たちが数人がかりで、異臭のするポリタンクを運んでくるところだった。その後ろから湯気の立つ大鍋も続く。マチルダは手渡されたマスクとゴーグルを顔につけながら、こんなものを一体どうするつもりだろうと首を傾《かし》げつつ、撮影隊から離れた。

「急げ！」

「黒インキの混ぜ具合はこんなもんでいいのか？」

「何だか妙だなあ。本当にこれで正しいのか？」

鍋が先に来て、どす黒い色水が水槽の三分の一ほどに注がれる。

「次はバナナ・オイルだ。ゆっくり、ゆっくり入れろ」

ポリタンクの化学物質がそっと注がれ、全体の三分の二が埋まった。

「色水は？　おーい、シャーリー！　染料だ！」

オーバーオール姿の青年が長い手を振ると、入口から眼鏡をかけた女がトレーを持ってよたよたとやって来た。マチルダは男所帯の撮影チームに女が混じっていることに喜びと興奮を感じ、自分と同じようにぼさぼさ頭のシャーリーの後ろから、作業を見守った。

トレーには染料の入ったシャーレが並んでいる。シャーリーは水槽の周りに並べてあった小さなバケツに、赤や青、白、黄色、紫などの各色を手早く混ぜた。

マチルダは生まれてはじめての本物の映画撮影現場をすべて記憶しようと、茶色の瞳を忙しなく動かした。ロニーが死んでからの窮屈な日々。家では映画を見ることも、映画の話をすることすら禁じられ、マチルダは心の蓋《ふた》を閉め続けなければならなかった。

だが今この空間では、全員が映画作りに燃えている。そのことを考えただけで、マチルダの肌は粟立《あわだ》ち、目頭が熱くなった。

深呼吸をして気持ちを落ち着けていると、リーヴが戻ってきた。

「例の〝マンハッタン計画〟に参加したやつと話してきたよ。どうもダグラス・トランブルはずいぶんキューブリックに気に入られたらしいな。みんな嫉妬《しっと》していた」

「トランブル？　聞いた覚えがあるような……」

「ああ、たぶん『オズの魔法使』の特撮スタッフのドン・トランブルのことじゃないかな。ダグラスはその息子だ。三年前のニューヨーク万博の作品もひとつ手がけているんだと」

「万博に行ったの？　羨《うらや》ましい。私は勉強ばかりで、それどころじゃなかった」

「楽しかったよ、ポッドに乗ってジオラマやら動くティラノサウルスやらを見るんだが、どれも迫力満点で……その中に、ドームに月面やビッグ・バンを映写したパヴィリオンがあったんだが、斬新な映像体験でね。ダグラスはそれを担当して、キューブリックに抜擢されたらしい。僕の友達よりもずっと出世するに違いないよ」

　ふたりが会話をする間も、スタッフたちは懸命に作業にあたっている。三分の二まで水を溜めた水槽に、今度は上から黒いビニールをかけ、水面にぴったりと密着させた。その上から、更にホースで水を注ぐ。マチルダには、これらの行為に何の意味があるのかさっぱりわからない。興味のない人が見れば子どもの遊びだと思うようなものだが、スタッフたちは全員、大手術に立ち向かう医師のような真剣な面持ちで、作業にあたっていた。

「……ドン・トランブルって、『オズの魔法使』のメイキャップをした人？」

「いや、確かスクリーン・プロセスを手がけたはずだ。竜巻の場面を覚えているだろ？」

「もちろん。でもあれって特撮なの？　てっきり本物かと」

主人公の少女、ドロシーが暮らすカンザスの農園に、冒頭、竜巻が襲いかかる。モノクロの画面に暗雲が垂れ込め、登場人物は強風にあおられ、巨大な竜巻が迫り来る場面は、とても迫力があった。しかしリーヴは首を横に振る。

「偽物だよ。本当に竜巻が起きているところで撮影なんかしたら、俳優もいるし、危なくてしかたがない。それにどのくらいの規模の竜巻がいつ発生するか予測できないんだから、理想的な環境が整うまで待つなんて、時間の浪費だ。だからあれは特撮なんだ。誰かが撮影した竜巻のフィルムを借りてきて、俳優とセットの背景にスクリーンを張り、裏側からプロジェクターで投影する。セットの外側には巨大な送風機があって、木の葉やら小枝やら土埃やらを飛ばし、俳優はスクリーンに映った竜巻に合わせて演技をするんだ。風で飛んでいくドアやらがらくたやらはワイヤーで吊ってね。投射は昔からある〝リア・プロジェクション〟って合成技法だ。『原子怪獣現わる』を覚えてるだろ？」

マチルダにも合成技術の知識はある。しかしまだこの世界に飛び込みたてで、本編映像を見るだけでなんの技法が使われているのかわかるほどの経験値はなく、目も磨かれていなかった。その時、水槽の前にいたスタッフのひとりが手を叩き、大声で呼びかけた。

「みんな、静かに！　撮影をはじめる！」

直後に照明が落ち、光源は水槽を下から照らす小さな白熱灯だけとなった。

暗闇に浮かび上がった水槽は、たっぷりと水を湛《たた》え、どこか神々しくさえ見える。果物が熟しすぎたような、つんとするラッカー臭は耐えがたかったが、マチルダはいよいよ爆発が行われるのだと固唾《かたず》を呑んだ。しかしいつまで待っても、爆発は起こらなかった。

水槽から最も近い位置に、長い棒を持った青年がいる。棒は先端にスポンジがくくりつけてあり、まるで蒲《がま》のような形をしていた。彼はシャーリーが染料を溶いたバケツに棒の先を浸すと、軽く水を切り、水槽の上へ持ち上げる。バケツの水は白色の染料を溶いたものだったようで、スポンジは白く染まっていた。

青年は一呼吸置いて、水槽の表面をなぞった。たちまち色水が落ち、白濁した渦が、暗い水の中をゆっくりと回転しながら沈んでいく。その様をカメラが撮影する。

「照明をもっと落とせるか？　会社のチームとやった時は、もっと怪しげに見えたんだが」

「暗すぎると色が映えないぞ」

「誰かキューブリックのノートも盗んで来いよ。すべて記録してたんだから」

「無茶な冗談言ってないで、俺たちもやつに倣《なら》って試してみるしかないだろ。フィルムはまだ残ってる。トライアル＆エラーだ」

スタッフたちはあれこれと言い合いながら、たくさんの棒を用い、色とりどりの水を落としていく。

水槽の内部で起きている現象には、確かに奇妙な美しさがあった。スポンジ棒の動きを素早くし、色水が細くたなびくように落としてやれば、煙草の紫煙を思わせるような形が生まれる。薄く、ごく少量を落とせば、傘を広げたクラゲのように見えた。スタッフたちは試行錯誤し、モーターで水流を回転させてみたり、水面にふいごを突っ込んで吹いてみたりする。すると色水はもくもくと膨張して、雲や火砕流に似た姿を見せた。

棒から太い筆に持ち替え、白色の水をぼとりと落とした時は、下ぶくれた電球そっくりの形になり、続けてその上に赤い水滴を垂らしてやると、白濁した半透明のガラスに、真紅の灯火が怪しく輝いているようだった。

普通の真水に絵の具を落としただけでは、こうならない。いったいどのような発想の持ち主ならこの技法を思いつくに至れるのか、マチルダにはさっぱりだったが、実験を繰り返した結果生まれた技術なのは間違いなかった。

「盗みたくもなるってことなのかな」

大所帯の撮影現場ともなれば、契約書の如何《いかん》にかかわらず、多少の技術の漏洩《ろうえい》のリスクは覚悟するものなのかもしれない。けれど、技術だけ踏襲したところで、越えられない〝センス〟という壁はある。マチルダもよく知っている――ヴェンゴス老人の技術を盗めたところで、自分の腕が技術に追いつかなければ、結局生かせないのだ。

ひとつを終えたら、水槽の水を廃棄して、また色を落としては、再び水を捨ててやり直す。準備にはゆうに三十分がかかり、たとえ整っても、スタッフたちの議論が終わらなければ撮影は再開しない。明らかに有毒なガスが充満して、何度も外に出ては呼吸を整えたが、頭痛がしはじめていた。

リーヴに「そろそろ行こうか」と促《うなが》され、ふたりが廃工場から出た頃には、外はとっぷりと暮れていた。マスクとゴーグルを取り去って、新鮮な空気を肺一杯に吸う。煉瓦造りの建物の並びの向こうに、マンハッタンのきらめきが見える。マチルダはリーヴの少し後ろを歩きながら、ローファーのつま先で小石を転がした。

「どうだった？　はじめての撮影現場は」

「楽しかったし、勉強にもなった。でも……少し」

「想像していたものと違う？」

図星を突かれて、マチルダは口をつぐんだ。五歳年上のリーヴはもうすでに背景画家として映画の世界に入っているが、自分はその入口にすら立っていない。リーヴの背中を睨みながら蹴飛ばした小石は、歩道から落ちて側溝の穴の中へ消えてしまい、マチルダはコートのポケットに両手を突っ込む。

「友達に確かめたけど、やっぱりあの水槽の特殊効果を爆発シーンに使うんだって。キューブリックがスクリーンにどう映すのか、楽しみじゃないか？」

「……あんなのが爆発シーンになるなんて、とても理解が追いつかない。まるで子どもの遊びみたいだったもの」

「だからこそキューブリックらしいじゃないか。さっき話したスクリーン・プロセスと同じだよ。映画ってのは、カメラのレンズにどう捉えさせるかに尽きる。現場でやってることはたいてい滑稽《こっけい》で地味なもんだよ。肝心なのはクッキー型の内側であって、外側はどうでもいいのさ。レンズの切り取り方次第で、見たことのない衝撃、迫力を、観客に与えることができるんだ」

リーヴはくるりと振り返ってマチルダと向き合うと、後ろ向きに歩きながら言った。

「外から見てるからわからないんだ。早く中に入ればいい」

「簡単に言わないで。私はヴェンゴスさんのところで修業中なの。あなたにすら追いつけてない」

するとリーヴは突然足を止め、勢い余ったマチルダは彼の胸板にぶつかってしまい、慌てて飛び退いた。一体どうしたのかと顔を見上げると、リーヴはいつになく真剣な表情で遠くを見ていた。

「……俺に追いつくのなんかすぐだ。しばらく国から離れなくちゃならなくてね。君は知識にも貪欲《どんよく》だから、あっという間に抜かれるかもしれない」

「国を離れる？　休暇でも取るの？」

「まあ、そんなようなものかな。そうだ、明後日の金曜の夜、映画にでも行かないか？　晩飯をおごるよ」

急な誘いにマチルダは両目を丸くした。男性から映画や食事に誘われたのははじめてだった。二月の冷たい風がビルの間から吹きつけてくるのに、マチルダの頬は熱い。

「ええと……」

「嫌かい？　いいさ、最近女性に振られてばかりだから気にしないでくれ。ひとりで食事をするのには馴れてる。旅立つ前の食事がそうなると確かに虚《むな》しいが、別に……」

「よほど遠いところなんだね。どこへ行くの？」

「南の方。日に焼けて帰ってくるよ」

冗談めかした態度を崩さないリーヴに、マチルダはどう反応すべきかと戸惑う。からかわれているのだろうか？　それともここは気負わず受けるべきだろうか？　しかし「女性に振られてばかり」だという軟派な言葉が引っかかり、なかなか「はい」と言えない。

動揺したマチルダがマンホールにつまずいたり、街灯にぶつかりそうになったりするので、リーヴはついに笑い出した。

「頼むからそんなに狼狽《うろた》えないでくれ。うっかり誘ってしまって悪かった。何も君ひとりで来いと言ってるんじゃない、友達がいるなら一緒においでよ。それも嫌だったら、きっぱり断ってくれて構わない。念の為だけど、映画と食事以外に何もする気はないよ。その点は安心してほしい」

結局、「金曜の夜に迎えに行くから、それまでに決めておいて」というリーヴの言葉に頷き、マチルダはタクシーでアトリエへ帰った。リーヴのことはよく知らない。はじめてニューヨークに着いた日に助けてくれたのはありがたかったし、魅力的だと思ってはいる。それに一九六六年当時、映画は誰かと観るのが一般的で、とりわけ女がひとりで暗い映画館に入るなど、歓迎されることではなかった。気まずさに堪えながら映画館へ通っていたマチルダにとって、リーヴがいてくれるのは心強い。観たい映画もある。

しかしそれ以前に問題があった。ボストンバッグを開けてみて、ため息をついた。服がない。いかにも真面目な大学生らしいブラウスやカーディガンに、しわだらけのスカート。新調するための金は持っていなかった。そもそも男性と出かける日に何を着るべきかすらわからないのだ。自分は考えすぎなのだろうか。その晩、マチルダはなかなか眠れなかった。

翌日、ヴェンゴス老人を起こす前に、マチルダは公衆電話に走って行き、エヴァンジェリンが残してくれた番号にかけた。ややあって聞こえてきた眠たげな声にほっと安堵しつつ事情を説明すると、彼女は大笑いに笑った。

『やっと電話してくれたと思ったらそんなこと？　まあでも、かけてくれてよかったよ。あたしの服を貸してあげる。ついでにその男の顔も拝ませて』

年下に頼られたためか、数ヶ月ぶりに会ったエヴァンジェリンは気合いたっぷり、金曜の朝からアトリエに突撃しに来て、マチルダの世話を色々と焼いた。スカーフでまとめた黒髪を振り、弾ける活力を全身から放出しながら、買い物をしたり、隣家の老婆とスペイン語で会話してうちとけたりするので、マチルダの身の回りにどんどん鮮やかな色がついていくようだった。

「何なの、このひどい巣は。ジジイなんて放っといてうちにおいでよ、こんなとこに住んでたんじゃいつ病気になってもおかしくないからね。あとこれ何？　〝痩せっぽちの女の子へ　食べなさい〃って書いてあるけど」

エヴァンジェリンがそう言って掲げたのは、毎晩ヴェンゴス老人を自宅へ送り届けると、玄関前に置いてある紙袋だった。いつもりんごやら梨やらパンやらが入っているが、今も差出人は不明のままで、マチルダは首を傾げた。

「そんなことが書いてあったの？　読めなくて」

「スペイン語だからね。誰かが、あんた宛に食料を置いといてくれたんじゃない？」

この〝ヘルズ・キッチン〟で？　移民たちに言葉の壁を感じ、なかなか打ち解けられずにいた街で、誰かが自分を気にかけてくれたというのだろうか。マチルダは目を丸くする。

夕刻、約束どおりリーヴがアトリエにやって来た時、マチルダの爆発しがちな癖毛はいつもより少し大人しく、生え際は編み込みにして、金色のピンで留まっていた。落ち着いた緑色のワンピースに黒色のAラインのコートは、マチルダの痩せた体をカバーして大人っぽく見せ、戸口に立ったリーヴが一瞬目を瞠《みは》るほどだった。

「リーヴ、こちらはエヴァンジェリン」

「よろしく。私の可愛い後輩をデートに誘ったっていう馬の骨のツラを拝みに来たの」

率直すぎるエヴァンジェリンにリーヴは目を白黒させながら、握手に応じた。

何やら楽しげに笑っているヴェンゴス老人をアトリエに残して、三人は出かける。途中、初対面とは思えないほど会話が弾んでいるエヴァンジェリンとリーヴに、嫉妬とも寂しさともつかない気持ちが湧き上がり、どうしようもなく消えたくなったが、思い悩むうちに映画館についた。

最新の封切り作品ではなく、リバイバル上映の『メリー・ポピンズ』を選んだのは、マチルダがポスターの前で呆然と立っていたからだ。

ヴェンゴス老人が〝ガキ向け〟と揶揄《やゆ》したこの映画を、リーヴもエヴァンジェリンもそれなりに楽しんで観ているようだったが、マチルダは違った。上映の最中、ふたりは間に座っていたマチルダの顔を見てぎょっとした。頬が涙で濡れていたからだ。

マチルダはロニーのことを思い出していた。ポスターを見た時からそうだった。メリー・ポピンズの友人、バートを演じたディック・ヴァン・ダイクと、大好きだったロニーがそっくりなのだ。顔も振る舞い方も、子どもたちと一緒に遊んでくれる無邪気な何でも屋という設定も。

バートの笑顔は、まわりのすべてを明るくし、子どもの気持ちを見事に掬い上げる。ペンギンとのコミカルなダンスや、煤だらけのまま屋根の上で歌い踊る場面は、微笑みながら観ることができた。けれどもだんだんと寂しくなっていき、涙が一粒、もう一粒と落ちて、マチルダの手の甲を打った。

「どうしたの？　そんなに悲しかった？」

エヴァンジェリンは、街から去って行くメリー・ポピンズの姿が悲しかったのかと勘違いしたが、マチルダが泣いた理由はそこにはない。

とりわけ最後が堪《こた》えた。〝凧をあげよう〟を歌っていたバートが、去りゆくメリー・ポピンズに手を振る最後が。彼女を見送ったバートがほんの少し寂しそうな表情を浮かべる。

その時まるで本物のロニーから別れを告げられたような気分になって、感情が一気に溢れてしまった。

「ごめんなさい。自分でも馬鹿みたいって思うんだけど」

ハンカチで涙と洟《はな》を拭《ぬぐ》うマチルダを、リーヴの青い瞳がじっと見つめる。

「いや、まったく構わないよ」

しかし、泣き止もうとしてもなかなかうまくいかない。エヴァンジェリンが抱きしめてくれると、よけいに涙が出てきて咳き込む。

映画の後の食事をキャンセルし、ふたりに付き添われながらアトリエへ戻る。情けなさで余計に涙が出てくるのを、エヴァンジェリンがハンカチで拭ってくれた。彼女は先に帰り、後にリーヴが残る。

玄関前の階段にふたりは腰かけ、しばらく黙って街の明かりを見ていた。このままではいけないと、マチルダは擦《かす》れた声でロニーのことを話した。

「わかるよ」

語り終わったマチルダに、リーヴが静かに答える。

「僕にもそういう人がいたんだ。僕の場合は親父だったけど。映画や絵の楽しさを教えてくれた、いい師匠《メンター》だった。今でも時々ふと思い出しちまって、ひとりで泣いたりしてる」

「あなたも泣くの？」

「そうさ。部屋やトイレに籠もってめそめそ泣くよ。だから君も気にするな」

リーヴは少し躊躇ったように手を宙に泳がせてから、マチルダの肩を軽く叩き、すぐ手を離す。

「食事はまた今度行こう。帰ってきたら祝ってくれ」

そう言って腰を上げ、軽快に階段を降りていく。マチルダは心の底から湧き出てくる後悔と寂しさに駆られて、立ち上がって彼に伝えた。

「ごめんね、リーヴ」

「チャーリーでいいよ、マチルダ」

「マティ」

「マティ。次のデートはふたりで行こう。おやすみ!」

次のデートはふたりで——最後に大きな花火を打ち上げられたような気分になり、マチルダは大急ぎで玄関に飛び込むと、階段を駆け上がってアトリエに帰った。ドアを閉めると壁により掛かり、そのままずるずると腰を下ろした。とても疲れていたが、幸福だった。

しかしリーヴが言う「次」はすぐには来なかった。

廃工場でリーヴと共に見学した撮影は、結局MGMとキューブリックの制作会社ポラリス・プロダクションの知るところとなった。無断で技術を漏洩させた責任を裁判所で償うか、すべてのフィルムを廃棄するかの選択を迫られ、無謀な若者たちは後者を選んだ。それをリーヴが知るまでにはしばらくかかる。

リーヴ自身が廃工場で言ったように、戦争はまだ続いていた。最も激しい戦地はベトナムだ。背景画家の仕事だけでは食えず、広告の仕事もしているリーヴは、従軍記者についてベトナムの最前線へ飛んだ。彼がよこした手紙には、「行かなくて済むならそれでよかったんだけどね。モハメド・アリの意見に俺は賛成だから」と書いてあった。

マチルダは図書館へ出かけ、新聞を漁《あさ》り、プロボクサーのモハメド・アリが何を言ったのか調べた。彼は昨年、「俺はあいつらベトコンたちに何の恨みもないんだよ」と言って兵役拒否し、物議を醸したのだった。この言葉が世間からの猛烈な批判に晒《さら》されたと知ったマチルダは、トイレに駆け込んでひとしきり泣いた。

第三章　CG《コンピュータ・グラフィックス》

一九六九年〜一九七五年
ニューヨーク／ロサンゼルス

春のきらめく陽光が窓から差し込み、アトリエに並んだ造形物を照らす。彫塑台の前ではマチルダが新しい小道具《プロップ》を作っていた。鳥の巣のようだった癖毛は長く伸び、鮮やかなオレンジ色のバンダナでひとつにまとめられている。薄く化粧をした面立ちは二年前と比べずいぶん大人びて、体全体もしなやかに成長していた。

マチルダは立ったまま台に向かい、粘土で作った魚人の頭部に鱗を貼って馴染ませる作業をしていた。昨夜からかかりきりで仕事を続けているが、集中力は途切れない。これが出来上がったらオーブンで焼き、型取りをする。口元に垂れてきた髪の筋を手で払うと、粘土が頰についたが、マチルダは魚人から目を離さなかった。

アトリエの隅からいびきが聞こえる。二年の間にすっかり老いたヴェンゴス老人が、カウチにもたれかかり、舟を漕いでいた。すると開きっぱなしの窓から、上の階で飼われている牛柄の猫がやってきて、老人の膝をジャンプ台にし、老人は泡を食って起きた。

「この腐れ猫め！」

悪態をつかれても猫は意に介さず、まっすぐマチルダの足もとに走り寄って顔をこすりつける。マチルダは笑いながら猫の頭を撫でた。

「先生、おはようございます。コーヒーでも飲みます？」

「いや、いい。わしが淹れる。お前さんは作業を続けろ」

老人は顎のよだれをセーターのすり切れた袖口でぬぐい、杖をついて立ち上がった。老人はいくぶん足腰が弱くなって、階段の上り下りも厳しく、住居を通りの向かいからこちらのアトリエに完全に移した。それと入れ替わる形で、マチルダは今、老人が暮らしていた部屋に住んでいる。以前、毎晩のように果物だのパンだのを差し入れてくれていたのは、一階のプエルトリコ人商店の女主人で、現在は簡単なスペイン語で会話をする仲になった。

アンブロシオス・ヴェンゴスの工房は、今ではマチルダ・セジウィックの工房と呼んでも差し支えないほど、代替わりした。修業をはじめてしばらく経った一九六七年の夏、ヴェンゴス老人の関節痛がひどくなり、それ以来マチルダはなかば強制的に、師匠の代わりを務めることになった。映画の仕事はごくわずかで、ブロードウェイの舞台用の小道具やメイキャップ用の顔、テレビの子ども番組で使うキャラクターの型取り作業と、細かな仕事が多い。はじめのうちは未熟で、途中でキャンセルされてしまった依頼もあったが、自信がないとぐずぐず言っている場合ではなくなったことが、かえってマチルダを急成長させた。

デッサンと解剖学の勉強をさぼらず続けていたある日、ふいに、自分の目が変わったと実感した。これまで曖昧に捉えていた物体の回り込みや陰影の境界が、はっきり識別できるようになったのだ。そして指先や手のひらで感じたもの、柔らかな肌や滑らかな布、固い鱗といった感触を、物質として現実世界に変換できるようになった。それからは飛躍的に技術が伸び、生来の手先の器用さとモンスターへの愛情の深さも手伝って、一人前に成長した。

はじめはひとつだけ回転していた歯車に、少しずつ歯車が増え、嚙み合い、大きくなって、全体がぶんぶんと小気味よく動いている状態だった。

台所からラジオの電源が入る音がし、ニュースが流れてきた。男性アナウンサーが抑揚のついた声色で、一年前に暗殺されたキング牧師を悼み、これ以上の抑圧に抗議する黒人たちのデモが行われたと伝え、ブラックパンサー党の集会をFBIが警戒していると報じた。ニュース番組が終わると、ラロ・シフリンによる『スパイ大作戦』のメインテーマ曲が流れてきた。ドラマのファンでもあるマチルダは、このわくわくする旋律に合わせてリズムを取り、緑色のピルグリム・パンプスの踵《かかと》を鳴らして、小さくステップを踏む。

「お前さん、へらを持ったまま踊るんじゃないよ。粘土が飛び散る」

「もうそこらじゅう粘土だらけなのに、今更気にします?」

コーヒーを持ってきたヴェンゴス老人の前でマチルダがくるりとターンを決めてみせると、老人はやれやれと首を振った。

「しょうがねえな。それはともかく、今日は配送はないのか？　まだ荷物が置きっ放しじゃねえか」

玄関ドアの前には、小型犬ほどの大きさの包みが置いてあり、先ほどの猫が鼻を近づけて角のにおいを嗅いでいた。

「確かにもう来てもいい時間なんですけど……」

時計を確認すると約束の二時はとうに過ぎている。業者を待つついでに一休みすることにしたマチルダは、手についた粘土をタオルで適当に拭うと、コーヒーを啜った。ラジオから流れてくる音楽を聞きながら、ヴェンゴス老人ととりとめのない話題で雑談していると、ドアのベルが鳴った。

「やっと来た！」

マチルダはマグを台に置いて、小走りでアトリエを抜け、無造作にドアを開いた。

「ずいぶん遅かったですね……」

そこまで言いかけて、はっと息を飲んだ。業者の顔があるはずなのに、いつもの階段の手すりと、向かいのドアが見えるだけだ。しかしドアベルから伝う長い棒に沿って視線を下に落とすと、ベルを鳴らした人物がいた。それは枯葉色のジャケットを着た、リーヴだった。

「悪いな、遅くなって」

リーヴは笑った。しかしもう、以前の潑剌とした笑顔ではなかった。唇の右端から頬のあたりまで裂けた傷を縫い合わせた痕があり、周囲の皮膚が攣《つ》れてくぼんでいる。そして、リーヴの背丈が半分ほど低くなっていた。尻をつけて座っているのだが、両足の膝から下が失われて、立てないせいだった。

「……チャーリー」

「やあ、マティ。邪魔してもいいかい？」

呆然としていたマチルダははっと我に返り、慌ててドアを大きく開いた。

「ええ、ええ、もちろん。入って」

そう言いながら慌てて思い直し、手を出して助けようとした。どうやって歩かせればいいかもわからず、ただ咄嗟《とっさ》に腕を伸ばす。

「大丈夫、ケツの下に車輪がついているんだ」リーヴが尻を浮かせて見せた。確かにその下には、車輪つきの頑丈そうな板が敷いてある。「そうだな、できれば床のものをいくらか片付けて道を空けてくれればありがたい」

急いで床に置きっぱなしの荷物やら材料の入った箱やらをどかすマチルダの後ろから、ヴェンゴス老人が現れ、しわくちゃの瞼をいっぱいに開いて、「なんとまあ」と呻いた。

車椅子は持っているが、階段を上がるにはただ邪魔なだけだから、下のクリーニング店に預けたという。

「……連絡してくれれば、下まで迎えに行ったのに」

「そうしようかとも思ったんだが、店長のミスター・チャンがここに来るまで手伝ってくれたんだ。後で何かプレゼントしないと。でもこれもいいだろ？　手作りのスケートボードだ」

リーヴは両手をオールのように動かして床を掻き、器用に前に進む。その手慣れた様子に、リーヴがこの姿になってから、すでに月日が経っているのをマチルダは理解した。

この前年、一九六八年の一月の終わり。ベトナムの旧正月、節《テト》に、開戦以降最も大きく激しい一斉蜂起があった。ニュースはアメリカでも報じられ、南ベトナム解放戦線の捕虜が、アメリカ側のベトナム人の警察総監に拳銃で頭を撃ち抜かれ、処刑される瞬間を捉えた映像は、アメリカが今ベトナムで何をしているのかを端的に伝えた。マチルダも衝撃を受け、何かできないかと反戦デモに参加したこともあったが、しかしまさか攻勢の渦中にリーヴがいて、大怪我を負っているなどとは、想像もしていなかった。

リーヴはテト攻勢の際、蜂起があった主力基地フエの近く、フーバイに配備された軍と一緒にいた。一ヶ月に及ぶ戦闘は、どれほど味方の爆撃機が飛ぼうが、空挺師団の輸送機が兵員を運ぼうが、アメリカ軍の不利は巻き返せず、退却を余儀なくされた。だが川に船を浮かべれば撃沈され、ダナンからの道も塞がれて、補給路どころか退路も断たれてしまったという。その戦闘の間近にいたリーヴは、味方の兵士が怯《おび》えて闇雲に投げた手榴弾に巻き込まれ、緊急処置を施《ほどこ》されて命は助かったものの、後方基地の病院で両足を切断することになった。

「それから治療とリハビリに一年かかってね。手紙にも書いていいか迷って、伏せたままにしてたんだ——だって正直に書いたら、きっと君は見舞いに来ちゃうだろ。治ってからも何だかんだ仕事が山積みで、全部片付けてから、やっと挨拶に来られたってわけ」

マチルダは混乱のあまりに言葉が見つからず、リーヴが話し終えると席を立ち、台所で湯を沸かした。リーヴの分のコーヒーを淹れるつもりだった。しかし手が震えてスプーンを落としてしまい、インスタントコーヒーの粉末が床にぶちまけられ、いくら雑巾でぬぐっても取り切れず、茶色い粉が目地に残った。

こういう時、どんな振る舞いをすべきなのか、マチルダにはさっぱりわからなかった。二度の世界大戦を見てきたヴェンゴス老人の方が、まだリーヴとうまく話せているように思う。雑巾をかける手を止めて、やかんの湯が沸騰するまで、ぼうっと壁を見ていた。

「いい魚人だね」

台所から戻ると、リーヴは彫塑台の粘土型を褒めた。

「ずいぶん腕を上げたな。言っただろ、俺なんかすぐ追い抜くって」

「……追い抜くとか追い抜かれるとか、そういうのが大事な世界じゃないって知ってるでしょ。結局はいいものを作ればいいの」

「へえ、どうやら俺と君は見ている世界が違うらしい。こいつは映画の仕事かい？」

「まあね、本当に小さな仕事だけど。グラインドハウスでもかけてもらえるかどうかわからないくらい、ひどい脚本のホラー映画」

「好きなくせに」

笑うと傷跡が引き攣れて歪《ゆが》むが、リーヴの青い瞳は美しいままだった。マチルダは胸がぎゅっと詰まり、切なくなるのを堪えながら、何でもない風を装って笑い返す。

それからリーヴは一時間ほどアトリエに滞在し、大遅刻した配送業者がやっと呼び鈴を鳴らしたタイミングで、「じゃ、そろそろ」と言った。ヴェンゴス老人に促されて、マチルダはリーヴの代わりにスケートボードを持ち、階下まで付き合ったが、顔が強張ってなかなか笑顔が作れない。

手すりを摑むリーヴの腕は、鍛えられて筋肉が盛り上がっている。しかし指の爪は長く、垢で汚れていた。髪もべたついて、以前の洒落者だったリーヴとはまるで違う。体から漂うにおいは、油絵の具ではなく、マリファナのそれだった。

「リーヴ。今はどこに住んでるの？」

「あっちこっちさ。友達のところを転々としてる」

「……そう」

嘘だ、と直感したが、それ以上聞くことはできなかった。

クリーニング店の店主から車椅子を受け取り、マチルダはタクシーを呼ぶために、もう少し大きな通りへ出ようとした。するとリーヴの手が伸びて、マチルダのシャツの裾を摑んだ。

「待ってくれ。映画を観に行きたいんだ」

マチルダは両目を瞬きながら、「ええ、もちろん。ええ、いいわ。私も仕事が終わったばかりだし」と、何度も頷いた。

二年前と同じ道を、ふたりは遡《さかのぼ》って歩き、映画館のある通りへ向かう。日が傾きはじめ、春といっても風はまだ冷たい。マチルダは肩をぶるりと震わせながら、慣れない手つきで車椅子を押す。歩道の並木は若々しい黄緑色の葉をつけ、青い空を白い飛行機雲が横切り、建物の向こうへ消える。

「リーヴ、何を観るの？」

「キューブリックの新作『2001年：宇宙の旅』だよ。あそこの映画館でリバイバル上映しててさ、楽しみにしてたんだ」

「そういえばあの連中が撮った自主制作映画はどうなったのか知ってる？」

MGMに見つかって頓挫《とんざ》したことを話すと、リーヴは「やっぱりね」と笑った。

「それならなおのこと、本家がいかほどのものを撮ったのか確かめてやらないと。君はもう観たんだろ？」

「実は……まだなの」

あなたが帰ってくるまで待っていたと正直に伝えたら、リーヴはどんな反応をするだろう。それに、世間の評判は賛否がまっぷたつに分かれ、論争を読むうちに気持ちが萎《な》えてしまったせいもある。マチルダは結局「時間が作れなくて」と誤魔化した。

劇場は満席だった上に車椅子用の席はなく、ふたりは入口のドア脇に身を寄せ、映画を観た。マチルダは壁によりかかる格好で、疲れたらその場にしゃがんでしまうつもりだった。しかし一度も画面から目を離せず、また立っていたことで、ついふらふらと画面に吸い寄せられてしまいそうだった。二、三歩を踏み出して、はっと我に返って戻る。

観客の野次やいびきは耳に入らなかった。インターミッションで帰ってしまう客の苛立《いらだ》った声もどうでもよかった。気がつくと場内は明るくなっており、クラシックの『美しく青きドナウ』が流れる中、スタッフのクレジットが淡々と表示されている。観客たちはおのおのしゃべりながら席を立ち、ドアのそばのマチルダとリーヴを一瞥して現実へ戻っていった。しかし一部の観客とふたりは、魂が抜けてしまったかのように呆然として、その場を動けなかった。

これは一体何だ？

哲学的な難解さはもとより、映像表現に目を奪われ、圧倒されていた。

マチルダは上映中、自分も遠い宇宙を旅しているような気分を味わった。「キューブリックは秘密裏に宇宙船に乗って、誰よりも早く月や木星に到達し、本物を撮影してきたのだ」と言われたらつい信じてしまいそうだ。ショットもひとつひとつ凝っていて先鋭的だったし、ＨＡＬ９０００にも深みがあった。いつだったか、父のジョゼフが大統領選の当選予測に使われたコンピュータを馬鹿にした記憶が甦る。もし彼がこの映画を観たら、怖《おそ》気《け》を震うかもしれない。

主人公のデイブが不可思議な光のトンネルの中へと入っていくクライマックス、ありとあらゆる色の眩い光線が画面の奥から洪水のように押し寄せてくる場面は、どのように撮られたのかさっぱりわからなかった。そして〝爆発〟のシークエンス――白く渦巻く銀河系、惑星の爆発、音のない宇宙にたゆたう靄《もや》。

これはあの日見た技術だとすぐにわかった。ラッカー臭い液体と黒い水を合わせた中に、インクを落としたものだ。火薬など必要なかった。宇宙へ撮影に行く必要もない。廃工場の小さな水槽の中で銀河は生まれ、惑星は爆発できる。

リーヴの言ったとおりだった。クッキー型の内側が大事で、外側はどうでもいい。映画とはそういうものなのだ。

だが視覚効果以上に、マチルダは冒頭に登場する猿人に心を奪われていた。

最初は、まだ世界には猿人が残っているか、または芸達者なチンパンジーを使ったのかと思った。だが次第に、演者にメイキャップしたのだと気づいた。

昨年公開した『猿の惑星』で俳優たちを猿に変身させた、エイプ・マスクも素晴らしかったが、こちらの出来はそれをはるかに凌駕《りょうが》している。『猿の惑星』では、口元が猿らしく盛り上がっていたものの、唇はほとんど動かせず、俳優は唯一生身である目を大きく動かして、演技をする必要があった。

しかし一方の『2001年：宇宙の旅』の猿は口が開くどころか、本物の猿と同じように、上唇をめくり上げて歯茎と牙まで丸見えにし、威嚇《いかく》のポーズを取ったのだ。

つまり、パペットを使わず手で操作もせずに、筋力がないはずのメイキャップ部分を動かしたということだ。こんなものは見たことがなかった。もし顔に分厚く重いゴム製のマスクをつけて、マスク部分を本物の猿の唇のようにめくり上げろと言われたら、自分にはどんなアイデアを出せるだろう？　人間の唇に密着させればかすかに動くが、唇にわずかな隙間が開く程度で終わってしまうし、それに〝口が開いたら中の人間の歯が見えた〟では興ざめだ。偽物の牙と口腔をマスクと人間の皮膚の間に作る必要がある。

　この映画でどれほどの偉業が達成されたのか、映画世界のモンスターを愛するマチルダにはよくわかった。

　スタッフロールを食い入るように見つめ、メイキャップアーティストの正体を確かめようとした。しかしクレジットされる部門は非常に大まかな上、スーパーバイザークラスの名前しか登場せず、メイキャップを手がけたと思われる人間は見つからなかった。

　一体誰が、何を、どのくらい手がけたのか？　マチルダは苛立たしげに爪を噛んだ。

　これほどのアイデアを生める人間と自分との差は、絶望的なまでに広い。技術だけ盗み出して自主制作映画に使おうとしていたあのスタッフたちも、おそらく、この完成度を前にすれば、ＭＧＭが途中で警告してくれてよかったと思っただろう。アイデアを盗んだところで問われるのは結局、個人の技術だ。そして出来を見抜く鋭い感性と、幾度も実験を繰り返して分析し根気強く試行錯誤するだけの気力も必要だった。

　あの領域まで到達するのはもはや狂気だ。マチルダは歯がゆさと羨望《せんぼう》が入り交じった興奮に浸りながら、爪を噛むのをやめ、車椅子の把手《とって》を強く握りしめた。帰って作業を続けなければ。早く粘土を触りたい。

その時、ずっと沈黙していたリーヴが、マチルダを振り返った。

「もう一度観たい」

「えっ?」

「観たいんだ。頼む。今日は一日この映画を上映するはずだ。飽きたなら君は帰ってくれていい。俺は残る」

瞳に熱を帯び、今にも噛みついてきそうなリーヴに、マチルダは「わかった、付き合う」と答えるほかなかった。

ややあって、次の観客がやって来て、映画は再びはじまった。しかし二度目の上映が終わっても、リーヴは帰ろうとしなかった。結局最終上映回も観た後で、気を失ったように眠ってしまった。

後日、四月十四日、第四十一回アカデミー賞の発表が行われた。『2001年:宇宙の旅』は、特殊視覚効果賞だけがなぜか監督に与えられ、それ以外のすべての受賞を逃した。メイキャップ賞はまだ存在しなかったが、『猿の惑星』のエイプ・マスクを手がけたジョン・チェンバースに、名誉賞が贈られた。

『2001年:宇宙の旅』の猿人はアカデミーに無視され、アーティストの名前もまだわからなかった。マチルダは、協会員たちはあの猿人を本物のチンパンジーと勘違いしたのではないかと疑った。

ロニーことロナルド・E・サンダースは、まだ生きて元気だった頃、マチルダにこう言った。

「ハリウッドは夢の製造工場だよ。あそこでは、どんなことでも現実になる。動物がしゃべったり、二本の足で立ったりするんだ。魔法使いが空を飛ぶのを見ることだって、宇宙船に乗って月を探検することだってできる。貧乏人が王様になることだってね」

今のマチルダはその言葉が誇張だと知っている。しゃべる動物の陰には台詞を読む俳優がいて、二足歩行の動物は着ぐるみか、ワイヤーや鉄骨で固定した操り人形だ。空飛ぶ魔法使いは、背景のスクリーンに俯瞰《ふかん》した街の絵——リーヴが生業《なりわい》としていたマット・ペイント——や写真を入れて合成したか、時には役者をワイヤーで吊って、扇風機であたかも風を切るかのように演出しているにすぎない。

ハリウッドだって物理法則からは逃れられない。すべてに仕掛けがあり、誰かが工夫を凝らした道具や手段を使い、汗をかく生身の人間が後ろで支えている。

幼い子どもには確かに「魔法」と表現した方が易しかっただろうし、夢も壊さないだろう。しかし成長した今では、魔法ではなく科学だという現実がむしろありがたかった。たいていの物語に登場する魔法は選ばれた人物にしか備わらないが、科学や物理は、誰もが思いつけ、試行錯誤を経て、実行できる。難しい呪文も超能力も必要なく、ただ勉強熱心で根気がありさえすれば、自分もスタッフの一員になれるのだ。

その年の夏、人類がはじめて月に到達した熱狂の後、マチルダは二十三歳になった。それからいくらも経たないうちに、ヴェンゴス老人が脳梗塞《のうこうそく》で倒れた。彼の身内はアメリカにおらず、故郷のギリシアへ帰ることになった。これを機にマチルダもニューヨークを離れる決意を固め、ロサンゼルスへ移り住んだ。ヘルズ・キッチンでの暮らしにも馴染み、友人はエヴァンジェリンの他にも大勢できたが、やはりどうしても、ロニーが愛したハリウッドに行ってみたかった。

ロサンゼルスはあらゆる点でニューヨークと異なっていた。

空の広さが違った。どこへ行っても視界いっぱいに空があり、その青さは容赦なく鮮やかで、ちっぽけな自分と空とを遮るものは何もない。道端ではパームツリーが、青すぎるほど青い空を突かんと幹を真っ直ぐに伸ばし、豊かな緑の葉を繁らせている。

風のにおいが違った。ディーゼルエンジンにココナッツ、日焼けオイルとアンモニア。何よりも海の潮の香りが強く、髪がすぐにごわつき、手櫛が通らないくらいきしきしした。

サンダルを脱ぎ、裸足になって海へと走る。十月でもまだ暖かく、たっぷり日を浴びた砂の上を一気に駆け、波打ち際に立てば、寄せては返す波が足を冷やしてくれる。波が引くたび、柔らかくぬかるんだ砂がさらさらとけずれ、指の間を優しくくすぐった。

そして夕暮れが違った。溶けた鉄のように赤い太陽が、海と空とを黄金に輝かせ、波間にはサーファーたちのシルエットが見え隠れする。太陽が海の向こうへ沈むと、空はピンク色から紫色のグラデーションに染まり、やがて濃紺の夜を連れてくる。一層強くなる風に髪をかきあげながら、マチルダは、これほど美しい夕陽は世界中のどこでも見られまいと思った。

　サンタモニカ丘陵に掲げられたHOLLY WOODのサイン。くすんだ山肌の頂に並んだ白い文字は、整然としているというよりも楽しげで、まるで五線譜の上で踊る音符のようだった。

　マチルダはサンダルを両手にぶらさげて砂浜を戻り、歩道の上で待っているリーヴに笑いかけた。

「波が気持ちいいわ。あなたも入る？」

　車椅子に乗り、サングラスをかけたリーヴは顔を上げ、唇を歪ませた。

「君が俺を持ち上げて海に入れてくれるの？　いいね、洗礼者ヨハネとイエスごっこでもしようか」

　マチルダの顔に朱が差したのは、夕陽のせいだけではない。

　再会直後に予感したとおり、リーヴの「友達のところを転々としてる」という自己申告は嘘で、住まいは友人の家ではなくマリファナ小屋と化した廃倉庫の中だった。軍人ではないリーヴに国が給付した補償金は少なく、自暴自棄になった彼を、マリファナやドラッグ常用者のたまり場から引きずり出すというのも、引っ越しの理由のひとつだった。

「マンハッタンにいると知り合いに会うんだ」

　夏がはじまる前、リーヴはマチルダにそう言ったことがある。

「みんな俺を見て、どう反応すべきか迷うんだ。面白いよ、顔を真っ青にさせるやつもいれば、無理して笑顔を作るやつもいて……ほんの一瞬、嬉しそうな顔をするやつもね」

「ひどい」

「俺のことが嫌いだったんだろ。もしくは、いいネタを仕入れたと思ったのかもな。『おい聞けよ、あいつ足がなくなっちまったんだぜ』ってみんなに吹聴できるネタをさ」

リーヴは手で巻いたマリファナ煙草を吹かし、マチルダにも一本薦める。マチルダははじめのうち断っていたが、無言で差し出し続けるリーヴに負けて、受け取った。それで満足したのか、リーヴはマッチを擦らず、何もない壁に視線を逸らす。

「……この街にいると、いちいち違いに気づかされる。気に入っていたレストランにも入れないし、セントラル・パークで走ることもできない。馴染みの店でズボンを買おうにも、表情を引きつらせた店員としゃべるのが億劫《おっくう》でさ。地下鉄に乗ろうにもひと苦労、乗ったら乗ったで舌打ちされる。ここは俺の街だったのに」

どこへ行こうが、両足を失ったリーヴは苦労を味わうことになるだろう。だが新天地なら、「以前はこうだったのに」という虚しさに襲われなくても済むかもしれない。だから
マチルダはリーヴを連れて、ニューヨークを出た。

ふたりの関係は普通の友人とは違ったが、肉体が触れ合う機会は介護以外になく、恋人とも言えなかった。何ごともなく帰国していれば恋人になったかもしれない。しかし戦争によって運命の糸がねじくれたのか、あるいはただ成り行きがそうさせたのか、ふたりの道は奇妙な併走状態になった。

それでもサンタモニカ丘陵の北側にあるやや物価の安いエリアの住宅地で、小さな家を借りて暮らしはじめた。

不動産会社のあぶらぎった中年店員は契約の際、リーヴだけを見て話を進めた。うんざりしたリーヴが遮り、「借りるのは彼女だ。特殊造形とメイキャップのアーティストとして稼いでる。俺はただの居候だよ。彼女の目を見て話してくれ」と言った。店員はぎょっとしたのちにしかめ面になり、突慳貪《つっけんどん》な口調で「家賃が支払えなくなった場合は罰則があります」などと事細かに説明し、最後にこう付け加えた。

「女の人が造形師だなんてねえ、ウーマン・リブってやつですか。まあ、せいぜいがんばって下さい、ハリウッドの荒波を乗り越えられたら、ですけど」

マチルダは立腹し、この無礼な不動産会社では家を借りまいと思った。出て行ってドアに唾を吐きかけるか、エヴァンジェリンのように中指を立ててやりたい。しかしリーヴになだめられて留まった。

ニューヨークのアパートメントよりも広く、庭がある。車椅子のリーヴが不自由しないよう、マチルダはDIYショップに寄ってスロープや手すりを手作りし、家のあちこちに配置した。中古車と念願のカラーテレビも買い、ふたり掛けのソファも用意した。マチルダは家の掃除をする時、スピーカーの溝に埃が入り込まないよう、慎重にはたきの先を使い、ブラウン管の丸みを帯びた画面を優しく撫でた。

ヴェンゴス老人の下で働き、顧客を引き継いだマチルダだが、駆け出しの造形師が世界一巨大な映画の都でいきなり独立できるはずもない。だからニューヨークにいるうちに親しくしていたアーティストに連絡を入れ、工房を紹介してもらえるよう約束を取り付けておいた。

しかし改めて電話をしてみると、彼は浮かない声で「他を当たってくれ」と一方的に断り、電話が切られた。その後何度かけても繋がらず、後になって風の便りに、薬物の乱用でクビになったと聞いた。

マチルダは毎日ポートフォリオとこれまで手がけた造形物を持って出かけ、工房の扉を叩いた。しかしたいてい、作品を見てさえもらえず、「今は募集がありません」「担当者から折り返し連絡します」などと追い返され、いつまで待っても連絡はなかった。

再び貯金を取り崩して生活する日々に怯えながら一ヶ月経ち、二ヶ月経ち、三ヶ月目に突入しようというある日、マチルダはたまたま立ち寄ったダイナーの入口で、ピンク色のチラシを見つけた。そこには「！」をやたらと多用した文言でこう書いてあった。

「急募！　特殊造形師！　宇宙人やモンスターを作れる人！　※受付嬢も同時募集中」

マチルダは慌ててウェイトレスに「電話を貸して！」と頼み、電話番号をメモするのを忘れたことに気づいて引き返し、手の甲に番号を書き留めて再び電話を借りた。

『こちらはパノプテース・プロダクションズです。ご用件をどうぞ』

「あの、チラシを見たんですが。面接を希望します」

『わかりました、では明日はいかがですか？　午後は？』

驚くほど簡単に面談のアポイントメントを取りつけた日の夜、マチルダは緊張のあまりなかなか眠れなかった。隣のベッドで眠っているリーヴの寝息を聞きながら何度も寝返りをうつ。ハリウッドの工房で働き、見事なクリーチャーを創造し、称賛と喝采を浴びる自分の姿を想像しては、頬を叩いてにやけた顔を元に戻した。

しかし翌日、指定されたとおり〝Ｐ／Ｐ　パノプテース・プロダクションズ〟の看板を掲げた社屋へ入ると、工房ではなく会社の事務室に案内された。同時に募集していた受付志望の面接がはじまった。勘違いだ。だからアポイントメントが容易に取れたのだった。

マチルダは持参したポートフォリオを見せ、小型の造形物――口を大きく開けて鋭い牙をむき出しにした狼の頭部と、人体の手に羽毛が生えているもののふたつ――を机に並べ、ヴェンゴス老人から渡されていた手紙を見せ、懸命に自分を売り込んだ。受付希望と聞いて面接を任せられていた秘書と事務室長は互いに顔を見合わせ、どこかへ電話をかけた。

十五分後、マチルダは「ここでお待ち下さい」と狭い部屋に通され、そこから三時間待った。ドアの前を誰かが通るたび緊張し、ノックを待ち、壁時計の秒針の音や、窓の外でどんどん暮れていく空に焦った。ひょっとすると忘れられたのでは？　何度も誰かを呼びたい気持ちに駆られながら、ソファに座り続け、テーブルに並べた狼の頭部や人の手、これまで手がけた作品を撮影した写真などを並び変えた。

やっとドアが開き、首に身分証をぶら下げた男性が現れた時、時計の針は夜の六時を回ろうとしていた。疑り深い目をした男たちに実績をどうにか理解させたのが七時、試用期間つき雇用と言わせることができたのが八時。へとへとになりながら車を運転し、自宅にたどり着いたマチルダは、ベッドに突っ伏して泥のように眠った。

苦労してこぎつけた仕事だが、それでもはじめの一ヶ月は、コーヒーや紅茶を淹れる係にさせられたり、電話を取る役目を押しつけられたり、事務仕事に回されたりした。やっと造形の作業を割り振られても、シリコンの印象材と水を混ぜる、あるいは乾燥するまで十数時間かかる造形物を徹夜で見張る、などの雑用ばかりだった。

新参者には必ず与えられる〝しごき〟なのか、それとも根負けして辞めさせようとしているのか。いずれの意図にせよ、ロニーを亡くしてからひとりで学び続け、アンブロシオス・ヴェンゴスという横柄な師匠の下で働いたマチルダには、人並み以上の根性がすでに備わっていた。

毎朝、まだ明け切らないうちから車を運転して工房に通い、ひとつひとつの作業を丁寧にこなした。バケツで混ぜたシリコンの印象材は水っぽすぎず固すぎず、ソフトクリームのような最高の状態の柔らかさで、アーティストに渡す。乾燥中の石膏《せっこう》型のひび割れを見逃さず、運搬作業を手伝う。現場へ同行して、顔の型取り中で長時間身動きの取れない俳優に付き添い、ストローをつけた飲み物を出しつつ、俳優が勝手に動いて型を駄目にしていないかを見張る。そして空いた時間を見つけては、自分の作品を彫刻《スカルプト》した。

粘土で造形した、高さ一フィートほどの犬のモデルだ。シルエットはジャッカルに似ているが、二本足で立ち、両手をだらりと下げて、背中を陰気に丸めている。

幼い頃に魅せられて以来、マチルダは二十年経っても、ずっとあの怪物の影を追いかけていた。どうにかして現実世界に連れてこようとしていた。しかしまだ満足のできる出来には至っていない。何度もやり直し、デザインを描き換え、粘土をこねた。石膏型からシリコン型を取るまで進めた作品もあったが、結局気に入らず、自宅の物置で埃をかぶっている。ただ、捨てようという気にはならないところが不思議だった。

どんなに仕事に疲れても、望まない仕事をこなさねばならなくても、あの幼き頃の衝動、情熱を思い出すと、体が熱くなり、溶岩のようにふつふつと気力が湧いてきた。この宝物がある限り私は大丈夫だ、何だってできると思える。それでも、時々呟いてしまう。

「もしロニーが生きていたら」

今の自分を褒めてくれただろうか——懐かしさと切なさで胸が張り裂けそうになり、慌てて首を振って打ち消す。

マチルダは石膏が乾くのを待ちながら、父がもしロニーと同じように映画の道に進んでいたらどうなっていただろう、と想像した。映画の特殊造形と、シリコンでエピテーゼを作る工程は、よく似ている。『猿の惑星』のジョン・チェンバースは戦争中、衛生部隊の技術師で、メイキャップアーティストになる前は傷痍《しょうい》軍人の顔や指などを補うエピテーゼを作っていた。マチルダの父ジョゼフと同じだ。

両親には、ロサンゼルスに到着したての頃に、何度目かの手紙を書いた。返事は期待していなかったが、マチルダが工房に勤務して四ヶ月が経った春、母から葉書が届いた。母は元気にやっているが、父は体調を崩しがちだという。マチルダは便箋に「もう少し落ち着いたら帰るから」と書いたものの投函できず、自宅の机の抽斗に入れっぱなしだった。

ちょうどその頃、マチルダの周囲にも変化が起きていた。警戒と疑いに満ちていた古参アーティストたちの視線が和らぎ、温かくなっていた。はじめのうちは食堂の片隅でひとりで食事をしていたのが、隣や前の席に人が来て一緒にドーナツやコーヒーを楽しむようになり、少しずつテレビ映画用の小さなメイキャップの仕事が回ってきて、一年後にはごく当たり前にランチやディナーを共にし、工房の一員として、プロジェクトチームに参加できるようになった。

ここパノプテース・プロダクションズ、通称P／Pには、マチルダが所属する特殊造形部門の他に、街や宇宙船など特撮用ミニチュアを作るスケールモデル部門や、火薬量や導線を計算して的確にセットを延焼させるパイロ部門、小道具《プロップ》部門に、特殊効果を作り上げる特撮部門などもあった。一社で基本的なスペシャル・エフェクトがまかなえるため、映画製作会社からの依頼は多かったが、アーティストの数はそれほど多くなく、専門的というよりは小回りが利くタイプの中規模な制作会社といったところだ。

「『夢を見果てて』のライオンの頭はどこ？」

「ジャックが電話に出ない！　昨日までにヴォムビス号を完成させるって言ったのに！」

「引き抜かれたんだってさ、シュワルツの野郎。畜生、先を越された」

「マチルダ、これをホーカス・ポーカス社のAスタジオに運んで、ベンジーに渡してくれる？ 先発隊が載せ忘れたみたい」

コーヒーを飲む暇もなく、鳩ほどの大きさの小箱を預かり、騒がしくめまぐるしい工房を出た。映画の都はそこら中に撮影スタジオがあり、車を飛ばせばどこへでも行ける。

スタジオには、マチルダと同じように映画を養分として吸収してきた、大人の体をした少年たちがうようよしていた。カールさせた髪を長く伸ばし髭もっさりと生やした、ネルシャツとブルージーンズ姿の彼らは、「いくらでもプラモデルを作っていいんだよ」と親が言ってくれるのを、ずっと待ち続けた子どもたちの未来の姿だ。

時々、近所に住んでいたいじめっ子たちのことをおぼろげながら思い出す。石のカメラを手にカウボーイ映画ごっこに興じていた彼らは、今何をしているだろう？ まさか、人質役や赤ん坊役を押しつけられ、スケッチブックの絵を笑われた少女が、本物の映画撮影に携《たずさ》わっているなんて思いもしないだろう。見返してやったという優越感に浸りながら、運んできた荷物を持ってベンジーを探す。

スタジオの中心では、乗用車ほどもある大きな、スタイロフォーム製の白いＵＦＯに向かって、男たちがああでもないこうでもないと作業している。近づいてみると、ＵＦＯのつるりとした表面の下に、細かな機械が並んでいるのが見えた。たとえ用途は不明でも、このような機械めいたものが設《しつら》えてあると、「本当に操縦できそう」な気がしてくる。しかしたいていの場合、自宅のガレージで見つけてきた金具やら子どもが遊び飽きたプラモデルの部品やらコンピュータの廃品を安く買い取って分解したものやらを塗装し、〝それっぽく〟見えるよう、適当に接着剤で貼っているにすぎない。

「P／Pのセジウィックです。ベンジーはいませんか？」

声をかけると、顔に玉のような汗を光らせたスタッフのひとりが、ゴーグルを上げながら右手を指す。マチルダは「ありがとう」と礼を言い、スタジオの右手へ向かった。

ドアの向こうにはうんざりした様子の俳優と、腕の肉が裂けて骨が見えるというメイキャップに苦戦中のアーティストたちがいた。その中に青いつなぎを着た、顔も腹も丸い小太りの青年を見つける。

「ベンジー、ベンジー！　これ忘れたでしょう」

マチルダが声をかけると青年は振り返り、丸い目を見開いた。ヒヨコのように黄色く細い髪が頭頂部でふわふわと躍っている。

「うわっ、ありがとう！　助かったよ！」

小箱の中身は大量の緩衝材に包まれたつけ爪だった。爪を美しくするものとは正反対で、半分欠けていた爪や、ひどいひび割れが走っている爪などだ。ベンジーは他に聞こえないよう声をひそめる。

「危ないところだった。俳優が怒って帰っちゃう寸前でさ……何か食べた？　ドーナツでもおごるよ」

「ありがと、でも帰らないと。仕事が詰まってるの」

「そんじゃまた後で。そういえば聞いた？　俺と君、次から組むって」

帰りかけたマチルダは眉間《みけん》にしわを寄せ、半笑いで振り返った。

「私とあなたが？　なぜ？」

「俺の相棒、シュワルツが引き抜かれたから。どうも〝超有名監督〟に見初《みそ》められたらしい。うちの上司どもは、後ろ足で砂かけられたって怒ってるよ」

ベンジーは「世知辛いよな」と付け足し、作業へ戻っていった。


ロサンゼルスに移住して六年が経った一九七五年、夏の早朝、間もなく二十九歳になろうというマチルダはまだP／Pに所属していて、ベンジー――本名をベンジャミン・モーガンという――と、工房のメイキャップ用スタジオに入った。

狭い室内にはすでに若い女性がいて、手足を投げ出した格好で椅子に座り、いびきをかいていた。冷房がついていないせいで、サイケデリックな柄のブラウスには汗じみができ、ベルボトムジーンズも裾を折って足首を露《あら》わにしていた。開け放った窓から吹き込む風で、化粧台に広げて置いてある脚本がぱらぱらとめくれる。

「おはよう」

肩を叩くと女性は跳ね起き、美しく大きな瞳でマチルダを見た。

「びっくりした。ごめんなさい、昨日は夜勤だったの」

「眠ってないの？」

「今眠った」

そう言って若き女優はにっこり笑い、大きな八重歯《やえば》を見せた。小さな顔、猫のように印象的な目、尖った鼻に、すっぴんでも発色のいい唇。何人もの俳優を見るたびその美貌に驚かされてしまうが、同時に、大勢が脱落するのも知っている。

マチルダは複雑な気持ちが顔に出ないうちに女優の目の下のクマから目を逸らし、冷房のスイッチを入れると、石膏粉とフォームラテックスまみれのエプロンを手に取った。

「名前はシビル・ウォーターストンで間違いない？」

「ええ、顔をばっさり切られて死ぬ役」

現在はとあるホラー映画のプロダクション中で、この女優は脇役ながら、殺人鬼に襲われて死ぬウェイトレス役を演じる。特殊メイクが必要なシーンの撮影は来週で、今日は顔の型取りに来ていた。

ベンジーが道具を取りに外へ出ている間、シビルに服を脱いでもらい、ポンチョ型の白い防水シートを着せる。髪をスプレーで濡らしてひとつに束ね、前髪から後ろに撫でつけて、額を完全に出す。アルコールを含ませた脱脂綿《だっしめん》で生え際を拭いていると、ベンジーが道具を載せたワゴンを慎重に押して戻ってきた。ハサミや包帯、脱脂綿、様々なラベルをつけた缶などがところ狭しと並んでいる。

「さあて。お嬢さんの型取りをはじめようかね」

ベンジーがシビルの頭に薄いゴム製のモールド・キャップをかぶせると、たちどころにスキンヘッドに見えるようになった。鏡を見た彼女がやせ我慢の作り笑いを浮かべている。

「やだ、私って意外とスキンヘッドが似合うかも」

「あなたはどんな格好でもチャーミングよ」

「死人になっても？」

「もちろん。世界一キュートな死者にしてあげる……ねえ、こっちを向かないで前を見て」

「髪が気になって。特殊メイクってはじめてだから。くっついたら取れないとか？」

「安心して、簡単に取れるから」

皮膚用のスキン・ボンドでモールド・キャップの端と生え際の皮膚を接着しながら、マチルダはできるだけ微笑んでみせた。しかし女優はまだ怯えている。ベンジーがこねくり回しているバケツの中身を見たせいだ。

「その気味悪いどろどろ、これから私の顔に塗るんでしょう？　口の中に入らない？」

〝気味悪いどろどろ〟の正体はアルジネートという物質と冷水の混合物だ。マチルダが彼女を安心させるための言葉を探しているうちに、ベンジーがあっさり答えてしまう。

「体温ですぐ固まるから、のどには流れないんだ。万が一飲み込んでも、明日の朝にはちゃんとケツからころっと……」

「最っ悪！」

「ベンジー、ちょっと黙ってて。歯医者で歯型を取ったことある？　あの印象材とこのどろどろはまったく同じものなの。歯医者が使ってるなら平気でしょ？　さあ、目を閉じて……眉間にしわが寄ってる。リラックスして、歯もそんなに嚙みしめないで」

マチルダが指で眉間や顎の筋肉をほぐしてやると、シビルは大きく深呼吸した。

「わかった、がんばる。だってうまくいけばスタッフロールに名前が載るもんね？」

「ええ」

そう言って若き女優は殊勝にも両目をつぶり、唇をそっと閉じた。その顔にマチルダはベンジーとふたりがかりでアルジネートを塗りたくる。硬さは五分立ての生クリーム程度だ。手早く、しかし鼻の穴を埋めてしまって窒息させないよう、細心の注意を払いながら、シビルの顔から首筋、鎖骨のあたりまで覆っていく。あっという間に女優の頭部は、溶けたアイスクリームのモンスターのようになった。

「お湯は？　お湯はまだ？」

生乾きの表面に薄くちぎった脱脂綿を貼りながら大声で呼びかけると、若い助手のミッチがバケツを片手にスタジオに入って来た。マチルダは湯気立つバケツを一瞥し「これじゃ熱すぎる」と言い放つ。

「水を足して人肌までぬるくして。急いで、四分経っちゃう」

助手が大急ぎで水を注いで作ったぬるま湯に、塩を混ぜ、石膏包帯を浸して絞り、水を切る。それにギプスを巻くようにして、どろどろの女優の顔をぴったり包んでいく——鼻の穴は慎重に除いて、耳、頬、側頭部、額、顎から口、首まで、全体を包装《ケーシング》した。女優の頭部はまるでミイラだ。

「動かないで。あと十五分、そのまま我慢してね。つらいけど」

女優は声を出せない代わりに片手をひらひらと振った。

五分後、マチルダはケーシングした首元にそっと触れた。石膏包帯にはまだ熱がある。石膏包帯は医療用ギプスとほとんど同じもので、乾燥するにしたがって固まるが、その際に熱を発する。冷えたら完全に固まったというサインだ。

残り十分の見張りは助手のミッチに任せ（かつてマチルダ自身に与えられていた仕事だ）、マチルダは手についたアルジネートをタオルで拭いながら、いったんスタジオを出た。粉や印象材や塗料だらけの場所にいると、実家の屋根裏部屋の記憶が甦ってくる。空気は悪く、人によっては不気味に見えるだろうが、マチルダにとっては居心地の良い繭《まゆ》であり、想像力を自由に羽ばたかせられる翼でもあった。

煙草を口にくわえてマッチを擦り、入口前に備えてある灰皿に燃えがらを置く。一服したらまた様子を見ようか――腕時計を確認して、紫煙を吐く。

誰かが淹れたコーヒーの香りが漂ってくると、ベンジーがマグをかき混ぜながら戻ってきた。

「そういえば、妙なプロジェクトがはじまったってさ」

「何かの撮影？」

「みたいだ。ヴァン・ナイズ空港のガレージで、大学生くらいの若い人材を集めて機械いじりをしているらしい。覗いたやつの話じゃ、宇宙船の戦闘シーンを撮るってさ」

「嘘でしょ、宇宙船でしかも戦闘シーン？」

「俺もそう思ったんだが本当の話らしい。宇宙を舞台にした完全なる娯楽映画だって」

無謀な若者たち。実際に現場に身を投じてみると、この世界には、いつか有名な監督になろうと意気込んでは沈没していく若者が、掃いて捨てるほどいるのだとわかった。

「今時珍しいね。自主制作かな」

「いや、製作は二十世紀フォックスだ。最近、スペシャル・エフェクトの自社スタジオを閉鎖させたからね。撮影したくてもガレージくらいしか場所がないんだろう」

『２００１年：宇宙の旅』を観た時は、これから宇宙を描く時代が来る、とマチルダは確信していた。しかし結果は、難解で哲学的がゆえに退屈という烙印《らくいん》を押され、かといって賞にも輝けず、特に高齢の力ある批評家からの拒絶反応が強かった。アポロ一一号が月に到達して、音楽の世界では宇宙を歌う曲も現れたが、映画の製作会社はスペシャル・エフェクトへの出資を控え、ＳＦブームは巻き起こることなく再び沈静化してしまった。

その上ここ十年ほどは、荒唐無稽な娯楽映画よりも、男のフェロモンを漂わせたアウトローが主人公の犯罪映画や厭世《えんせい》的な社会派、アート映画といった作品が席巻していた。『ダーティハリー』に『ゴッドファーザー』、『フレンチ・コネクション』――キューブリックの最新作は刹那《せつな》的で暴力描写の多い『時計じかけのオレンジ』で、前作よりも評価がずっと高かった。

特殊効果や特撮を活かした大衆映画といえば、『タワーリング・インフェルノ』のような、大規模な災害パニックかつ物語も骨太に仕上げたものか、ホラー映画だった。

息を吹き返したホラー映画は、マチルダが愛したモンスターが登場する昔ながらのハマー・フィルム系統から形を変え、オカルトだったり猟奇だったり、刺激的な映像表現が人気を集めた。暴力表現の規制緩和も手伝って、スクリーンいっぱいに血しぶきが飛び散る映画も珍しくなくなった。SFは駄目でもホラーがあれば、特殊メイクや特撮は仕事ができる。

とはいえ、マチルダは『タワーリング・インフェルノ』が大好きだったし、『悪魔のいけにえ』のラストシーンに痺《しび》れ、先月公開したばかりの『ジョーズ』に至っては劇場で二十回も観て、同僚に呆れられた。スティーブン・スピルバーグはすごい才能の持ち主だ。

そんな状況にもかかわらず、超大手の二十世紀フォックスで宇宙船、それも戦闘シーンのある娯楽作品とは。マチルダの好奇心がくすぐられる。

「誰が撮るの？　新人？」

「いや、無名じゃない。ジョージ・ルーカスだ」

マチルダは顔をしかめた。まるで似つかわしくないと思ったからだ。

「ルーカス？　青春映画を撮った？」

「『アメリカン・グラフィティ』だろ？　そうなんだよ。まあ『THX 1138』はSF映画だったけど、内容がちょっと心理学っぽすぎて、宇宙船で戦闘シーンって感じはしないな」

「キューブリックの後追いでもするつもりかしらね」

「いずれにせよ期待薄だな」

その時ドアが開いて、中から助手のミッチが顔を覗かせた。

「十分経ちました」

スタジオに戻ると、シビルは両手足をだらけさせてリラックスしている。ミイラのような頭部にそっと触れると、今度は石膏包帯がひんやりとして、よく固まっていた。

「オーケー。ねえシビル、起きてる？　今から石膏を割るから、少し頭に衝撃があるかもしれない。姿勢を正して、舌を噛まないように気をつけて」

言ったとおりにシビルが背筋を伸ばしたので、マチルダは道具箱から鉄ベラを取り、彼女の頭頂部に当てた。発掘現場の考古学者のように、ゆっくり静かに、頭頂部から後頭部、首の後ろにかけて割っていく。肝心の顔には手をつけない。後ろがばくっと開いたら少しずつ石膏包帯を広げ、丁寧に女優の頭から外していく。

石膏包帯を取り、慎重な手つきでベンジーに渡す。シビルの顔はシリコン状に固まった、ぼこぼこのアルジネートで覆われている。肌に密着している上、乱暴に扱って型が崩れたら元も子もない。後頭部の中心からハサミで切り込み、肌との間に空気を入れ、隙間を少しずつ作る。

「シビル、顔を静かに動かして。左右にゆっくり」

彼女は言われたとおり、まるで寝起きのようにもぞもぞと顔を左右に動かした。するとアルジネート型がべりべりと外れ、女優はようやく解放された。

「ああ……しんどかった。苦しいし、なんかくさいし……もうこんな仕事したくない」

泣き言を漏らす女優のモールド・キャップを外して、窮屈そうに縮こまっていた髪の毛も解放してやりながら、マチルダは励ますように明るく言った。

「はじめてなのに、よくがんばったよね。お疲れ様。向こうにシャワーとコーヒーの用意があるから、すっきりしてきて」

シビルは小さく頷くと、強張ってしまったらしい足をほぐしつつ立ち上がって、スタジオから出て行った。

彼女の今日の仕事はここまでだが、特殊造形師の作業としては、まだ準備段階をようやくスタートしたところだ。

マチルダはぼこぼこしたアルジネートを持ち上げ、肝心の内側を覗き込む。

これは凹型だ。たとえば机に置いた平たい粘土に手のひらを押しつけると、手型が取れる。手の形に凹んだ粘土に石膏液を流すと、手のひらの形の石膏像が出来上がる。手型を取った粘土のことを凹型と呼ぶが、スクリーンの大画面にアップで映しても耐えられるほどの出来にはならない。指紋や手のしわまで再現しなければ本物には見えないが、粘土の硬さと重さでは細かな型取りはできない。

そこで登場するのが、アルジネートのような印象材だ。このシビルの顔型の内側には、皮膚のたるみやしわ、睫毛《まつげ》の一本一本までくっきりと残っている。こうして〝印象〟を取るから〝印象材〟と呼ばれるのだ。

しかしアルジネートは柔らかく不安定すぎて、石膏で型が取れない。

マチルダは先ほどハサミで切ったところを接着剤で修復し、ベンジーに預けていた外側の石膏包帯に戻して、位置を合わせた。ふたりがかりで切れ目を手早く繫ぎ、動かないようにゴムバンドでぐるりと固定する。こうして凸型を作り出すための鋳型《いがた》が出来た。穴から石膏液を流せば、シビルの頭部の石膏像が完成する。

ベンジーは石膏の粉をバケツの水に溶かして混ぜながら、愚痴をこぼした。

「俳優がいなくなると楽でいいな。文句に付き合わなくていいし、生命維持に気を遣わなくていいしさ」

「俳優ってたいていこっちを下に見るし？」

「そうさ！　俺たちだってさんざん型取りの実験台になってるからつらいのもわかるけど、〝こんな仕事したくない〟だとか言われる筋合いはないよな」

ぶつぶつと怒りを発散させながら、ベンジーは鋳型を逆さまにし、女優の首があったために空いたままの穴から、溶かした石膏液を流し入れた。マチルダはベンジーの愚痴に答えず、ネジや木片を持ってきて、たちまち熱を帯びはじめる鋳型をそのまま作業台に固定した。

更に四十分ほど待つ。石膏が冷えて固まってから、ぼろぼろになった鋳型を壊して、中身を取り出した。

「よかった、うまく取れたね。あの子そっくり」

マチルダはほっと安堵した。若くあどけなかった女優も、こうして真っ白な石膏像として現れると、美を静かに湛えた女神のように見える。抽斗からやすりを取って、石膏の肌にできた余分な突起や気泡を削り、滑らかにした。

「ミッチ、水性粘土のカットはできてる？」

「はい、ここに」

ミッチがワゴンに載せて運んできたのはディナーのミートローフ……ではなく、一センチほどの厚みにスライスした水性粘土の塊だった。

「ありがとう」

裏側が潰れないよう梁《はり》を渡した作業台に石膏像を横倒し、白く美しかった表面にどんどん粘土を貼っていく。これからシビルの顔にぴったり合う特殊マスクのための、シリコン鋳型を作る。石膏像の前後が後できれいに割れるよう、板と粘土で脇を囲って仕切りをこしらえながら、作業を進める。粘土で覆い尽くしたら、今度は細長い円筒状にまとめた粘土、柱《コーン》を表面に二、三カ所立てた。

今度は石膏液を流さず、筆で少しずつ塗っていく。乾いては塗り、乾いては塗りを繰り返し、コーティングの層を厚くする。

「ベンジー、柱《コーン》に石膏をくっつけないでよ」

「くっつけてない」

「君の筆から垂れるしずくが気になるの」

石膏液を塗りおえたら、麻を加えて強化した石膏包帯を重ね、包装《ケーシング》する。これでシリコン鋳型の凹型が出来上がった。

早朝から仕事をはじめ、時刻はすでに正午を回っていた。デスクの片隅に置きっぱなしのコーヒーは、すでに冷たく、マグカップにかけていたラップには石膏の粉が溜まっている。マチルダはろくに手元も見ずにラップを外すと、コーヒーを一気にのどに流し込んだ。乾いた凹型の石膏包帯を壊さないように外し、間に挟んだ粘土を丁寧に除去する。再び現れたシビルの美しい石膏像に、いったん外した石膏包帯を元に戻してはめ、工具でがっちり固定する。柱《コーン》の丸い跡にじょうごを差し込んでシリコンを注ぎ入れた。こうすることで、粘土を除去して隙間になったところに、シリコンが流れ込み、シリコン鋳型が出来上がる。ただし固まるまで、前面に十二時間、背面に十二時間かかるが。

ここまでの作業を終えたマチルダとベンジーは、強張った腰と尻の筋肉を叩いてほぐしながら、よろよろと椅子に座り、背もたれによりかかって思い切り足を伸ばした。

これでやっと準備段階が終わった。特殊メイクの工程はまだはじまったばかり。今は基礎を作っているだけで、造形の本番は明日以降になる。

出来上がったシリコン鋳型を元に油性粘土で型取りし、特殊メイク用の彫刻をする。今回の場合は、額から鼻梁、口、頬、顎を裂けさせ、めりめりと皮膚を盛り上げて、眼球が飛び出す加工。その前後にも膨大な工程が存在するのだが、ひとまず休憩だ。

マチルダが煙草を咥えると、ベンジーがマッチを擦って火を点けた。

「ありがとう」

「どういたしまして」

今度はベンジーがひしゃげた手巻き煙草を咥えたので、火を点け返してやった。

「ありがとう」

「どういたしまして」

相棒として組んでから六年間続いているいつものやりとり、取るに足らないほどささやかなやりとりが、マチルダの心を柔らかくする。しかしベンジーの煙草から漂ってくる、燻《いぶ》した若草のようなにおいがする煙を嗅いだとたん、顔をしかめた。

「……ちょっとベンジー。それってマリファナ？」

「さっきミッチにもらったんだ。息抜きだよ、息抜き」

ベンジーはこともなげに言って、もう一服うまそうに吸う。それをマチルダがすかさず奪い取った。

「何するんだよ！」

「駄目、こんなもの吸ったら！」

マチルダはマリファナの巻き煙草を靴で踏みつけ、もみ消した。まるで幼虫の腹が裂けるように、破れた紙の中から細い葉がはみ出す。「もったいない」と呟くベンジーをマチルダがにらみつけると、彼は両手を軽く挙げて肩をすくめた。

「わかったって」

ベンジーはシャツのポケットからくしゃくしゃの煙草ケースを出し、自分で火をつけた。

今度は普通のキャメル煙草だった。気まずい沈黙が流れ、マチルダはため息をついて頭を掻いた。

「……ごめん、ベンジー。でも」

「わかってるって。リーヴだろ？　大丈夫、俺はもう吸わない。相棒を悩ませてもしょうがないもんな」

口ではそう言いながらもベンジーは立ち上がり、コーヒーでも淹れるかと部屋から出て行った。

マチルダはベンジーが出て行ったドアから視線を逸らし、潰れたマリファナを見た。葉はばらばらだが、ひょっとすると誰かが拾い集めて、吸うかもしれない。マチルダは無表情のまま手近にあった紙ですくい取ると、丸めてゴミ箱に捨てた。

いつまでも終わらない冷戦、煽《あお》られ続ける核戦争への恐怖。ベトナム戦争は明らかに泥沼化しているのに、国は足を洗う気配はない。清潔で量産型の〝アメリカの理想の家庭〟で育てられた子どもたちは、やがて気怠《けだる》い空気をまとうようになり、成長すると〝愛〟〝平和〟〝自由〟といった言葉を口にした。男も女も髪を野放図に伸ばし、シャツのボタンを胸が見えるほど開け、朝が来るまで酔っ払ってマリファナを吸った。

六年前のウッドストック・フェスティバルは楽しかった。マチルダもその時、珍しく明るいリーヴと並んで、はじめてマリファナを試した。麻の青臭さを燻したにおいのする煙は、マチルダの体を地中深くに沈め、人の声や音楽を遠ざけ、何もかもがゆったりと過ぎていく感覚に陥《おちい》らせた。

だがマチルダは酔えなかった。そちらに行きたくないのに無理矢理行かされるような感覚に、理性が拒絶反応を起こしたのだ。脳に何者かが侵入し勝手に回路を作り替えてしまう恐怖に、溺れた人が必死で水面に顔を上げるように喘《あえ》いだ。

リーヴは「生真面目だな」と笑う。しかしこれを快楽にするリーヴが、マチルダには信じられなかった。

マチルダはリーヴのことを理解しているとは言えなかった。彼がベトナムで見たこと、負わされた怪我の痛みを、想像することもできなかった。リーヴは要求や不満を口にしない。その代わり、夜はいつまでも眠れず、朝にならなければ安らぐこともできなかった。しかし太陽が中天に上り、燦々《さんさん》とあたりを照らすと、再び恐怖に顔を強張らせた。雨音を恐れ、大きな物音、風に揺れる木々の影や鳥の羽ばたきにすらびくついた。髪も髭も伸び、痩せたせいでまぶたが落ちくぼみ、深い翳りばかりが目立った。以前の面影はどこにも見当たらない。

そんな状態にあるリーヴでも、マリファナを吸っている間だけは、心地よさそうに体を揺らし、微笑むのだ。マチルダは何度か止めさせようと試み、喧嘩になり、何を思いやればいいのかわからず泣いた。

ロサンゼルスに越してきた当初、リーヴもどこかの工房で背景画の仕事をするか、デザインの仕事を続けると言っていた。しかし結局どちらにもならなかった。キャンバスは埃とも苦痛だと呻くリーヴの生命維持装置は、世話をするマチルダと、密かに売人から買うマリファナ、そして一本の映画だった。

彼はほとんどの時間を家の中で過ごしたが、それでも時々、外へ出た。手製の車椅子を使って、リバイバル上映中の名画座に向かうのだ。そこで『2001年：宇宙の旅』を観る。他のことは何ひとつしたがらないのに、この作品が上映される時だけは、繰り返し繰り返し映画館へ赴《おもむ》き、身じろぎもせずスクリーンを見つめた。

マチルダとリーヴの心の距離はすでに離れていた。それでも、同じ映画ばかり何度も何度も繰り返し観てしまう衝動と依存心だけは、痛いほどわかった。このたったひとつの共通点、深まるばかりの溝にかかったたった一本の橋を頼りに、マチルダは仕事に打ち込んだ。

シビルのシリコン鋳型が固まるまで、同時進行で制作している作品を進めた。作業台の明るいライトの下で、フォーム・ラテックスの上皮をかぶせたパペットに、細工を施していく。麦穂色のナイロン糸を頭に植毛した青色の肌の小鬼で、大きさもデザインも、人形劇で使うパペットとよく似ている。人形操り師が考えたとおり関節部分は動くように設計され、ワイヤーを引くと手足がぴょこぴょこ動く。幼い子どもがいやいやをするように小鬼の手足をばたつかせ、マチルダは思わず顔をほころばせた。

「ハロー、おちびさん」

マチルダの作業台から少し離れたところで、ベンジーが立ったまま彫像《スタチュー》をデザインナイフで削っている。

「なあ、さっきの話だけどさ。空港のガレージで宇宙船作ってるやつらのこと」

「うん？　ああ、宇宙船で戦闘シーンを撮るって人たちね」

　マチルダはベンジーの話に耳だけ傾け、パペットの右腕の可動部を調整しながら、ぼんやり答えた。ルーカスでは期待薄、というベンジーの意見には賛成だったし、ちりちりとした嫉妬の火花が心の奥底で燃えるのを感じ、できればもうこの話はしたくなかったからだ。確かにルーカス、スピルバーグ、スコセッシ、デ・パルマといった若手監督がめきめき力をつけているという話は聞く。しかも彼らとマチルダとは同世代だ。もし声をかけられたら喜んで行くだろう。しかしＰ／Ｐにオファーが来たことはない。

　そんなマチルダの気持ちを知ってか知らずか、ベンジーは話し続けた。

「特殊造形のチームにスチュアート・フリーボーンがいるらしい」

　その名前を聞いてマチルダはようやく小鬼から顔を上げた。

「本物の？　嘘でしょ？」

「嘘じゃない。今し方、ミッチたちが噂してるのを聞いたんだ。フリーボーンはイギリス人だからこっちに来るかはわからんが、パペットを全面的に手がけるそうだ」

　マチルダの手から小鬼がするりと滑り落ち、固い床に叩きつけられた。にっこり笑った小鬼の顔から目玉が取れて転がり、空いた眼窩から支柱が丸見えになる。

「何やってんだ、大丈夫か？」

「だ、大丈夫。ごめん」

マチルダは慌てて身をかがめて小鬼と転がった目玉を拾い上げ、全身を確認した。幸い、取れたのは接着が甘かった目玉だけで、表面はどこも破損していなかった。

スチュアート・フリーボーン。スタッフロールでは名前を見つけられなかった、『2001年：宇宙の旅』の猿人を作り上げた特殊メイクアーティストの名だった。

特殊メイクやアニマトロニクスの技術は年々向上している。特に、人形師なしで人形を動かす技術は、ニューヨーク万博以降、盛んに開発されていた。大きいところではディズニーが、音楽を録音した磁気テープに機械仕掛けの人形が反応することで動く、オーディオ・アニマトロニクスを開発し、ディズニーランドで〝魅惑のチキルーム〟をオープンさせた。

しかし映画のメイキャップでは、フリーボーンが六〇年代に『2001年：宇宙の旅』でメカニカル・マスク、顎《ジョー》・メカニズムを思いつくまで、ラテックスの中に仕掛けを内蔵させるなど、誰も実現できなかった。

特殊メイクの難点は、分厚いラテックスで俳優の顔をべたべたと覆ってしまうために、キャラクターの表情が乏しくなってしまうところだった。けれどラテックスの中に金属の薄い板を通し、仕掛けを連動させたマスクを俳優に被せれば、顎の動きを動力に、てこの原理でラテックスが動く。マチルダが衝撃を受けた猿人の威嚇、上唇をめくり上がらせて歯茎と牙を見せた表情は、そうやって表現されたものだった。

アニマトロニクスもジョー・メカニズムも、「もっとリアルなものが見たい」という人間の欲求を追求した結果の技術だ。ロボットの時代の到来だった。

フリーボーンがパペットを手がける――それも若い人々のプロジェクトで。その話を聞いて、マチルダの胸の奥でちらついていた火花が弾け、燃え上がった。なぜ私はその場にいないのか？　なぜ声をかけてもらえないのか？　最先端を行く偉大なアーティストと共に仕事ができる、幸運な者たちがうらやましかった。

手から滑り落ちた小鬼の目玉を直そうとするが、つい指に力が入り、目玉の後ろに穿《うが》たれた小さな穴と眼窩の支柱がうまく嚙み合わない。ささくれが手のひらに刺さり、赤い血がぷっくりと膨れる。マチルダは天井を仰いで深く息を吐いた。

声をかけてもらえないのではなく、このプロダクションに依頼が来ていないだけだ。それに、スタッフロールに名前が載ったことが一度たりともあったろうか？　名前が知られなければどんな仕事を成したのかわからず、プロジェクト・チームに指名されるなんて不可能だ。

けれど、マチルダは頭の片隅では理解していた。もし誰かの目に留まるほど優れた作品を生み出していれば、それがどんなにマイナーであろうと、探し出して声をかけられるのだと。

「おい、マチルダ。聞いてるか？」

いつの間にかベンジーが目の前に来て、マチルダの作業台に手をつき、顔を覗き込んでいた。

「……え、何?」

「これだもんな、君は。何か考え込んでるとまわりが見えなくなるし聞こえなくなる」

「ごめん。それで、何て言ったの?」

ベンジーは呆れた様子でため息を吐くと、体を起こして作業台から一歩下がった。

「例の件で〝お忙しい〟フリーボーンが断った案件が、こっちに回ってきたんだ。おこぼれにあずかるかどうかって話」

業界トップクラスの技術者でベテランのフリーボーンには、当然依頼が殺到するため、あぶれる仕事も出てくる。内容を聞くと、動物パニックもののテレビ映画で、主人公たちに襲いかかる猟犬を作ってほしいのだという。

「普通の猟犬じゃないぞ。なんでも遺伝子研究によって巨大化した動物が、モンスターになって人間に復讐するっていう話らしいから、巨大な犬ってわけだな。納期はちょうど今の仕事が終わった後。タイミングもいいし、君さえよければ俺たちが受けようと思うんだが。どうする?」

マチルダはベンジーと、手の中の小鬼とを見比べた。自分はこのまま、華々しい作品や先進的な作品に起用されず、天才のおこぼれにあずかって仕事をしていくのだろうか。

「……ちょっと、考えさせて」

断られるとは思っていなかったらしいベンジーはむっつりと顔をしかめた。

仕事を終えた時、太陽はすでに海の彼方へ隠れ、あたりはすっかり夜になっていた。ロサンゼルスの平らな家並みの上に、排気ガスで汚れた暗い空が広がっている。

マチルダは赤いセダン、プリムス・ヴァリアントに乗り、自宅まで走らせた。レストランや商店が並ぶ工房周辺から一歩離れると、明かりは格段に少なく、対向車のヘッドライトばかりが眩い。ラジオのスピーカーからは楽しげなディスコ・ミュージックが流れてくる。片手でチャンネルを回すと次はファンクがかかり、その次は笑い声が聞こえてきた。マチルダはうんざりした表情でラジオのスイッチを切り、アクセルを踏みこむ。

黒々とした道路に等間隔で引かれた白線が、ヘッドライトに浮かび上がり、こちらに迫っては途切れ、迫っては途切れて、まるで鼓動のようだ。彼方の黒雲が光って遠雷が轟《とどろ》いたと思うと、フロントガラスを雨粒が叩きはじめた。

家に着くと雨脚はますます強く、傘のないマチルダは大急ぎで庭を走った。枯れたオレンジの木のそばに知らない車が停まっていたが、確認する暇はない。鍵を開けて玄関に滑り込み、壁の鏡を見ながら濡れた髪を両手でしごく。訪問客がいるのなら、濡れたシャツを着替えてリビングに行かねばならない。

その時、廊下の奥から話し声が聞こえてきた。女の声だ。

リーヴと客人の若い女性がリビングにいた。楽しげに、和気《わき》藹々《あいあい》と話している。リーヴは車椅子に、女性はテレビ前のソファに座り、後ろ姿だけでもリラックスしているのはわかった。女性が笑うたび、ポニーテールの黒い髪がゆらゆらと揺れる。

マチルダが現れると、リーヴはここ何年も見せていなかった潑剌とした様子で手招きをした。

「紹介するよ。こちらはモーリーン・ナイトリーさんだ」

「ハイ、モーって呼んで」

モーリーンは振り返って、座ったまま背もたれ越しに腕を伸ばしてきた。目が丸くて黒目が大きく、少し出た前歯が印象的な愛らしい顔立ちをしている。まだ二十五、六歳だろうか。胸元に切り替えのあるふんわりとしたスモックに、ブルージーンズ、革のサンダルを履いている。マチルダは動揺を隠せずにいたが、それでもこの家の主の威厳を保とうと、胸を張って握手を返した。

「こんばんは、マチルダ・セジウィックです。はじめまして」

「会えて嬉しい！　ごめんなさい、いきなり上がり込んじゃって」

モーリーンはソファの中央に陣取っていた尻を左側に寄せ、右側のシートをぽんと叩いた。マチルダは空いたところに浅く腰かけ、膝小僧をくっつける。

「彼女はユタ大学の院生でね。今日は面白い話をしに来てくれたんだ」

ユタ大学といえば、ソルトレイクシティにある超難関校だ。リーヴも大学卒だが学校は違うため、後輩でもない。ならばなぜユタ大学の院生がここにいるのか、さっぱり状況が摑めなかった。

今やリーヴと映画とのつながりは、リバイバル上映があるたび観に行く『2001年：宇宙の旅』しかなくなっていた。そしてそれがモーリーンとの出会いとなった。モーリーンもこの映画のファンであり、上映館に何度も足を運んだ。車椅子に乗ったリーヴは目立つ。そして今日の午後、モーリーンの方からリーヴに声をかけたのだ。

「だって、同好の士と話がしたかったから。そうしたら驚いちゃった、彼はデザイナーで画家だったのね！　それにあなたの話も聞いたんだ、マチルダ。特殊造形師でメイキャップ・アーティストなんて、私の憧れだもん！」

　モーリーンはピンク色の唇で明るく笑い、大きな目を輝かせた。眩しすぎてマチルダが目をわずかに背けたことにも気づかず、モーリーンは続ける。

「それでね、だから私も変人の友達の話をしたの。エドって言って、コンピュータに取り憑《つ》かれてる。寝食もコンピュータと共にしてるんじゃやって陰で笑われてるけど、エドは全然気にしないの」

　コンピュータというと、それこそ『2001年：宇宙の旅』に登場するHAL9000を思い出す。宇宙船の制御を担当するコンピュータで、人間と同じように会話も、難解な思考もできる人工知能だ。実際は、その他の〝映画の魔法〟と変わらず、俳優が声を当てまるで本物のように振る舞っている、はりぼてに過ぎないが。

　七〇年代に入っていくらか小型化は進んだものの、現実のコンピュータは計算機の域を出られずにいた。頭脳も手足もまだまだ巨大で、電算室、あるいはコンピュータ・ルームと呼ばれる部屋にやっと一台分がおさまるくらいだった。巨大な中央演算装置、パンチカードに穴を開けるパンチャー、磁気テープ装置、ラインプリンタ、補助記憶装置、そして操作卓。利用者はコーディングシートにコードを鉛筆で書いておき、カードリーダーに読ませ、パンチカードに穴を開ける。その列は長く、今も電卓やそろばんで計算した方が早いと豪語する者もいた。

マチルダは多くの一般市民と同じく、コンピュータに触ったことがない。コンピュータが必要とされるのは、宇宙開発、軍、航空工学など、複雑な計算を要する場であって、普通の生活を送る者にはまるで雲の上の話に聞こえる。

しかし名門大学の学生にとってはそうではないらしい。

「今に見てて。うちの大学じゃ、パーソナル・コンピュータを絶賛開発中なの。コンピュータをひとり一台持つ時代が来る」

あまりにも無謀な話に聞こえ、マチルダはつい失笑した。

「あんな巨大なものを部屋に置くなんて無理。そもそもコンピュータを使うほど膨大な計算をする機会が、普通の十代二十代の子にあると思う？」

「ふふ、言うと思った。使う機会はこれから先、絶対出てくる。個人はもちろん、映画の仕事ならなおさらね。金持ちの上層部の金勘定の話じゃないよ、末端のアーティストが使うってこと」

「……あなたの話は壮大すぎてよくわからないわ。悪いけど、もう遅いから」

立ち上がって、早く出て行かせようとするマチルダを、モーリーンは真剣な表情で遮った。

「コンピュータで絵が描けるようになったら、どうする？」

「何ですって？」

「考えてみて、マチルダ。コンピュータで絵を描き、それに動きがつく世界を。手で一枚一枚描く時代は終わり、セルをいちちフレームずつ重ねてはカメラで撮って、ずらし、また撮る、みたいな作業はおしまい。絵柄は均一になるし、大量の紙を消費しなくて良くなるし、何より時間が節約できる。それにモンスターだって意のままだよ」

モーリーンもゆっくりと腰を上げ、マチルダから目をそらさず話し続ける。

「特殊造形。ねえ、完成するまで何度も型を取るんでしょ？　すごいことだと思うけど、でもそんなに苦労しなくてもいいんじゃない？　一体完成すればいいってわけでもないって、私も知ってる。水に濡らす用、燃やす用、俳優が付けて撮影する用、予備。何体も同じものを作らなくちゃならないんでしょ。でもコンピュータの仮想空間上なら、どんなバリエーションでもこなせるの」

息がかかるほど近づいて、淀みなく語りかける。しかし顔はマチルダの方を向いていても、彼女の淡い茶色の瞳は、もっと遠く、遥かな到達点を見つめているように思えた。

鋳型。何度も何度も型を取ってやっと完成させても、また同じものを作らねばならない徒労。どれだけ苦労したところで名前をクレジットされず、認められないつらさ。押さえ込もうとした感情が、暗い心の中で首をもたげようとする。

　マチルダはモーリーンの体中から溢れる得体のしれない力に吸い込まれかけたが、しかしはっと我に返ると、首を振った。

「まさか。そんなことあり得ない」

「どうして？」

「仮想空間上のモンスターですって？　私にだって少しくらいコンピュータの知識はあるの。地球上のものごとは決して物理法則から外れない。コンピュータは電気のオンオフで動いてるにすぎないのに、どうやったら絵が描けるの？」

　モーリーンは素人で、まだ若い。だから夢みたいなことを言うのだ。希望は善だが、映画製作の現場を知っていれば、彼女が大それた妄想を信じているとわかる。しかしモーリーンはあっけらかんと、マチルダの疑問を一蹴した。

「あ、そうか。一般には知られてないもんね。静止画なら、なんとか出来るの。航空機の図面とかを描くためにね。スケッチ・パッドっていうシステムはもう十年前にはあったよ」

　知らなかった、とは言いづらい。マチルダはなんとか応酬してやろうと、必死で頭を働かせた。

「計算しかできない、入力された行動しかできないコンピュータで絵を描くなんて不可能。映画製作はもっと崇高《すうこう》だし、人間の手が生み出すものは計算じゃ割り切れないほど豊かなんだから」

　これでいい。これでいいはずだ。マチルダはまるで訪問販売のセールスマンを追い返す時のように、背中を押し、モーリーンを帰らせようとした。これでリーヴも彼女に失望すればいいのにと願いながら。

しかしモーリーンの反応はマチルダの予想を裏切った。

「コンピュータ・グラフィックスは夢の話じゃない。もう実現してるの」

表情から先ほどまでのあどけなさが消え、目つきが鋭く、声色も大人びていく。モーリーンは研究者の顔に変わっていた。

「実験段階だけど、成功した。さっき言った友達、エド――エドウィン・キャットマルっていう変人が、自分の手のデータをコンピュータに入力して、デジタルで復元させたの。動かすこともできるよ。それに外部出力もできて、三十五ミリフィルムに焼けた。上映も可能だよ、焼くのに時間がすっごくかかったけど。彼、ディズニーの大ファンでさ。アニメーションにも取り憑かれてるの」

後ろでふたりのやりとりを黙って見ていたリーヴが、ここでようやく口を開いた。

「次の月曜に、そのフィルムを見せてもらえるって話なんだ。どうだ、マチルダ。一緒に行かないか？　それに、渡したい物もある」

リーヴはマチルダの機嫌を損ねないように気遣っている。けれど、モーリーンに完全に魅了されてしまった心まで隠しきれていない。元々マット・ペイントは背景と人物を合成させる技術だ。コンピュータの技術はマット・ペインターのリーヴと親和性が高いのだろう。

でも私はリーヴとは違う。コンピュータには騙されない。マチルダはあの黒い半球体に不気味な赤い灯を点したＨＡＬ９０００の目を思い、モーリーンの化けの皮を剝《は》いでやるつもりで凄んだ。

「……どうやって成功させたっていうの。もしあなたが言うような技術が現実になったら、世界は変わってしまう。そんなこと起こるはずがない」

「だから、世界は変わっていくんだって。いい？　最初に石膏で手の型を取るの。やり方はあなたが一番知ってるよね。手の像が出来たら、表面にインクでポイントを描いていく」

モーリーンはローテーブルの上に転がっていたサインペンを取り、自分の左手に直接描きはじめた。第一関節と第二関節、そして指の付け根にぐるりと線を引き、指の幅をなぞるように縦にも入れる。手のひらにも逆三角形と菱形《ひしがた》状の印をつけて、マチルダの目の前に突き出して見せた。

「わかる？　その表情ならわかるよね」

〝大顔面（面取り）〟だ。マチルダは理解した。デッサンを学びはじめる頃に通る石膏像──顔の凹凸を簡略化した、面で表現された像。マチルダがつい目を瞠るところをモーリーンは見逃さなかった。

「あなたはさっき、コンピュータはオンとオフで動いてるって言った。確かにそのとおり。シグナルを認識してそのとおりに立ち上げるの。つまりこのマーカーは立体の座標。計算がめちゃ大変だったけど、私も計測を手伝ったよ。それをテレタイプのキーボードで入力してやればいい」

　モーリーンは構造的要所をマークした自分の手をゆっくり動かし、おいでおいでをした。

「コンピュータはこれを手だなんて思ってない。そんな必要はないの。座標通りに仮想空間内に再現するだけ。そうしたら、人間が手だと認識する形ができる」

「そんなの……ただの脱《ぬ》け殻《がら》だわ」

「いけない？　いやだなあ、マチルダったら、脱け殻だのなんだのってナンセンスだよ。見る人がよければそれでいいじゃん。コンピュータに感情を求めてどうすんの」

　モーリーンは笑いながら言う。その振る舞いも、その口から飛び出す理屈も、マチルダにとっては幽霊譚のように恐ろしかった。ぞっとした。意識のないコンピュータが数字から生み出したものを、人間は〝手〟だと認識するなんて。

　マチルダの背筋を冷たい汗が流れていくのを、モーリーンは気づいているのだろうか。相変わらず饒舌《じょうぜつ》な口ぶりで、手のデータはコンピュータが処理できる容量をはるかに越えてしまい、画像が映らず、仕方なくポラロイドカメラで撮影して確認しながら進めたなどとしゃべっている。

「帰って。お願いだから」

「まだいいでしょ？　リーヴだって……」

「帰って！」

　マチルダは悲鳴に近い声でモーリーンを追い立て、玄関のドアを閉めた。そしてそのまま、見送ろうとするリーヴを振り返ることなく、階段を駆け上がって寝室に飛び込むと、ベッドの布団にくるまった。

庭の方で車が走り去る音がし、家の中はまるで嵐の後のように静まりかえっていた。いつの間にか雨は止み、流れる雲間から満月がその眩い姿を晒して、白い光を窓から注いでいる。マチルダが左手を挙げるとベッドに影が落ちた。その瞬間、涙が溢れた。

あの影絵。幼かったあの日、あんなものを見なければ、これほど苦しく、切なくなることはなかったのだろうか。ロニーと父が出会わず、マチルダにパペットを見せるいたずらを思いつかず、若くして死ぬこともなければ、こんなことにはならなかったのだろうか。

スチュアート・フリーボーンへの羨望から、彼のもとで働く同じ年代の、もしくはもっと若いかもしれないアーティストたちに対する嫉妬。その上に、コンピュータ・グラフィックスなどという未来を携えて、家の中までずかずか入って来たモーリーン。マチルダの心は岩のように固くなりながら、紙のように引き裂かれ、火を点けて真っ赤に燃え上がったかと思えば、誰からも顧みられない消し炭となって、闇の中へ沈んでいく。

「……私はこれからどうしたらいいの」

ひとり呟いた声は、ドアをノックする音でかき消された。

「大丈夫か、マティ」

返事も待たずに、手製のスケートボードを滑らす音を立てながら、リーヴが入ってきた。その声は気遣わしげだ。しかし彼がすでにモーリーンの話に、ひょっとするとモーリーン自身に惹かれているのは、もはや疑いようもなかった。リーヴはコンピュータの未来を信じているのだ。もう何年も、マチルダの仕事には関心を示さなかったのに。

リーヴに背を向け、壁の方を向くマチルダの肩に、温かな手のひらが触れる。互いに触れ合うことなどほとんどなかったのに。

「ショックを受けたんだな」

涙を吸い込んでじわりと熱くなる枕に頬を押し当て、涙を拭う。嗚咽《おえつ》が漏れないように唇を嚙みしめ、何も答えずにいると、リーヴが言った。

「マチルダ、俺は君を誇りに思っている」

空の雲が流れて月を隠し、ベッドに落ちる影が薄くなる。

「モーが喜んでいた。彼女は大勢にさっきの話をしたそうだが、ほとんどが鼻で笑うきりで相手にしなかったらしい。でも君は衝撃を受けてる。なぜならモーたちの実験が、いつの日かやがて大きな風になって世界を変える可能性を、理解できているからだ。君はとても賢い人だよ」

再び雲が晴れ、月が凶暴なほど白い姿を露わにしたのと同時に、マチルダのつま先から頭までほとばしる烈火が駆け抜けていった。

「賢い？　何それ、馬鹿の新しい呼び方？」

ほとんど反射的に起き上がり、目を見開くリーヴに食ってかかる。腹の底で火が焚《た》かれている。熱すぎて、もうどうにもできない。

「理解なんてできない。拒絶してやりたい。コンピュータ・グラフィックスなんて絶対に許せない。どうせ挫折する。資金も集まらないだろうし、映画を撮るなんて夢のまた夢！」

「じゃあなぜ君はこうして寝込んでいる？　本当にそう思うなら自信を持ってモーに反論すればいいじゃないか！」

「モー、モーって、あなたこそ馬鹿みたい！　そんなにモーが魅力的ならこの家を出て行って彼女と一緒に暮らしなさいよ！　コンピュータ・グラフィックスとやらの未来を見せてもらいなさい！　もう二度と帰ってこないで！」

マチルダは感情が燃えさかるままに叫び、枕をリーヴに投げつけた。中の羽毛が飛び散り、リーヴがひとことも口をきかずに部屋から出て行った後も、白い羽毛はふわふわと舞って、陰鬱《いんうつ》な夜に落ちていった。

冴え冴えとした月明かりに、マチルダの影が壁に映る。逆立った癖毛、華奢《きゃしゃ》な肩、自信なげに丸まった背中。

あの日ロニーが見せた影絵のようには動かない。ただゆっくりと呼吸し、肩がかすかに上下するだけのシルエットが、寄る辺ない孤独に震えていた。

月曜日、マチルダはベンジーに、フリーボーンが受けずこちらに回ってきたという依頼を受けると告げた。リーヴは、朝起きた時にはすでに姿を消していた。

その日の晩、帰宅したのはマチルダだけだった。

第四章　あの死の真相は

ニューヨーク／ロサンゼルス　一九七六年

　飛行機のタラップを降りる最中から、マチルダの胃はきりきりと痛み、このまま気絶して救急車で運ばれてしまいたい、とさえ思った。正々堂々「行けなくなりました」と言える状況になればいいのに――しかしＪＦＫ空港の廊下は長いようで短く、ロストバゲッジの多さで評判のターンテーブルは、あっさりマチルダの前に、ベージュ色でステッカーをべたべた貼ったお馴染みのスーツケースを吐き出した。

　久々のニューヨークは、あまり変わっていなかった。新しい建物はあるが、元々高層ビルだらけの巨大都市に十や二十ののっぽが増えたところで同じこと。とはいえ、建設中だったワールドトレードセンターのツイン・タワーは目を惹く。外国からの観光客たちに混じってマチルダも足を止める。初夏の青空に白いふたつの巨塔が屹立《きつりつ》する様を見ていると、世界はこの先どこまでも豊かになっていくのだという思いがした。

　渋滞だらけでひっきりなしにクラクションが鳴り響く中、人混みに押し流されるようにして歩く。側溝から湧く下水のむっとした悪臭、スーツケースのキャスターにガムがへばりついて、動かなくなるのも相変わらずだ。列車のアムトラックに乗れば、薄汚い床にビール瓶やミルクシェイクの容器が転がって、車輛が揺れるたびマチルダは足を上げてゴミの襲来を避けた。

驚くほどあっという間に、三十丁目駅に着く。二十歳のあの日、列車にひとり飛び乗ったあの日から、この駅は何も変わっていなかった。天井はまるで王宮のように高く、柔らかなベージュ色の石壁に、落ち着いた雰囲気の木のベンチ。せかせかと歩くビジネスマンもいれば、ベンチでのんびりくつろいでいる家族もいる。

それから四十分ほどタクシーに揺られ、スーツケースを降ろしてくれた運転手がチップを待っている間も、マチルダの頭の中はこれからのシミュレーションでいっぱいだった。まず、呼び鈴を鳴らす。それから懐かしのハグをして——うまくできるかしら——何ごともなかったかのように会話する。そうなればいい。理想的だ。でもきっと、再会のハグもなければ互いを気遣う素振りもなく、冷たい空気の中で沈黙する羽目になるかも。

ありとあらゆる想像を膨らませていたマチルダだったが、現実は、そのどれとも違っていた。

呼び鈴を押せど鳴らせど誰も出ない。ドアには鍵がかかっており、明かりは消えていて、物音ひとつしなかった。明らかに留守だった。一体どういうこと？　手紙で今日行くと約束したし、時間もぴったりだ。もしや気が変わって、マチルダが来る前に家を出て会わずにおくつもりなのだろうか。

　ポケットに押し込んでいた封筒を見て、住所が間違っていないことを確認する。以前マチルダと住んでいた家ではない。老いたふたりが住むにはちょうどいい大きさの、赤い煉瓦造りの壁と白いスレート屋根の家。二階はないけれど地下室があり、玄関ポーチから二段下がったところに錠前付きの鉄扉が設えてある。隣家との間には大きなカラマツが生えていて、日光を遮り、庭は少しじめじめしていた。芝生は育ちが悪く、プランターの花も咲いていない。

　マチルダはスーツケースを脇に置き、階段に腰かけて待つことにした。五分待って来なければ諦めよう。あと十分待って、あと十五分……そうしているうちに、半日以上かかった旅の疲れがまぶたを重くし、ついうとうとと舟を漕いだ。

「風邪を引くわよ」

　声をかけられて慌てて飛び起きると、目の前に母、エイミーがいた。髪には白髪がまじり、しわが増え、肌もかなりたるんでいたが、間違いなく母だった。その後ろを、更に痩せて小柄になった父が、スーパーの紙袋を片手に抱えて現れた。ジョゼフは目が合うと小さく頷きかけ、マチルダのスーツケースを持って中へ入っていった。

　十年。この間にあったことはすべて長い長い夢だ。両親におやすみを言ってベッドに入ったのはつい昨日の出来事で、時計を見ればたったの八時間しか経っていない。そうであればいいのに。

ここは思い出の場所でもなければ懐かしの家でもなく、母の笑顔もどこかぎこちない。

「それで、お腹は空いてる？」

「ええっと……実はお昼ごはんまだなの。乗り継ぎ時間に余裕がなくて」

本当はアムトラックに乗る前に、大きなサンドイッチをひとつ食べてしまっていた。けれどももし両親が昼食を用意していて、無駄になったとわかったら、きっとがっかりするだろう。けれどその気遣いは逆の効果を生んでしまったようで、母は「あら」と呟いた。

「じゃあお茶にしましょう。軽い方がいいかと思ったけど、お菓子を多めに作っておいてよかった。でも甘い物だけじゃよくないわね、胡桃《くるみ》のサラダでも拵《こしら》えましょうか」

「ううん、いいの。お菓子で充分」

ちぐはぐだ。私も母も、距離の測り方すらわからなくなってしまった——マチルダは急いで立ち上がり、自分よりわずかながら背が低くなっている母に愕然《がくぜん》とした。間違いなく十年の距離があったのだ。夢ではなく。

いずれ会いに行こうとは思っていた。ロサンゼルスに移り住んでからは、一ヶ月に一度手紙や小包を送り、連絡を取り合って、ほとんど家出といえるやり方で両親から離れた過去は、水に流せたような気がしていた。それでも重い腰をようやく上げたきっかけは、マチルダ宛に届いた小包だった。

リーヴがマチルダの元を去ってから一年が経った先月、ふいに茶色い小包が届いた。埋め直せないほど深い溝ができたあの日、確かリーヴは「渡したい物」があると言っていたが、これがそれだろうか。冷え切った心でそれを開けてみると、一本のビデオテープが入っていた。メッセージもなければ、表面のステッカーにも何も書かれていない。

悶々《もんもん》としたまま放置して更に一週間が経った頃、マチルダはビデオテープを工房へ持って行き、誰もいない時間を狙って視聴用のビデオルームに忍び込むと、デッキに入れて再生した。画面に映ったのは一昔前の白黒映像と、『説教師』というタイトルロゴだった。モーリーンが言っていた、煩《わずら》わしいコンピュータ・グラフィックスとやらが映るに違いないと身構えていたマチルダは、拍子抜けした。

内容は悲喜劇のヒューマン・ドラマだった。向こう側が透けて見えるほど薄いパンと、白湯《さゆ》と見紛うほど具のないスープだけで空腹をやりすごしている、貧しい紳士が主人公だ。どことなくチャップリンを彷彿《ほうふつ》とさせる男は、移民のコソ泥少年と知り合い、盗みをやめさせるためにある方法を思いつく。それは街頭に立って人々の前で人生の徳を説き、献金と支持者を増やしていくというものだった。しかし様々な偶然が重なって反響が大きくなり、主人公は師と敬われるが、それにつれて説教も傲慢になっていく。やがて助手のコソ泥少年は姿を消し、別々の人生を歩む。そんな時、戦争が起きる。説教師は悲劇に打ちのめされて語りの内容を変え、友愛と平和を訴えるが、するとこれまで彼を慕っていたはずの人々がどんどん離れていき、主人公は誰もいない街頭で、野良犬相手に話すことになる。

伝えたいことはわかるが、平凡で地味な物語だった。最後はただの老いた酔っ払いと化した主人公が、雪降る夜の街路の向こう側でかつての少年が温かい家庭を築いているのを見る、というラストシーンには込み上げるものもあったが、落涙までは至らず、ところどころ陳腐だった。俳優は演技が過剰だし、平和を訴える演説の台詞も、少ししつこい。チャップリンのようなコメディとヒューマン・ドラマの名作を目指したようだが、足もとにも及んでいなかった。

この出来ではタイトルも知らないはずだ。製作年代は四〇年代か五〇年代だろう——しかしこの内容では、赤狩りがあった時代に批判の対象になったのかも。考察を重ねながらテープを巻き戻す。

それにしても、リーヴはなぜこんなものを送ってよこしたのだろう。出て行く自分を少年に、私を主人公に重ねたとでも？　しかし別離するふたりを描いた物語は山ほど名作があるし、わざわざ平凡なこの作品を選ぶ意味はないだろう。そもそも彼はこれを観たろうか。観た上で送ってきたのか、それともただマチルダの友達の作品を見つけて、送ってくれただけなのだろうか。

心にもやもやしたものを抱えながらマチルダは工房の制作部にある資料室へ行き、キャビネットにずらりと並んだ分厚いファイルから、これまで公開された映画の情報を集めたアーカイブを漁った。

公開年代順に並んだページを四〇年代から五〇年代まで辿《たど》っていったが、『説教師』の記載を見つけられなかった。そこで未公開や製作が頓挫した作品のファイルを手に取った。企画段階や製作途中ならまだしも、ここまで完成された映画が公開中止になることは滅多にない。しかし時代を考えればあり得る。

五〇年代末公開作のファイルを開いて五分も経たないうちに、タイトルを見つけた。スチール写真とポスターデザイン、あらすじ、プロデューサーと監督と俳優、主要なスタッフの名簿がついている。そして〝脚本〟のところに見つけた。ロナルド・E・サンダースの名前を。

『説教師』はロニーが脚本を書いた作品だった。

しかし公開はされなかった。編集作業やタイトルロゴも入れ、あとは公開日を待つばかりだったところ、当局の検閲に引っかかって土壇場で中止になったのだ。

ひょっとしたらロニー自身も赤狩りの対象になったのではないか？　彼の性格を考えると可能性は高い。それでイギリスへ逃亡して、事故に遭った。そう考えると辻褄《つじつま》が合う。

マチルダは静かにファイルをキャビネットに戻し、資料室を出ると、廊下の公衆電話から両親の自宅に電話をかけた。

大好きだったロニーについて聞きたい欲求もあったが、ただ両親に会いたかった。何もかもが遅すぎたという後悔が洪水のようにどっと押し寄せ、会いたい気持ちが少しでもあるなら、せめてまだ手が届く範囲にいるうちに行かねばと強く思った。でなければ、いつか取り返しがつかなくなる。

もし、今よりもっと無知で若く、無邪気だった頃にこの映画を観ていたら、数ある名作と比べることなく、ロニーを尊敬できたのかもしれない。もしもっと早く事情を知っていたら、イギリスまで会いに行って、死ぬ前に話ができたかもしれない。

そしてリーヴ。ロニーの話をしてからずいぶん時が経ったのに、意図はどうあれ、ビデオテープを送ってきてくれた。しかし彼は二度とマチルダの元に帰らないとわかっている。

「来月、そっちに行こうと思うの」

母は「ええ、どうぞ」と承諾してくれたが、公衆電話のフックにかけた受話器が、やけに重く感じた。


両親の家は外観もこぢんまりした印象で、内側もまた質素だった。小さなダイニングテーブルに椅子が三脚。二脚は揃いだが、三脚目はデザインが違う上に真新しく、マチルダが来るので慌てて買ったに違いなかった。きっと客をもてなすこともないのだろう。窓にかかったレースのカーテンから柔らかな陽が差し、小さなチェストとラジオの上を、光がゆらゆら揺れた。マチルダはそっと近づいて、古めかしい木製のラジオを撫でた。この家の芥子《からし》色のカーペットもソファも知らないが、このラジオとチェストだけは知っている。周波数を合わせるふたつのつまみが、まるでくりっとした黒い目のようだし、その下のスピーカーは、イーッと歯を剝《む》いた子どもの口に見えた。幼い頃のマチルダは、毎日ラジオをしゃべらされているこの子は、誰も見ていない時どんな歌を歌っているのだろうと、想像を巡らせたものだった。

ダイニングテーブルには、クロワッサンを小さくしたような菓子、ルゲラーと、真ん中に餡色の具を包んだ三角形のクッキー、ハマンタッシェンの並んだ白い皿が置かれている。どちらもユダヤ教徒の菓子だ。マチルダが家にいた時は、信仰も自分たち家族に流れる血も無視していたのに、今になってなぜだろうか。手を出せずに菓子をただ見つめていると、父がマグにコーヒーを注いでくれた。遠慮がちにひと口、ふた口齧《かじ》る。ハマンタッシェンは生地がしっかりしているが、口に入れると見た目よりも柔らかく、蜜が染みこんだ杏のフィリングは甘酸っぱくてうまい。こんなに美味しいものだったのかと驚いたが、ただ、ロサンゼルスのユダヤ人街で食べた菓子とは味が違ったし、ヴェンゴス老人のもとにいた時に飽きるほど食べたギロ・ピタの方が、ずっと懐かしい。

「お菓子があるから、夕食は八時でいいわね」

母の言葉に、マチルダはつい台所に視線をやり、乳と肉を共に食べてはならないとか、豚肉や甲殻類は禁止だとかの、コーシェル——ユダヤ教の戒律に従った食べ物——に則った食事を出されるのではと確かめてしまった。しかし特に気になるものは見当たらない。

当たり障りのない会話を続けながらそれとなく、なぜ今になってこの伝統的なお菓子を作ったのか聞くと、いわば「寄る年波」なのだと母は答えた。

「年を取ると、若い頃に毛嫌いしたものに懐かしさを覚えたり、ふいに心細くなって、故郷までの道を辿ってみたくなるの。物真似程度だとはわかってるけど」

母も言葉を選んでいるのを察したマチルダは、返事の代わりにぎこちなく微笑み、マグカップのコーヒーを啜ってもうひと口ハマンタッシェンを食べた。

ひとり娘のマチルダが家にいたら、両親は心細さを感じなかったろうか。しかしそう単純な話でもないと、薄々わかっていた。すっかり年老いた夫妻は、出て行った娘が帰る前に、信じたいものを自分たちで選び、そう遠くない終わりに向かって人生を歩んでいる。ロニーの昔話をする気力は挫《くじ》かれ、ひたすら菓子を食べ、コーヒーで流す。

「仕事はどうなんだ」

よそよそしい雰囲気を破るように父が話題を変え、マチルダはほっとした。

「たぶん、順調。プロダクションのＰ／Ｐは給料も悪くないし、相棒のベンジーともうまくやってると思う。ただ……」

「ただ？」

分厚い丸眼鏡越しに見える父の目が、子どものマチルダを叱る時のそれと似ていて、マチルダはつい視線を落とした。誤魔化す方法を誰か教えてくれればいいのに。マチルダは黒いコーヒーを見つめ、指の爪でマグカップを小さく叩きながら話した。

「打ち込んでた仕事が駄目になっちゃって。裏方はがんばったんだけど、製作会社が別の映画製作会社と揉めて、頓挫したの」

フリーボーンが断ったという仕事――巨大化した動物が街で暴れ回る、パニック系テレビ映画の特殊造形を引き受けたものの、別の会社から「うちにも似たような企画がある」と横槍が入った。脚本はまったくの別物だったが、相手が巨大資本会社な上に、こちらの主演男優と監督の折り合いが悪かったことも手伝って、プロダクションに入る前に立ち消えになってしまった。

　当然、プリ・プロダクション段階でマチルダとベンジーが作り上げたクリーチャーは無駄になり、今はＰ／Ｐの倉庫の隅で埃をかぶっている。実現すれば、大きな仕事になるはずだった。登場する動物たちのデザインをベンジーが担当することになっていたからだ。

「相棒がキャラクターのデザインを担当するなんてはじめてだったから、がんばったんだ。アニマトロニクスも楽しかったけど、でも運がなかったのね」

「どんなものを作ったの？」

「えーと。そうだ」

　マチルダはそう言って、鞄から薄いアルバムを出し、両親に見せた。表紙には一枚の写真が貼ってあり、左にベンジー、右にマチルダ、そして真ん中には、両脇のふたりよりも頭ひとつ分大きい漆黒の猟犬の、三人が写っている。マチルダもベンジーも猟犬の前足を肩にかけ、まるでほのぼのとしたファミリー・ドラマの一場面のようなポーズだったが、いかんせん猟犬が大きい。

「ずいぶん立派ね。現実的じゃないわ」

「遺伝子改造されて巨大化したっていう設定だから、これでいいの」

　向かいに座る父がぼそりと「なんともくだらん」と呟いたが聞こえないふりをする。母の方はもう少し関心を持ってくれたようで、静脈の浮き出た細い手でテレビの前を指した。

「そこのテーブルから眼鏡を取って。よく見たいから」

マチルダは言われたとおり金縁のほっそりした老眼鏡を取り、手渡すついでに横に立って写真の説明をする。

「この猟犬がメインになって暴れ回るの。この大きいのはただのはりぼてだけど、画面にばんっと登場させて視聴者に巨大さをわかってもらうためだからいいんだ。俊敏さが必要な場面ではパントマイム俳優に着せて、メイキャップするの。面白いのはこっちの……頭部だけのモデル。中に金属板とワイヤーが仕込んであるんだ。動力は外側につけたモーター。リモコン操作でまぶたが動くようになってる。外側の人形はできるだけ軽くしたかったから、プラスチックの外殻にフォームラテックスで肉をつけ、毛足の短いファーを接着した人工革を張ったんだ。このファーの毛流れが難しくて……」

マチルダはできるだけ嚙み砕いて説明したつもりだったが、母の表情は明らかに困惑しているし、父は席を立ってテレビの前のソファに座り、新聞を広げてしまった。仕方なく口をつぐみ、後は黙って母のペースに任せることにする。

写真は製作記録として撮影したもので、別の一枚には仕掛けを担当したロボット技術者や、着ぐるみ俳優の姿も映っている。次のページをめくると、頰や髪に粘土をつけた自分自身と目が合った。完成型を視覚化し共有するための、彫塑モデルをスカルプトしていた時に撮られたもので、手の中の猟犬は実物の十分の一ほどの小ささだ。長い鼻づらに尖った耳、全体的に巨大化してはいるが、筋肉質でスレンダーな体つき。人に飼われている犬よりもコヨーテや狼に近い。

　ヴィジュアル・デベロップメントの時点で、ベンジーはクリーチャーのデザインを決め、監督とも合意していた。この猟犬を作るために、マチルダとベンジーは共に動物園に行って、コヨーテやアメリカオオカミのスケッチをし、骨格や筋肉の流れ、走り方や跳躍の仕方、首を振る動作を観察した。実物を見ておくと、不思議と生命の立体的な形が摑める気がする。

　メインクリーチャーとなる黒い猟犬は、全身と、アニマトロニクス用の頭部、着ぐるみ用のボディスーツとマスク、そしてラストの火災シーンのために燃やせる体の、合計四体を作った。アニマトロニクス用の頭部と、パントマイム俳優用のマスクは、材料からして違う。

　このプロジェクトに気合いが入っていたマチルダは、企画段階で、俳優に被せるマスクはより細密なものを作ろうとしていた。それはオーバーラップ・アプライエンスという技法で、特殊メイクの名匠ディック・スミスが編み出した、鼻や額、目の下、顎など、部位を細かくパーツ分けするものだった。

　しかしオーバーラップ・アプライエンスには時間も費用も労力もかかる。一気にはめ込めるフルマスクと違い、パーツが分かれれば俳優の地肌が現れるため、段差をなるべく少なくせねばならない。エッジを薄くするには技術が必要だし、一度にすべてのパーツを作ることはできないため、鋳型の材料も時間も大量に消費する。フォーム・ラテックスはオーブンで焼き上げるものなので、場所を占拠することにもなってしまう。

テレビ映画にそんな予算はかけられないと、提案は早々に却下された。食い下がるマチルダをベンジーは別室に連れて行き、「俺だってディック・スミスの方法を使いたいさ。でもこの猟犬は『エクソシスト』のリーガンじゃないんだぞ」と説き伏せた。

結局、上半分、下半分に分割したやや不格好なマスクを作って、P／Pの他のアーティストと共に、すべてのクリーチャーを納期どおり、撮影がはじまる前に完成させた。ベンジーや仲間たちは出来に大いに満足し、肩を組み合いながら飲みに行った。

ただ、マチルダはベンジーほど自信を持っていなかった。飲みには行かず工房に残って微調整を続けながらも、何かが足りない、それどころかてんで駄目だとすら思った。偽物に見える。黄色い目玉がいかにもガラス玉に見え、歯茎や舌の色が赤すぎる気がした。毛皮は安っぽく、寂れた移動遊園地で子どもが乗る、動くはりぼてみたいだった。頭部モデルのスイッチを入れると、モーターとピストンが派手な音を立て、瞼がぎこちなく動く。とても本物の犬には見えない。メイキャップ用のマスクもだ。これでは八年前の『猿の惑星』の頃から何も変わらないではないか。

ベンジーたちにそれとなく言っても、「アニマトロニクスってこういうものだし、テレビ映画に金はかけられないってわかってるだろ。冷静になれよ」と肩を叩かれるばかりだった。確かに、こういった造形物を使う撮影現場では、スモークを焚いたり、暗い夜のシーンで粗《あら》を隠したりと工夫をするものだ。いざとなれば編集がうまく誤魔化してくれるだろう。しかしマチルダには、こんなものをテレビに流したら苦情が殺到するに決まっている、この程度しかできない自分は無能だ、と思えて仕方がなかった。

だから、プロジェクトが頓挫して確かに落胆はしたが、どこかで安心している自分がいた。表立って放映されれば、ひどい批判を浴びるかもしれないし、まったく無視されるかもしれない。無名のままならまだしも、今回は全面的にクリーチャーを担当したのだから、業界では名前が知られてしまうだろう。

静かに写真を眺めていた母がふいに言った。

「この子は、あなたが夢中だった黒い犬に似てるわね」

ぎくりとして母を見る。

「……覚えてるの？」

「もちろん。スケッチブックに黒い犬の絵をたくさん描いていたじゃない。近所の子たちに泣かされたあなたを、『ハーヴェイ』に連れて行ったわ。今でもあの黒い犬を作りたくてしょうがないんじゃない？」

母の横顔、華奢な眼鏡越しに見える目尻に、細かなしわが寄る。まさか母が覚えていて、しかも執着していたことまでお見通しだとは思わなかった。

「たぶん、そうかも」

本当は〝たぶん〟でも〝かも〟でもない。マチルダは自分を震えさせ、強烈なインパクトを植え付けたあの犬の怪物をこの世に誕生させたいと、二十年以上も願い続けてきた。しかし多くのキャラクターを作り、本物の映画の世界で生きるうちに、マチルダは迷いはじめていた。まるでマンハッタンの騒がしく落ち着きのない道、無数に分岐と交差を繰り返す道路の前に立ち尽くし、途方に暮れているような気分だった。

それでも母は言う。

「あなたには何かあるってわかっていた。だからあなたが大学を辞めた時、いよいよ来たと思ったの。父さんは確かに怒ったし、ロニーと私があなたに夢を見せたせいだと言ったわ。でもね、あなたはたとえロニーと私が何もしなくたって、自分で自分の芽に気づいたでしょう」

窓の外で、近所の子どもが騒ぎはじめた。誰が「シャザム！」と唱えてスーパーヒーローになるか、悪役を誰に押しつけるかで揉めているらしい。みんな選ばれしヒーローになりたがる。自分は物語の主人公に相応《ふさわ》しい人間だと思いたがる。ロニーも、モーリーンも、ベンジーも、私も。

「……わからない。私に芽なんてあったのかどうかも」

囁《ささや》くように言って静かに母から離れ、マチルダは自分の席に戻った。

ソファで父が新聞をめくり、母は向かいでアルバムをめくる。壁時計が六時を指して鈍い鐘の音を鳴らすと、ようやく母は顔を上げて皿を片付けはじめ、父はテレビをつけた。停滞していた空気が動き、マチルダも慌ててコーヒーを飲み干した。

「食事の支度をしましょう。手伝ってね、マティ」

夕食はナッツでコーティングされたサーモンとサラダ、豆のペーストという、確実にユダヤ教のコーシェルに近づいたものだったが、マチルダは気づかないふりをして平らげ、ベッドルームに上がった。

部屋は誰のにおいも、使われた痕跡もない。ベッドカバーは手製のキルトで、枕カバーはぴんと張って清潔そうだ。娘の来訪に備えて、空き部屋を片付け、少しでも居心地が良いようにと整える母の姿を想像した。壁際には飾り気のないシンプルな机と椅子が置かれている。

椅子に腰かけ、何の気なしに机の抽斗を開ける。新しい木材のにおいと共に、古びたスケッチブックが現れた。子どもの頃に使っていたものだ。母が入れたに違いない——マチルダは一瞬躊躇ってから、深く息を吐いてスケッチブックを取り出しかけた。

その時、スケッチブックの下に入れた指に、もう一冊別のノートが触れた。

何だろう？　訝しみつつスケッチブックから指を離し、下のノートを取り上げる。それは茶色いスクラップ帳だった。

綴じ紐を解いて表紙を開く。スクラップされているのはほとんどが新聞広告で、はじめはニューヨークで行われた人形劇や、どこかの企業が自社のマスコット・キャラクターを興行用にマリオネット化したもの、あるいは義肢の広告などが挟み込まれていた。いったい何なのかと首を傾げながら次をめくると、メモ用紙と共に、マチルダが確かに関わった映画の広告が貼ってあった。その次のページ、またその次のページにも、仕事をした映画の新聞広告や評論が貼られている。

両親はこうしてマチルダの痕跡を辿ろうとしていたのだ。ロサンゼルスに越してからは「この間はどんな映画の仕事をした」と教えたが、ニューヨークでは誰の下でどんな仕事をしているのかをはっきり伝えなかったために、両親もだいたいのあたりをつけて収集するほかなかったのだろう。そのほとんどが外れているが、マチルダは胸が痛んだ。たとえ家族であろうと、互いを大切に思い合っていようと、うまく嚙み合わない。そして今後も歯車は、どこかずれたまま回り続けるのだという確信を抱いて、窓の外に広がる夜空を眺めた。

もしロニーが生きていたら。いや、そうやって彼に結びつけるのはもうよそう。そもそもロニーの顔すらほとんど覚えていないし、思い出そうとすると『メリー・ポピンズ』のパートばかりが浮かんでしまう。

考えるのはやめて眠ってしまおう。スクラップ帳を完全に閉じる前に、気怠い手つきで最後までページをぱらぱらめくろうとした。その時ふと、ある新聞記事の見出しが目に留まった。

〝ハリウッドの脚本家、イギリスの保養地で自殺——被害者か、それとも裏切り者か〟

切り抜きは経年で黄ばみ、インクもすれはじめていた。それも一般紙ではなくゴシップ紙、父も母も普段なら買わないはずの新聞だ。

〝数年前、マッカーシズム旋風が我が国に吹き荒れ、赤狩りと呼ばれた共産主義者追放運動があったことは、みなさまもご記憶のことであろう。

　十月五日の午後九時頃、ハリウッドの脚本家、ロナルド・Ｅ・サンダースがイギリスの南部、ブライトンで死亡した。自動車事故だが、目撃者によるとサンダースは自分から車道に出て車に突っ込んだらしい。つまり自殺である。

　赤狩り時代、共産主義者シンパを売ったと噂される人物としては、エリア・カザン監督が有名だ。サンダースはこのカザンとほぼ同じことをした。元々、自由と平等、反戦や平和を謳う脚本を執筆してきたが、当局のブラックリストに載せられると、我が身を守るために同胞を密告した上、イギリスへ逃亡した。今さら罪の意識に苛《さいな》まれて車に飛び込んだとしても、サンダースに売られて追放され、職を失った人々からすれば、自業自得であろう。記者／Ｅ・Ｍ〟

　日付は一九五七年十月七日。末尾のイニシャルに手書きの赤い丸印が付き、乱暴な字で電話番号が書き込まれていた。父ジョゼフの字だ。

――映画に夢を見るな
――ハリウッドは非情の魔窟だ。ロニーすら失敗したのに、女のお前に何ができると？

　父の言葉が記憶に甦る。ジョゼフは知っていたのだ。

　このページごと破って握りつぶしてしまいたい。衝動を堪えてスクラップ帳を閉じようとし、挟んであった切り抜きが数枚滑り落ちる。拾い上げようと手を伸ばし、指先が震えていることに気づいた。椅子を降りてどうにかスクラップ帳を抽斗に突っ込み、床にへたりこんだ格好のまま体重をかけ、抽斗を閉める。怒りと混乱で頭が爆発しそうだ。

赤狩りのことは大学で学んだ。エリア・カザンについても知っていた。業界では今も彼の作品を嫌悪する人がいて、彼らから「どんなに無頼を気取ろうと、やつは仲間を売った権力者の犬だ」と聞いたことが忘れられない。ただ、マチルダにとってエリア・カザンは知り合いではないし、赤狩りもずっと前の出来事で、正直なところ関心がなかった。

しかし身内、それも大好きだった人となれば話は別だ。

頭の中で『メリー・ポピンズ』のバートの顔がみるみる歪み、握りつぶした紙のようにぐしゃぐしゃになっていく。あの陽気でみんなから好かれるバートが陰で、たとえば煙突掃除仲間を警察に売って逮捕させていたとしたら、『メリー・ポピンズ』は一気に夢も希望もない陰鬱な物語に変貌するだろう。観客はそんな『メリー・ポピンズ』なんて望まない。しかし現実ではそれが起こり得る。

亡くなる前、イギリスに旅立つ前のロニーは、確かに思い悩んでいる様子だった。大人たちが幼いマチルダに聞かせないよう、小声で話し合っていたのも覚えている。

いや、しかしこの記事はいかんせんゴシップ紙だ。適当に嘘を書いたのかもしれない。

床にへたり込んで木目を見つめ、深く考え込んでいると、ふいにドアがノックされた。

「マチルダ。母さんが飲み物を作ってくれたぞ」

ジョゼフの声がして、マチルダは手の甲で目元や鼻の下を拭いながら立ち上がる。

「……ありがとう」

ドアの隙間から手を伸ばして、湯気を立てるマグカップを受け取る。脱脂粉乳の香りがするインスタントココアだ。思ったよりもマグが熱く、自分の指先がひどく冷えていたことを知った。

父はマチルダが泣いていたのに気づいた様子で、顔をしかめた。

「大丈夫か？」

「うん……大丈夫ではないかな」

ますます顔をしかめるジョゼフに、マチルダは思い切って尋ねる。「抽斗の中にスクラップ帳があった。中を見たの。ロニーの記事も読んだ」

ココアをひと口啜る。甘くて温かいが、どろりと粉っぽい味。

「赤狩りの時にブラックリストに載って、自分を守るために仲間たちを売ったって。本当にロニーは裏切り者だったの？」

ジョゼフは渋いものを食べたような顔で、自分の後ろに誰もいないことを確かめ、静かに部屋に入って来た。

「座りなさい」

マチルダはベッドに腰を埋め、ジョゼフは椅子に浅く腰かける。すっかり禿げた頭を、額から後頭部にかけ手のひらでゆっくり撫でてから、話しはじめた。

「スクラップ帳か。あれ自体は私のものだが、きっと母さんが抽斗に入れたんだな」

「父さんじゃないのね」

「ああ……エイミーは、いつかロニーの話をしなければならないと言っていた。しかし私は必要ないと思ったんだ。お前は独り立ちしているし、慕っていた人間の暗い部分をわざわざ教えてやるのは、どうかと思ってね」

「……ずっと気になってはいたの。ロニーはどうして死んだのか」

「記事にあるとおりだ。ろくでもない新聞だが、ロニーに関しての情報は正しい」

ゴシップ紙が嘘を書いたのではという一縷《いちる》の希望は砕けて散った。ジョゼフは長い息を吐いて、何が起きたのかを語った。

「お前もわかってると思うが、国はすべての国民が政府に賛同するよう仕向けたがるものだ。プロパガンダは何も、ナチスやソヴィエトに限ったものではない。どこの国だって大なり小なり宣伝を使う。国民が一丸とならねば他国に勝てぬ、というわけだ。戦争に限らずスポーツの国際試合でもそうだな」

「大学で少し習ったわ」

「それは良かった。とにかく、プロパガンダ機関を請け負った第二次世界大戦後も、ハリウッドには政府の息がかかりやすかった。特に冷戦に突入してからは監視が強くてね。何しろ映画業界は世界と繋がるし、芸術家は左翼的な思考を持ちやすいと言われている。目を付けられたんだ」

東西冷戦は第二次世界大戦が終結すると同時にはじまった——共通の敵がいなくなったことで、アメリカをはじめとする西側諸国は、ソヴィエト連邦、そして中国との連携を止め、一触即発状態になった。共産主義国家は勢力を増し、南北に分断した朝鮮で戦争が勃発、その後もキューバ、南ベトナム、革命はどんどん広がっていく。この前年の一九七五年には、情勢が不安定だったカンボジアで、クメール・ルージュがクメール共和国を崩壊させ、一党独裁がはじまった。豊かだったカンボジア映画の話題を、ぱたりと聞かなくなってしまった。

芸術は自由と平等の象徴ではない。時代に翻弄され、独裁者に消滅させられることもあれば、都合良く利用されることもある。金を積まれれば歪みもする。

「国内のスパイを狩りたい政府の下で、ハリウッドは自分たちの中の共産党員、あるいは共産主義的な思想を持っている者をあぶり出した。監督、俳優、脚本家——大勢がブラックリストに載った。警察で尋問され、下院の非米活動委員会の聴聞会では喚問《かんもん》が待っている。有罪となれば、業界での仕事を失うだけでなく、国外追放になった」

マチルダはいつだったか、自宅に私服警察か刑事風の男たちがやって来たことを思い出した。あれはロニーを探していたのだろうか。

「ロニーは共産党員というより、根っからのユートピア思想主義者なんだ。脚本を手がけた作品を観たことがあるか？」

「『説教師』を。未公開作品だけど、観る機会があったの」

『説教師』は確かにロニーらしく善良で、富よりも清貧を重んじ、反戦を訴える内容だったから、当局から目をつけられただろうことは容易に想像がつく。

ったし」
「ロニーはチャップリンに憧れてたのかなと感じた。『独裁者』の演説みたいな場面もあ

「ああ。あいつの一番好きな芸術家はチャップリンだったよ。従軍中も慰安上映を楽しみにしていた。だからこそリストに載ってしまったんだろうがね」

チャップリンも赤狩りに巻き込まれ、出頭拒否したことでアメリカから追放されたが、二十年ぶりに戻ってきた。チャップリンを迎えたハリウッドの人々は立ち上がり、拍手を轟かせた。しかしロニーは違う。彼は我が身かわいさに仲間を売ってしまった〝密告者〟だ。

「ロニーは人生の選択を間違えたのね」

するとジョゼフはマチルダを見つめた。黒々とした、岩のように頑《かたく》なな瞳。

「同じ立場になった時、お前は間違えないと言えるか？」

冷静に返され、マチルダは言葉に詰まった。子どものマチルダを叱った時と変わらない、瞬きの少ない眼差しだ。耐えきれなくなってつい目を背けてしまう。

「……せめて間違えない努力はする」

「ロニーだって同じだったさ。だが、人は弱い。お前も弱い」

これで話は終わりだとばかりにジョゼフは腰を上げ、ドアノブに手をかける。その背中にマチルダはもう一度声をかけた。

「お葬式の後で父さんが言ったことが、ずっと私を苛んでた」声が擦れ、咳払いして整え

る。「あれは私をロニーと同じ目に遭わさないために言ったの?」

　こちらを振り返ったジョゼフは、困惑した様子で顔をしかめていた。

「何?　私が何と言ったって?」

「……覚えてないの?　父さんは〝映画に夢を見るな〟と言った。ロニーでさえ失敗したんだから、女の私には何もできないって」

　十一歳だった。十一歳の心に深々と突き刺さった太い杭《くい》、すべてを否定された悔しさは、とても言葉では表せない。だからこそ、あの時灯った火種を燃やし続け、外へ飛び出したのだ。その火を灯させた張本人が忘れているなんて、あるだろうか。

　しかし父は首を横に振る。

「覚えていない。だが、今聞いて真理だと思った。だから間違いなく私が言ったのだろう」

「……私はちゃんと仕事ができて、お給料ももらってるのに?　数は少ないけど、業界には女の人もいる」

「〝女〟という限定的表現が気に食わないなら、〝脆《もろ》い者〟に変えてもいい。脆さに性別はないからな。ロニーがそうだったように」

　マチルダの心にまだ残っていた柔らかい部分に、次々と棘《とげ》が刺さっていく。怒りと悲しみでとても父を正視できず、うつむいて声を絞り出す。

「……父さんとロニーがどうして友達だったのかわからない。母さんがどうして父さんと父は元々こうだったのか、それともロニーの死で変わってしまったのか。

「マチルダ。お前が帰ってくると聞いて、とうとう正気になって映画を諦めたかと期待したが、どうも違ったらしい。それは残念だ」

最後に「おやすみ」と呟き、ジョゼフは出て行った。ドアが閉まる直前、マチルダは枕を投げつけた。反応はなく、父の耳に届いたかはわからない。


待ち合わせたマンハッタンのレストランの前で、溌剌とした女性がワンピースをはためかせて駆け寄って来て、マチルダに抱きついた。エヴァンジェリンだった。

「久しぶりね、マティ！」

「久しぶり、エヴァ。そしておめでとう」

マチルダが祝うとエヴァンジェリンははにかんで笑った。初夏らしい澄んだ日差しの下、街路樹の鮮やかな紅葉が相俟《あいま》って、ますます美しく見えた。

マチルダは両親の元へ帰ると決めた後、久々にこのニューヨークの友達に会おうと思い、連絡をした。その時、エヴァンジェリンはちょうどよかったと嬉しそうに言った。来週アメリカを離れ、祖母の故郷メキシコで結婚するのだという。

「こんないいレストラン、ダイナーに勤めてた頃からしたら信じられないね。しかもマティに奢《おご》ってもらうなんて！」

　白いクロスを敷いたテーブルに向かい合い、エヴァンジェリンは声を潜めてマチルダに囁いた。ピアノ演奏が流れ、食器が擦れ合う音がかすかに聞こえる、落ち着いた雰囲気のレストランで、ウェイターがワインをグラスに注いでくれる。本当のところ、マチルダの食欲はあまりない。ホテルでも外に出ず、コーヒーとビスケットを数枚、胃に押し込めるだけで済ませていたくらいだ。しかし数少ない友の門出とあらば、多少の無理はする。

「このくらいのお祝いはさせて」

「じゃあ、お言葉に甘える。乾杯！」

　エヴァンジェリンのウインクは若い頃も素敵だったが、年を重ねてますます魅力的になった。赤ワインはマチルダの舌から心へと流れ、温かな血が穏やかに巡るのを感じる。

「あなたに会えて本当によかった。私はここのところずっと、心が北極の海に沈んじゃったようだったから」

「わかる」

「やっぱり？　顔に出てるかしら」

「疲れた顔してるもん。温かいものを食べなきゃ。それからお肉も！」

　エヴァンジェリンは、カボチャとチキンのポタージュとにんにくをきかせたマッシュルームソテーという、健康への免罪符を少しばかり注文すると、あとはひたすら肉類を注文した。マチルダが「そんなに食べられない！」と言っても、「あたしが食べるから」と平然としている。

ウェイターが行ってしまうと、エヴァンジェリンはテーブルに肘をついて、マチルダの目をじっと見つめた。

「それで、何があったの」

マチルダはため息をつき、喉につかえを感じながら少しずつ話した。まずは、ロニーのことを。大好きで尊敬していた人の弱さを語る時、マチルダはどうしても目頭が熱くなるのを堪えられなかった。ちょうどポタージュスープが運ばれてきたので、ナプキンでそっと目の下を拭い、スプーンを取る。

「マティはアステカの神話って知ってる？」

ふいにエヴァンジェリンが言った。黄色いスープはカボチャやチキンのかけらがまだ残る程度に潰されている。マチルダはスプーンの先でかけらをつつきながら首を振った。

「全然知らない、ごめんね」

「謝んないで。うちの祖母ちゃんが子守歌がわりに聴かせてくれた話なんだけどね」

エヴァンジェリンは大きな口でスープを平らげてしまうと、祖母から聞いた昔話を語りはじめた。

「むかーしむかし、アステカの大地は何回か滅びた後、新しい太陽と月が昇ることになった。新しい太陽と月は神様が姿を変えたものなんだけど、なかなか動いてくれないの。そこで、他の神々が生け贄《にえ》になって、どうにか太陽の力になろうとした。でも仲間たちが勇敢に死んでいく中で、ひとりだけ、絶対に犠牲になんかなりたくない！　って叫ぶ神様がいた。ショロトルっていう名前の、頭が犬の神様」

　マチルダは引っかかるものを感じ、顔を上げた。

「……犬の？」

「そう。ショロトルはとても弱いの。死ぬのが怖くて命乞いして、泣きすぎて目玉が落っこちゃったほどだったんだって。でも他の神々は生け贄になっていくのに、ショロトルだけが免除されるわけもなく、結局ショロトルはトウモロコシだのサンショウウオだのに化けて逃げ回って難を逃れる」

　運ばれてきたマッシュルームをナイフで切り、エヴァンジェリンは口に頬張った。

「ロニーの話を聞いて、ショロトルのことを思い出したの」

「……うん、わかる」

　この感情を、どう表現すればいいのだろう？　マチルダはスプーンを置いてバッグをまさぐり、いつも携帯している小さなメモ用紙とボールペンを取り出すと、ショロトルについて書きはじめた。そしておもむろに両目をつむり、ぼそぼそと独り言を呟くと、ペンを置いて猛然とスープを平らげ、続けてマッシュルームを食べた。エヴァンジェリンがほっとした様子でこちらを見ていることにも気づかなかった。

　そして肉料理がテーブルに並ぶ。柔らかくてしっとりとしたフィレステーキ、脂身の甘いサーロイン、チリとクミンが香り立つかりっと焼いたポーク・リブ。それだけで腹は満ちていたが、ウェイターが「いかがですか、ご婦人方。楽しんでます？　何か追加は？」と尋ねてくると、つい頼んでしまう。

ワインの酔いも手伝って、マチルダは両親の、特に父親の悪口を吐き出しまくった。子どもがなりたい職業につけたことがなぜ嬉しくないのか、それに特殊メイク・造形の分野には女性もいるんだと、グラスの足を鷲摑みにしながら言う。

「クレジットされるスタッフは、九割方が男だもの。それも一部の。この間手がけたクリーチャーだって工房としてひとまとめになるところだった。デザインを担当したベンジーだってクレジットされたかどうか」

「そうだよね。飲みなよ、ほら」

エヴァンジェリンがどんどんワインを注ぎ、マチルダもどんどんグラスをあおる。これ以上アルコールを摂取したら、テーブルの上に飛び乗って踊りながら父を罵倒してしまいそうだ。酔いが回って顔が熱い。だんだん体が斜めになっているような気がするが、マチルダはやけに楽しく、口が勝手に笑ってしまう。

「私の名前がクレジットされたら、父親の石頭も少しは柔らかくなるかな」

「かもしれないね。上を目指す？」

「そうね……うん、そうしたい」

「がんばって。メキシコから応援してる」

エヴァンジェリンはウェイターを呼び、マチルダに水を、自分はもう一本ワインを頼んだ。

山ほどの料理を平らげ、はちきれんばかりの胃袋をブラックコーヒーでなだめる段階に至って、エヴァンジェリンはひとりごとのように呟いた。

「あたし、本当にセニョーラ・エヴァになるんだなあ」

結婚相手のセニョール・ホアン・アントニオ・ポサダ・マルケスは、鉄鋼業で資産を築いた一族の次男で、父親とエヴァンジェリンの祖母が旧知の仲であり、結婚話が持ち上がったという。彼はエヴァンジェリンよりもふたつ年下で、マチルダと同い年だ。

「いい家に住むんだよ。二階建てで、太陽が昇ると白い壁にきれいな影が落ちるの。広い庭があって、庭師がひとりと家政婦がふたりいる。長男は放蕩《ほうとう》息子らしくてね、ホアンが後を継ぐことになるみたい。でも本当は彼もアメリカで映画を撮りたかったんだってさ。マティの話をしたら、いつかぜひ会いたいって」

「もちろん、喜んで」

そう言いながらマチルダは、どうしてもリーヴのことを考えずにはいられなかった。リーヴとの関係は、恋だったのか、それとも彼の不自由な体を憐《あわ》れんだ同情だったのか、今もよくわからない。もし何ごともなく〝次〟の逢瀬が行われていたのなら、恋として成就したのだろうか。

一週間後、エヴァンジェリンは滞りなくアメリカを発ってメキシコで式を挙げた。マチルダはロサンゼルスに戻り、一ヶ月の間、誰にも窓を開けられず誰にも埃を払われなかった家の掃除をした。窓を開けて空気を入れ換え、掃除機で溜まった埃を吸い取り、旅先で着た衣類を洗濯機に放り込んだ。冷蔵庫の中で腐りかけた野菜を捨てる。ゴミを出しついでにスーパーへ車を飛ばしてトマトと玉ねぎとサラミを買い、書店とパン屋に寄った。買ったものを冷蔵庫に詰め込み、淡々と手を動かしてサンドイッチを作った。

空は文句のつけようのないほど晴れ渡っている。海辺では人々がくつろいでいることだろう。けれどもマチルダはひとりぼっちで台所に立ったまま、サンドイッチを齧り、飲み込んだ。

食べ終わった後、マチルダは食器も洗わず、書店の紙袋からアステカ神話の本を取り出すと、ソファに横たわって読みはじめた。そして窓の外から聞こえていた子どもたちの声が静かになった頃、本を持って自宅のアトリエに入った。洗濯物がとうに洗い終わっているのも忘れ、スケッチブックに絵を描き続けた。澄んだ水にぽつんと落ちた黒い滴《しずく》が、どんどん広がるかのごとく、マチルダの体中を埋め尽くしていく。孤独が血に乗って、鉛筆を持つ指先まで行き渡り、線となって紙に現れる。

マチルダはずっと孤独と共に生きてきた。小さな頃から、ひとりで、自分の心の中に住む黒い耳の生えた怪物と生きてきた。

鉛筆の線は細かな黒粉を散らしながら、どこまでも伸びやかに、マチルダの思うままの形をなぞっていく。これほど素直に、何の隔たりももどかしさも感じず、描きたい場所に描きたい線が現れていくのは、はじめてだった。

尖った耳、黒い犬の形をした怪物の姿。何度も描いてきたモチーフだが、今回はこれまでと違う。獰猛《どうもう》で勇ましげな雰囲気が取り払われ、代わりに、弱々しさ、卑屈さ、線の細さが表れていた。背中が丸く、今にもここから逃げようとするかのような恰好の手足、尻尾は垂れ下がって足の間に挟まっている。

顔は犬だが、ロニーに似ていた。顎と額が四角く面長気味、眉はつり上がってどこかコミカルさが残る。しかし片方の眼球が涙と一緒に落ちかけていた。ショロトルが姿を変えたというトウモロコシやリュウゼツランをデフォルメし、体のあちこちに忍ばせて、全体をデザイン化する。

マチルダは鉛筆を置くと、スケッチブックを掲げてしげしげと眺めた。そして物入れから定着液を出してスプレーし、もう一度確かめてから、右下にサインとタイトルを書いた。

電気を消してアトリエを出て、ようやく外がとっぷりと暮れているのに気づいた。冷蔵庫からオレンジジュースのボトルを出してグラスに注ぎ、テレビを点ける。その時、電話が鳴った。ベンジーだった。心なしか声色が暗い。

「どうしたの？」

『実はさ……いや、リズ・ムーアって知ってるか？』

「もちろん」

『２００１年：宇宙の旅』は才能の宝庫だったし、特に特殊効果や特殊造形に関して、間違いなく新しい時代を切り開いた転換点だった。ダグラス・トランブルにスチュアート・

フリーボーン、そしてリズ・ムーア。彼女は十代の頃に、ラストシーンに登場するスター・チャイルドを造形し、その後も『時計じかけのオレンジ』などで才能を発揮していた。年齢もそう変わらないマチルダにとって、やっかみたいほど羨ましい存在だった。

「一度だけ、同じ食堂でご飯を食べたことがある」

確かにリズ・ムーアには嫉妬心を燃やすこともあったが、圧倒的に男性が多い業界にいると、女性の姿を見かけるだけで嬉しくなってしまうし、自然と近づくことも多い。数ヶ月前のことだったか、昼食をとりにスタジオの食堂へ行くと、たまたま撮影現場が近かったようで、リズ・ムーアと出くわし、向かい合って食事を摂った。あの時はせいぜい十五分程度しか会話をしなかったが、くるくると表情が変わる快活な彼女と一緒にいると楽しかった。

「彼女がどうかしたの?」

受話器の向こうから暗いため息が聞こえた。

『亡くなったそうだ。三日前に。交通事故で。詳しい状況はわかってないけど、オランダで撮影中の戦争映画に参加しようとしてたらしい』

マチルダは手に持ったままだったオレンジジュースのグラスを、注意深く電話の横に置いた。指先が震えて、うっかりすると落としてしまいそうだった。

『ごめん、それだけなんだ。俺もさっき聞いたばかりで……びっくりしすぎて君に電話をしちゃった。例のルーカスの宇宙戦争映画にも参加してたって言うし』

「気にしないで。知らせてくれてありがとう」

　ベンジーは咳払いして、少し声色を明るくした。

『明日は出社するんだろ？　頼むから、気をつけて来てくれよ』

「わかってる。大丈夫、ベンジーを置いて死んだりしないから。優秀な相棒がいなくなったら、あなたはやっていけないでしょ」

　軽口を叩くとベンジーはやっと笑い、電話を切った。

　壁時計の秒針の刻む音がやけに大きく聞こえる。ベンジーの声が聞こえなくなると、さっきまで気にならなかった、むしろ心地よいとさえ感じていた静けさが、急に疎《うと》ましくなった。マチルダは車のキーを取り、半袖のカーディガンに腕を通しながら映画館へ出かけた。何でもいいから映画を観なければ、こういう時こそ。


「少しくすぐったいかもしれませんけど、我慢して下さい」

　ボールド・キャップをかぶせられ、肩から下をケープで覆われた若い男優は、マチルダの言葉を受けてぎゅっと固く目をつぶった。

「もう少しリラックスして。ではいきますよ」

　細筆に接着剤のプロスエイドを取り、鼻梁や鼻の脇に塗っていく。半乾きにして接着力が増したところに、フォーム・ラテックスで出来た薄い鼻のマスクをあてがい、ずれないよう慎重に、息を殺しながら貼る。「ここを押さえてて」傍らの助手に命じ、自分は鼻のマスクのぴらぴらしたエッジが浮き上がらないよう、特によく筋肉がうごく下瞼のまわりは重点的に、刷毛《はけ》で密着させていった。偽物の鼻は豚の鼻のそれで、鼻梁が短く、鼻の穴が上向いていて大きい。続いて丸い頬、たるんで二重になった顎と首、しわの寄った額のアプライエンスを、同じ要領で接着する。ウレタンスポンジに含ませたカラーを叩き込んで、肌とシリコンの境界が浮かないよう馴染ませていった。

この各アプライエンスには、すでにスプレーガンでプリ・ペインティングを済ませてあり、じんわりとした血色や細かな色調の違いが表面に浮き上がって、いかにも血色のいい丸々とした豚の風情がある。もみあげや鼻の頭、顎のまわりや額などに、本物の豚毛で産毛も植え付けた。

喜ばしいことに、一九八〇年現在、特殊メイクに金をかける製作会社が増えてきた。マチルダや多くの映画関係者たちの予想に反し、例のジョージ・ルーカスが手がけた宇宙スペクタクル・アドベンチャー、『スター・ウォーズ』が大成功をおさめたことも、大きく影響していた。三年前の一九七七年に公開した第一作は世界中の大人と子どもを熱狂させ、爆発的なブームとなった。その上、あと数日もすれば第二作が公開される。あんなに興奮した第一作のラストから一転、今回は帝国軍の復讐がはじまるらしい。マチルダも御多分に漏れず、『スター・ウォーズ』の大ファンだった。ベンジーはスピルバーグの『未知との遭遇』の方が好きだと言い張るが、実はこっそりライトセーバーのおもちゃを買って、代表取締役室のロッカーに隠しているのを、共同経営者のマチルダは知っている。

マチルダとベンジーは昨年Ｐ／Ｐを退職し、ふたりの工房を作った。工房の名前は〈アルビレオ・スタジオ〉、ベンジーの妻デイジーが白鳥座の二重星に因んで名付けた。

ウレタンスポンジに茶色の染料を取って額に汚れをつけ、豚の耳つきのカツラをかぶせる。これで髪型と首から下は人間なのに、顔立ちは豚という、豚人間のできあがりだ。とはいえ、顔が不気味な豚に変わってしまっても、目だけはまだ若い人間らしいあどけない目をしている。

「ワオ、すごすぎる」

鏡を見るなり、男優は呻くように言った。

「これ、ちゃんと元に戻る？」

「もちろん戻りますよ。撮影が終われば魔法は解けます。さあ、隣の部屋へ行って。衣装を着ないと」

何度も鏡を覗き込み、無闇に触ろうとする男優を止め、ドアの向こうへ誘導する。これで本当にちゃんと演技ができるのだろうか、とマチルダは不安になるが、役者というのは不思議なもので、確認用の映像を見ると役になりきっていて驚く。自分だったら、皮膚についたラテックスが気になって演技に集中できない。

マチルダはタオルで手を拭きながら、オーブンの様子を見に行った。台所にあるようなものではなく、食肉用冷凍庫のような代物で、外側に鋼鉄の扉と火力調整のダイヤルなどがついている。小窓から覗くと、赤々とした内部の鉄の棚に、番号を振った鋳型が鍋のようにずらりと並ぶ様が見えた。

　マチルダは脇のフックからバインダーを取って、乱雑に書かれた文字を読む。ここには焼くべきフォーム・ラテックスのスケジュールが綴じてあり、現在焼いているのは何の映画で使うアプライエンスか、焼きは何時にはじまって何時に終わるのかもわかるようになっていた。とはいえ、今オーブンの中にあるものは昨日すでに終えておくべき作品で、スケジュールどおりにはなかなか進まない。

　入口そばのプロダクション・ルームのホワイト・ボードには今日のスケジュールが書いてあり、制作進行マネージャーたちが忙しそうに働いている。ここのリーダーがデイジーだ。電話を切り、書類の角を几帳面に整え、きびきびとした口調で部下に指示を出す。ブロンドヘアをハーフアップした髪型がよく似合うが、マチルダはまだ彼女にそれを言えたことがない。

「あら、マチルダさん。ちょうどよかった」

　プロダクション・ルームのドア窓から中を覗いていたマチルダは、突然後ろから声をかけられ、飛び上がるほど驚いた。振り返ると褐色の肌をした若い秘書、メラニーが立っていたが、彼女も目を丸くしている。

「そんなに驚かなくても！」

「ご、ごめんね。ぼうっとしてたから。何か用？」

するとメラニーは腕に抱えていた手紙の束から十通ほど抜いて、マチルダに差し出した。

「今、郵便箱に仕分けるところだったんです。今日の分ですよ」

「ありがとう」

一日でこんなにたくさんの手紙が来るとは。昨日も十五通届いて、まだ全部開封していない。しかしマチルダは、共同経営者となった自分が一年経ってもまだ馴れていないのを悟られないよう、唇の端をもたげて笑顔を作り、十通の手紙を受け取った。

工房のマチルダの部屋に戻り、手紙の差出人にざっと目を通して、すぐにでも読むべき緊急性の高そうなものから、どうせ何かのダイレクト・メールだろうと思われるろくでもないものまで、だいたい仕分けていく。デスクのまわりは散らかり、メラニーが何度か片付けようと申し出てくれるのだが、人に触られると何がどこにあるかわからなくなってしまいそうで、そのままでいいと言っている。

うんざりした顔で六通目の手紙を「どうでもいい箱」に突っ込み、七通目も適当にうっちゃろうとしたところで、手を止めた。差出人の名前はエヴァンジェリン・ブラック。

マチルダは後の二通を放り、ペーパーナイフも取らずに大急ぎで封を開けた。中には白い縁取りのある写真が三枚と、二枚の便箋だ。写真には丸々とした赤ん坊と、微笑むエヴァンジェリンが写っている。

『マティ！　最近はどうしてるの？　元気？　こっちは大騒ぎだよ、子どもが産まれたの！　天使みたいでしょう……だから天使《アンヘル》と名付けたよ。アンヘル・ホアン・ポサダ・ブラック。すごく奇妙な名前！　きっと変で唯一無二の素敵な子に育つね』
赤ん坊は澄んだ目でレンズをまじまじと見つめている。マチルダは微笑み、写真の向こうのアンヘルに手を振った。

第五章　怪物〝X〟

一九八六年
ロサンゼルス

十数年前には考えられないことだった。

異星人がバーで楽器を奏で、緑色で耳が尖った老師が主人公を導けば、巨大な宇宙船が鋭い光線を発射し、超能力で剣の柄を引き寄せると、たちどころに光る刃が閃《ひらめ》いて敵を斬る。そんな映画が公開されるなんて、考えられなかった。

あるいは、人間の腹を食い破ってエイリアンの嬰児《えいじ》が頭をもたげ、声を上げながら鋭い歯を覗かせる。長い頭部に俊敏な体と骸骨のような尾、美しく芸術的なフォルムのエイリアンが、酸の唾液を滴らせ、ふたつめの口を突き出して主人公に迫る。

または男の手が突然、骨を軋ませながら長く、獣の手のように変化する。スモークを焚くことも、闇で誤魔化すこともなく、明るい部屋でのたうちまわる男の体が、筋骨が、見る間に隆々と盛り上がっていく。全身の体毛が濃く、顔の周りはたてがみのようになる。口に牙が生え、鼻がぼこぼこと飛び出していき、男はレンズの前で狼人間に変身する。

ドラゴンが羽ばたき、火焔《かえん》を吐き、鋭い鉤爪を若きヒロインに向かって伸ばしていく。その首に人間の勇者が飛び乗る。

神の怒りに触れた主人公が転がる巨石に追いかけられ、ナチス・ドイツから派遣された男たちが聖櫃《せいひつ》から宝物を手に入れようとし、顔がどろどろに溶けて、頭蓋骨を見せながら朽ちていく。

酸性雨が降りしきる超高層ビル群、巨大なネオンサインの間を、パトカーが飛行機のように飛んでいく。銃で撃たれ、レプリカントと呼ばれる人造人間が、血を流す。

登場するすべての生物が人形〝マペット〟でありながら全編を生き生きと動き回ったかと思えば、迷子の宇宙人が地球人の子どもと自転車に乗って空を飛び、未来からやってきた殺人者の皮膚の下に赤い目と鋼鉄の骨を持ったアンドロイドが覗き、マシュマロマンがマンハッタンを練り歩く。

十数年前には考えられないことだった――スクリーンにこれほど多くの異形の者たちが映り、本当に目の前で起こったかのように思わせ、建造不可能な建物や乗り物が登場するなどとは。一生忘れられないクリーチャー、醜くて美しいありとあらゆる生き物、これまで想像の中にしか存在し得なかった世界が、次々と生まれていた。

一九八〇年代は、特殊メイク、特殊造形、特殊効果――スペシャル・エフェクトの黄金時代だった。トップ・ミュージシャンのマイケル・ジャクソンまでもが、ミュージック・ビデオで特殊メイクをつけ、狼男に変身したり、墓場から甦ったグールとともに、嬉々として歌い踊ったりした。その曲『スリラー』は記録的な大ヒットとなり、世の中には空前のホラー、スリラー、ファンタジー、SFのブームが巻き起こった。

劇場に通い詰めたのはファンだけではない。業界関係者もこぞって映画館に向かい、ライバルたちがどのようなテクニックを開発し、どのように演出したのかを確かめ、なんとかして技術を盗み、かつブラッシュアップして、さらなる高みを目指そうとした。

技術が高まれば要求も高くなる。想像力豊かな監督たちは次々に、脳内にこっそり隠し持っていた夢の表現を試そうとし、そのたびにSFXアーティストたちはすさまじい集中力と技術、アイデアで、脚本や絵コンテに書かれた文字を、実体としてこの世に立ち上がらせ、命を吹き込んだ。

想像力は魔法、創造力は科学。魔法が呼べば科学が応え、科学が進めば魔法はさらに膨らみ、強くなった。

たとえば人間の骨格から狼男の骨格に変身する場面を撮るために、薄いフォーム・ラテックス製のメイキャップの下、筋肉に当たる部分に風船を仕込み、細い管を頭の後ろに通して、スタッフが空気を入れた。すると筋骨がぼこぼこと盛り上がりながら変身していくように見え、合成と編集も加えれば、以前の表現よりもずっとリアルに映った。

ロブ・ボーティーンがテレビ映画『ハウリング』で使ったこの手法は、師匠のリック・ベイカーの度肝すら抜いて、『狼男アメリカン』や『スリラー』へと進化し、他のアーティストも技法を真似はじめる。マチルダもいつかこの方法を使ってみたい、と考えていた。

工房〈アルビレオ・スタジオ〉がはじまって六年目、雇ったスカルプターは二十人を超えた。フリーランスが基本のため出入りが多く、比較的長く留まっても二、三年程度で、臨時で雇用することも多い。常駐のスカルプターは三名、その中にリード・アーティストがひとりいる。

マシュー・エルフマン――。

痩せ型の長身で、体毛の濃い素足に汚れたビーチサンダルを履き、ウェーブのかかった長い髪を風にもつれさせながら、埃っぽいロサンゼルスの道を歩いてきた。ちょうど大きなザックを背負っていたこともあり、たまたま玄関先で彼を見かけた受付のメラニーは、「ゴルゴダの丘を登るイエスかと思った」と言った。

彼の持ち物はポートフォリオが一冊、試しに彫像をやらせてみると、かなり腕がいい。雇用を決めたベンジーははじめのうち、他のフリーランスと同じように、仕事が忙しい時だけ働いてもらうつもりだったのが、最終的には足もとにすがってでもここにいてもらいたい、と考えるようになった。なぜならマシューには技術だけでなく独創性もあったからだ。

〈アルビレオ・スタジオ〉は基本的に、すでに決まったデザインのクリーチャーや小道具を作ったり、大手工房から回ってきた仕事をこなす、いわば下請け工房だった。映画にクリーチャーを登場させる時は、どの程度クリーチャーに重きを置くか、何を優先させるかによって人員も方法も変わる。たとえば『エイリアン』でクリーチャーが主役だと考えたリドリー・スコット監督が、H・R・ギーガーを抜擢し、大人数の美術チームを設けたように、天才的な画家にデザインを任せ、百人を超えるチームが力を結集させることもある。一方、今一番の売れっ子であるリック・ベイカーのように、造形師自身にクリーチャーのデザインを任せる場合もあれば、ジム・ヘンソンの工房のように、特色の強い工房に任せることと自体が売りになる作品もあった。

マシューは、最近注目されている造形師のスタン・ウィンストンとタイプが似ていた。デザインのセンスもあるし、ジム・ヘンソンの工房にいた経験からアニマトロニクスも得意だ。仕掛けのアイデアもよく思いつき、作業をとことんまで続ける根気もあった。

そんな働きぶりを見て、ベンジーは工房のリード・アーティストにマシューを指名し、本人は現場よりも運営や経営の方に軸足を移し替えた。うまくマシューを売り込むことができれば、〈アルビレオ・スタジオ〉の価値が上がり、もっと大口の仕事、それこそ作品全体の特殊造形を担当するメイン・チームに指名されるかもしれない。

しかし悔しい思いをしたのはマチルダだった。マシューはあっという間に認められ、スタッフロールに名前をクレジットされてしまう。マチルダ自身はいまだ、工房の名前がお情け程度に流れるのを見て、心を慰《なぐさ》めているというのに。

「そんなのは仕方がないだろう。組合の問題もあるし、クレジットされる人数は契約の時点で決まってる。責任者や工房の代表の名前で出るのが普通だし。だけど女性の名前だって最近は増えてるじゃないか」

「……男の名前が九割以上を占める中の、たったの数パーセントだけどね」

「もういいだろ、マチルダ。不満ならデモでも何でもしていいけど、仕事に苛つきを持ち込まないでくれ。君がクレジットされるように俺もがんばるから」

アメリカは自由の国と銘打っているが、特にこの頃、体裁の覆いの下に隠した生々しい現実では、活躍できるのは主に白人で異性愛者《ヘテロセクシャル》の男性ばかりだった。映画業界も作品で謳うような平等社会からまだ遠く、賃金も違えば、待遇にも差があった。

ただ、工房の共同経営者となったマチルダがクレジットされない理由は、女性という立場のせいだけではなかった。手先が器用で、平面に描かれたものを立体化し、細部まで作り込める造形力と、ゼロから何かを生み出す創造力は異なる。マシューはそのどちらも持っていたが、マチルダに備わっていたのは造形力だけで、創造力は希薄だった。

ヴェンゴス老人のもとにいた頃から、自覚はしていた。自分はクリーチャーたちの〝ファン〟であって、科学者でも創造主でもないのだと。スケッチブックを広げてみても、描くものといえばモデルのデッサンか、骨格や筋肉の流れを確認するラフスケッチばかり。何度か、オリジナルの怪物を作ってみようとしたことはある。しかしいざスケッチブックの前に座って鉛筆を握りしめると、既存の怪物に似てしまうか、ごてごてと飾り立てすぎて、垢抜けないクリーチャーしか描けない。そもそも、新しい生物を生み出したいという腹の底から沸き立つような衝動がなかった。そんな欲求に駆られる対象はただひとつ、黒い犬の怪物だけだった。

あの怪物、ロニーが見せた影絵の怪物だけは、いつまでもマチルダの心に巣食い、ここから外へ出してくれと叫んでいた。マチルダのスケッチブックには、何度も何度も繰り返し描き続け、デザインの試行錯誤を繰り返してきた犬の怪物がいる。中でも最もうまく描けたのは、エヴァンジェリンから聞いたアステカ神話を元にしたデザインだ。

他人が描いたデザイン画を元に粘土を彫刻しながら、つい考えてしまう。いつかあの子を形にしたい、名もなき末端の下請け係ではなく、クリーチャー・デザイナー兼スカルプターとしてはじめから終わりまで手がけ、名前をクレジットされたいと。

「マティ、君にお客さんだよ」

作業場のドアをベンジーが開けたが、ウォークマンのイヤホンを耳に挿していたマチルダは気づかない。「ウィー・アー・ザ・ワールド」を聴き、ダイアナ・ロスが歌うところで一緒に口ずさむ。彫塑台には、口を大きく開いて目をぎゅっと瞑《つむ》り、悶絶した表情で息絶えている男のラバー・マスクがあり、マチルダは細いナイフを器用に扱いながら、皮膚の裂け目から無数のキノコを生やしていた。よりリアルに見せるために、デザイン画の傍らに森の木に生えたキノコの写真を貼り、大きさや高さ、傾きをランダムに変えていく。まばらに並んだ丸い傘と細い軸を見たメラニーは先ほど、「気持ち悪い！」と叫んで逃げていった。

「マチルダ！」

イヤホンを引っこ抜かれてマチルダはやっとベンジーを見た。

「ごめん、全然聞いてなかった」

「危うくチャンスを逃すところだったぞ。君にお客さんが来てる。手は洗って、エプロンも脱いだ方がいい」

ベンジーの後について応接室に入ると、ポロシャツにダメージジーンズ姿の男性と、汗をかいているのに背広を着たままの男性が、マチルダを待っていた。ポロシャツの方は面長の顔にくるくるとした長めの髪で、どことなくブルース・スプリングスティーンみたいだと思った。背広の方は顔が青白く、太く濃い黒眉が浮いて見える。求められるまま握手を交わす。

「マチルダ・セジウィックさんだね。僕らは以前、あなたと仕事をしたことがあるんだよ」

背広から不意にそう言われ、マチルダが顔を紅潮させながら必死で記憶の抽斗をひっくり返していると、ポロシャツの方が笑った。

「覚えてないのは当然かな。僕らは別々の場所にいたから」

彼は映画監督で、あの黒い猟犬が登場するテレビ映画を撮影するはずだった、その人だ。

背広を着た方は製作会社のプロデューサーだ。

「いや、あの時あなたが作った猟犬の出来は素晴らしかった」

その言葉にくすぐったさを感じる一方で、かすかな引っかかりを覚える。

「本当ですか？　でもあれは、もっと手をかけてやれば……」

思わず口に出してしまうと、隣のベンジーが余計なことを言うなと足を踏んできた。

一度は企画が頓挫したものの、プロデューサーは新しい物語を書ける脚本家を見つけ、出資者を探し、監督を再抜擢したという。

「今回はテレビ映画でなく、劇場公開作品になる予定だ。内容は少年少女の物語で、いわゆるひと夏の冒険ものだね。最近だと『グーニーズ』だとか、こういう作品を好む大人も増えてきたし、売れると思う」

プロデューサーが言うと、監督がクリップ留めした紙束をテーブルに置きながら、前のめり気味に説明した。表紙には『レジェンド・オブ・ストレンジャー』とある。

「物語の筋はこうだ――主人公は十四歳の少年。一昔前であれば、頼もしいリーダーか一匹狼な性格の青年が主人公になることが多かったが、今のトレンドはそうじゃない。勇敢でも目立った才能を持ってるわけでもないけれど、素直で優しい性格をしている。どうだ、いかにもスピルバーグ的でいいだろう」

「そうですね」

マチルダはスクリプトを取ってぱらぱらとめくった。アメリカのよくある住宅地、マチルダが育ったようなサバービアで暮らす主人公には、好きな女の子がいる。けれども彼女は人気者で、とても付き合える見込みはなく、隣の家に住む幼なじみのオタク少年と遊ぶ毎日だ。そんなある日、黒髪に眼鏡、青白い顔に黒い服の少女が転校してくる。陰気で、話し相手は子どもの頃から一緒にいる黒い犬のぬいぐるみだけという少女は、人とうまくコミュニケーションがとれず、クラスメイトから敬遠される。ある日、間違ってリュックサックにぬいぐるみを入れてきてしまったことで、クラスメイトから馬鹿にされ、笑われる。主人公の少年や親友のオタク、そして活発な少女という三人は同情して助けてやるが、少女は学校から逃げ出してしまった。追いかける主人公たちを振り払いながら少女が歩いていると、道端で奇妙な老婆がガレージセールを開いていた。声をかけられ、黒魔術が封じ込められたネックレスを薦められる。無視して通りすぎようとした少女に、老婆は、犬のぬいぐるみを一週間貸してくれたら、交換にこのネックレスを一週間だけ貸してやろう、と言う。躊躇いながらも誘いに乗った少女は翌日、再びクラスメイトからいじめられてしまう。するとネックレスから巨大な漆黒の怪物が現れ、少女を守った。怪物はあのぬいぐるみと同じように、犬の姿をしていたが、すっかり獰猛に変わっていた。

「……確かに、今なら受けそうなお話ですね」

「そうだろう？　この後、根暗な女の子は獰猛な犬の怪物を操り、自分をいじめたクラスメイトや、気に入らない人たちを襲い、復讐をしようとする。そこに主人公とオタク少年、それから美人の少女とが手を組んで、女の子を止めるんだ。主人公の善良さとかっこよさに美人の少女が惚れて、おしまい」

マチルダは「最後がずいぶん……」と言いかけたが、ベンジーに睨まれ、咳払いをして顔をしかめるだけに留めた。

「それで、私はこの怪物を担当するんですね？　デザイナーは誰が？」

以前の猟犬を褒めてくれたし、技術は買われているのだろう。すると監督は笑ってこう言った。

「君だよ、マチルダ・セジウィックさん」

「……えっ？」

「君にデザインを任せる。造形もね。君を中心にこの工房で進めてほしい」

その言葉を聞いてから、マチルダはぼんやりして何がなんだかわからず、まるで頭が追いついていなかった。どうやってふたりを見送り、受付前のホールで腰を抜かし、ベンジーが何と言って腕を支えてくれたのかも、覚えていなかった。

引き受けないという選択肢はなかった。無我夢中で頷いたと思うし、手元には契約書が残っていて、間違いなく自分でサインをしている。

もつれる足でどうにかソファに腰かけ、背もたれに頭を乗せて呆然と天井を眺めた。五枚羽根のシーリングファンが音もなく回っている。白い天井に羽根の影がくるくると過り、玄関のガラスドアから差す陽と重なり合って、幾何学模様を描いていた。マチルダはゆっくりと視線を外にやった。ほんの一瞬、大きな黒い影が佇《たたず》んでいるような気がしたが、まばたきをすると消えてしまった。

翌日、ようやく落ち着きを取り戻し、冷静になったマチルダは、自宅のアトリエからスケッチブックを一抱え持って工房に現れた。何しろ、黒い犬の怪物のスケッチだけは山のようにあるのだ。

「気が早いんじゃないか？」

と笑うベンジーに、どれを監督とプロデューサーに提案しようか相談する。幼い頃から描き続けてきただけに、タッチやストロークの印象もずいぶん違う。ベンジーはざっと目を通すとマシューを呼び、三人で選ぶことになった。

「なんでこんなにたくさん犬のスケッチがあるんだ？」

半分笑い、半分呆れ顔で尋ねてくるベンジーに、マチルダは少し躊躇ってから、ロニーのことをかいつまんで話した。

「ああ、子どもの頃に仲良くしてくれた人だっけ？　マティを映画好きにしたっていう」

「そう。でも本当は仲間を売ってしまった人で……ううん、何でもない。そうしたらエヴァンジェリンが、アステカ神話のショロトルを教えてくれたの」

どうにか選んだ五枚の候補の中には、エヴァンジェリンがメキシコに発つ前に聞かせてくれたアステカの神話をベースにしたものも含まれていた。卑屈そうに背中を丸め、内股で怯えている。

「これ、いいじゃないですか。いじけた雰囲気がストーリーに合ってますし」

ベンジーよりも先にマシューが評価してくれたのを、マチルダは内心驚きながら「ありがとう」と返した。

しかし結局監督とプロデューサーが採用したのは、最近描いたシンプルなフォルムのものだった。

「筋肉をもっとつけるといいんじゃないか？　シュワルツェネッガーみたいにさ」

プロデューサーの注文に応えて、昨年公開された人気映画『ターミネーター』のポスターやらスチール写真やらを傍らに置いて、デザインを練り直した。結果、アステカ神話ではなくエジプト神話のアヌビス神を思わせるような、頭はドーベルマン風の犬、体は筋肉質な人間の男性というクリーチャーが出来上がった。

問題は、俳優に特殊メイクとボディ・スーツをつけさせるか、アニマトロニクスを使用するかだった。設定では身長が三メートル近く、腕の太さも三十センチを超えるが、俳優にメイクを施して他の子役たちとは別に撮影し、大きく見えるように拡大して、後で合成すればいい。

「もちろん、特殊メイクがいいだろう。『遊星からの物体X』の犬みたいにはしないでくれよ」

監督は冗談めかして笑うが、マチルダは真剣な顔のままメモを取った。『遊星からの物体X』の異常なグロテスクさと吐き気を催すような動きぶりで話題となったクリーチャーは、ほとんどがメカ仕掛けで、俳優は中に入っていない。

「メカはなしで？」

「ああ」

「わかりました、ご要望どおり俳優にメイクをします。ただ、ちょっと問題が」

「何だい？」

「この犬の怪物のデザインです。顔が長いでしょう。特殊メイクで口を長くしてしまうと、顎が動かしにくく、どうしてもぎこちなさが出ます。かといって動かさないのも、今の観客の目は肥えているので、稚拙に見えてしまう」

　天才が新しい技術を生み出すことによる弊害がここにあった。普通の技術者にはまだ難しいレベルだというのに、観客からは、出来て当たり前だと思われ、出来ないと一気に失望されてしまうのだ。しかしだからといって、本当に出来ないと言っては、アーティストとして名折れだ。

「ですから、中間を取ります。上顎は動かさないのでやや盛って、鼻先から下顎の先にかけて斜めに下がっていくように作れば、観客には鼻が長く見えるようにできますし、俳優も口を開けたり閉じたりできます」

　試しに横顔のスケッチを描いて見せたが、監督はうんと頷かなかった。

「これはダメだ。鼻が短い犬は好きじゃないし、イメージと違う。それに、これはどちらかというと猫みたいだろ」

　マチルダはため息を心で押し殺してにっこり笑い、監督を説得した。このデザインを活かすなら、少なくともメカニカル・マスクが必要だと。最終的に、俳優が仕掛けを施したスーツとマスクを着用することで、監督は納得した。

　その後、マシューとベンジーを含めた、十名あまりいる造形師たちを集めて、分担を決めた。メカを仕込むためのファイバー・グラス製のコアと、各種の仕掛けはマシューとメカニック・チームが担当し、外側の皮膚にあたるフォーム・ラテックスはマチルダと造形師チームが担当する。撮影には、メカの構造に左右されず、何の動力も入らない、デザイン画どおりのプロップも必要だ。

　マチルダはひたすら、実物大のクリーチャーを粘土で彫刻した。全体が巨大すぎてオーブンに入らないため、頭、肩、手、足、胴と細かく分け、パーツごとにスカルプトしていく。アーノルド・シュワルツェネッガーのボディ・ビルダー時代の写真と、ドーベルマンとコヨーテの骨格と筋肉標本を取り寄せ、彫塑台に向き合って、粘土を整えていく。頭部をキャリパーであたりをとり、かきべらで眼窩をえぐって、指先で調整しながら、使い慣れた自分のディテール・ツールで形を詰めていく。粘土が乾燥したら温め、柔らかくして再び作業に没頭する。

　怪物の肌の質感をどうするか、マチルダにはアイデアがあった。後頭部や背中などは黒く染めた長毛で覆うつもりだが、皮膚の柔らかい部分、顔や腕の内側、腹、尻尾の内側などは、筋肉や表情をはっきりさせるために露出させる。だが哺乳類らしく短い毛を生やしてしまうと、怪物というよりもただ巨大なだけの犬に見えてしまう。

　そこで爬虫類とミックスしてはどうかと考えた。蛇皮のテクスチャを粘土に被せて刻印し下書きをしてから、鉤爪のように先が尖っているスパチュラで一本一本溝を掘り、浮き上がらせていく。手をサポーターで保護しても、持病の腱鞘炎《けんしょうえん》が痛む。指先が震えそうになりながら、各パーツに何時間もかける。

完成したら石膏型を取り、出来上がった山ほどの鋳型に、フォーム・ラテックスを流し込んでオーブンで焼く。その数は膨大で、工房の部屋ひとつが、犬のパーツで埋め尽くされてしまいそうだった。それに何度繰り返しても、うまくラテックスが焼けるか心配になり、何度もオーブンの様子を見に行ってしまう。

メカニカル・マスクのコアは、マシューが今作っているところだ。

俳優の顔の筋肉を使って表情を作る特殊メイクとは違い、アニマトロニクスなどメカを使ったメイキャップには、機械を仕込むための殻がいる。粘土彫刻から取った凹型に粘土板を貼っていき、ウルトラキャル三〇を流し込んで作った石膏像の表面に、ワセリンを塗る。更に刷毛でレジンを塗り、ファイバーグラスを貼ってレジンで固める工程を繰り返して、ファイバーグラスを三層にし、乾燥させて固める。出来上がったファイバーグラス製のコアが、頭蓋骨の役目となる。これを動かせるように、上顎と下顎、後頭部を切断して金具とビスで繋ぎ、そして耳や眼球を入れるための穴をくりぬく。この時点のマスクはまだつるりとした、靴の足型のような形で、歯も何もない。

マチルダはコーヒーを淹れ、誰かが買ってきたアップルパイを持って、奥のドアをノックした。広い物置として使っていた小部屋を改装して、今はマシュー用のメカニック部屋になっている。呻き声のようなのっそりした返答があったので、マチルダは肘と肩でドアを開けた。

「ああ、ミス・セジウィック」

顔を上げたマシューはいつも以上にひどい恰好、飴細工のように細いファイバーグラスを、伸ばし放題の髪や髭にくっつけ、すりきれてぼろぼろのTシャツに半ズボンという姿だった。手元ではちょうど犬の眼をファイバーグラス・マスクにあて、装置を作るところだ。黄色い眼球の裏に垂直に空けた二カ所の穴から、ピアノ線が突き出し、短く切った真《しん》鍮《ちゅう》パイプを下の穴から入れている。

「アップルパイ持ってきたけど、今はやめた方がいいね」

「僕の好物を覚えていてくれたんですね……ちょっと待って」

眼球の仕掛けは、少しでもずれると瞳の位置も変わってしまうため、慎重にやらねばならない。マシューが長い指を器用に動かしてふたつの眼球を真鍮パイプで繋ぎ、デンタルアクリルで補強し、真鍮パイプの両端にプラモデル用のボール・ソケットをはめ、ピアノ線を伸ばす。バネ、ビス、ナットでファイバーグラスのコアに固定したら、安全ピンの輪を裏側に接着して、ボール・ソケットを紐で縛ったら輪に通す。

「さて、あとは紐を引けば目が左右に動きますよ」

「ありがとう。じゃあ歯茎と歯を作っちゃいましょうか」

マチルダはマスクの上に屈《かが》むと、口元にあたるファイバーグラスに油性粘土をつけ、歯茎と歯を彫刻していった。犬の歯は複雑で、奥歯が後臼歯と前臼歯、前歯に犬歯と切歯がある。上下の歯がしっかり嚙み合うように調整しつつ作り上げたら、今度は口の中、軟口蓋も彫刻した。動物特有のぎざぎざとした段差をつけるとき、いつも背中が少しぞわっと粟立つ。

「そこまでやってくれたら、口の中は僕が引き継ぎますよ。シリコンモールドを取る時間ももったいないでしょう。こっちも早めに頰やら下顎やらを動かせるようにしたいし」

メカニカル・マスクの仕掛けは基本的に、チューブに通したケーブルを各部位に装着し、自転車のブレーキの要領でケーブルを引くと、動くようになる。シンプルだが技能のある人間に任せないと、失敗してコアが歪む危険もあった。

「そうね、じゃあお願いしようかな。私もそろそろ外側のマスクをやらないと」

マチルダはコーヒーを飲もうとしてうっかり粉っぽいものを吸い込み、咽《む》せる。咳き込んでいる間、コーヒーがこぼれないよう代わりにマグを持ったマシューは、マチルダに言った。

「ミス・セジウィックはフランケンシュタイン博士みたいですよね」

「えっ……何が？」

ようやく咳がとまり、胸元を叩きながら涙目で尋ね返すと、マシューは今し方まで自分の手の中にあったファイバーグラス・マスクを指さした。

「これですよ。スケッチブックを見た時にも思ったんですけど、あなたは黒い犬にすさまじく固執してる。彼もフランケンシュタインの怪物にだけ執着したでしょう」

マシューがそう言ったとたん、彼の後ろでフォーム・ラテックスを注射器型のインジェクターに詰めていた助手が、顔を伏せつつ笑ったのが見えた。マチルダの咳でのぼせた頬が、さらに熱くなる。

「……悪いけどマシュー、フランケンシュタイン博士に例えられても全然嬉しくない」

「すみません」

マチルダはさっさとメカニック室から出てしまったが、内心では図星をつかれた気分だった。新しいもの、新しいデザインを次々と生み出せるマシューのような人間からすれば、ひとつのものにだけ集中する熱意はさぞ奇妙に見えるだろう。

作業場では助手や若手の造形師たちが、動かさないプロップ用の怪物に取りかかっている。みんなそれぞれイヤホンを耳にはめ、かすかに体を揺らしながら毛を植えている。

マチルダは全員の様子を見てから作業場を出て、三階の自室へ入った。

R2-D2のクッションを敷いた椅子に腰かけ、痛む右手をなだめながら煙草をふかし、ウォークマンのスイッチを入れる。たちまちイヤホンから流れる明るいギターと「誰を呼ぶ?」「ゴーストバスターズ!」の声、いつもならこれで気が晴れるはずだ。もし駄目なら今日はもう仕事を切り上げ、近くのドライブイン・シアターでリバイバル上映をしているはずの『バック・トゥ・ザ・フューチャー』を観に行ってもいい。タイトルをはじめて聞いた時は首を傾げたが、昨年封切られた直後に観てからはことあるごとに「ゼメキスって天才」と言いまわったほど好きだし、面白い映画は何度観ても良いものだ。

壁時計が五時を指しているのを確認し、煙草を灰皿に押しつけたマチルダは、車のキーを取って外へ行こうと腰を上げかけた。その時、封筒が目に留まった。ダイレクト・メールや請求書で使われる素っ気ない封筒ではなく、上質な白い紙の、正方形に近い形をした封筒だった。

〝マチルダ・セジウィック様　レクタングル・カンパニー設立パーティへのご招待〟

差出人は個人名ではなく会社で、所在地はロサンゼルス、電話番号も書いてある。新しい特殊効果の工房でもできたのだろうか。首を傾げながらペーパーナイフで封を切り、折りたたまれたカードを出して文言に目を走らせる。その内容と最後の署名を見たマチルダの顔は、みるみるうちに青ざめていった。

レクタングル・カンパニーは、リーヴとモーリーン・ナイトリーが設立した会社だった。コンピュータ・グラフィックスを専門に扱う会社でSIGGRAPH《シーグラフ》の開催日に合わせ、八月にカクテル・パーティを催すという。

SIGGRAPHは、アメリカ・コンピュータ学会の中にある、コンピュータ・グラフィックス分科会が主催する発表会のことだとは、以前技術誌で読んだ。マチルダはあれからずっと、コンピュータ・グラフィックスを恐れていた。コンピュータの技術誌など買うどころか触りたくもなかったが、どうしても映画の『トロン』を否定したくて、スタジオから遠い書店まで行ってこっそり買ったのだ。あんなもの――主人公たちに妙な光る服を着せ、せいぜい積み木程度にしか見えない車を走らせ、あり得ない動きをさせるなんて。直線に進んで直角に曲がる車なんてあるものか。コンピュータ・グラフィックスの限界に、「ゲームの世界だから、SFだから」と作品の方を合わせるなんて。それに、あの暗く無機質な、温かみなど微塵《みじん》もない空間を観ていると、足の裏や胃の下あたりが冷たくなってしまう。マチルダは『トロン』を観てそう思っていた。

やはりコンピュータ・グラフィックスには限界がある――いや、確かに特殊効果としての面白さはある。そこは否定できない。けれどあんな冷たい世界をずっと観ていたいと思う観客がいるだろうか？　それなのにリーヴは今もモーリーンと一緒にいて、コンピュータ・グラフィックスの未来を信じ、会社まで立ち上げた。しかも招待状なんかを寄越して。

招待状は、アシスタントが手本通りにタイプしてプリントしたのが明らかな書面で、末尾にふたりのサインがあっさりと記されているだけ、マチルダへの個別のメッセージがあるわけではなかった。

マチルダの心の底から強い感情が湧き上がってくる。リーヴへの失望、モーリーンへの嫌悪感。しかし何よりも大きな憤《いきどお》りがあった。それはモーリーンが、女性であるにもかかわらず、共同経営者に名前を連ねている点だった。マチルダと同じだ。

そしてこの怒りを自覚した瞬間、マチルダは自分自身に愕然とした。

モーリーン・ナイトリーは嫌いだ。コンピュータが描く不気味で冷たい絵と同じように、どうしても好きになれない。

そしてマチルダは、会社の重役に女性が就くことがまだ難しい時代に、ベンジーと共にとはいえ、工房の経営者になれた。好きな仕事をして、収入を得て、立場もある。居抜き物件ではあったが気に入っている建物、白い壁と天井、静かに回るシーリングファン、明るい庭。そこにモーリーンが、無邪気に花壇を突っ切って花を荒らし、靴底の泥も払わず、廊下に足跡をつけながらずかずかと階段を上がり、マチルダが作ってきたものを見て、嘲っているような気分だった。

けれどもこれはモーリーンが切り開いた未来だ。コンピュータ業界は映画の特殊造形部門以上に男社会だと聞く。リーヴも甘い性格の持ち主ではない。その中で彼女が共同経営者になるのに、どれほどの努力と覚悟があっただろうかは、想像に難くなかった。

「……おめでとうなんて、言えない」

マチルダは頭を抱えて、ひとり呻いた。自分はすでに独立しているのに、後から来た彼女が得た立場を祝福できず、疎ましくずるいと感じて仕方がないのは、自分自身もまた、彼女を押し込めておきたいと願っているからだ。

時計の針はすでに六時を回り、観ようと思っていた映画の上映時間は過ぎていたが、マチルダの頭からは映画のことなどすっかり消えていた。窓ガラスを強い風が叩き、雨がばらばらと音を立てて降りはじめた。

窓を開け、雨の匂いが立ちこめる外に手を伸ばす。酷使し続けて悲鳴を上げている右手で雨粒がはじける。マチルダは、雨粒が無数の弾丸となって皮膚に穴を穿ち、体がぼろぼろに砕けて風に散る自分の姿を想像した。誰にも知られずに消えてしまえたら、どんなに楽だろうか。悔しさも苦しみもなく、自分に失望することもない場所。そこに行けば永遠に苦しまずにすむのに。

マシューが作り上げた、眼球や眉が動くファイバーグラスのコア。その頭蓋骨めいたクリーム色のコアに、マチルダが作ったフォーム・ラテックスのマスクを被せる。ラテックスは全体的に黒いが、光を当てると蛇の鱗のような表皮が微妙な陰影を演出する。両目の間から鼻梁にかけては威嚇のしわが寄り、細かなたるみもあれば、斑点なども着色してある。しかしいざマスクをコアに被せてみると、色合いが暗いせいか、口腔の赤さが少し浮いて見えた。

「エアブラシで中の色調をもう少し落とそうかな。これだと血を啜ったようじゃない？」

するとマシューが「いや」と否定した。

「そこが化け物っぽくていいんじゃないですかね。コントラストを効かせるために、舌も結構赤くしたんで」

そう言ってマシューはコアの口から長く太い舌をずるりと這《は》い出させ、ケーブルを握ってぐねぐねと動かした。

「いい感じだな」

様子を見に来たベンジーが頷くのを横目で確認し、マチルダはいったんマスクを外すと、裏返して口角に当て布を接着して補強した。それからマスクを元に戻して付け直し、木べらを中に突っ込んで接着していく。マシューが調整した下唇を動かす金具には特に念入りに、マスクが剝がれないように気をつけた。哺乳類の口は毛皮の生えた外皮のすぐ内側に黒い唇があり、歯茎が続き、後臼歯、前臼歯、犬歯、切歯が並ぶ。この犬の怪物の場合は、すでにコアに歯茎と歯がつけてあるので、頰の内側の柔らかい部分と歯茎の硬い部分を丁寧に接着すればいい。

前回、大きな猟犬を作った際はテレビ映画で、視聴者は粒子も粗く画面も小さなブラウン管で観ることが前提だったから、細部までこだわる必要はなかった。しかし劇場公開となれば、テレビの何十倍も大きなスクリーンに表示されるため、拡大に耐えられるほど作り込まねばならない。

マチルダは手をかけた蛇の鱗模様がしっかり表皮に活きていることを確認すると、少しほっとした。

「今のうちに光沢を仕上げちゃおうかしら。ゼラチンある？」

マチルダは出来上がったマスクの前に座って、湯煎《ゆせん》で溶いたゼラチンを筆に取り、表皮の湿り気を演出した。さらに牙や口の周りをぬらぬらと濡らし、歯茎と唇の間にゼラチンをたっぷり溜め、少し泡立てて空気を含ませ、更に滴を垂らしてよだれが溢れているようにした。しばらく放置すれば固まって、ぶるぶるとよく揺れるよだれを演出できるだろう。ついでに鼻の頭もゼラチンで濡らす。

コアに仕込んだバネとチューブ、そしてケーブルは、後ろに向かって数フィートにわたって伸びている。次にメカニカル・スタッフたちが首と肩から胸の部位を持ってきて、作っておいたフォーム・ラテックスを被せていく。

「俳優はいつテストに来るんだ？」

「週末には」

「間に合うのか？　撮影は来週じゃないか」

「大丈夫でしょう。それよりモーガンさん、先月の電気代が跳ね上がってるんですけど、使いすぎじゃありません？」

プリ・プロダクションがはじまってから、すでに二ヶ月が経過していた。ベンジーと進行担当が何やら話し込んでいる間に、マチルダたちは犬の怪物をどんどん仕上げていく。

俳優の代わりの大きなマネキンを支えに、頭部と首、肩周りをマジックテープで繋ぎ、布紐で補強した。中に人間が入るため、全身を包む着ぐるみというよりは、アイスホッケーのプロテクターのように、パーツが分かれている。俳優にボディスーツを着させた上でこれを着用させるのだが、後ろ姿は毛皮で覆ったので一枚に繋がって見え、長い尻尾も違和感なく馴染んでいた。

マチルダは一歩、二歩と下がって、形になっていく犬の怪物を見上げた。

夜に浮かぶ怪しい満月のように黄色い目を見開き、額から鼻梁にしわを寄せ、マチルダを威嚇している。大きく口を開けて、牙の間から血を塗ったように赤い舌が覗く。尖った耳は薄く仕上げたホット・メルト製で、光にかざすと静脈が透けるが、短い毛を植えているため犬らしくもある。人毛を黒く染めて作った体毛は豊かで、後頭部から首、肩から背中を覆い、空気の流れに乗ってゆらゆら揺れた。胸部や腹部などの毛が生えていない部分は、鱗がぬらぬら光る。

マシューが後ろでハンドルを操作すると、怪物はゆっくりと首を左右に振り、同時に肩から尾が動く。尾はゆっくりと、しかし蛇のようにのたくって動き、先端まで生き生きとしている。最後に怪物は、天井を仰いで口を開けた。マチルダは幻の遠吠えを聴いた気がした。

「今なら〝フランケンシュタイン博士〟と呼ばれても、むしろ嬉しい気がする」

誰にともなく呟いた言葉は、そばにいたベンジーの耳に届いた。

その日、マチルダは帰宅した後、熱を出した。

工房にいる時点で、顔色の悪さを察していたベンジーから「しばらく休め、撮影がある来週まで出てくるな」と釘を刺され、マチルダはぼうっとする頭で天井を眺めながら、相棒がいつの間にか立派な監督者になっていると思い、笑った。

熱に魘《うな》され夢とうつつの間を行き来し、何度も黒い影の姿を見た。光を透かすカーテン、冴え冴えとした月明かり、嫉妬の炎に浮かぶ、尖った耳の生えた長身の影。

いつの間にか庭に面した窓が開いている。風もないのにレースのカーテンが揺れ、枕から首をもたげたマチルダが目を瞬かせるその前で、犬の頭と逞《たくま》しい体つきを持つ影が入って来た。白い満月が照らす影はその場に立ち止まると、静かにマチルダを見つめ、おもむろに手を頭の後ろにやった。ゆっくりとマスクが外されていく。

「……ロニーおじさん？」

あの下にいるのはロニーに間違いないという確信があった。しかし呼びかけた瞬間、犬の怪物は苦しげに体をよじらせ、背中を曲げて震えだした。みるみるうちに肩が歪み、太かった腕や足がやせ衰え、長い尻尾を股の間に挟む。月明かりは失われて闇があたりを包み、犬の怪物は心も体も傷つけられたような、卑屈な姿に変わっていた。

哀れな泣き声が聞こえる。悲鳴、すすり泣き、嗚咽、様々な声が悲しげな音楽のように流れ、犬の両目から涙が溢れて、ふたつの透明な丸い眼球がごろりと転がった。

「あっ」

マチルダは飛び起き、肩で息をしながらまわりを見回した。怪物はいないし、窓も開いていない。いつもの寝室だ。ベッドライトを点け、床に積み上げたままの本、脱ぎっぱなしのスラックスやシャツ、テーブルの上の二日前に淹れたコーヒーが、何も変わらずそこにあることを確かめ、もう一度枕に顔を埋める。額に手を当てると、熱はずいぶん下がったようだった。

誰かに話したいと思った。もつれた糸のような感情を誰かに渡して、一緒にほどいてほしいと。マチルダはタオルケットを体に巻き付けるとベッドから出て、居間にある電話の前まで行った。

受話器を取ったまましばし考え、迷いながらプッシュボタンを押す。番号は覚えている。最後の〝9〟を押した時、指先がふいに軽くなった気がしたが、「レクタングル・カンパニーです」という女性の声に、反射的に受話器を置いてしまった。

結局、電話帳をめくって国際電話をかけることにした。メキシコシティとロサンゼルスの時差は二時間あり、エヴァンジェリンはすでに眠っていたが、片言ながら英語が話せる家政婦に言づてを頼み、マチルダは電話を切った。

新しいコーヒーを淹れてソファにうずくまり、壁を見つめ、自分ひとりだけで糸をほぐそうと試みる。しかしあがいてもあがいても糸口は見つからない。

ベンジーから与えられた五日間の休暇の最終日、マチルダは馴れない自転車を漕いで、ロサンゼルスの海沿いの道を走っていた。一年ほど前に引っ越した隣家の住人から譲られた赤いマウンテンバイクで、ガレージの片隅で埃をかぶっていたのを、引っ張り出してきた。もしベンジーに見つかったらきっと「あの運動嫌いのマティが」と笑うだろうが、三十九歳のマチルダは、若い頃に比べて体が重く、鈍くなってきたのを感じ、運動するいい機会だと思った。それに、気晴らしになる。

八月も終わりに近づいていたが、夏はまだ盛っていた。太陽がさんさんと照りつける広大な海、白い雲に頭がつきそうなほど背の高い椰子《やし》の木。空気はスモッグで汚れ、サンオイルのココナッツと排気ガス、熱で温められた生臭い潮やアンモニアのにおいがする。歩道にはヘアバンドをつけたランナーが走り、虹色の海水パンツを穿《は》いたサーファー、ブックバンドでまとめた本の束を肩にかけ、ローラースケートで走る学生など、大勢が行き交っている。

　マチルダは自転車を漕ぐ。道は幅広く、邪魔されることもなくすいすい進むが、一方でどこまでもどこまでも続き、走っても走っても同じ風景が続いている気にもなった。暑く、全身から汗が噴き出し、水筒の水をいくら飲んでも、砂漠に水たまりを作る程度の潤《うるお》いしか得られず、すぐさま蒸発して乾いてしまう。

　十キロほど走ってさすがにうんざりしたマチルダは、どこまでも続く海沿いの道を外れ、街中に入った。自分でもわかるほど汗臭いが、コイン式のシャワールームはどこも混雑していたので、ガソリンスタンドの売店に入った。マガジンラックのファッション誌はどれも、緑や赤やオレンジといった原色の、肩パッド入りジャケットを着たモデルや、髪を巻いてバンダナでまとめたモデルたちで溢れている。冷ややかな目つきでこちらを見つめる女優の顔に見覚えがあると思ったら、ずいぶん前にメイキャップを担当した女優だった。

「表の水道を借りてもいい？」

　クオートボトルのオレンジジュースを一本レジに置いて店員に尋ねると、にきびだらけの若い男はじろりとマチルダを一瞥し、「二ドル」と言う。

「二ドル？　クオートボトル一本で？」

「うちの水道も使いたいんだろ？　おばさん」

店員はマチルダよりも二十歳は若そうで、制服のポロシャツの襟をぴんと立たせ、気取っている。マチルダは苦笑しながら首を振り、一ドル札を二枚カウンターに放って外に出た。

裏手にぽつんと一本きり、首を伸ばしている水道の蛇口をひねると、水色のホースの先から柔らかい水の曲線が溢れ出す。はじめは温まっていた水も少しずつ冷たくなり、手や顔、前屈みになって脇の下も洗った。オレンジ色のタンクトップにしみがいくつもできたが、すぐに乾くだろう。

蛇口を閉めてタオルで体を拭き、クオートボトルの丸い注ぎ口に直接唇をあてて、中身を飲み干す。ひと息吐いてサングラスをかけ直し、顔を上げると、飛行機が雲を引いて飛んでいく空の下に、映画館の看板が見えた。マチルダは少し悩んでからナップザックを背負って自転車にまたがり、陽炎《かげろう》にゆらぐ看板を背にし、他の場所を散策しに出かけた。

だが、どこもかしこも遊びに来た地元の人間や観光客でごった返し、新しくできたゲームセンターやショッピングモール、いずれも色褪《いろあ》せて見えてしまう。洋服店には気後れしてしまい、ビデオ・ショップの前を通れば仕事のことを思い出す。どうにもならずショッピングモールのドアの前でぼんやりしていると、出入りする人々と肩がぶつかり、マチルダの心は不安と寄る辺なさで震えた。

「もうすぐ四十歳になるのに」

ぽつんと呟き、そばにあったベンチに腰かける。昼寝をしている老人や、買い物疲れでぐったりしている女性などがいて、なんて今の自分に相応しい吹き溜まりだろうと思った。目の前を行き交う客たちを眺める。生まれて間もない赤ん坊から腰の曲がった老人まで、さまざまな年齢の、さまざまな肌の色をした人々が、笑ったり真剣な面持ちで先を急いだり、むきになって言い合ったりしながら、今日という日を生きている。

もう少し経ったら、ここにいる誰かが、私の作った犬の怪物をスクリーンで観ることになるんだ。

そう考えると気分が沸き立つけれど、同時に不安が襲ってくる。ライバルが多すぎるのだ。優れた造形師が次々に誕生し、どの映画会社も我こそが最先端だと、真新しい技術を血眼《ちまなこ》で探している。

それにコンピュータ・グラフィックスも忘れてはならない。モーリーンとリーヴの会社――学会のSIGGRAPHは先日開催されたので、滞りなく進んだのならパーティも終わっているはずだ。盛況だったのだろうか。

自分とリーヴが共に過ごした日々と、モーリーンとリーヴが過ごした日々は、どちらが長いのだろうと詮無いことを考え、ため息をつく。

もはやリーヴの顔もろくに思い出せない。招待状に無造作に殴り書きされたサイン、出て行く日の前夜、肩に触れてきた手の温度、モーリーンを嬉しそうに紹介する声。はじめて会った日に、乱暴な運転手との間に入ってくれた時のこと。そんなことばかりが鮮明に甦り、時は止まったままで、今はどんな外見でどんな話し方をするのか想像もつかなかった。白髪が生えているリーヴなんて。

ちょうど若い男女のグループが、はち切れんばかりの大声で騒ぎながら隣のベンチにやって来たので、マチルダは立ち上がり、ショッピングモールを後にした。

結局、自転車にまたがってふらふら走り回った後、先ほどは背を向けた映画館に戻ってきてしまった。ロードサイドにそそり立つ看板はきらきら光りながら回転し、にこやかな笑顔で客を呼び込もうと必死だ。

マチルダは〝This Time It's War〟とキャッチコピーが書かれた最新作のポスターに挑むような気持ちで、入口をくぐる。たちまちポップコーンとホットドッグの香りに全身が包まれ、つい胸いっぱいに映画館のにおいを嗅いでしまう。何百回、何千回ここに足を踏み入れようと、生まれてはじめて訪れた時の感激が起き上がって、心をくすぐる。

封切りから一ヶ月が経とうというのに、まだ席が埋まるほど観客が来ている。照明の落ちた場内を歩き回り、ようやく空席を見つけ、冷房が効きすぎて冷えた肩にタオルをかけて縮こまる。すると、すぐさまスピーカーから不穏な音楽が流れてきた。

ああ、『エイリアン』の世界に戻ってきたのだ。

二時間十七分の上映を旅して現実に帰還したマチルダは、しばらく席に座ったままぼうっとしていた。観ている間、マチルダの脳細胞は猛スピードで走り、回転し、画面に登場する一切を見逃すまいとした。新たな宇宙船のヴィジュアル、内部構造、エイリアンに襲われていく登場人物たちのメイク、クライマックスでアンドロイドのビショップをどのように動かしたか、そして何よりクイーンの造形の不気味さと美しさ。

なぜこんなことが出来てしまうのだろう。H・R・ギーガーのエイリアンは永久に人類史に残る。そして彼を凌駕できる天才はそうそう現れまい。しかもあの繊細でグロテスクなデザインを、紙の上から現実世界、平面から造形物へと変換させた人々がいることに、あらためて驚いた。甲羅のように長く滑らかな頭部、二重の口、むき出しの歯から滴る粘性のよだれに、異界の生物らしい説得力のある体の細部、長くしなる尻尾。

映画史に名を刻む人と、スタッフロールに一度たりともクレジットされたことのない自分。歴然とした力の差はわかっている。上を見ればきりがなく、夢の仕事につけただけでも幸せを感じるべきなのかもしれない。それでもマチルダは悔しくて仕方がなかった。

加えて、上映終了間際の『ラビリンス　魔王の迷宮』を続けざまに観てしまい、余計に混乱した。そもそも監督でありクリーチャーの作者でもあるジム・ヘンソンは、子どもの頃からマチルダの憧れの人だし、映画の内容は『エイリアン2』とまったく違う。

まるでタイプの違う酒を合わせて飲んで悪酔いしたかのように足もとをふらつかせながらロビーのソファに横たわり、清掃員の中年男性にずいぶん心配されてしまった。

映画に出てくるクリーチャーたちは、主人公に話しかける小さな芋虫一匹でさえ、生き生きとしている。今のマチルダにはマペットたちがどうやって動いているのかわかるが、仕掛けなどどうでもよかった。話にのめりこむほど、この不思議な友人たちが体温のある本物の生き物に思え、愛おしくてたまらず、映画が終わる時には、心と体が引き裂かれるように悲しかった。

クリーチャーたちに囲まれ、幸せそうな主人公サラにマチルダは深く共感した。エイリアンも、ゴブリンのホグルも、これまで出会ってきたすべてのクリーチャーが、マチルダの友達だった。

では、自分の生み出したクリーチャーは？　誰よりも深く愛を注いできたあの犬の怪物は？

早く工房へ戻って、あの犬の怪物に触れたい。五日間も休んでいる場合ではなかった、あれからどのくらいみんなは作業を進めたのだろう？　マチルダは勢いよく起き上がり、大股でロビーを横切って、駐輪場へと向かった。

私は誰にも敵わない。ジム・ヘンソンにもH・R・ギーガーにも、スタン・ウィンストンにもリック・ベイカーにもスチュアート・フリーボーンにもリズ・ムーアにも、敵わない。もちろん、わかってる。同じ工房で働くマシューにさえ敵わないだろう。

この先もずっと下請け職人で、何者にもなれず、たとえ誰の記憶に残らなかったとしても、やはり私の生きる場所はあそこにしかないのだ。

それに——そう、特殊造形には未来がある。たとえ自分は泡沫《ほうまつ》造形師でも、映画はますます面白く、豊かになっていくだろう。だったら充分じゃないか。

特殊造形に比べたら、コンピュータ・グラフィックスなんて目ではない。モーリーンとリーヴは新しい技術に飛びついたけれど、天才造形師たちの生み出すクリーチャーに勝てる日は、永遠に来ない。確かに『トロン』の実写とコンピュータ・グラフィックスを掛け合わせた映像は斬新だったけれど、ただ珍しかっただけだ。映画黎明期の頃の、ショッキングな映像を流して驚かせる活動写真と同じ、見世物だ。そう自分に言い聞かせるマチルダの目には、涙が光っていた。

日が落ちて暗くなった道を、自転車のライトで照らして走りながら、マチルダは次第に気分が高揚していくのを感じた。街は季節外れのクリスマス・ツリーのように輝き、スピードを増して駆け抜ける車輪と体は、涼やかな夜風をはらむ。

汗ばみながら十数キロメートルを走り抜き、運動不足の膝をがくがく震わせながら、自転車を降りた。今日は日曜、仕事も一段落して、工房は休みのはずだ。しかし建物の電気は点いており、ブラインドの隙間から黄色い光が漏れている。

玄関のガラスドアを開けてみたが、受付は無人で、ホールのライトも落ちている。時計の針の音がやけに大きく響く。

「ベンジー？　マシュー？　誰かいるの？」

二階へ続く階段前のメッセージボードには、赤ペンで〝俳優テスト、無事終了！　月曜に配送の手配済み〟などと書かれている。事務所の壁に並んだタイムカードはすべて退勤済みで、ベンジーだけでなくアシスタントもいないようだ。

マチルダは二階へ上がると、角の簡易キッチンの棚を開け、ジンが五分の一ほど残っている瓶を小脇に抱え、マグカップにオレンジジュースを注ぐと、犬の怪物が待っているはずの第二スタジオのドアを開けた。

そこに彼女がいた。

マチルダの手からマグカップとジンの瓶が滑り落ち、木の床に叩きつけられて割れ、ジュースとアルコールが飛び散った。しかし彼女――モーリーン・ナイトリーは、マチルダに気づきもしない。

大の字で床に寝そべり、ダークブラウンの長い髪が放射状に広がっている。Tシャツにけばけばしいピンク色のショートパンツ、その下に白のスパッツを重ね穿きした若々しい恰好で、いびきをかいている。近づくと強烈な酒のにおいがする。傍らには、二泊分の衣類は詰められそうな大きなボストンバッグが転がっていた。

マチルダは全身の皮膚が総毛立つのを感じた。

これほど激しく怒鳴ったのは、人生ではじめての経験だった。マチルダは声も限りに吠え、不法侵入したモーリーンを叩き起こし、ようやく目覚めた敵が事態を飲み込む前に壁際まで追い詰めた。

「いったい何のつもりなの、今すぐ出て行って！　警察を呼ぶから！」

「ま、待ってよマチルダったら。そんなに大声で怒鳴らないで」

「あんたが悪いんでしょうが！」

しかしモーリーンは相当酔っており、指で耳の穴を塞ぎながら、なんだかんだとぐずついて床にあぐらをかいてしまった。

「怒らないでよ。この間のパーティに来てくれなかったから、どうしてるかと思っただけなのに。私たち、これから同じ業界で働く仲間なんだよ。仲良くしようよ」

　酔っ払いに喚《わめ》いても埒《らち》があかないと悟ったマチルダは、肩を上下させて呼吸を整えた。

「適当に招待状をばらまいておいて、よく言う」

「適当？　だって大量に送るんだから、一枚一枚に手なんかかけてらんないよ」

「そういうところが、あなたたちの信用ならないところなの。ひとつひとつに手をかけないあんたたちの」

　マチルダはそう言いながら、自分だってクリスマス・カードは適当な定型文を作り、印刷所に任せてしまうのに、と心の中だけで呟いた。やはりだめだ、モーリーンと関わると、憎しみと嫉妬と自己嫌悪で気持ちがどろどろになってしまう。

「……とにかく出て行って下さい。ほら、自分で立って」

　しかしモーリーンは瞼をとろんとさせ、今にもまた寝入ってしまいそうだ。仕方なくマチルダは腰をかがめ、モーリーンの腕を支えて抱き起こしてやり、ずっしりと重いボストンバッグを彼女の肩にかけた。この短時間のうちにモーリーンは再び眠っていたようで、「やだ、チャールズ」と口にしたが、マチルダは聞かなかったことにし、代わりに頬を強めにつねる。痛がるモーリーンに冷たい視線を注ぎ、早く歩くよう腕を引いた。

「起きて。ねえ、どうやってここに入ったんです？　場合によっては、本当に不法侵入で被害届を出しますけど？」

「やめてよ、犯罪者じゃないってば。誰かが鍵を開けっ放しにしてたんだよ。あなたが来るかわかんないから、待ってただけ」

「まさかうちにある酒を飲んだんですか？」

するとモーリーンは大きな口を更に大きく開けて、心底おかしそうに笑った。

「マチルダって相変わらず堅物なんだね。でもハズレ。外で飲みすぎたの。車を走らせてたら気持ちよくなってきちゃって、たまたま近くを通ったし、なんで来てくれなかったのか直接聞いてやろうと思ったの。そんだけ、本当だよ」

目尻にいくらかしわができていたが、モーリーンは若々しく、まだ二十代に見える。マチルダとほとんど年が変わらないはずなのに。

モーリーンは足をもつれさせながらも、右手をマチルダの肩に、左手は壁について体を支えながら、出口に向かった。ボストンバッグがずり上がり、首のところで重たげにぶらんと揺れる。

「重っ！　待って、首の骨が折れちゃう！」

「自業自得でしょ、ほらちゃんと直して」

どうにか第二スタジオを出て階段から下ろし、もう少しで受付の前を通り過ぎるところで、モーリーンはこんなことを言った。

「ねえ。やっぱさ、考え直してよ。こっちにおいでよ」

「こっち？」

「CGの世界に。チャールズだってあなたに来てもらいたがってる」

ずいぶん下手な誘い文句だと、マチルダは鼻で笑った。

「前も言ったでしょう。私はコンピュータ・グラフィックスを評価しない。あんな冷たくて無機質なもの、関わりたくもない」

「冷たくて無機質？　ふうん」

「大嫌いなの。コンピュータ・グラフィックスとやらも、あなたも……リーヴも。あなたたちがやってることは、人の心を凍えさせる。特殊造形のようなぬくもりはない」

モーリーンはマチルダに手を離され、千鳥足でドアに背をつけると、にやにやと笑った。

「そう、残念。じゃあこれを観てくれる？」

肩から斜めがけしていたボストンバッグを床に下ろすと、ファスナーを開き、中から一抱えはある機材を取りだした——黒いボディとレンズに赤いビデオ・デッキ。再生可能ビデオカメラ、カムコーダだ。

マチルダは嫌な予感がした。

しかし今更拒絶するのは負けを認めるも同然だし、すでに啖呵《たんか》を切ってしまった以上、後戻りはできない。

「用意はいい？」

モーリーンは横に装着されたモニタを引き立て、デッキに一本のビデオ・テープを差し込むと、再生ボタンを押した。

モニタに、四角い灰色の、明らかにCGで作ったと思われるオブジェクトが映り、〝P.I.X.A.R.〟のロゴが現れた。続いて白い筆記体で書かれたタイトルが出る。よく見ると、電気コードを使って作られた文字のようだが、そのせいか読みづらく、何の言葉かわからない。右下に置かれた水色と黄色のボールに、赤いクレヨンで〝JR.〟と書いてあることだけはわかった。

「何ですか、これは?」

「まあ観てなって。ほら」

モーリーンは余裕の微笑みを浮かべ、モニタを指さした。

そこには一台の電気スタンドがいた。事務所や図書館、どこにでもあるような何の変哲もない、白いスチール製の傘、ふたつ折れのアームが上下左右に動くタイプの、デスク・ライトだった。

電気スタンドは白熱灯を点したまま、まるで下を向いてぼんやりしている人のように、傘を下げ気味にしている。すると軽やかなピアノの旋律とともに、水色と黄色の組み合わせに赤い星がワンポイントでついている、可愛らしいゴムボールが転がってきて、電気スタンドの足もとに当たって跳ね返った。

ぼんやりしていた電気スタンドは興味津々で動き出す——アームを首のように滑らかに動かし、ゴムボールを上から横から、ためつすがめつしている——電球が点っているので、傘をかぶった頭部(無機物だが擬人化されているので、頭部としか言いようがない)が動くたび、テーブルや背景に光と影ができる。電気スタンドは手足がないかわりに、アームと傘を器用に動かして、ボールをころころと転がす。

するとテーブルの向こう側から、電気スタンドによく似ているけれどずっと小さい、子どもの電気スタンドが跳びはねてきて、まるで子犬か子猫のようにボールにじゃれつき、楽しげに遊びはじめる。とても愛らしい仕草で、無機物なのに血が通っているように見えた。

ふたりの電気スタンドもカラフルなゴムボールも、テーブルも背景も、すべてコンピュータ・グラフィックスだった。

その時間はわずか一分半。

しかしマチルダが二十年以上かけて築いてきたもの、信じてきたもの、そして今日再び感銘を受け、間違いなく明るく見えた将来が、あっけなく崩れ去るには、充分すぎる時間だった。

「嘘でしょう。こんなの、嘘に決まってる」

八月の終わりにもかかわらず、体が震える。顔色が冷えたミルクよりも白い。

「嘘じゃないよ、マチルダ。これはこの間のSIGGRAPHで発表されたばかりの、最新のコンピュータ・グラフィックスなんだ」

モーリーンはカムコーダからテープを抜き取り、大切そうにスリーブケースに入れる。

その様子を呆然と眺めていたマチルダは、小刻みに首を振りはじめた。

「……信じない。あんたの言うことなんて、絶対に信じない。コンピュータがこんなになめらかな絵を描けるはずがない。光だって、影だって……嘘。人間のアニメーターがCGに見えるように絵を描いただけ。そうに決まってる」

「違うってば。確かに一般的な3DCGはまだまだ未熟だけど、こいつは正真正銘の、すべてをコンピュータ・グラフィックスで作り上げた短編アニメだよ。本当は駄目なんだけど、無理言って頒布用のデモテープを借りてきたんだ。すごく貴重なの。チャールズには止められたけど、でもきっとあんたならこの価値がわかると思って」

「出て行って！」

モーリーンはマチルダの反応を予想していなかったのか、両目を見開き、言葉を詰まらせた。その隙にマチルダは声を絞り出さんばかりに吠え、「出て行け！」を連発し、乱暴にモーリーンを突き飛ばした。モーリーンはよろめいて、あやうくカムコーダとテープが床に叩きつけられるところだったが、すんでのところで抱きかかえて事なきを得る。

「ちょっと何すんの！　弁償もんだよ！」

モーリーンは抗議するが、マチルダの耳にはもう届かない。

マチルダはモーリーンを玄関ドアの向こうへ叩き出し、震える手で鍵をかけると、踵を返して階段を駆け上がった。そして第二スタジオに戻り、後ろ手にドアを閉める。

木のぬくもりを大切にしようと設計した床も、心安らぐ石膏のにおいも、もうどうでもよかった。涙で何もかもがぼやけ、頭の中は今観たばかりの短編アニメーションでいっぱいだった。

　３ＤＣＧ、ポリゴンで作られた二台の電気スタンドは、本物の生き物にしか見えなかった。真っ白い体、無機質なフォルム、誰が目にしても「電気スタンドだ」とわかるシンプルなデザイン。それにもかかわらず、命が宿っていた。

　ユニークだったのは、電気スタンドだからこそ生まれる動きの制約だ。二足や四足歩行の動物と違い、電気スタンドには土台とアームしかない。それでも擬人化するならば円形の土台が足となるが、子どもはぴょんぴょん跳びはね、大人は片方の縁を持ち上げ、もう片方の縁をぐりぐりと左右に傾けることによって〝歩く〟。走れば電気コードが尻尾のようについてきて、主が跳びはねれば波打つ。金属だからこそ重さがあり、ストーリーもそこをうまく使っていた。

　マチルダには、これらの動きの制約こそが、〝電気スタンドという生命体〟が存在する、説得力になるのだと理解できた。もしこの電気スタンドに手や足が生えていたら、電気スタンドでなくてもよかったと思われてしまうかもしれない。そして今のところ、特殊造形に、電気スタンドそのものを動かす技術があるかと聞かれたら、答えられなかった。

　そのものの形を尊重し、そのものが自然に動けるようにする。だからこそ造形師たちは不自然でないように必死で工夫をするのだ。しかしまさか、ＣＧアーティストもまた同じことを考えているだなんて。

　何より、あの電気スタンドにはぬくもりがあった。冷たさは微塵も感じなかった。愛おしいクリーチャーだった。

恐ろしくて仕方がない。あれがもっと進化したら、どんなことが起きる？　何十年もかけてきた特殊造形を、ＣＧが粉々に壊す様しか見えない。

腹の底が縮み、酸っぱい胃液が込み上げてくる。吐きそうだ。マチルダは手のひらで顔をぬぐい、冷や汗と酸っぱい唾まみれで、目の前のクリーチャーを見上げた。

半透明のビニールカバーの覆いの向こうに、犬の怪物がいる。

「……あなたは私の愛しい我が子。でも、あなたは私から生まれて幸せなの？」

マチルダは膝からくずおれ、自分の肩を抱いて泣いた。コンピュータ・グラフィックスが憎い。わざわざ未来を見せに来た、無邪気で残酷なモーリーンが恨めしい。しかし何よりも自分自身が恥ずかしかった。

彼らは私と同じなのだ。同じように映画を愛し、クリーチャーに血を通わせるために努力を続けている。それなのに自分は、コンピュータを相手にする人たちに、クリーチャーを生み出す喜びがわかるはずがない、どうせ無機質なものしか作れないし、理解もできないだろうと思っていた。思おうとしていた。

これではいつかのいじめっ子と一緒だ。どうせ何もできないから人質役をやれと言ってきたリッキーと。女は職人に向かないと言った不動産屋と。マチルダやロニーを脆いと決めつけた父と、同じだった。

モーリーンが羨ましい。前途の見えない未知の技術に人生を懸けられるモーリーンが、眩しく、憎たらしいのだ。

マチルダは嗚咽が収まると、おもむろに立ち上がり、作業箱をひっくり返して自分のツールをひっつかみ、オーブンに火を入れ、ラップがかけてあるフォーム・ラテックスを出した。

この犬の真の姿はこうじゃない。マッチョで自信満々な風貌のはずがない。臆病で卑屈で、怒りに震える生き物は、もっと——無我夢中で材料を集めるマチルダの目に、壁の鏡が映った。

マチルダはビニールカバーを取り去り、犬の怪物を露わにすると、全身を作り替えた。目玉には白濁したカバーを付けて接着し、ゼラチンでコーティングする。もう一方の眼窩はえぐり、マシューが作ったアイボール・メカニズムを片方壊して、黒い穴のままにした。

背中を盛り上げて猫背に見えるようにし、豊かだった胸筋を削って、着色し直す。手足も細くして鉤爪をつけ、尻尾は怯えた犬がやるように股の下にくぐらせてから、片足に巻き、ほどけないよう接着した。細く長かった鼻を手のひらで押し込めて潰し、口腔と舌の色を緑色に変色させる。

マチルダは想像する。涙を流して震えている臆病な犬の正体は、一体誰なのかと。映画に登場する陰気な少女だろうか、ロニーだろうか、それとも……

趣味で作っていたショロトルの模型から、トウモロコシの髭や葉、サラマンダーの触手などを持ってきて、犬の体のあちこちにつける。

我に返った時、窓の外には太陽が昇ろうとしていた。マチルダは汚れた手の甲で鼻の下や頬を拭うと、犬の怪物にビニールカバーをかけてダンボールで梱包し、台車に載せてエレベーターで階下へ運び出した。そして裏口から外に出し、宛名に加えて乱暴に〝X〟と名前を書いておいた。もしこの怪物に名前を付ける日がきたら、これが一番相応しいと思ったからだ。

この作品をもしマシューやベンジーが見たら、怒り狂うに違いない。『レジェンド・オブ・ストレンジャー』の監督とプロデューサーは二度とマチルダを使わないだろう。それはわかっている。けれども、他にどうしようもなかった。心の中で燃えていたはずの何かが、ちっぽけな白い灰になったのが、はっきりとわかっていた。

ひと言、〝責任は取るから〟と書いたメモをダンボールに貼り、スチール製のコンテナに仕舞って、業者用の駐車場に出した。朝焼けの空は明るく、雨の心配はなさそうだ。

マチルダは工房に戻り、ドアに鍵をかけた。そして受付の前をとおり、階段を昇って、第二スタジオに入る。散らかした材料を片付けるために。

工房にはフォーム・ラテックスや、シリコン、ポリウレタンが山と積まれている。木材だけでなく、針金や鉄の棒などの金属類も。

ツールを握りすぎてタコだらけの手で、マチルダはすべてを片付けた。自分の部屋を徹底的に掃除し、次に誰が来ても気を煩わせずに作業ができるまで、整えた。

それから鍵を開けて外へ出た。空は朝焼けから青空へと変わり、鳥が鳴き、新しい朝を喜んでいるかのようだった。

　けれどもそんな朝のすがすがしさとは裏腹に、マチルダの心は黒ずんでいた。今すぐにでも暴れまわりたいのを必死で、懸命に堪えていた。黒く硬くなった心は全身いっぱいに広がり、消えそうになっていた火をついに消してしまった。

　これ以上何もない。私は燃え尽きた灰になった。

　マチルダ・セジウィックは自転車さえ置いたまま姿を消し、二度と工房に戻らなかった。心配したベンジーがロサンゼルスの家を訪れたが、もう引き払った後で、彼女の行方は誰も摑めなかった。

　一九八六年、マチルダ・セジウィックは映画の世界に背を向け、完全に出て行った。自分は逃げた、まるであの〝X〟のように——そうマチルダは思ったが、これで満足だった。当時、彼女を呼び止める者は誰もいなかった。

第二幕の登場人物

ヴィヴィアン・メリル……アニメーター。通称ヴィヴ
マチルダ・セジウィック……伝説の造形師
メグミ・オガサワラ……リンクス社モデラー。ヴィヴの同僚兼ハウスメイト
ヤスミン……リンクス社リガー
チャールズ・リーヴ……リンクス社社長
ドン・リーヴ……社長の甥。プロジェクトのリード・モデラー
モーリーン・ナイトリー……レクタングル社創業者。ＶＦＸのパイオニア
ベンジャミン・モーガン……マチルダの元同僚
ジェイソン・マグワイア……リンクス社スーパーバイザー
チアン・リウ……リンクス社Ｒ＆Ｄ部門リーダー
ユージーン・オジョ……リンクス社アニメーター
アンヘル・ポサダ……映画監督

第二幕　ヴィヴ

リンクスの仕事

モデリング

キャラクターやプロップ（小道具）、背景などの3Dモデルをコンピュータ上に作る。**ポリゴン**と呼ばれる3つ以上の点を繋いだ多角形の面を使用することが多い。

面を細かく分割すると、より滑らかなモデルが出来上がる

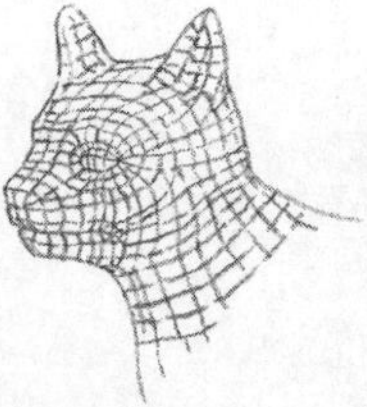

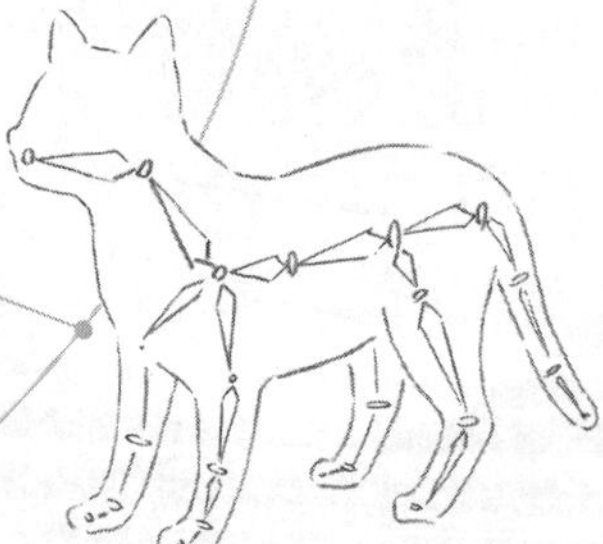

リギング

仮想の関節や筋肉を作り、3Dモデルの動きを設計する

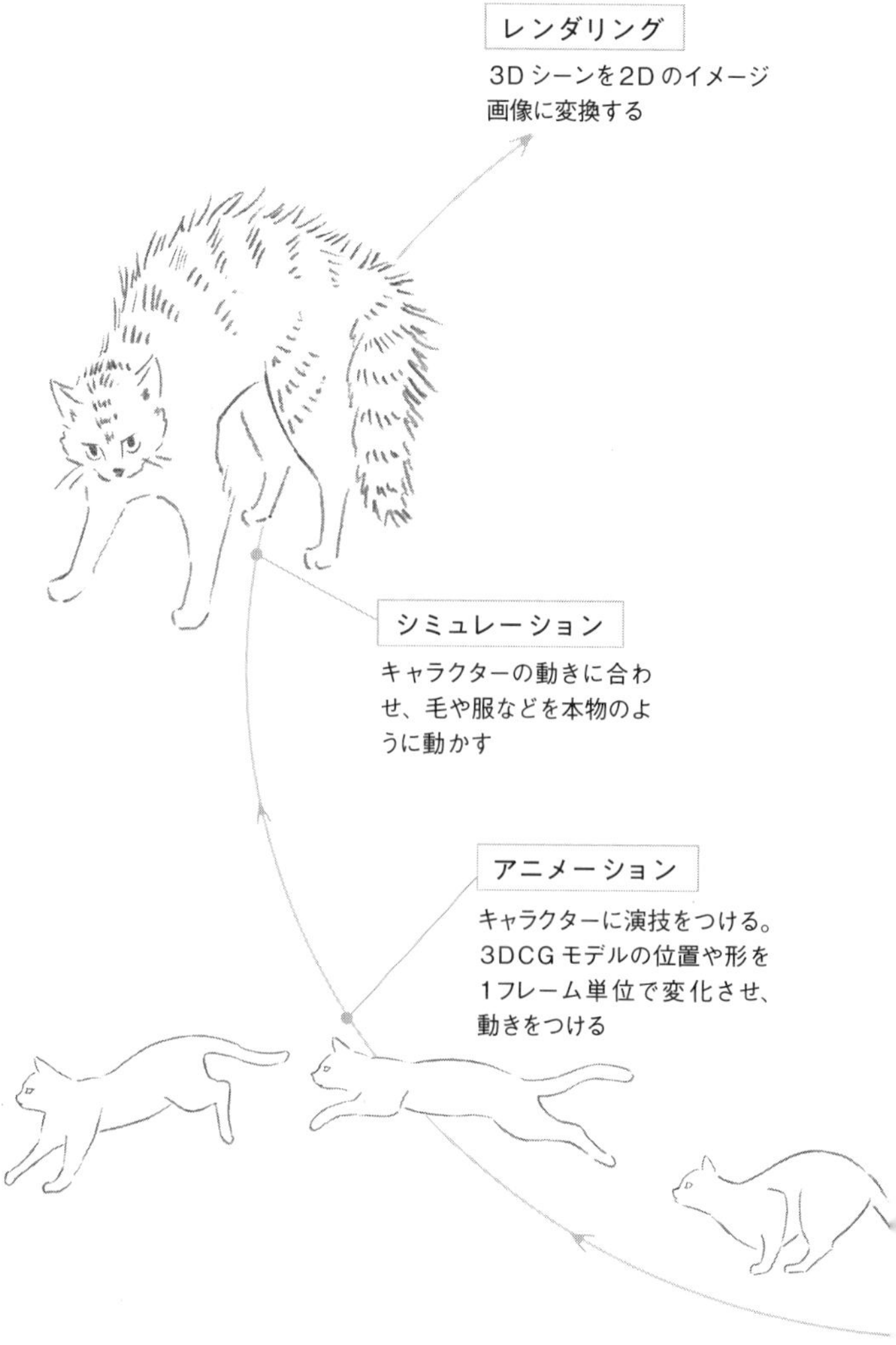
レンダリング
3D シーンを2D のイメージ画像に変換する
シミュレーション
キャラクターの動きに合わせ、毛や服などを本物のように動かす
アニメーション
キャラクターに演技をつける。3DCG モデルの位置や形を1フレーム単位で変化させ、動きをつける

第一章　名もなき創作者《クリエイター》たち

二〇一七年
ロンドン

ヴィヴィアン・メリル、通称ヴィヴは、真冬のロンドン、混雑する地下鉄の構内を急ぎ足ですり抜けた。ハンチングをかぶった太鼓腹の老人に舌打ちされ、「ごめんね！」とおざなりな謝罪を返し、到着しようとする列車の轟音《ごうおん》がする方に向かって走ろうとするが、坑道のごとく狭い通路には人がひしめき、なかなか前へ進まない。

ようやくドーム型のホームに着くと、ちょうど赤い列車が停車したところで、自動アナウンスと共に扉が開いた。ヴィヴはほとんど飛び移るようにして――あやうく、ほどけかけていた赤いロングマフラーが扉に挟まれるところだった――地下鉄に乗った。黒のライダースと白いニットの下の肌着は、汗でびしょ濡れだ。

会社のあるソーホーから自宅最寄りのランカスター・ゲート駅まで、それほど距離はない。とにかく録画のスイッチを入れさえすればいい。バックパックからポーツマスＦＣの真っ青なタオルを取り出して、まわりの目がないのを確認して首や脇の下などを雑に拭き、一息つく。

地下鉄に乗れれば良し、到着までのんびりSNSでも確認するかと、ジーンズのポケットから取り出したスマートフォン。時計の表示は十九時四十二分。まあ、なんとかいけるだろう。

ランカスター・ゲート駅に到着したヴィヴは、地下鉄の構内を小走りに行く。時は間もなくバレンタイン・デーという頃、店という店で赤い薔薇《ばら》を売っているものだから、ロンドンのどこへ行っても花の香りがした。妻や恋人に贈るための薔薇を見る男たちの脇を抜け、螺旋《らせん》階段を一段抜かしに駆け上がった。外へ出ると、きりっと引き締まった冷たい風に横から殴られ、よろめきながらマフラーを巻き直す。公園からはみ出た木立と高い建物の間の狭苦しい夜空には、ちらほらと星が瞬《またた》いていた。

『ピーター・パン』の「右から二番目の星」を口ずさみながら、黒のライダースのポケットに片手を突っ込み、もう片方の手でスマホをいじり、WhatsAppでショート・メッセージを送った。相手は同僚兼ハウスメイトのメグミ・オガサワラだった。

〝駅到着、まもなく任務につく〟

すぐに返信が来る。

〝RUSH〟

……急げってことか。ヴィヴの左手首に巻いた腕時計、先日の給料で買った限定版のTIMEXを見ると、確かにあと七分しかない。歌っている場合ではなかった。とっぷり暗いハイド・パークを背に走り出し、古めかしいタウン・ハウス——観光客が「うわあ、ロンドンっぽい！」と喜びながらこぞってカメラを向ける、背が高く窓が多くて、いかにも前々世紀らしい装飾と玄関柱を構えた建物——が並ぶ道を、パディントン駅の方角へと向かう。

日頃デスクワークばかりの体で目一杯走り、冷たい空気を吸い込んだせいで肺が痛む。靴底の薄いコンバースで冬の石畳を走るもんじゃない、と思う。コラボアイテムで一目惚れして衝動買いしたスニーカーは、足裏に衝撃がダイレクトに伝わって膝《ひざ》にくる。

パディントン駅はロンドンでも有数の巨大なハブ駅のため人通りも多く、周辺一帯にはレストランやパブが並んでいて、色々なにおいがする。とりわけ馨《かぐわ》しい香気を放つケバブの黄色いワゴン前を通り過ぎ、しゃれたコーヒー店の角を曲がったところで、人にぶつかりそうになった。

「ごめん！」

目の前を赤い花びらが舞う。振り返ると、薔薇の花束をたくさん抱えた人が目を丸くしてこちらを見ている。ロゴ付きのジャンパーを着ていて、近くのＷＨスミスにでも運ぶ途中の業者なのかもしれない。

夜の明かりはたったひとつでも星屑《ほしくず》のように強く光る。それが本当の星空よりもたくさん地べたに散らばって輝き、本当の夜空を鈍く濁らせる。そんな中に真っ赤な薔薇の花びらが散る。

ヴィヴは急いでいたことなどすっかり忘れて——といってもほんの五秒ほどではあるが、呆然《ぼうぜん》と立ち止まり、ウイスキー色をした照明の下を翻《ひるがえ》りながら落ちていく、深紅の欠片《かけら》を眺めた。

風の吹く方向、花びらの薄さ、パッと勢いよく散ってから緩やかに落下する動き、その軽さ、すべてが〝キーフレーム〟から〝キーフレーム〟へ、ヴィヴの頭の中で再構築される。点と点、その間を繋ぐ線。ヴィヴに描けるもの。

これぞ職業病。

怪訝《けげん》な顔をしている業者に「大丈夫ですか？」と訊ねられて、やっと我に返ったヴィヴは、背負っていたバックパックから財布を出した。

「あっ……えっと、すみませんでした！　買います！」

ぽかんとしている相手の手に十ポンド札をねじ込むと、自分がいくらか散らしてしまった花束をひとつ買い、ヴィヴは再び走り出した。花の強い香り、ガクからまた一枚、また一枚と剝《は》がれていく花弁。この美を表現する言葉は詩人に譲るとして、とにかく家へ急がねば。

ヴィヴたちの住むフラットはタウン・ハウスを改装した、ロンドンではよくあるタイプの賃貸物件で、一階に大家一家が住み、賃借人たちは二階や三階などを住居とする。

玄関ポーチの、数段しかない石階段を上がってドアに鍵を差し込み、屋内へ入る。照明の落ちた暗い玄関ホールに体を滑り込ませた時、左手首のＴＩＭＥＸが十時一分前を指していた。

一階のドアの隙間からうっすら明かりが漏れ、かすかにテレビの音が聞こえてくるが、住人の声はしない。きっと一家の老爺か老婆がテレビをつけたまま眠っているか、どちらかだけが起きていて話し相手はいないのだろう。ヴィヴは足音を立てないように、つま先で目の前の階段を駆け上がり、二階の左手のドアを開ける。

電気も点けずマフラーも取らずテレビへ直進し、スイッチを入れてもなかなか目を覚まさないテレビに苛立《いらだ》ちながら時計を見たところでようやく、画面が点いた。自分のガーデニングの腕をペラペラ自慢する園芸家がでかでかと映り、ヴィヴはBBCのチャンネルをダイレクト入力して、即座に録画ボタンを押した。赤いマークが点滅したと同時に番組がはじまった。

『名作の裏側――名もなき創作者《クリエイター》たち』

危ないところだった……私に任せてと大口を叩いておきながら出勤前にうっかり録画を設定し忘れ、残業で帰れないメグミに殺されるところだった。

ヴィヴは安堵《あんど》のため息をつくと、ようやく身の回りをほどきはじめた。小脇に抱えていた花束をリビングのローテーブルに置き、マフラーを取ってドアの壁フックにかけた。洗面所で手を洗い、ついでにヘアピンを抜いて頭のてっぺんで結っていたお団子を解く。引っ張られていた頭皮が緩んで血行が良くなり、指先でガシガシ掻《か》いた。

金に染めた長い髪を指で梳《す》きつつリビングに戻ると、テレビ画面には、骸骨と日本の兜を混ぜたような真っ白いヘルメットの機動歩兵〝ストームトルーパー〟が映っていた。ドキュメンタリー番組のオープニングにありがちな画像を切り貼りしたモンタージュだ。ストームトルーパーの次はエイリアン、ギズモなど、映画でお馴染みのクリーチャーが映っては消え、また現れては消えていく。

ソファに腰掛けると、弾みでぬいぐるみが転げ落ちた。この番組を朝から楽しみにしていたメグミが、出勤前に置いていったものだ。持ち主はヴィヴだが。

屈んで拾い上げる。ドーベルマンやハウンド犬に似た、鼻面の長いぬいぐるみだ。体はずんぐりしていて、背中には爬虫類のような鱗《うろこ》がぴらぴらとつき、尻には蛇そっくりの尻尾が生えている。眼窩《がんか》から目玉が落ちてぶらぶらしているのは、持ち主のヴィヴが壊したわけではなく、元々の仕様だ。

それでもどこか愛らしいこの子ども用ぬいぐるみをもっとリアルにしたクリーチャーが、今まさにテレビに映っている。

三角形に尖《とが》った耳、犬の顔、獰猛《どうもう》そうにめくれあがった唇と牙。目玉は、ぬいぐるみと同じように、ずるりと落ちてしまっている。黒々とした胴体も立派だ。しかしどこか自信なげに背中を丸め、蛇の尻尾を股の間に挟んでいる。まるで犬が恐ろしい存在に怯えているかのような姿。そこに、ナレーションが入る。

〈『レジェンド・オブ・ストレンジャー』――〝X〟とマチルダ・セジウィックの物語。今宵ご紹介する隠れた名もなきクリエイターは、傑作を生んだにもかかわらず突如引退、

映画業界から姿を消した伝説の特殊造形師です〉

来た来た、とヴィヴは手に持ったぬいぐるみを膝の上でぽんぽん弾ませた。マチルダ・セジウィック。一昔前、今よりもずっと短かったスタッフロール、つまりエンド・クレジットに名前が刻まれることはなかったが、マニアたちが当時の関係者を見つけ、工房名を聞き出して探り当てた、造形師の名前だった。

映画『レジェンド・オブ・ストレンジャー』は、今も子ども向け作品として人気があり、ヴィヴ自身も大ファンだった。腕の中のぬいぐるみはヴィヴが小学生の時に親に買ってもらったものだ。

ヴィヴが生まれたのは本公開よりも後だが、良い作品は何度もテレビ放送されるし、ソフト化もされ、商業の大波に乗ればグッズもよく売れる。優れたクリーチャーは時代を超えて愛される。エイリアンにチューバッカ、プレデターにギズモ、マシュマロマン。Xもそのひとつだ。

ヴィヴは、とりあえず録画も出来たし、紅茶でも淹《い》れよう、と席を立つ。他の英国人より紅茶へのこだわりが多少強いヴィヴは、色々と茶葉を試していて、今はBREW TEA Co.という、パッケージも可愛らしい紅茶を飲んでいた。

テレビから聞こえる音声を耳にしながら、映画の魅力はどこにあるか、と考える。

答えは人によって違うだろう。たとえば、俳優。見事な演技に魅せられて登場人物に感情移入がしたい。脚本。自分の陳腐な想像力を吹っ飛ばしてくれるほどの台詞や構成のうまさに舌を巻きたい。編集。ショット数の多いバトル・シークエンスでも繋がりが乱れず誰が今どこで誰を攻撃し誰が倒れたのかを明確にする手腕に信頼を感じたい。カメラ。ネオンの発色も空の輝きも凪《なぎ》の海も独自の感性で解釈され直した映像世界に入り込みたい。監督。創造のカリスマに溺れたい。

色々あるが、ヴィヴの場合はクリーチャーや特殊メイク、３ＤＣＧ、エフェクト、つまり視覚効果全般に魅力を感じていた。

ＩＨヒーターにかけていたケトルが沸いたので、〈KEEP CALM AND KILL ZOMBIES〉とプリントされたマグに三角錐型のティーバッグを放り込み、お湯を注ぐ。注ぎ口から流れる湯は途中でねじれながらマグに着地する。みるみる増えていく湯の量、ティーバッグは濡れて、やがてせり上がる湯に半分浮かび、しわがのびてふっくり膨らんでいく。

この動きをヴィヴの目はつぶさに見ている。

あの散る薔薇の花弁を追ってしまったように、ヴィヴは何でも見逃せず、何でも事細かに見た。それが彼女の最大の才能であり、また逃れられない鎖《くさり》でもあった。

湯気立つマグを持ってリビングに戻ると、テレビ画面には頭のてっぺんが禿《は》げ、その横にちぎった綿飴《わたあめ》みたいな白髪をまとわりつかせた壮年の男性が、太った腹をふんぞり返らせながらしゃべっていた。テロップには〝元アルビレオ・スタジオのベンジャミン・モーガン〟と書いてある。

アルビレオ・スタジオ？　ずいぶん前に閉鎖した特殊造形専門のスタジオじゃなかった

かな、とヴィヴは思う。

ブルーのシャツを着た、でっぷり太ったベンジャミン・モーガン老人は、とにかくよくしゃべる。まるで自分の功績を語るかのように。

〈「マチルダは稀《まれ》に見る才能の持ち主でした。彼女ほど映画を愛した人は知りませんし、性格は生真面目で真摯《しんし》。工房のみんなが仕事を終えた後も、飲みにも行かず、いつまでも残って作業を続けるような人であり、それでいてメイクを施《ほどこ》される俳優にも優しかった」かつてマチルダ・セジウィックと共同でスタジオを経営していたモーガン氏はそう語る〉

そしてテレビ画面には『レジェンド・オブ・ストレンジャー』の一場面が流れる。

似たような家、似たような青い芝生の庭、いかにもアメリカらしい〝サバービア〟の平らで直線的な住宅地の一軒。その裏手にアビーという名の少女がいる。長い黒髪に黒いワンピース姿のアビーがうずくまって泣いていると、後ろの暗がりで赤い光が煌々《こうこう》と灯る。バザーで見知らぬ老婆から買った宝石箱が開き、中にあった真っ赤な石が割れて、犬の頭を生やした漆黒《しっこく》のクリーチャー、Xが現れたシーンだ。

しかしXは召喚主たるアビーを助けない。一般の観客としては、いじめられっ子の女の子に呼ばれた異界のクリーチャーならば、主を守り、救い、いじめっ子をこてんぱんにやっつけてくれるのを期待するだろうし、それが物語のセオリーだ。けれどもこの作品は定《じょう》跡《せき》外しの道を進み、観客は裏切られる。

Xは泣き虫で臆病で、怯《おび》える犬と同じく、すぐ尻尾を股の間に挟み、情けない声を上げる。体は大人の倍ほども大きく鋭《するど》い牙も持っているのに、泣いて泣いて、涙の勢いで目玉が転がり落ちるほど泣いて、逃げ回るのだ。

召喚したクリーチャーがそんな性格だとは知らなかったアビーは、いじめっ子を驚かそうとするが、彼らが驚くのははじめのうちだけだ。Xは泣き、いじめっ子たちは弱いふりをからかって石を投げつけてくる。

アビーはXの手を取って逃げると、ガレージに押し込んで隠す。そして「いいおもちゃを見つけた」とばかりに迫ってくるやつらから、これ以上いじめられないよう必死でXを守ろうとする。その時、アビー自身に魔法の力が宿る。もともと魔法の生物であるXが持つエネルギーがアビーに注ぎ込まれ、彼女は魔法が使えるようになるのだ。魔女となったアビーはいじめっ子たちにどんどん仕返ししていくが、次第に彼女の体は魔力に乗っ取られ、暴走していき——という物語である。

そんなアビーとXを一度もいじめず、同情していたのが主人公の少年マックスと、その仲間数名だ。マックスたちは暴走する彼女を止め、Xをどうにか元の世界に送り返そうとするのが、ストーリーの本筋となる。

いかにも八〇年代らしい、子ども向けの冒険作品だけれど、ヴィヴはこの話が好きで、まだ十歳にもならなかった頃から繰り返し繰り返し観ている。物語自体はもちろんだが、何より弱虫のクリーチャーXに惹かれるのだ。

少々自分勝手で乱暴な兄と一緒に育てられたヴィヴは、自分とアビーを重ね、親に頼み込んで誕生日にぬいぐるみを買ってもらった。そして大人になり、ロンドンのフラットに暮らす三十歳の今も、まだそれを持っている。

クリーチャーやモンスターといえば、凶暴で恐ろしいか、E.T.みたいに優しくて賢いかのどちらかしかなかった時代に、弱くて何の役にも立たずただ逃げ回るだけのキャラクターとして描かれたXは、非常に革新的だったとヴィヴは思う。

そのXを作ったのが、髪がくるくるで顔はそばかすだらけの、素朴でかわいらしい印象の女性だったなんて。今ならまだしも、製作当時は八〇年代半ばである。女性の社会進出がやっと進みはじめた頃、映画製作は男性ばかりの時代に現場で活躍していたなんて。ナレーションもヴィヴに同調するように語る。

〈当時、映画業界では、現代以上に女性の居場所がありませんでした。その中でも特殊造形は男の領域と思われていたのです。しかし、ストームトルーパーの産みの親、原型を手がけたリズ・ムーアや、Xのマチルダ・セジウィックもまた、闘っていました。たとえスタッフロールにクレジットされなくとも〉

テレビ画面にマチルダ・セジウィックの写真が何枚も映し出される。工房で体中を真っ白にしながら、真剣な面持ちで特殊メイクのマスクを鋳型《いがた》から外していたり、役者の顔にラテックスを貼り付けていたり、休憩中なのかコーヒーマグに口をつけながら遠くを見るような目をしていたり。

再びベンジャミン・モーガン氏が画面に現れる。

〈「マチルダは、幼い頃に世話になった男性ロニーを慕《した》い、彼がパペットの影絵で作った犬のシルエットが忘れられず、仕事とは別に、自宅で犬のクリーチャーを作り続けていました。Xはその経験が活きた結果だと思います」〉

眉間《みけん》にしわが寄ったまま形状記憶してしまったらしいベンジャミン・モーガンは、かつての相棒について語る時も、笑顔のはずなのにヴィヴにはなんだか怖く感じられた。

「……『スター・ウォーズ』のパルパティーン皇帝、暗黒卿に似てる気がする……」

ヴィヴはひとり呟きながら紅茶を啜《すす》り、ビスケットをかじる。マチルダ本人は出てこないのだろうかと思っていると、番組のインタビュアーはこう言った。

〈今回の番組作りのために当時の関係者に取材したのですが、とある人の証言によると、『レジェンド・オブ・ストレンジャー』は撮影の直前になって脚本が差し替えられ、物語の筋が変わったのだそうです〉

ん？　ヴィヴはビスケットを咀嚼《そしゃく》するのをいったんやめた。そんな裏話があったとは知らなかった。あの映画はストーリーラインの完成度も高いから、緻密《ちみつ》に計算された物語だと思っていたのに、本当だろうか。インタビュアーは続ける。

〈その要因は、マチルダ・セジウィック氏が突然Xのデザインを変更し、姿を消したせいだと。真相はどうなのでしょうか？〉

番組のディレクターは、老人の「この顔」を映したかったんだろうか、とすら思った。

暗黒卿、もといベンジャミン・モーガンは、今にもルーク・スカイウォーカーに電撃を食らわせて殺しそうな表情だ。憎しみと嘲《あざけ》りの入り交じった目をつり上げ、眉間のしわは一層深くなっているのに口元だけ歪《ゆが》んだ笑みを浮かべ、こう言い放った。

〈「マチルダは天才でした。経緯は確かに唐突に見えますが、彼女の思いつきが『レジェンド・オブ・ストレンジャー』のストーリーを豊かにし、今日へ至る人気作へとなったのです。私の相棒、マティがXをデザインし、作り上げていなければ、まったく平凡な作品になったに違いありません……」〉

ぎらぎらとした目つき、有無を言わさぬ口調だった。再び画面は古い写真に切り替わる。工房でひとり立つ小柄なマチルダ・セジウィック。まわりを、彼女が作ったらしいクリーチャーたち――魚頭の怪人、顔が半分崩れた女性、虹色の肌の宇宙人、イエティめいた白い毛むくじゃらの男などのマスクたち――に囲まれ、まっすぐにこちらを見ていた。

心惹かれるもの、何かのプラスな予感を抱ける存在に出会った時、ヴィヴの胸のあたりでちりっと火花が瞬く。それは物事を仔細《しさい》に見る〝目〟と同じく、幼い頃から備わっていた大切な感覚だった。火花が導火線に着火してきちんと燃えるかどうかはまた別の話ではあるが。

とにかく、マチルダのまなざしを受け取ったヴィヴの心の奥底で、火花が瞬いた。言葉にはしにくい、感覚だけの世界で繋がったような気がした。

「良い番組が観られたなあ、メグミに感謝しないと」

うきうきしながらメグミに〝すごい、めっちゃいいわこの番組〟とメッセージを送り、ビスケットをもう一枚取ろうとした。

しかし次の瞬間、冷水を浴びせかけられたような気分になった。

〈マチルダ・セジウィック氏が突然引退した理由。それは、八〇年代から九〇年代にかけて台頭した、コンピュータ・グラフィックスです〉

ビスケットに触れたままヴィヴは固まり、テレビを凝視した。画面には映画『トイ・ストーリー』が映され、まるでマクドナルドのハッピーセットのおまけみたいにチープなおもちゃたちが、言い争いをしたり、スケートボードに乗って走り出したりしている。このおもちゃたちはすべてポリゴン、3DCGで出来ている。

『トイ・ストーリー』はフルCGアニメーション映画を世界に認めさせた、最初の長編映画だ。そして番組はマチルダ・セジウィックの写真とこれらのCGキャラクター——カウボーイのウッディ、スペースレンジャーのバズを対比させ、ベンジャミン・モーガンのしわがれた声をかぶせる。

〈「マチルダはCGを嫌っていました。まあ特殊造形の作家はそういう人が多いですがね」〉

ウッディ&バズのサイズがみるみる大きくなり、反対にマチルダの写真が滲《にじ》んで消えていく。

〈「CGには温かみがない。手作りではないからです。コンピュータが生むものはだいたいそうだ……ボタンをぽんと押せばおしまい。何でも単純化してしまう。時代は効率化を求め、ゆっくりじっくり創作してきた者たちの仕事を奪う。コンピュータ・グラフィック

ス は悪そのものです」〉

ヴィヴは素早くリモコンを取り、テレビのスイッチを切った。

マチルダ・セジウィックはCGの台頭のせいで引退した。

特殊造形師は口々に言う、あるいは黙っていなくなる。その背景には必ずと言って良いほど、〝ブルドーザーのように特殊造形界を驀進《ばくしん》し、根こそぎ奪っていくCGの存在〟があった。

ヴィヴの息が上がって肩が上下する。画面は暗く落ち込み、部屋は別世界に来たかのように静かになった。スマホが光ってメッセージの到着を知らせる――〝観るのが楽しみ！もうすぐ帰るね〟。

メグミ、ごめん。早とちりして褒めちゃったけど、これを観たらたぶんあんたはぶちギレるし、私は落ち込みをぶり返しそう。ヴィヴはそうメッセージを返そうとした。しかし急激に気持ちが萎《しぼ》んで、スマホを持つ手に力が入らない。灯ったはずの火花は導火線に火をつけるどころか、かえってヴィヴの暗く淀《よど》んだところを照らしてしまう。

ヴィヴもメグミもCGアーティストだ。

アニメーターのヴィヴは毎日毎日、コンピュータの灰色の画面に向かって、ポリゴンで出来たキャラクターや物体に動きをつけている。同じ会社《スタジオ》で働くメグミはCGモデラーで、粘土やフォーム・ラテックスの代わりに、ポリゴンを削ったり膨らませたりして、クリーチャーなどのキャラクターを作り出す。

コンピュータは確かに便利だ。しかし「ボタンをぽんと押せばおしまい」なんて簡単なものじゃない。非常に複雑だし制約が多く、直接物質に触れずにモノ作りをするという難しさがある。ヴィヴは時々、この作業はまるで腹腔鏡手術のようだと感じる。自分は確かに操作ハンドルを握っているけれど、機械の指先は何十センチも先で、患部を切り取っている。

けれど「ボタンをぽんと押せばおしまい」は、これまでも何度となく掛けられてきた言葉でもあった。

ローテーブルに置きっぱなしの薔薇の花束に視線をやる。ガクにしがみついていた花びらが剝がれて、ぱらりと床に落ちる。ヴィヴの目は嫌でもその動きを追い、〝キーフレーム〟を設定し、脳内でアニメーション化してしまう。花びらをつまんで拾い上げる自分の指や、テーブルの上へ置く動作そのひとつひとつが、ヴィヴの頭の中で切り取られ、つなぎ合わされ、アニメになる。

こんな能力がなければ、映画を好きでなければ、特殊造形やCGに惹かれていなければ、つらくなかったのかもしれない。

さっきまで楽しく明るく元気だったのに、夜月を覆い隠す黒雲が、心にまで侵食してくる。黒雲はずんずん大きくなり、ヴィヴの内側に隠れているモンスターが起き上がって、耳元で責め立ててくる。「誰も彼も、CGに期待なんかしてない。そもそもお前の能力だってたいしたことなく、映画やCGを救いはしないし、スタジオのためにもならない。まして新しい衝撃を観客に与えたり、世界を変えたりできるわけがない」と。

　せっかく調子を戻していたのに、またこれか。

　ぎゅっと固く目をつぶってソファに寝転がると、頭の下に柔らかいものがあった。引っ張り出してみると、それはXのぬいぐるみだった。気持ちと一緒に口の中が苦く渋くなり、ヴィヴは唇を噛みしめながらこのグロテスクなクリーチャーを床に置いて、うつ伏せにした。


　入眠剤は、眠りたい時に眠らせてくれず、起きたい時にはすっきり起こしてくれない。

　自室で布団にくるまったヴィヴは、スマホがメッセージを受信したのを認識しながらも、悪夢と現《うつつ》の間を行ったり来たりした。朝食と昼食を食べ逃し、巣へ帰る鳥たちが鳴く頃になってやっと、どうにかスマホをうまく操作できるようになった。

　メッセージは二件来ていた。どちらも他社の制作進行マネージャーから来た仕事の依頼で、ひとつはポスト・プロダクションの真っ只中だという映画『竜の楽園』の、小さな竜がいじわるな竜を蹴り飛ばす場面のアニメーションを、もう一つは大手製菓会社のＣＭで、マスコットキャラクターが画面右側からロゴまで歩いてポーズを決める動きについての申し出だった。いずれも、指名でヴィヴに頼みたいという。

『去年の『ＡＩ：30』観ました！　ものすごかったです。あの山羊の足を持つ女型アンドロイドの動き、本当に素晴らしかった。ガラスの木に接地するシーンはしっかりと質量を感じさせつつ足場の脆《もろ》さも感じましたし、台詞がなくても何を考えているか伝わってきました。VES《視覚効果協会》アワードでも最優秀アニメーション賞の個人部門の候補になっていらっしゃいましたね。あの作品に関わった大勢のアニメーターの中で、あなたが！　ミズ・メリル、ぜひあなたに頼みたいとうちのSV《スーパーバイザー》が……』

褒めてもらえるのは嬉しい。しかしヴィヴはベッドに横たわったまま気怠《けだる》げにメッセージを読み、目をつぶって少し逡巡《しゅんじゅん》してから、断りのメールを出した。

現在はスタジオ・リンクスという会社に所属しているものの、ヴィヴは元々フリーランスであり、いつどこからでも仕事の依頼を受けることは可能だった。けれども、今は本調子ではない。特にこの『AI：30』での仕事と、それが引き起こした嵐のような出来事のせいで、リンクスの仕事をこなすだけで精いっぱいという状況だった。

断りのメールを出した後、ヴィヴは再びうつらうつらと眠りについたが、何かに追いかけられる悪夢を繰り返し見た。それでも一日中寝て過ごし翌朝になってみれば、少し気分が楽になっていた。

二月のロンドンはパネルヒーターがあっても冷える。パジャマの上からもこもこのカーディガンを羽織り、朝食を食べようとリビングへ出ると、トーストの焼けるいい匂いがした。メグミが支度をしてくれていたのだ。

「昨日より顔色が良くなってる。でも、今日もじっくり休むんだよ。それから本を読んだり映画を観たりしないこと」

「えー、本くらいいいじゃん」

紅茶でトーストを流し込みながら不満を漏らすと、テーブルの向かいに座ったハウスメイトは、大きな黒い瞳でヴィヴをぎっと睨《にら》みつけた。

「ダメ。何がヴィヴのモンスターを呼び起こすかわからないんだから。とにかく眠るか散歩するかして、できるだけ頭を空っぽにするんだよ。いい？」

「……イエス、マム」

メグミはヴィヴよりも三歳年下の二十七歳だ。日本出身で、就労ビザを取得している。リンクスに雇われてから、もうすぐ三年になる。ルームシェア生活は二年目だ。メグミは小柄な上に、黒髪を顎《あご》のあたりのショートボブにしているせいか、よく未成年に間違えられる。新しいパブへ行くと必ずと言って良いほど年齢確認を求められる。けれど幼いのは見た目だけ、性格はしっかり者で面倒見が良く、会社ではむしろ、ヴィヴよりずっと頼りにされているくらいだ。両親が共働き家庭の、三人きょうだいの長子だと聞いた時は、同僚のみんなで深く頷《うなず》いたものだった。一方のヴィヴはというと、ふたりきょうだいの妹で、兄に子どもが産まれるまでは親戚の中でも最年少、根っからの末っ子だった。

バターとマーマイトを薄く塗ったトースト、付け合わせに焼きトマトという朝食を食べ終え、メグミが皿を洗ってくれている間、ヴィヴは椅子《いす》の上で膝を抱え、パジャマの膝部分の毛玉をむしった――普段のヴィヴは皿も洗うし、それなりに家事もするが、どうにもまだ体が怠い。服用した入眠剤や安定剤が抜けきれていないことに加え、せっかくの指名仕事を二件とも断ってしまった罪悪感が、憂鬱《ゆううつ》をより深くする。こうなるといろんなことが億劫《おっくう》になってしまい、メグミに甘えてしまう。

むしった毛玉はふよふよと不安定で、クラゲのように揺れながら、細い糸が別の毛玉に絡んだりする。そういう動きをじっと観察して、いつかあるかもしれない案件のために頭にインプットしていると、台所のメグミが、洗い物の水音に負けないよう声を張り上げた。

「ジェイソンは〝一週間休暇にしてもいいのに〟って心配してた。本当にいいの？」

ジェイソン・マグワイアはスタジオ・リンクスのSVで、ヴィヴとメグミはよく彼のチームに入る。もさもさとしたひげ面に黒くごわついた髪を持つ、気のいい熊みたいなアメリカ人だ。彼のデスクには妻子の写真が何枚も飾ってあり、打ち合わせで彼のオフィスに入るたび、ヴィヴは「本当にこういうことするんだ、ハリウッド映画みたいに」と思うのだった。

「んー……大丈夫、たぶん」

「余計な仕事を受けてないでしょうね？」

「依頼は来てたけど、ちゃんと断ったよ」

弟妹を叱《しか》るような目つきだったメグミはようやく安心したようにため息をつき、キッチンから戻ってくる。

「わかった。昨日で作業がほとんど終わったから今日は早く帰れるけど、夕飯はデリでいい？」

「もちろん。いや、むしろ私が買ってくるよ。それくらいはやる。あ、そうだ。今やってるブリキの木こりのリグ、ヤスミンに直しを頼んでほしいんだけど」

メグミは肩をすくめつつも「了解」と請け負ってくれようとする。

「でもどこを直すの？　場合によってはヤスミン、おねだり攻撃してくるかもよ」

ヤスミンはヴィヴがリンクスに来る前からいるリガーで、ベテランといえる。でもトゥドゥン（ヒジャブと同じく、イスラム教徒のマレー人がかぶる）の下から、ちらっと見上げてくる猫を思わせる美しい目には、誰もが一度はぐっと息を飲み込むのだ。

「あー、じゃあ私が自分で明日言うわ……チョコレートでいいかな」

「ヤスミンはハラル・フード・ショップの薔薇ジャムが好きだよ」

「前はあそこのチョコでよかったのに。まあ、何か買って行くわ」

直してもらいたいのはほんの一カ所、前傾姿勢になった木こりの背中の曲げ具合で、関節の可動域をもう少し広くしてほしいのだ。「リグ」とは、CGモデルに仕込まれたいわば操り人形の紐や関節、機械人形の内部骨格のことを指す（元々の語源は艤装《ぎそう》で、船に帆《ほ》を張ったり索具を付けたり、船が進水に至るまでの準備工程から来ている）。

リグがなければCGモデルはただの動かないプラモデルで、アニメーションとは切っても切り離せない重要な器官だ。

メグミは耳当てとポンポン付きのニット帽をかぶり、ベージュのダッフルコートを着込むと、「あ、そうだ。ネットニュースも見ない方がいいからね。特に芸能エンタメ系は明日までお預けで！」と言い残して、スタジオへ出社していった。

……そう言われると見たくなってしまうのが人情というものである。

紅茶をもう一杯淹れて蜂蜜を垂らし、すっかり静かになったリビングでソファに寝転がり、スマホでネットニュースを開く。Xのぬいぐるみはヴィヴが眠っているうちにメグミが片付けたらしく、どこにもない。

ネットニュースはほとんどが大揉めに揉めているブレグジット、EU離脱にまつわるニュースだった。特にいろんな国の人たちと一緒に仕事をしているヴィヴは、確かに暗い気持ちになる。この先、彼らと一緒に働けなくなるかもしれない、差別意識が蔓延《まんえん》するかもしれない――といった不安は、現実的なものとして目の前に迫っていた。

自然と眉間にしわが寄るのを感じながら指で画面をスクロールし、なんとはなしに芸能エンタメニュースへたどり着く。無意識に深刻なニュースを避けるうちにそうなったので、メグミが「特に芸能エンタメ系は明日までお預け」と言ったことは、すっかり頭から消えていた。

芸能エンタメニュースは概《おおむ》ねいつもどおりのテンションで、トム・クルーズが最近どれだけ無茶なスタントをしたかとか、『ゲーム・オブ・スローンズ』のまだ放送されていないシーズン七についての噂《うわさ》話だとか、ブレグジットに比べればずっと気楽な内容の記事が続く。

ぼさぼさ頭でブランケットにくるまり、特に何も考えずにスクロールしていたヴィヴは、ある記事のところで固まった。一瞬、夢の続きを見ているのかと思った。

〈メキシコの鬼才、アンヘル・ポサダ監督の最新作は、ジュヴナイル映画の傑作『レジェンド・オブ・ストレンジャー』のリメイク！〉

……何だって？

リメイク？　『レジェンド・オブ・ストレンジャー』の？　Xの？　しかもあのポサダ監督が？

一昨日観たばかりのテレビ番組がフラッシュバックする。この寒さにもかかわらず、毛穴からじんわり汗が滲むのを感じながら、見出しをタッチして記事を開く。トップ画像は、ぽっちゃりと肥えた丸顔に人懐こそうな笑みを浮かべた、鬼才ポサダ監督の写真。その下にこう書いてあった。

〈『八六年に公開されて以来、三十年以上が経った今なお人気であり続ける実写映画『レジェンド・オブ・ストレンジャー』が満を持してリメイクされる。昨年は『ゴースト・バスターズ』のリメイク版が公開されるなど、ここ最近のリメイクブームに乗った流れになるが、幻想的でありつつ、子どもの表情や心理描写を繊細に表現してきた若き鬼才アンヘル・ポサダ（36）が、名作をどのように再解釈するのか、関心が集まりそうだ。人気キャラクターのXについて、プロデューサーのハーディング氏は、「昔ながらの特殊造形技術にするか、CGを使うか、今のところ検討中です」と話している。

また、オリジナル版のキャストがアメリカ人ばかりだったのに比べて、メキシコ出身の

ポサダ監督は、今回の翻案にあたって色々な国の俳優を起用するようだ〉

主なキャストやスタッフの一覧を眺め、その下に次の記事、二十七日に開催されるアカデミー賞において作品賞は何が獲るのかという予想記事を見つけて、ヴィヴはスマホの電源を切った。

ごめん、メグミ。あんたの言うとおりだった。ニュースなんて見なければよかった。

ブランケットにくるまったままソファから床に転げ落ち、どんっという衝撃に喉の奥から呻《うめ》き声が漏れてしまう。

「まったく、私ときたらどうしてこうなってしまったのか？」

映画が悪いのでもポサダ監督が悪いのでもなく、ただあの番組が、あの暗黒卿似の訳知り顔の老人が、憧れの特殊造形師は〝CG嫌いだった〟と言っただけなのに。

「しかも二十七日はアカデミー賞だって。VESアワードも一月に終わったし……ああ、あれから一年も経ったなんて」

誰にともなく呟いた声が、コミックスのフキダシとなって膨らみ、紐の切れた風船みたいに飛んでいくところを想像する。そして部屋のどこかにある尖ったトゲに刺さって、パンと弾けて消える。

過去の記憶が今も、目にしたものや誰かの意見の中から小さなトゲを見つけて、トラウマを刺激してしまう。頭でわかっていても、自分で自分を攻撃し続けてしまうのだ。

こうなったら、もう入眠剤を投入して、ベッドに潜《もぐ》り直してまた眠るしか――けれど、夢も見ないほど深く眠れればいいが、たいていは追いかけられたり責め立てられたりする悪夢が現れ、かえって疲れるのはわかっている。とはいえ起きていると考え込んでしまう。堂々巡りだ。

その時、あたりがやけに静かだと気づいた。ふと顔を上げて窓を見ると、白い雪が、音もなく一心不乱に降りしきっていた。

ヴィヴは立ち上がり、窓のそばで外を眺めた。二階からだと通りの様子がよく見える。歩道の両脇にずらりと並んだ路上駐車の車が、すでに雪で白くなっている。赤い傘を差した人、傘を差さず、ただフードをかぶってやり過ごす人、くるくる回ってはしゃぎまわる子ども、足跡、車道の上に黒く残るタイヤの筋。雪の日だけしか見られない風景にただただ魅せられる。

向かいのタウン・ハウスは一階が洒落たレストランで、その前に、赤い薔薇の花束を手にした青年が立ち、頭を白い粉雪だらけにして誰かを待っていた。そういえば明日は十四日だった、とヴィヴは思い出す。右手側から同じ年頃の若い女性が歩いてきて、彼の姿を見て立ち止まる。ふたりの目が合い、ほっとしたような、でも緊張しているような、なんともぎくしゃくした笑みが互いの顔に広がる。次第に青年の目は優しい三日月のように弓なりになっていく。その表情筋の盛り上がり。美しい動きのサンプル。

情景を、人や物事の動きを、勝手に追ってしまうこの〝目〟は、アニメーターとして生きるなら確かに才能《ギフト》だ。けれどギフトを持っていなかったら、もう少し生きやすかったかった。


もしれない。

視覚効果アーティストを個人単位で表彰する、VESのアワードを受賞したアーティストは、リンクスにも数名いる。去年、ヴィヴもそのひとりになるかもしれなかった。でも現実はそう甘くない。次こそと臨んだオスカー像争奪戦も、別の作品が持って行ってしまった。

才能があれば評価されるし、目立つ。けれど才能を持っている人間は他にもいて、賞のたびに背比べをしては、「お前のギフトは私のギフトより小さい」と囁《ささや》かれたような気になってしまう。

生きづらい。目を開けている限り、自動的にすべてを動きとして認識してしまう自分の目が、嫌でたまらなかった。いっそ自分の才能を封じて転職をした方がいいんじゃないか──去年はずっとそんなことばかり考えて、落ち込み、転職サイトを探ったりもした。

でも今は、雪景色を観察しながら、ちりちりとした小さな火を感じている。不眠症も不安も憂鬱もまだある、ニュースサイトの記事に動揺もした。それでも、先ほど通りで繰り広げられた恋人たちのささやかな情景を見て、〝表現したい〟という思いが息を吹き返しているのがわかった。それは以前より多少、元気になっている証左だ。

ヴィヴは窓ガラスに向かって息を吹きかけ、ぬくもりでもやもやと曇ったところに、指で絵を描いた。花びら四枚で表現された、薔薇の花弁が落ちていく一連の動きだった。

翌日、ヴィヴは約束どおりに出社した。ここ一年の間ずっと、仕事量は少ない──プロの、それもヴィヴのようにキャリアが八年もあるアニメーターにしては、相当に配慮されている。「ジェイソン、私もう少しできますよ」と言ったこともあったし、SV自身、そろそろ普通のモードに戻してもいいだろうと考えていたに違いない。

けれども「うちは善良な会社なんだ」と言って憚《はばか》らない上層部は、今回のヴィヴの体調不良を憂慮して、まだしばらくはこの状態を続けると告げた。

「君が壊れてしまったら困るんだ。君はとても良い目を持っている。素敵な才能をプレッシャーで潰したくない。みんなそう思っているんだよ」

ということで結局は、仕事が二件同時に入らないよう、完全セーフモード状態で振り分けられた仕事をしながら、一ヶ月をぼちぼち過ごした。

まだ空気は冷たいながら春の息吹を感じる三月の中頃、公園や花壇に咲き誇る水仙やクロッカスなどの黄色い花々が盛りを過ぎる頃。

その依頼は飛び込んで来た。


スタジオのある場所はロンドンのソーホー。そこはずっと昔から、ビールの泡が飛び交うパブや大人びたネオンが灯るカクテル・バー、風俗店、劇場や映画館、娯楽場が乱立する歓楽街であり、ロンドンのサブカルチャーの基点だった。近辺には映画関係の会社も集まっている。

ヴィヴの所属するスタジオ・リンクス——3DCGとVFXを取り扱う、いわゆるエフエクト・ハウスと呼ばれるスタジオも、その中のひとつだ。

リンクスは、ヴィヴが住むフラットや他の多くのスタジオと同じように、古めかしいタウン・ハウスを改造して、会社にしている。十九世紀ロンドンの二頭立ての馬車や、クリノリンでスカートを膨らませた貴婦人が行き交う、そんな風景がよく似合う界隈でもある。石畳の歩道から建物へ入るには、ほんの三段ばかりの階段をのぼる。ヴィヴは、まるでベイカー街221Bを訪れた依頼人のごとく、帽子を脇に挟んで、神妙な面持ちで重たく黒いドアを開ける。かつては使用人が帽子を預かったかもしれない。しかし今、ドアの先にあるのは、現代化されたオフィスだ。

一階は受付があって、いつだってむくれた顔のミスター・カプールが、入念にセキュリティ・チェックをする。ヴィヴはもう何度もIDカードを提示させられて、いい加減この人も〝顔パス〟ってものを学んでくれないかな、と内心イライラしている。

「名前くらい覚えてよ」

「そういう問題じゃないから。はい、ID見せてね」

ミスター・カプールの関所をクリアして透明ガラスの内ドアのロックが開くと、その先にはエレベーター・ホールと非常階段、それから小さいけれど居心地のいいカフェがある。社長のリーヴが社員の慰安用にと誘致したもので、ヤスミンのようなムスリムも食せるハラル認証を受けている。

二階はリンクスの頭脳が集まるプロダクション・エリアだ。宣伝、会計事務などの部署も集まっている他、打ち合わせ用の会議室や、制作した場面を確認するための試写室もここにある。

　ここには制作進行部という部署もあり、受注した企画をスタッフに割り振ったり、外部との連絡やスケジュールを管理したりしている。そのスタッフのひとりにアンデシュというピンク色の髪のスウェーデン人がいて、もしヴィヴが例の番組を録り逃したとしても、彼に言えばダビングを譲ってもらえたに違いない。アンデシュはアーティストのような技術こそないが、いかに事務作業やスケジュール管理が得意かを書き連ねた履歴書《CV》を持って、はるばるストックホルムからやって来た、特殊メイクのマニアである。そう彼に言うと、

「あんたも大概だろ。メグミだって日本から来ているじゃん」

と呆《あき》れ顔で返してくる。

　とんでもない。ヴィヴは小さくため息をつく。私なんかマニアの入口にも立ててないっての。色々あってちょっと前までメンタル折れてて、最新作もろくに観てないし。

　四階は撮影用フロアで、小規模なブースから大規模ブースまで、用途に合わせた撮影ができるようになっている。モーション・キャプチャやフェイシャル・キャプチャといった、人体から動きをトレースするための装置も揃っていて、なかなか使い勝手がいい。

　それから地下もある……が、ヴィヴは「正直、あんまり近寄りたくないかな」と考えていた。

「お前、ふざけんなよ」

ヴィヴの頭の中にタテもヨコも大柄なエンジニア、チアン・リウの姿が思い浮かぶ。日々巻き起こる無理難題——例えばツールがうまく動かないだとか、新しいシステム開発が必要だとか——を解決してくれた時、彼はコーヒーの湯気で丸メガネを曇らせながら、こうやって文句を言うのだ。

「誰のおかげで不具合も不都合もなく仕事に勤しめると思ってるんだ？　R&Dをなめんなよ、後で覚えてろよ、『フラット・アイロン』のステーキを奢《おご》れよ！」

「はいはい、ごめんなさいごめんなさい」

そんな何気ない、いつものやりとりを想像して、ふと笑いがこぼれる。リウの場合は、文句をこぼしはするものの、お菓子、たとえばチョコレートがたっぷりかかったティーケーキを箱ごとあげたりすれば、不満なく地下で仕事をしてくれる。スタッフたちはそう信じて止まなかったし、ヴィヴだって「近寄りたくない」と冗談めかしつつも、気心が知れている部類の仲間ではあった。

地下にあるR&D、すなわち研究《リサーチ・アンド・デベロップメント》および開発部門は、エフェクト・ハウスにとって非常に重要である。ヴィヴ自身、知人から「あんたってそんなにコンピュータに強かったっけ？」と聞かれるたび、リウの丸メガネの顔をはじめR&Dの面々を思い出し、彼らのおかげで……と思う。しかし、それをうまく説明出来ずにいる。

ひとりの監督に十の理想的な映像アイデアがあるとすると、百人の監督がいれば千通りの理想があることになる。けれど既存のままのCGソフトウェアでは、とてもすべてには対応できない。それをいじくって使えるようにしてくれるのがメカニカル、技術開発部門、R&Dだと言えばいいだろうか。

そしてそんなリンクスの中で、ヴィヴが普段いるオフィスは三階にある。アセット制作からシーン制作まで、基本的なCG作業はここで行われる。

アセットとは、「動きがつけられるところまで準備されたモデル」のことを指す。

CG制作では最初に、ポリゴンというデジタルのブロックをこね、引っ張り、凹ませ、コンピュータ内に人形を作る。このCGキャラクターを「モデル」、制作作業を「モデリング」と言い、メグミはモデリングを行う「モデラー」である。

しかしモデルを作っただけでは、動かそうにも動かせない。この時点では肘も膝も首も曲げられず、ポーズすら取れない状態だ。

そこで登場するのが、「リギング」と呼ばれる作業だ。骨組み《スケルトン》を準備して、関節や骨、筋肉を作り、可動域を数値で決めていく。このリグがあるおかげで、人形は肘《ひじ》を曲げたり、腕を後ろに引いたり、膝を曲げたりできる。しかしモデルとしっかりスキニングされていなければ、あり得ない方向に曲がったりポリゴンが捻《ねじ》れてしまったりと、複雑骨折状態になってしまう。だからこそ、そう、ヤスミンのように、几帳面なくらいに正確に物体の動きを観察して緻密に計算してくれる「リガー」は、とても大事な存在なのだ。

ここまでを「アセット制作」と呼ぶ。ヴィヴィアン・メリルが担当するアニメーションは、アセットとシーンのちょうど中間に位置する。

モデラー、リガー、アニメーターは三階で働いている。他に、エフェクト、ライティング、コンポジターといった「シーン制作」のスタッフたちと一緒に。

三階のエレベーターホールには受付と待合用の小さなソファがあり、壁にはこれまでに参加した映画のポスターが、実写・アニメを問わず、ずらりと並んでいる。

ホールとオフィスの間は壁で仕切られ、セキュリティドアにIDを通すと中へ入ることができる。セキュリティが厳しいのは、プロジェクトの情報漏洩《ろうえい》を防ぐためだ。特に権利関係にうるさいハリウッドの会社などを相手にしている最中は大変である。何か粗相があったら、ロンドンの小さなスタジオなんて、一息で吹き飛んでしまう。

モデラーやアニメーターが働くこのフロアは、一般的な会社のオフィスと同じく、コンピュータとデスク、そしてオフィスチェア、それらが九つの島に分かれ、三×三の列になっている。基本的に互いのデスクの間には仕切りがあって、作業に集中しやすい。大勢のスタッフがヘッドフォンかイヤフォンをしている。何を聴いているのかと訊ねれば、好きな音楽やラジオだと答える者が多いが、中には映画を音声だけで聴いている強者もいる。

CGアーティストをはじめ、映画関係者には「変人が多い」とヴィヴは思うが、「それは自分のことを棚上げしてるだろう」とコンポジターのヒルシュビーゲルは笑う。しかしそういう彼自身は、毎日夕方に『死霊の盆踊り』を見ないと落ち着かないらしく、その時間帯に彼のデスクのそばへ行くと、脇にあるタブレットにひたすら踊り続ける死霊たちの──なぜか裸が多い──映像が見え、ついでにヒルシュビーゲルもウェーブがかかった髪を揺らして踊っている。

壁にはホワイトボードとスチレンボードがそこかしこに掛けてあって、「マジで急いでくれよ、信じてるからな」というメッセージと共に、スケジュールを煽《あお》る進捗状況グラフが書かれていたり、取材成果の写真資料などがピン留めされたりしている。

ヴィヴはロッカーにバックパックを仕舞ってから、フロア中央に集まったアニメーターの島に向かい、コンピュータの電源を入れた。

起動するまでの間、背筋を伸ばし、肩の筋肉をほぐす。仕切り板越しにちらりと、他のアニメーターの頭が見えた。すでにほとんどが馴染みの顔ぶれだが、ひとりだけ、いまだよく話したことのない人物がいる。

斜め向かいの席のユージーン・オジョだ。いつもワイシャツを着ているが、一番上のボタンまで留めていて、糸くずや汚れがついているのを見たことがない。長身で背筋はぴんと伸び、髪は短く、黒い肌によく似合うコーディネイトをする人だとヴィヴは思っている。彼もまたヴィヴと同じフリーランスだが、ここに来てまだ一ヶ月かそこらで、しかも人見知りが激しいのか、一匹狼といった雰囲気だった。しかし噂によると、VESアワードでアニメーション賞を獲ったことがあるという。ストレッチのついでに彼の顔をちらりと窺うと、夜の闇に浮かぶ満月のような目が、真剣にモニタを見つめていた。

リンクスは全部で八十名前後の人間が働いている、そこそこ規模が大きめのスタジオだ。とはいっても元々フリーランスがメインの業界なので、メンバーはしょっちゅう入れ替わる。スタッフはモデラーが一番多く、次がアニメーターとリガーだ。顔を上げて仕切り越しに他のエリアを見ると、前の島にいるメグミの横顔が見えた。

コンピュータのモニタに灰色の画面が立ち上がり、いよいよヴィヴはキャラクターと向き合う。メッシュで全身覆われ、頭部や肩、腰、腕、尻、足などを四角く囲む、赤や青、緑、黄色で色分けされた線は、ヤスミンが設定してくれたコントローラーというもので、これをぐにぐにカクカクといじりながら、動きを決めていく。

3Dのアニメーションも、実は2Dとあまり変わらない。原画と動画の関係とほどんど同じだ。

〝決め〟のポーズが原画で、ポーズからポーズへ動きを繋ぐのが動画。3Dアニメーションの場合は、この原画にあたるものを「キー」「キーフレーム」と呼び、その中割りを補完するものを動画と考える。考え方はだいたい一緒であるが、原画マン、動画マンなどの役割分担はない。補完するのはコンピュータだ。

とはいえ、結局は人間がアニメーション・カーブを確認して調整する必要があるので、ほとんどが手作業だ。キーフレームを設定してから、再生。何度も動かして確認する。マウスでうまくいかないところはキーボードで数値を手入力する。

そうこうしているうちに時は過ぎ、夕方になった。

静かだったオフィスに突然、社内放送がかかったのは、ヴィヴが「今のところ順調だし、そろそろ帰り支度をしようかなあ」と伸びをしたところだった。

「あ、あー。聞こえているかな？　急で申し訳ないが、みんな、今すぐ二階の大会議室に集まってくれ。全社全員だ」

スーパーバイザー、ジェイソン・マグワイアの声だった。何か大きなプロジェクトでもはじまるのか、それとも悪いこと——ヴィヴの頭に、倒産とか倒産とか倒産とか、の文字が浮かぶ——でもあったのかと、スタッフたちは不安げな顔で互いに声を掛け合いながら、二階へ降りた。

大会議室にスタッフがぎゅうぎゅう詰めに入ったのを確認して、制作進行マネージャーのアンデシュがドアを閉める。それを合図に、ジェイソンと、同じくスーパーバイザーの、スキンヘッドに黒ずくめの男性が前に出て、スタッフを全員呼び出した理由を発表した。

「みんなを集めたのは、ある映画プロジェクトがうちに回ってきたからだ」

「悪いこと」の方を想像していたスタッフたちの間から安堵のため息が出る。

「よく聴いてくれ。これはとても大きなプロジェクトだ。スタジオの命運がかかっていると言っても過言ではない」

ミスター・黒ずくめ（ヴィヴはうっかり名前を忘れていた）がそう言うと、ジェイソンが後を引き継いだ。

「ネットニュースなどでもうすでに情報を得ている人もいるかもしれないが、あの名作『レジェンド・オブ・ストレンジャー』が、ポサダ監督によってリメイクされる。そして要《かなめ》のクリーチャーXについてだが……CG制作の白羽の矢が、我々リンクスに立った。X

は我々の手で3DCGキャラクターとして生まれ変わる」
全員がどよめく……なぜならXはファンたちから、特殊造形で再現されることが望まれ
ていいるから。
ざわつきを受けて、ジェイソンとミスター・黒ずくめはにやりと笑う。
「みんなの動揺はよくわかる。確かに、ポサダ監督の作品に関わるというだけでも業界の
噂になる上、今回のプロジェクトは良かれ悪しかれ一般の観客にも注目されるだろう。C
G製になればオリジナルのファンから抗議が来るかもしれない。プレッシャーは理解す
る」
「しかし、だからこそやり甲斐があるじゃないか。去年の『AI：30』の雪辱を果たす。
今年こそオスカーを俺たちのものにしよう。闘志を燃やせ！　これを絶対に成功させるん
だ」
ヴィヴはぐらりと足下が歪んだ気がした。まるで軟体生物の上に立っているみたいだ
――じんわりと冷や汗をかきながら顔を上げると、ジェイソンはヴィヴに向かって片目を
つぶってみせた。
ヴィヴは心の中のモンスターが唸《うな》り声を上げるのを聞いた。

第二章　『レジェンド・オブ・ストレンジャー』

二〇一七年
ロンドン

評論家の意見しか目にしなかった昔と違い、今の時代、誰の感想でも容易に見聞きすることができる。それは正と負の両方の影響があった。

ヴィヴはメグミの「エゴサは絶対やめなさい」という忠告を無視して、Twitterを開き、「レジェンド・オブ・ストレンジャー」「リメイク」「X　CG」などと検索窓に入力すると、スクロールをはじめた。検索に引っかかったコメントは、想像していたよりも多かった。

Xを CGにする、予想してたけど最悪な選択だ。映画業界の連中は何でもCGにすりゃいいと思ってんのか？

ポサダ監督、信頼していたのに！　彼は特殊造形マニアじゃなかったの？　昔のクリーチャーをあれほどコレクションしている人なのに、ファンが求めているものがわからないなんて――今回の判断は絶対に間違ってる！

ただでさえリメイクは嫌なのに、ポリゴン製のXって、本気で言ってるの？　みんなで反対署名をしようよ。手作りの温かみがあってこそのXだって。

効率重視、金儲け主義のハリウッドの考えそうなことじゃん。期待するだけ無駄だよ。どうせ派手にしたいだけ。口から火でも吐いたりしてね！　まさか空を飛んだりしないよね。

先月のBBCの番組を観たか？　Xの作者のマチルダ・セジウィックは今頃どこかで怒り狂ってるだろうな。自分の生んだ傑作が、大嫌いなCGに乗っ取られるだなんてさ。


いっそのこと、iPhoneを壁に投げつけて破壊してしまおうか。一瞬、そんな衝動に駆られながらも、ヴィヴは深呼吸してiPhoneをジーンズのポケットに押し込んだ。

『レジェンド・オブ・ストレンジャー』のリメイクにあたって、「Xは昔ながらのアニマトロニクスではなく、3DCG化される」というニュースは、すでに一ヶ月前には報じられ、ファンの間では阿鼻叫喚の騒ぎになった。マスコミは情報が入るとすぐネットに載せてしまう。

「せめて製作が落ち着くまで待ってくれればいいのに、すぐすっぱ抜くんだから」

ひとりごち、ヴィヴはため息をつく。

アナログ――すなわち物理的に手作りされたものは、誰もが喜び感心する。コンピュータを使ってないというだけで評判になる。でもデジタル、コンピュータを使ったものは、つねに批判の的だ。「派手にすりゃいいってもんじゃない」「どうせCGなんでしょ」聞こえてくる声は失望ばかり。その上、CGが進化すればするほど、CGアーティストはまるでマッド・サイエンティストみたいな扱いをされる――そこまでいかなくとも、誰しもCGの進化ぶりに不安を抱いたことが多少なりともあるはずだ。

かく言うヴィヴ自身もそうだった。


大会議室でリンクスに、Xの3DCG制作の白羽の矢が立ったと知らされ、スタッフはみんな青ざめていた。

プレッシャー。

プレッシャーなんて、誰だって大なり小なりいつも感じているし、リンクスのスタッフたちも「今にはじまったことじゃない」と思っていた。いちいち重圧を感じていたら良い仕事をするのは無理だ――だから、いつもは受け身を取るようにうまくかわす。

しかし彼らは去年を経験していた。『AI：30』という近未来SF映画で、共同で制作に取り組んだ他のスタジオと共に、アカデミー賞視覚効果部門にノミネートされ、受賞を逃し、スポットライトが当たる甘さと苦さを味わった。その前哨戦となったVESアワードでは最優秀視覚効果賞を獲っていただけに、落胆は大きかった（ヴィヴ自身は個人別のキャラクター・アニメーション部門に落選したが）。

表現の世界は、自由なように見えてその実、現実的でシビアなレースを走らされる。この一年で最も優れた作品は、アーティストは？　自信を持って「それは自分だ」と挙手してみせる者もいれば、「関心ない」と嘯《うそぶ》きながら本心では気にしている者もいるし、静かに、ただじっと嵐が過ぎ去るのを待つ者もいる。

うらやましがられ、ねたまれるのは、まだ良い方だ。表現者にとって表現物は自分自身のすべてを懸けている場合が多く、ただでさえ、作品を否定されれば自分まで否定されたような気分になってしまうのに、公の前に引っ張り出されて審判を下されなければならないのだ。

「望んで俎上《そじょう》に載ったわけじゃない」と抵抗したくても、周りが許さない場合がほとんどである。俎上に載せられた者はもがきながら、切られるのを待つしかない。受賞すれば御《おん》の字だが、落選すれば嵐はかき消え、人は自分の周りからいなくなり、これまでのすべてが嘘だったのではないのかとさえ思ってしまう。

そんな経験を一度すると、世界が変わって見えるようになる。砕けてばらばらになってしまった自信や意欲をかき集め、再び歩き出せるかどうか。またあの時と同じように評価されるかどうか。今度こそ、勝てるか。

商業が絡む表現の世界とは、そういうものだった。

賞レースに乗れなければそれはそれで、誰も自分を見てくれていないという疑心暗鬼の虜《とりこ》になってしまう。

だからリンクスのスタッフたちにとって、今回のプレッシャーは、普段の制作とは勝手が違った。オリジナル・ファンたちの冷笑や侮蔑《ぶべつ》を覆さなければならないというプレッシャーに加えて、〝賞〟の文字が否応なく頭にちらつく。

しかも監督がアンヘル・ポサダなのだ——ポサダという若き鬼才は、今最も稼げる人気映画監督のひとりで、賞レースの常連にもなり、近いうちにアカデミー賞の監督賞か作品賞を獲るだろうと囁かれている男だった。さらに彼は、特殊効果や視覚効果にこだわることで有名であった。

一昨年発表した映画『親指姫』は、動物はすべてCGを使い、実写のキャラクターが親指姫とその同族のみという、特殊効果と視覚効果を最大限に使った作品だった。しかも内容は独創的で、アンデルセンの有名な物語を大胆に脚色し、親指姫が同族の王子との結婚を破棄するところからはじまる。自由になった親指姫はツバメの背に乗り空を飛翔し、たどり着いた深い森の中を動物たちと共に過ごしながら、やがて争いに巻き込まれるというアドベンチャー・ストーリーになっていた。

この『親指姫』は興行的にはそこまでふるわなかったようだが、賞レースのほとんどにノミネートされ、作品賞は逃したもののオスカー像もいくつか持ち帰った。その中には当然のように視覚効果賞と刻まれた像もあった。

そんな作品の次にポサダ監督が選んだものが、過去の人気作『レジェンド・オブ・ストレンジャー』のリメイク。『親指姫』とは正反対に、CGキャラクターはXただ一体だけで、他の登場人物はすべて生身の俳優である。その分、ＶＦＸチームはＸに全力を注がねばならない。

……失敗できない。Ｘは実写のキャラクターから浮いてもいけないし、かといって存在感が希薄になってもだめだ。

どうしてうちなんだ？　スタッフたちは困惑した。なぜ『親指姫』のＶＦＸチームに頼まなかった？

いったい誰が今回のプロジェクトのチーフになるんだ？　モデリングは誰が担当する？　自分もエンド・クレジット、スタッフロールに名前が載るの？　担当者だけ呼び出せばいいのに、なぜ全員がここに集められた？

答えはすぐに発表された。

「今からリンクス内をＡ班とＢ班に分ける。Ａ班は『レジェンド・オブ・ストレンジャー』に関わるチーム、Ｂ班は通常業務および、Ａ班のスタッフが抱えていた仕事を引き継ぐ。我々全員の団結が必要だ」

スタッフたちは互いの顔を見合わせる。もうすでにチーム編成は決まっているのだろうか。スーパーバイザーは続ける。

「今回の僕らの仕事はＸのモデリングだけじゃない。アセット制作はもちろん、シーン制作も担当する……Ｘの登場するシーンは、エフェクトからコンポジットまですべてリンクスに任された。先方はＩＬＭやデジタルドメインよりも、うちを選んでくれたんだ」

ジェイソン・マグワイア、元はロサンゼルスにあった大手ＶＦＸスタジオで働いていたスーパーバイザーの言葉に、スタッフたちはますます青ざめる。いやここはＩＬＭに頼めよ！　世界最高峰にさ！

手作業で生み出せる映像表現が限界を突破したのはキューブリックの『２００１年：宇宙の旅』だが、コンピュータを使って映像革命を引き起こしたのはルーカスの『スター・ウォーズ』だった。その撮影の際に廃飛行機倉庫で生まれた、インダストリアル・ライト・アンド・マジック、通称ＩＬＭは、現代に至るまで視覚効果界のトップランナーであり続けている。

するとジェイソンはがっちりした体格を揺さぶりながら、がははと豪快に笑う。

「大丈夫だって、僕らには才能がある。ビビるなよ。ここに《リンクス》いるってだけで、君たちの能力は証明済みなんだから」

彼は見た目も中身も熱気の塊《かたまり》のような人物だった。どれほどロンドンの冬が冷えようが、素足にビーチサンダルで闊歩《かっぽ》するし、スタッフを鼓舞しようとぐっと握りしめた拳は力強い。

「次こそ勝つ。勝てるに決まってる。余裕さ。もし負けたら僕のせいにしていい。君たちは何のプレッシャーも感じずに、いつもどおりやってくれ。いいか、いつもどおりだぞ。それだけで最高水準に達するんだから」

スタッフたちのリーダーであるスーパーバイザーの言葉は、会議室内を張り詰めさせていた冷たい緊張を溶かし、どこからともなくふうっと大きなため息が聞こえてきた。ジェイソンは満足そうに微笑むと、話を先へ進めた。

「よし、よし。さて、とりあえずA班の話をしていく。まずはリード・モデラーだ。プロジェクトの大きさを鑑《かんが》みて、今回はドンにお願いする」

するとジェイソンの隣にいたミスター・黒ずくめが、つるつるのスキンヘッドを照れたように掻きながら一歩前に出た。

「やあ、みんな。ドン・リーヴだ。ジェイソンが今し方言ったとおり、いつもと同じく頼むよ」

ヴィヴは彼の名前をすっかり忘れていて、後でメグミに「外見しか覚えてなかった」と話したら、「社長の甥っ子の名前と顔が一致してないなんてスタッフ失格」と呆れられた。

社長の甥は背が高く、ジムで鍛え上げた筋肉の持ち主であり、スキンヘッドで眼光も鋭かった。道ですれ違った人はどこかのバーか風俗店の用心棒と考えるに違いなく、これで毎日コンピュータの前でキャラクター作りをしているだなんて、夢にも思わないだろう。年齢はヴィヴより年上、三十代半ばから後半のように見えた。

リード・モデラーの役を任されたドン・リーヴはこう言う。

「俺がまず素体モデルを作る。それからアセット制作はバージョンI、II、IIIの三チームに分かれることになる……モデラーは全部で三名、補助が三名。それぞれデザインが異なるから、かなりの作業量だ。シーン制作はまた別途、各シーンごとにチームを組むのでそのつもりで……」

「あの」勇敢な誰かが前の方で手を挙げた。「バージョンⅠ、Ⅱ、Ⅲって何です？　それぞれデザインが異なるって、どういう意味ですか？　Xは一体じゃないんですか？」

マチルダ・セジウィックが制作したオリジナル版のXは、一体しかない。

もちろん、特殊造形を使った撮影法の性質上、腕だけ、あるいは頭部だけ、口を開けているバージョンや閉じているバージョンなど、いろいろな部位を準備する――しかし、デザインは間違いなく一種類だ。

するとジェイソンがドンに頷きかけ、社長の甥はラップトップを操作した。たちどころに、会議室正面モニタに画像が映し出される。ポサダ監督の右腕、美術監督の髑髏《カラベラ》が描いたものだった。

バージョンⅠ。マチルダが作りあげ、映画に使用されたオリジナル版Xに、よく似ているデザイン。

バージョンⅡ。黒一色だったオリジナル版およびバージョンⅠと異なり、黄色や緑、赤のカラフルな色彩がついていて、しかも体つきが大きくなっている。背中から肩口に見える二本の黄色く細長いものについて、ヴィヴの隣にいたスタッフが「何だあれは」と呟いたが、ヴィヴはその答えを知っていた。トウモロコシだ。

「アステカ神話のショロトルだよ」小声でそっと教えてやる。「だからあれはトウモロコシ。緑の尖った葉っぱみたいなのはリュウゼツランだね」

「……詳しいね」

「自称マニアだから」

「ポサダ監督がメキシコ人だからなのかな?」

 スタッフが食いついてきたと思ったヴィヴは、自慢げに語る。

「ううん。Xのデザインって、実はオリジナル版からアステカ神話がモチーフになってるんだよ。アステカ神話では何度も太陽が生まれては死んで時代が変わるんだけど、ある時、甦《よみがえ》った太陽が動かなかった。そこで神々みんなで生け贄《にえ》になろうとするの。だけどショロトルだけはすごく弱虫で、怖がって、トウモロコシやリュウゼツランに姿を変えて逃げようとして……」

「ふーん。あ、今度はバージョンⅢだ」

隣のスタッフは明らかに面倒そうで、ヴィヴは調子に乗って少ししゃべりすぎたと反省しつつ前を見ると、彼の言うとおりバージョンⅢのデザインがモニタに映っていた。

バージョンⅢ。基本の黒色の体が灰色混じりになり、痩《や》せ細って衰えたX。トウモロコシもリュウゼツランも消え、ほとんど何も身につけていない。

つまり今回のリメイク版Xには、三種類のデザインが用意されていた。第一形態、第二形態、第三形態。シナリオは配布されていない。いったいどういうストーリーになれば、三体のXが必要になるのかわからなかった。

ヴィヴは顔をしかめた。誰のアイデアなんだ？　どうしてこう映画製作者というものは、ファンがこれほどまでにリメイクを嫌うのか、その理由を深く考えないのだろう？　これじゃもう、これじゃ……

「パワーレンジャーかよ」

すぐ後ろで誰かが言い得て妙なことを言った。振り返ると、コンポジターのヒルシュビーゲルがいた。波打つ長い髪をひとまとめにし、メガネと無精髭《ぶしょうひげ》、上下グレーのアディダスジャージにスニーカー姿は、いつもと変わらない。

「変形ロボットじゃないんだからってね」

「……本当にね」

ヒルシュビーゲルはドイツ出身の四十過ぎのベテランで、この緊張の会議室にいてなお、余裕の表情だった。ＶＥＳアワードで最優秀コンポジター賞を二度も獲ったことのある実力者だが、スタジオきっての変わり者で、夕方に彼のデスクへ行くとタブレットで上映中の『死霊の盆踊り』を見る羽目になる。

ヒルシュビーゲルはヴィヴに向かってにやりと笑い、前を指さした。

「ほれ、モニタを見とけよ。お前さんの名前が出てるぞ」

モニタにはＡ班とＢ班のチーム編成が表示されていた。それに三種類のＸを制作するにあたってのワークフロー、バージョンⅠ、Ⅱ、Ⅲに分けられたメンバーの名前も。

ヴィヴの名前はＸ制作のＡ班、バージョンⅢのアニメーターの場所にあった。モデラーはメグミ、リガーはヤスミン。ふたりはどこにいるかと目をやると、前の方で並んで立っていて、ちょうど彼女たちもこちらを探していたところだったらしい。目が合い、お互いなんとも言えない顔になる。いつものチームにほっとしつつも、このバージョンⅢなるものが何なのか、自分の力をちゃんと役立てることができるのか、不安で仕方がない。

A班に並んだ名前の数は多い。特にシーン制作のチームは、すべてのバージョンを受け持ち、全体を統合するために、相当な人数になっていた。エフェクト部門のメンバーや、ライティング、コンポジット、そしてR&Dなどである。

スタジオの半分以上の人員が、このプロジェクトに関わることになっていた。そうなれば、直接はプロジェクトに関わらないB班の任務も必然的に重くなり、間接的には全員が何らかの形で影響を受けることになった——だからいったん全員を集めたのか。ヴィヴは両腕を組んでため息をひとつ吐いた。

「基本的には、ポサダ監督率いるプロダクションチームがこちらを牽引してくれる。レイアウトも向こうのアーティストがやるから、大船に乗ったつもりでいてくれ」

ジェイソンの言葉に少し安堵しつつ(レイアウトを向こうに任せられるならば、カメラワークにまで神経を使わなくていいということになる)、ふとヒルシュビーゲルの隣を見ると、制作進行マネージャーのアンデシュがいた。髪色と揃いのショッキングピンクのセーターを着た彼の肩をつんとつつき、「ねえ、納期ってどうなってんの?」と訊ねてみると、漆黒のアイラインでがっつり囲った目と、ピアスだらけの色の薄い唇をこちらに近づけて、「今のところ四ヶ月だって」と教えてくれた。

四ヶ月後。ヴィヴは頭の中で整理する。

これから、プロダクションから送られてくるはずの絵コンテやプリビズ（プリビズ――要は絵コンテの映像版だ）を確認する。ヴィヴはバージョンⅢのシーンにかかる秒数が、先方の想定時間通りに行くか計り、参考となりそうなリファレンスを撮る。チームはモデルを作り、リグを仕込み、アニメーションをつけ（この三つは同時進行となりそうだ）、できあがったアセットを、撮影された実写映像――主に俳優たちの演技――に合成、ライティングやコンポジットで明るさや色調を調整し、最終レンダリングまでを終える。

四ヶ月という日数は、ペースを絶対に乱さないように走り抜ければ完走できるくらいのスケジュールじゃないだろうか。

「本撮影は先週からはじまっている。ヒルシュビーゲル、明日からＨＤＲＩを撮りに行けるか？」

ＣＧ制作では現場の生の情報も必要とする。特に撮影時の明暗や色彩のデータを持ち帰れば、ライティングや、実写とＣＧを合成する時にとても役立つ。非常に高い明度幅を持つこのデータをＨＤＲＩという。

「行けますとも、ボス。北極でも南極でもお供しますよ」

「張り切ってるところ恐縮だが、国内だ。撮影隊は今ロンドン北部にいる。君の他にも何人かコンポジを連れて行けるかな」

「了解です。俺より暇そうなやつを見繕っときますね」

茶化すように言うヒルシュビーゲルを、アンデシュが肘で突く。相変わらず仲の良いカップルだとヴィヴは肩をすくめた。

会議が一時間ほどで終わると、緊張と興奮が混ざり合った空気が室内に充満した。この重圧に耐えてラストまで走れるか、走りきった後どんな風景が待っているのか――疲れを滲ませたスタッフたちの顔。そんな中で、ヒルシュビーゲル以外にも余裕そうな人物がいた。ユージーンだ。一匹狼のアニメーター。今日は淡いグリーンのワイシャツに濃い深緑色のカーディガン、すらりとスリムなブラックデニム姿の彼は、悠然と会議室を出て行った。

ほとんど人のいなくなった会議室で、ヴィヴは振り返り、モニタに並んだ人名リストを確認した。ユージーン・オジョの名前は、X制作チームであるA班のどこにもなかった。しかし代わりに、プロジェクトの他の業務、通常の仕事を担当するB班のリード・アニメーターに、彼の名前は記されていた。

その晩の帰り道、ヴィヴはメグミと一緒に地下鉄《チューブ》に乗りながら、ほとんど無言で過ごした。メグミはメグミで、モデラーとしてのプレッシャーが大きかったのだろう。ふたり揃って口元をマフラーに埋めたまま、暗いトンネルが横切る窓の外をただぼうっと眺めていた。中で隣の車両からトランペットを吹き鳴らす青年がやってきて、「聖者の行進」を奏で、後ろを通りながらこちらに派手な帽子を突き出してきたが、いつもは渡すコインを差し出すこともなく、そのままやり過ごしてしまった。

ヴィヴの頭にあったのは、やはり去年の賞レースでの出来事だった。リンクスのスタッフ全員の記憶にこびりついているが、中でもヴィヴは亡霊のように付き纏《まと》われている。

『AI：30』の製作元は、決して大手ではない新興のプロダクション会社で、インデペンデント映画と呼んでも差し支えないほどの製作費しかなかった。そうなればILMのような世界的な大規模スタジオよりも、リンクスをはじめとする小回りの利くスタジオの方が選ばれやすい。スライ・フォックスという名のもうひとつのスタジオをメインに、リンクスも共にVFX作りに精を出した。

中でも評判を集めたのが、磨《す》りガラスのような半透明の美しい肢体を持つ女のクリーチャーだった。四本の手を持ち、下半身は蹄《ひづめ》の生えた山羊の足、頭脳は人工知能というSFらしい設定のキャラクターで、物語の進行上も重要な役割を果たした。CGモデリングの担当はスライ・フォックスのモデラー、リード・アニメーターはリンクスのヴィヴだった——リーダー役に任命されたのははじめてだった。その重圧を撥ねのけ、大役を見事にこなし、『AI：30』のエンド・クレジットのリード・アニメーターの箇所には、しっかり「ヴィヴィアン・メリル」と名前が入っている。

会心の出来だった。間違いなく。

むろん、半透明のガラスの体に差し込む光の具合、内側で回る金色の歯車の美しさは、エフェクトやモデラーの仕事であって、ヴィヴの手柄ではない。しかし動かしたのはヴィヴだ。表情も、しなやかな手足の、どこかぎこちない動きも、かすかに傾いた歩き方も。足が地面に触れるリアルな接地、主人公を抱きしめようとして躊躇《ためら》う動き、己の体が人間とは異なることに怒りを覚える仕草、そういった繊細な動きを、CG業界誌だけでなく一般の映画雑誌の評論家までもが評価してくれ、VESアワードの最優秀アニメーターの候補になった。

ノミネートの報せを聞いた時、驚いたけれど、心のどこかでは当然だと感じていた。なぜなら、あれほど集中して仕事できたのははじめてだったから。集中は極限まで行くと、意識が不思議な領域に入る。全能感の錯覚ではなく、実際にいつもの何倍もの力で動けるのだ。

……逆に言えば、その状態だったから出来た仕事だった。

結局、VESアワードでは作品賞を受賞したし、ヴィヴが個人の賞で落選した時は、仲間たちが励ましてくれた。余裕があった。けれどもアカデミー賞は違う。視覚効果協会によるいわば内輪の賞と、世界中に中継され、きらめくスターたちが集う、最大規模の映画の祭典では。あのレッドカーペットを歩けるのは全関係者のうちわずか数名。リンクスから参加したのは社長だけだった――会場があるハリウッドのドルビー・シアターには、リーヴ社長が、彼の車椅子を押す介護者ともども、タキシード姿で出席した。

授賞式でプレゼンターが封筒を開け、別の映画の名前を読み上げた時、ヴィヴは仲間たちと一緒に、リンクスの試写《ラッシュ》用スクリーンの前にいて、他人がはち切れんばかりの笑顔で壇上に上がるのを、ぼんやり見ていた。隣の席のメグミがティッシュを一枚取って洟《はな》をかんだが、泣いていたせいかどうかはわからなかった。後で別のスタッフから感想を聞かれ、ヴィヴは乾いた声で「大好きな『マッドマックス　怒りのデス・ロード』が編集賞を獲れてよかった」とだけ答えた。

どのみち、メインのスタジオではなかった。でも重要な補佐役《サブ》として一緒にノミネートされたし、もしオスカー像を得ていたら二段目にはリンクスの名も刻まれたはずだ。

オスカーを逃そうと、リンクスの努力は無駄ではなかった。あれから新規の依頼も増えたし、今回のポサダ監督作品に抜擢《ばってき》されたのも、あの経験と実績があったからだろう。

でも、今のヴィヴは大舞台が怖かった。

あれをもう一度出来るかと問われたら、まるで自信がなかった。

それでもプロジェクトは問答無用で進む。その週のうちに、プロジェクトに必要な荷物やデータが届いた。

春の雨が降る。空には黄色みを帯びた妙に明るい雲が垂れ込め、ばたばたと音を立てて大粒の雨が降る。通りを行き交う人はみな急ぎ足だ。外にいる時の雨は最悪だが、室内にいて、しかも外に出る用事がないとわかっている時の雨は、結構好きだとヴィヴは思う。

外を見れば――スマートフォンのニュースを開けなくても、今は気が滅入る。三月二十二日、ロンドンのウエストミンスター橋でテロが起きた。テムズ川を渡るあの大きな、行き交う人の多い橋の上で、テロリストが運転する自動車が歩行者に突っ込み、実行犯含めて六人が死亡し、四十名以上が負傷した。

国内の警戒レベルが引き上げられ、ヴィヴたちが暮らす街やここソーホーでは、いつもより警察官が多く、検問もあった。

「それでも仕事は続く」

ヴィヴはぽつりと呟き、マシンのモニタに向き合いながら、マウスを右クリックした。

画面にはブリキの木こりの3DCGモデルがいて、頭まわりや手足、胴体などを、四角や球形のコントローラーが、まるでフラフープみたいに囲っている。このリグに付いたコントローラーを操作しながらモデルを少しずつ動かして、振りかぶって斧で薪《まき》を叩き割る動作をつける。しかしまだ斧はない。あるものと想定して指を軽く曲げている。アニメーション・カーブを確認しつつ、スタート&ゴー&ストップ、スタート&ゴー&ストップで動きの出来映えを見る。

「ま、こんな感じかな」

一区切りついたところで、B班への引き継ぎ処理――ヴィヴの持ち分はユージーンに渡すことになった――を済ませるために、ファイル名を進捗状況別に整理する。AKGのヘッドフォンで音楽を聞きながら作業していると、隣席の同僚が仕切りをコンコンと叩いて教えてくれた。

「放送聞こえた？　ジェイソンが呼んでるよ」

「マジ？　ありがと」

急いで音楽を止めてヘッドフォンを外し、席を立つ。

スーパーバイザーともなると個室を与えられ、ゆったり広々としたデスクで仕事ができる。ヴィヴは二階に降りて、プロダクション・エリアには入らずそのまま廊下を進み、ジェイソンの部屋のドアをノックした。

中にはすでにメグミとヤスミン、それに制作進行マネージャーのアンデシュが来ていた。チームⅠとⅡはもう打ち合わせが終わったようで、壁際のデスクにはその形跡が残っている。〝マケット〟だ。

「ジェイソンがコーヒー奢ってくれるから、それまでマケットを見ておいて」

アンデシュにそう勧められ、ヴィヴは遠慮なくマケットの前に陣取って眺める。

窓から差し込む光に照らされて、小型犬くらいの大きさの粘土製の造形物が三体、美術館の展示物のように並んでいた。異形のクリーチャー、Xのマケット。

CGモデリングは、精巧さを求めるプロジェクトであればあるほど、このマケットを必要とする。長編フルCGアニメを作り続けている世界的スタジオのピクサーもまた、マケットを作ってからコンピュータに取り込み、モデリングに取りかかっている。マケットがあればモデラーが形状を把握するのに役立つし、CGのクオリティもぐっと上がるのだ。

「なるほど。あのデザイン画が現実に飛び出してくるとこんな感じになるのか」

着彩されていない、素のままの灰色の粘土細工でも、造形が見事であれば迫力は十二分に伝わってくる。

ヴィヴはマケットを見るたび、特殊造形師って本当にすごいと感嘆してしまう。今にも咆《ほ》えそうに開いた口、薄いけれどしっかりうねっている舌、一枚一枚刻まれた鱗、肩から背中にかけてのなめらかな筋肉、波打つ尻尾、がっしりとした生命力溢《あふ》れる脚。こんなに繊細かつ堂々とした美しい作品は、自分には絶対に作れないと思う。

「モンスターがこの世にいればいいのに」という純粋な願いを、彼ら、特殊造形の魔術師たちは叶えてくれる。現実に召喚してくれるのだ。

「それ、誰が作ったかわかる？」

シトラスの香水の香りがふんと鼻をくすぐり、肩越しに振り返るとアンデシュがいた。

「え、誰？」

「エジンバラの妖精王」

「げっ、マシュー・エルフマン？　……なんちゅう縁だ」

昨年、ヴィヴたちの手からオスカー像をすり抜けさせた張本人、それがマシュー・エルフマンだった。その作品は、十九世紀末のアメリカが舞台の、屋敷の温室に育った奇妙な植物から種が落ち、異様な姿のモンスターが生まれ、一族を恐怖に陥《おとしい》れるというゴシック・ホラー映画で、モンスターもメイキャップもすべてマシュー・エルフマンをはじめとする特殊造形師たちの手作りだった。そしてこれがアカデミーの視覚効果賞とメイキャップ＆ヘアスタイリング賞のふたつを受賞した。近年ではほとんどが、ＣＧを使ったヴィジュアル・エフェクトの表彰と化していた視覚効果賞で、数十年ぶりにアナログが勝利したとして話題になり、ヴィヴたちの心の傷にいっそう塩を塗り込むことになった。

　映画のSFXが少しでも好きな人間であれば、マシュー・エルフマンの名前を聞いただけで、長いグレー・ヘアをハーフアップにし、銀のチェーン付きメガネをかけた顔写真が、ぱっと脳裏に浮かぶ。けれどそれほど有名な特殊造形師は、ここ十数年で激減していた。アナログ斜陽の時代。CGに仕事を奪われるか、裏舞台へ追い込まれた特殊造形師たち。マイケル・ジャクソンの『スリラー』や、『スター・ウォーズ』『ナッティ・プロフェッサー　クランプ教授の場合』『メン・イン・ブラック』などで知られる、大ベテランであり、時代に大きな足跡を残した巨人リック・ベイカーでさえ、二〇一五年に、スタジオを閉めて引退してしまった。

　それでも今なお、マシュー・エルフマンは特殊造形の大氷河期を生き延びていて、しかも彼らを窮地に陥《おちい》らせた元凶であるCG業界にも、惜しみなく才能を提供してくれる。以前はロサンゼルスで働いていたのが、不況のあおりもありスコットランドのエジンバラに移り住んだので、〝エジンバラの妖精王〟と呼ばれているのだ。名字のエル《妖精》フマンにかけて。

「あんなすごい人が、CG用ってだけで本編には使われもしないひな型を作ってくれちゃうなんて、相当な製作費を注ぎ込んでるんじゃないの？」

　ヴィヴはため息をついた。こんなに手の込んだマケットなのに、存在を知るのはきっと、ブルーレイの特典ディスクに収録されたメイキング映像を楽しむマニアだけだ。そう考えると、昨年のオスカーがマシュー・エルフマンによる、ほとんどアナログだけで作られた映画であって良かったとも思う。

「デザインは髑髏《カラベラ》、マケットは妖精王。ファンタジー映画の最強布陣ってわけだ」

「なんだ、ヴィヴのことだから、ライバルに腹立てて窓から投げ落とすかもって心配したのに。去年の恨《うら》みいざ晴らさん！　って」

「……そんな国宝に八つ当たりするみたいな真似しないよ……」

改めてマケットを眺める。デザイン画どおりのバージョンⅠ、Ⅱ、Ⅲの三種類あって、ポーズもそれぞれ絵のままだ。ヴィヴは自分の担当するバージョンⅢの前で立ったりしゃがんだりして、上から下までまじまじと観察した。

バージョンⅢのXは、Ⅰの形を基本としながらも、サイズは体の大きいⅡの半分ほどしかない。頭は大きいままだが体はエネルギーを搾り取られてしまったかのように痩せて、猫背がますますひどく、今にも前のめりに転びそうなくらいに前傾していた。顔つきも空虚だ。眼窩は完全に穴となり、かろうじて眼球と繋がっている神経もぼろぼろで、千切れかけている。Ⅱでは逞《たくま》しく大きく開いていた口は半開きだし、舌に力はなく、どう見ても命が尽きる寸前だ。

「スキャンはもう済んでるの？」

振り返ってメグミに訊ねると、真剣な顔で爪を噛んでいた彼女は「まだこれから」と答えた。考えごとをしている時の癖だ。ヴィヴも隣の椅子に腰掛けようとしたその時、下のカフェから持ってきたらしいコーヒーの紙コップと、山盛りのドーナツでいっぱいのトレーを手にしたジェイソンが戻ってきた。

チョコレートがたっぷりかかったドーナツにフォークを刺して口に運ぶ。ヴィヴは人から奢ってもらうのが好きで、遠慮しない。向かいのヤスミンはストロベリー・ピンクのドーナツを丁寧に紙ナプキンでくるみ、ひと口ずつ上品に食べていた。

壁のモニタには、ポサダ監督版『レジェンド・オブ・ストレンジャー』のプリビズ映像が流れている。

現在のプリビズはほとんどがフルCGで、ごく単純な形「○□▽」を組み合わせた、積み木めいたラフのポリゴンを使う。安上がりだし、平均百二十分ある長編映画一本分作っても、データ容量が軽くて済み、カメラワークの設定も簡単だ。こうした立体的な映像を観ることによって、監督の脳内にあるイメージを、他の数百人のスタッフが理解し、共有できる。特にVFXを多く使用するとわかっている映画の場合は、プリビズは作品の出来を左右するほど重要だ。映画史において映像版の絵コンテ、プリビズの概念を映画界に普及させたことで最も有名なのは、ジョージ・ルーカスである。

リメイク版『レジェンド・オブ・ストレンジャー』は、予算豊富なプロジェクトだけあって、プリビズ専門のCG会社が制作したものらしく、よく出来ていた。

背景の家々は、コンピュータ・グラフィックス黎明期のゲームみたいに、同じパターンの繰り返しで、暗く不気味な町並みが広がっている。人物は単純な積み木ポリゴンだが、メインキャラクターには帽子を被らせるなどの多少のディテールがついている。台詞の少ないモブ・キャラクターは青色で、主人公は赤色で強調され、親友は黄色、ヒロインは水色。Xを召喚してしまう少女は紫色だ。そしてもうひとり、緑色のキャラクターがいる。ヴィヴはジェイソンから配られた、プリントアウトされたスクリプトにざっと目を通した。おおまかなあらすじはオリジナル版とそう変わらないようだが、設定には修正が入り、人物造形や人間関係が深くなっていた。

たとえば、オリジナル版では主人公マックスとヒロインのレイチェルが恋に落ちるけれど、リメイク版ではヒロインのレイチェルに彼女がいる。この新キャラクターの女子——ポリゴンでは緑色のジウォンは、猪突猛進な科学オタクで、暴走したXを科学の力で押さえ込もうとしたり、なかなか良い味を出すようだ。レイチェル自身も、元はハイスクールのアイドル的な立ち位置だったが、今回はスポーツ万能で力持ちの運動オタクに変更されている。主人公マックスはオリジナル版の優しい性格を更に深掘りして、普段から動物の保護活動にいそしみ、それがXへ強く感情移入する理由になるらしい。マックスの親友ラキースはそれを手伝いながら、小金稼ぎに余念がない賢く立ち回る参謀タイプ。そしてXを呼び出してしまういじめられっ子のキキ——アビーからキキと名前が変わった少女は、色々な愛に焦がれている。家族の愛、友人の愛、そして自分自身への愛。

「君たちのチームが担当するXはバージョンⅢだ。早送りしよう。他の場面は後で自由に見てくれ」

　そう言ってジェイソンは、プリビズをかなり最後の方まで早送りした。

「オリジナル版の『レジェンド・オブ・ストレンジャー』でも、中盤以降からクライマックスで、Ｘはちょっと凶暴化するよな？　先日の会議で見せた、バージョンⅡのデザインにあたる場面だ」

「そしてＸは元の世界に送り返されて、ハッピーエンド」

「オリジナル版ではそうだ。しかし今回のリメイク版は違う。Ｘは元の世界に帰らない。現実に残って、親しくなった主人公たちと共生するラストになる。けれどももう力は弱まって、姿はぼろぼろだけどね」

「つまりバージョンⅢってことですか」

「そのとおり」

「怪物と人間が共に生きるラスト、いいですね」

　共生――なるほど。ヴィヴは前のめりになった。

　ジェイソンは早送りをやめ、もう一度プリビズを再生する。場面は、マヤ文明の――シヨロトルが登場する神話はアステカ神話だが――神殿チチェン・イツァに似た、メソ・アメリカらしい頂上の平らなピラミッド型をした、正面に階段がある遺跡だ。その遺跡の前、崩れた柱の陰に、主人公をはじめ子どもたちが隠れている。手元のスクリプトによると、ここは地下祭殿の最下層、ピラミッドは遺跡の中に存在するさらなる遺跡、ということらしい。

「力を得て凶暴化したXは、キキに魔法の石を渡した魔女の手で、このピラミッドに封印されるところだった。しかし冒険を経てXを友達と思うようになった子どもたちは、Xと共に生きたいと願い、魔女を止める」

プリビズは子どもたちを十秒ほど映してから、ピラミッドにぐっとカメラを寄せる。ピラミッドの入口が開き、魔女を表わす白いポリゴンが出てくる。その後ろに、魔女よりひとまわり大きい、黒いポリゴンがいた。三角形の耳と、円筒形のしっぽがついているので、どうやらこれがXらしいとヴィヴは理解した。

Xは魔女のうしろからゆっくりしたスピードで歩いてきて、ピラミッドの階段を下りようとする。途中何度かシーンが切り替わって、主人公やキキたちの顔を映す。Xは何度も転び、子どもたちは叫んで、助けに駆け寄ろうとするが、魔女に止められる。字幕に〝最後まで見守るのだ〟と台詞が写った。

そしてXは階段を下り終えたところで前によろめいて転び、ようやく魔女は満足げに頷く。キキが駆け寄ってXを抱き起こして泣き、子どもたちも一斉に駆けつけ、Xをいたわってやる。ヴィヴは画面横のタイムカウンターを確認する。バージョンⅢのXが現れてからここまでだいたい三十秒だった。

「……結構長いな」

子どもたちに助けられて、Xはまた立ち上がろうとする。カメラは魔女を映し、字幕に

〝好きに生きな〟と台詞が出る。

「ここが終わると、バージョンⅢβに変化する」

「え、二段階あるんですか？」

「実はそうなんだ。まあ、ほとんどⅢαからのマイナーチェンジだよ。やつれた毛並みをふさふさにして、背筋も少ししゃきっとさせる。要するに、この場面より回復したXってところだな」

クライマックスが終わると、場面が切り替わる。青空の下、元気に学校へ向かう子どもたちの中に、Xがいる。

「このラストシーンで使うんだ。生け贄の束縛から解放され、自由な存在になり、人間世界でも生きられるようになる。だから身長は子どもたちとそう変わらない、小柄なサイズにしてほしい」

「生け贄って何です？」

ヤスミンが途中で口を挟む。

「アステカ神話だよ。Xのモデルになった神話の神ショロトルは、生け贄の宿命から逃れようとして色々なものに変身し、目玉が転げ落ちるほど泣いて慈悲を乞う。けれど結局生け贄にされてしまうんだ。Xもそうなるところだったが、子どもたちに助けられて、好きに生きられるようになるってわけ」

画面の中のXは相変わらず目玉を眼窩からぶら下げていたが、みんなと共に楽しそうに歩いている。ヴィヴはつい呟く。

「……実写のトラッキングデータがちゃんと取れているか確認しなきゃだ」

するとジェイソンは「まあ、撮影現場にはジェダイ・マスター・クラスのヒルシュビーゲルがいるから大丈夫だよ」と答えたが、念のためにと自分のタブレットをタプタプ触って、メッセージを送信した。

生身の俳優と、現実には存在しないCGキャラクターのふれあいを生み出すには、環境データが必要不可欠だ。今はまだ積み木仕様のポリゴン同士で、抱き合う仕草もまるで石と石がぶつかり合っているような状態に見える。何の感動もない。これを感動的なシーンにするのが、ヴィヴの仕事でもある。

Xがピラミッドから出て子どもたちと再会し、場面が切り替わってラストシーンに移るまで、約一分。青空の下のラストシーンは約三分だった。

ヴィヴはざっと計算した——バージョンⅢのXが登場するのは、αとβを合わせて、だいたい一分二十秒前後だろう。一分で六カット前後、なかなかの制作量になる。ハリウッド規格のCG制作なら、一秒あたり二万から三万五千ポンド（約三百万から五百万円）くらいの費用と見積もれた、はずだ。こういった事情は制作進行マネージャーのアンデシュなどが詳しく、ヴィヴはそこまでよく知らない。それでも〝妖精王〟のマケットだけでも一体一万ポンドくらいは吹っ飛びそうだ、とヴィヴは思う。

実写の撮影スケジュールを確認すると、来月中にはすべて終わるようだった。ほぼ一ヶ月、追加撮影があれば延びるけれど――ヴィヴたちバージョンⅢの担当チームが受け持つシークエンスの撮影は、予定では来週中。デザインもマケットもすでに届いているし、進行は問題ないはずだ。

ＶＦＸチームの納期は四ヶ月後。まずマケットのスキャンと、モデリングＳＶ兼リード・モデラーのドン・リーヴによる素体モデルが出来るのを待つ。そこからヤスミンがスケルトン＝ＣＧモデルに内蔵する骨格を作り、スケルトン、素体モデルとスキャンモデルを基準にして、メグミがモデリングを、ヤスミンがリギングを、ヴィヴがアニメーションをつける。

ヴィヴはふと、まだ渡英してきたばかりの頃のメグミが、マケットの存在に目を丸くしていたことを思い出した。メグミのいた日本のスタジオでは、まだまだマケットが普及していないのだと言う。

「めちゃくちゃうらやましいです。これがあったらどれほどいいか」

「え、じゃあ日本ではマケットなしなわけ？」

「はい、例外はありますけど……むしろ、マケットは邪道だとか言われますよ」

「意味わからん」

「アーティストや現場の人間が言うんじゃないですよ！　プロデューサーとか、上の人たちが言うんです。〝汗水垂らしてこそ〟って考えの人たちで。お金も余計にかかるし、マケットが許可されることなんてほとんどないです」

「あー、そういう……」

誤解は多い。なぜならマケットはリファレンス、つまり見本だ。リファレンスはＣＧモデリングだけでなく、アニメーションでもよく使うし、絵画や彫刻でも必要になる。アニメーターが鏡を見て自分の姿を映しながら動作を確認したり、彫刻家が横たわる女性を素描してから彫塑《ちょうそ》に移ったりするのと同じように、ＣＧモデリングにもマケットがいるのである。

「マケットみたいなリファレンスがあれば、正確になるし、時間も短縮できるのに」

「ごもっとも。でも、きっとメグミの腕は確かなんだね。そんな環境でずっとやってきたんだもの、期待してるよ」

あの日、ヴィヴがそう励ますと、メグミはぱっと顔を明るくさせた。それからだ、ふたりが親しくなったのは。

懐かしいなと思いながらメグミの様子を窺う。メグミの方は過去を振り返る余裕は少しもなさそうだった。ジェイソンが気遣わしげに声をかける。

「大丈夫か、メグミ？　マイナーチェンジとはいえバージョンⅢは二体分のモデリングが必要になる。君の腕が頼りだ」

「問題ありません」

メグミは手元の iPad から顔も上げずに言う。彼女にはこういうところがある——集中すると、爪を嚙みつつ自分の中に閉じこもってろくに返事もしない。ジェイソンもわかっているので特に何も言わず、初回の打ち合わせは終わった。

席に戻ったヴィヴは、引き継ぎ用に整理していたファイルを閉じ、はす向かいのデスクにいたユージーン・オジョに声をかけた。

「ユージーン、最後に残っていたファイルまで終わったけど、どこに置いておけばいい？」

ユージーンは、例の満月のような目をこちらに向け、静かな声で「共有クラウドに。ファイル名はわかりやすくしておいて」と答え、また自分の作業にもどってしまった。（その作業をやってたんだっつうの！）カチンときたヴィヴは、「リグはＩＫもＦＫもデフォーメーションも使ってるから、わからなくなったら遠慮なく聞いてよ！」と大声で言い、ユージーン以外のアニメーターが全員こちらに注目したくらいだった。


その晩、メグミはまだスタジオに残りたい様子だったので、ヴィヴはひとりで電車に乗って帰路についた。ランカスター・ゲート駅周辺にはほとんど飲食店がなく、いったんパディントン駅前まで出ようと、ハイド・パークに背を向けて、通りの角を右に曲がる。

いつものどんより曇り空で星は見えず、ぽつぽつ灯る街灯を頼りに歩きながら、ライダースジャケットのポケットに手を突っ込んだ。中に移動用のワイヤレス・イヤフォンが入っているはずなのだ、が……何も入っていない。あったのはガムの包み紙だけ。ヴィヴは思わず舌打ちした。電車から降りるのでいったん耳から外した時に、落としたのだ。

「音楽のない世界なんてクソだ」

騒音も悩みも全部消してくれる音楽がないなんて、ああ、と大きくため息をついた。

その時。

「本当に同感だね、マジでそう思うよ」

突然真後ろからしわがれた声がして、カートゥーンアニメの主人公のごとく、ヴィヴは飛び上がった。近くに警察官がいたら走り寄っていたかもしれない。

しかし、振り返ったヴィヴは思わず顔をしかめた。夜も九時を過ぎているが、ジョン・レノン風の丸いサングラスをかけ、古着屋に飾ってありそうなファー付きのロングコート、革のパンツ、ナイキのバスケットシューズという、奇抜な格好の人だったからだ。風になびいている長いポニーテールが、灰色が混じった白髪でなければ、老婆だとは気づかなかったかもしれない。

「……いきなり声をかけないで下さいよ。びっくりするんで。テロがあったばかりだし……」

「ごめんごめん、ついね、あまりにも同感したからさ。ほら、あんたが落としたのってこいつだろ?」

そう言って老婆はヴィヴに手のひらを差し出してきた。しわくちゃで細長い手のひらの上には、見覚えのある白いワイヤレス・イヤフォンがふたつ。

「うわ、すみません!　拾ってくれたんですか」

「あんたのポッケから落ちたのを見たからね」

　ふふん、と自慢げに笑う老婆に礼を言って、ありがたく受け取ろうとする——が、受け取れない。老婆はヴィヴが手を伸ばした途端、手のひらをきゅっと握ってイヤフォンを隠し、意地悪く笑った。

「お礼は言葉だけじゃなく、態度でも表わしてもらいたいね……大事な音楽をまた聴くためにさ」

「はあ？」

　ヴィヴは「とんでもないクソババアに捕まったかもしれない」と内心で舌打ちした。たぶんイギリス人じゃない。アメリカ英語のイントネーションだ。旅行者？　警察に連絡する？　バッグにはスマホがあるし、そこの寂れたパブにでも飛び込めば誰かしら間に入ってくれるだろう。

　そうしてほんの数秒、考えを巡らせていたら、老婆はゲラゲラと大口を開けて笑い出した。

「ああ、おかしい……人をからかうってのはいくつになってもやめられないね」

「ちょっと！」

「まあまあ。あんた、いい顔をするね。警察には通報しなくてもいいよ、私はちょっと飯を奢ってもらいたいだけなんだ。フライドポテトとかね、本当にちょっとでいい、あんたのお相伴にあずかれれば」

「飯……？　まあ、そのくらいなら」

断じて、空腹な老婆への優しさや同情から承諾したんじゃないと、のちのヴィヴは自分に言い聞かせることになる。この時はただ、このばあさんの愛嬌《あいきょう》に釣られたのだ。ジョン・レノン風サングラスの向こうに、隠そうともしない無邪気さが躍っていて、つい「わかった」と頷いてしまった。

老婆は何でも食べられると言ったが、行きつけのレバノン料理店では刺激が強いかもしれないし、とりあえず手近にあったピザ屋に入った。

そこはオレンジ色のネオンで『太っちょリンカーンのナポリ・ピザ』という、下手な冗談みたいな店名が書かれた、やたらとけばけばしい店だった。そこらじゅうの柱に電飾が巻いてあり、椅子の色も白や青、赤とバラバラで、統一感が皆無だった。せめて青じゃなく緑の椅子にすればナポリの雰囲気を補えたかもしれないが、これではフランス国旗だとヴィヴは思う。ペンキの剝げかけた壁に触れると、何かがべっとりと指につき、慌ててナプキンで拭《ぬぐ》ってみたら、トマトソースだった。確かめていないけれど、クチコミサイトYelpの評判は悪そうだ。

「ここがあんたの行きつけかい？　趣味がいい」

老婆は本当に人をからかうのが好きらしい。ヴィヴは返事の代わりにため息をついて、席を探す……と言っても、他に客がいないのでどこでも座り放題だった。

カウンターに寄りかかっていた若者がこちらに気づいて、やって来た。汚れたエプロンを腰より低い位置に巻き、中東系の顔立ちをしていて、背中まで届くほど長い黒髪をひとつに結んでいる。ヴィヴが注文している間、青年はメモも取らずにふんふんと頷いているだけだったが、十分後にテーブルに揃ったピザと飲み物は、ひとつも間違っていなかった。

ナポリ・ピザを名乗るには生地が平べったすぎるが、マッシュルームとハムがのったピザを頬張り、薄いレモネードで流し込む。意外と味は悪くない。とたんに食欲が湧いてぱくついていると、ふいに老婆と目が合った。老婆は腹を空かせていたはずだが、皿の上のピザには手がつけられていない。

「……何です？　奢りだから遠慮しないで食べて良いですよ」

「もちろん食べるさ、ありがとう。あんたも気づいているみたいだけど、さっきアメリカからヒースローに着いたばかりでさ」

「ヒースローに？」

　ヴィヴはピザを飲み下しながら、反対に違和感がせり上がってくるのを感じた。ヒースロー空港からの電車は、パディントン駅にはストレートで着くが、ヴィヴが下りたランカスター・ゲート駅には繋がらない。

　いや、気のせいか。老婆の身なりや持ち物をそれとなく確認する。肩にかけたリュックサック以外に荷物は持っていないようだし、スーツケースをホテルに預けて、観光をしている最中だったのかもしれない。

「ホテルはこのあたりなんですか？」

「そうねえ」

老婆は曖昧《あいまい》に答えてピザにかぶりつく。アメリカ人にとってこのナポリ・ピザが美味いかどうかは皆目わからないが、たいていの観光客はイギリスの飯はまずいと言うので（無礼者が、とヴィヴは鼻を鳴らす）、感想は訊かないでおく。

店の片隅にはブラウン管のテレビが置いてあって、ノイズの線が二本ほど入っていたし、色も変調していたが、一応は観られた。ケーブルテレビかＤＶＤをかけているのか、流れている映像はよく知っている映画だった。『２００１年：宇宙の旅』――スタンリー・キューブリックの伝説的作品。

「……これも運命かね」

突然老婆が妙なことを口走るので、ヴィヴはまた「はあ？」と言ってしまう。すると老婆は指に付いたトマトソースを舐《な》めながら、「ま、非科学的だね」と答えると、サングラスの上からじっとこちらを見た。

「何です？」

「ベンジャミン・モーガンを知ってる？」

「ベンジャミン……誰ですって？」

どこかで聞いた覚えのある名前だ。それもさほど前じゃなく、たぶん最近。しかしヴィヴはすぐに思い出せない。いつどこで見たんだろう。記憶のクローゼットを引っかき回していると、老婆は少し表情を和らげ、左手で煙をはたくように振った。

「いいんだ、気にしないでくれ。それよりこのピザはなかなか美味いね」

そう言って老婆は店員の青年にサムズアップをすると、ピザを平らげ、ブラウン管の中の『2001年：宇宙の旅』に目を向けた。

店を出たら、当然老婆はホテルに帰るとばかり思っていたが、そうはならなかった。ピザ屋を出たところで今度は「宿がない」とごねはじめたのだ。老婆は往来で駄々をこね、悲鳴まであげそうになったので、どうしようもなくなってメグミに連絡すると、「お年寄りには親切にしなさい」と返事がきた。

仕方がない。ヴィヴはトマトとタマネギの匂いがする深い深いため息をついた。

「とりあえず一泊。一泊だけですからね」

「うん、わかってるよ、ありがとう」

ヴィヴは不満に思いながらも、フラットに案内してやり、リビングのソファに来客用の枕と毛布を用意して寝床を整えた。そして老婆を寝かせた後で、そっとコートとリュックサックをまさぐった。パスポートはちゃんとあったし、入国スタンプも捺《お》してある。不法入国ではなさそうだ。名前は「モーリーン・ナイトリー」とあった。

第三章　屋根裏にて

二〇一七年
ロンドン

　CG業界で働いていながら、パスポートに記された名前「モーリーン・ナイトリー」にピンと来なかったのは、確かにヴィヴの不覚だった。

　しかしまさか、かのモーリーン——圧倒的に女性の少ないコンピュータ・グラフィックス業界において、ハリウッドのVFXの最大手スタジオだった「レクタングル」社をパートナーと共に立ち上げ、九〇年代に自ら社長となった偉大なパイオニア——が、夜のロンドンをぶらついて通りすがりの年下の女に夕飯をたかるとは、想像もできなかったのだ。

　真夜中までXのマケットと向き合い、デザインの研究を続けていたメグミが、タクシーで帰ってきた時、ヴィヴはまだ起きていて、奇妙な老婆のことをひととおり説明しようと思っていた。しかしメグミは、居間のソファに転がっている老婆に気づいたものの、無表情および無言で一瞥《いちべつ》、そのまま部屋に入ってドアを閉めてしまった。メグミが内側から鍵をかけた音もした。後に残されたのは、困った顔をしたヴィヴと、『ロード・オブ・ザ・リング』の悪鬼バルログのごろごろという唸り声によく似た、モーリーンのいびきだけだった。

翌朝のメグミはすこぶる不機嫌で、ヴィヴが焼いたトーストを「ありがとう」も言わず、むくれて食べ続けた。ヴィヴは内心、「いや、〝お年寄りには親切にしなさい〟ってメッセージを返してきたのはあんたじゃん」と思ったが、口には出さず、ケチャップ味のベイクド・ビーンズを食べる。

肝心のモーリーン・ナイトリーはというと、ヴィヴが起きた時にはすでに姿を消していた。荷物もなく、毛布はきちんとたたんでソファに置いてあり、一瞬、本当に老婆はいたのかと疑ったくらいだった。しかしメグミは実際怒っている。

「ねえ、なんでそんなに怒ってんの？　ちゃんと〝お年寄りに親切に〟したのにさ」

ヴィヴはついにそう言って、メグミの逆鱗に触れてぬるい紅茶をぶっかけられることを覚悟した。しかしヴィヴが声をかけたとたん、むしろメグミの怒りは青菜に塩をかけたようにふにゃりと萎《な》え、観念したように、食べかけのトーストを皿に置いた。

「……ごめん。別に、昨夜のお年寄りのことでむかついてたんじゃないよ。あのプロジェクトがやばいの」

「Xのこと？」

「そう」

なあんだ。ヴィヴはほっとして椅子の背にもたれかかる。

「つまり私は八つ当たりを食らってたのね。オーケー、いいよ、受け止める」

「悪かったね、八つ当たりして」

「まあまあ」

ヴィヴはにやりと笑いかけると、すっかり冷めてしまったトーストにマーマレードをたっぷり塗って、かぶりつく。クリエイター気質のメグミにはこういうところがある。普段は冷静なのに、時々、あらゆる物事に敏感になり、機嫌という名のかまどをぼうぼうと燃やしてしまう。たいていは仕事が行き詰まっているか、プロジェクトにうまく取り組めているか不安な状態だとそうなりがちだ。とはいえヴィヴも人のことは言えない。他のスタッフたちだって大なり小なりそういう部分がある。機嫌のかまどがいつでも穏やかなのは、ヴィヴの知る限りではSVのジェイソンか、コンポジターのヒルシュビーゲルくらいだ。

「どのへんがやばいの？　デザインもレイアウトももう決まってるんでしょ？」

「そうなんだけど、いろいろ……妖精王のマケットが細かすぎるのもある。それに、Iチームと II チームのモデラーたちと一緒にスクリプトを読み直してみたら、X が I から II に変身する時って画面に出っぱなしなんだよね。フェイドアウトしたりするわけじゃなくて、観客の観てる前で形態変化するの」

「あー、つまり I と II の間をつなぐモデルも必要ってことか。え、でもそのデザインってマケットにもデザイン画にもなかったよね」

　たとえば右手を開いて、握る。このふたつの状態を写真に撮って交互に見れば、確かに「結んで開いて」いるようには見えるが、映画にするにしては相当にギクシャクしている。指を曲げた途中の形、形態変化の中間点を作っておいて間に挿入すれば、滑らかになる。

「そう。どうやら、向こうのスクリプト・チェックのミスみたいよ」

　今回の場合はつまり、シナリオ通りにXがⅠからⅡの形態に移るのならば、ⅠとⅡの中間のデザイン画も、用意されていなければならないはずだった。プロダクションや監督側は、はじめの段階で脚本をチェックし、何がどのくらい必要かを洗い出す。けれど今回はそこに見落としがあったようだ。

「今からじゃマケットは作れない。デザイン画は、美術監督補佐の人が大急ぎで作ってくれることになった。そのデザインをもとに、ドン・リーヴがモデリングを担当するんだけど」

「じゃあそこまで深刻な問題じゃないんだね」

　するとメグミの顔がまた曇った。

「全体的にはね。でもおかげさまでⅢの素体モデルは完全に私が担当になっちゃった。ドンの手助けは一切なし」

「あらら」

「しかもサポートにピーターがつく」

「おやや」

ピーター（ヴィヴは、さらさらの金髪で美男の彼を、ひそかに〝王子〟とあだ名していた）はメグミと同じモデラーである。そしてヴィヴの勘では、おそらくメグミはピーターに好意を寄せている。例えばピーターが同じテーブルについたりすると、メグミは急に黙り込むし、コーヒーをこぼすなどのドジを踏みだす。そんな相手がモデリングのサポートにつくとなれば、それは緊張もするだろう、と思った。

「あ、そういえばもうひとつあったんだ、昨夜」

「盛りだくさんだねえ」

「あのねヴィヴ、他人事《ひとごと》みたいな顔してるけどヴィヴの話なんだよ」

ぎょっとしたヴィヴは、飲んでいた紅茶で咽《む》せそうになる。

「え、私なんかヤバいことした？」

「いや、そうじゃないの。ヴィヴの仕事のアーカイブを閲覧したいっていう顧客がいたらしいんだけど」

ＣＧ会社には、優れた映像仕事を会社のプロモーション・リールとしてまとめたポートフォリオがいくつかある。その中には昨年の『ＡＩ：30』だけをまとめた顧客用アーカイブも存在するので、「ヴィヴの仕事」と言われ、ついその話だと思った。しかしメグミは違うのだと首を横に振る。

「昔のデータだよ。ヴィヴがリンクスに来た時に、会社に預けたやつを見せてくれって」

「何それ？　昔のっていつぐらいの？」

「『三つの星の物語』っていうショート・ショート・ムービー、覚えてる？」

「げっ」

それはCGを学びたての学生時代に、仲間と一緒に撮ったもので、正直なところヴィヴは「過去に葬り去りたい」と思っている作品だった。わずか一分半の、三つの星が飛び回ってはしゃぐアニメーションはすべてヴィヴが担当したのだが、ピクサーの最初期の作品『ルクソーJr.』に動きがよく似ている。実際当時のヴィヴは、『ルクソーJr.』のアニメーターと監督を兼任したジョン・ラセターに影響されまくっていた。

「恥ずかしい過去を……。いったい誰が……」

「それが、問い合わせの電話が来たのは先月らしいんだけど、データを送ったものの何の返答もないから、怪しんだアンデシュが調べたら、その会社は存在しなかったんだって」

「……どういうこと？」

「昨夜、アンデシュが沈んでたよ。よく確認しないで、部外者に内部データを渡しちゃったかもって、まあそりゃ青ざめるよね。で、ジェイソンが慰《なぐさ》めてた」

「私も慰めてほしいよ」

「まあまあ。彼も言ってたけど、たぶん、『AI：30』でヴィヴに何らかの仕事のオファーをしたいやつか、ファンの仕業じゃないかな」

そうこうしているうちに、もう家を出る時間になっていた。そしてこのやりとりのおかげで、あの奇妙な老婆のことはすっかり頭から消えてしまったし、メグミもまたそれどころではなかった。

この朝から一週間かけて、メグミはXの素体モデルを作り終え、八日目に、Ⅲチームのアセット担当者たちでいったん打ち合わせをした。


一階の併設カフェの個室に集まり、ドン・リーヴのラップトップで、メグミが完成させたばかりの素体モデルをチェックする——まだ着彩されていない状態で、グレー一色なせいもあり、まるで粘土人形のように見えるが、立派なポリゴン製だ。形状がわかりやすいよう、両手をまっすぐ横に、両足はかすかに開いたいわゆる「Tポーズ」だ。その格好のまま、グレー一色のXは無機質なコンピュータ画面の中に佇《たたず》んでいる。細部は作り込まず、だいたいの形をとっているだけだが、ヴィヴの頭には最終形態バージョンⅢのXのイメージがしっかり湧いてきた。なんだ、心配は無用だったじゃないかと思う。

「いいね」

ドンは細い顎に右手をやりながら頷き、左手ですいすいとペンタブを操作して、Xが立っているターンテーブルを上下左右に動かし、あらゆる角度から素体モデルを確認した。

リンクスで使っているCGソフトは、最大手のMayaをベースに、地下室のR&D部門がカスタマイズしてくれたものだ。それをさらにアーティストたちがおのおの使いやすいようにアレンジする。左利きのドン・リーヴのマシンをヴィヴが覗き見ると、通常仕様のコマンドと位置が左右逆になっていた。

モニタの左側には、参照画像《リファレンス》が二種類、表示されている。完成目標であるマケットと、美術監督の髑髏《カラベラ》作のデザイン画が並び、中央にあるメグミ作の素体モデルと比較できる。メグミ作の素体モデルは多少アウトラインがずれているが、これは必然だ——平面から立体に立ち上がらせる時、絵に描いた円が球体になるように、必ずズレが生じる。モデラーには、天性のものだろうと学校で必死に会得したものであろうと、平面を立体へ変換する才能があり、メグミももちろんその能力の持ち主だった。

「オーケー、これでいこう。このまま進めてくれ。先方にもデータを送っておくよ」

リード・モデラーのそのひと言で、メグミはほっと息を吐いて全身の緊張を緩ませる。その少し後ろに控えるピーターもにっこり微笑んでいるが、メグミはまるで気づいていなかった。

ヴィヴは腕時計を確認した。今は午後の四時半。三十分後の夕方五時には、リード・アニメーター、つまり現在のヴィヴにとっての小ボスと打ち合わせがある。

このプロジェクトでは、アニメーションもバージョンⅠ、Ⅱ、Ⅲの三チームに分かれ、アニメーターもそれぞれ違うが、どのバージョンであろうとXの動きがある程度似ていないと、観客が違和感を覚える。そのためリード・アニメーターがひとりで全チームを見て、足並みが揃うように調整するパイプラインができていた。

前回の大型プロジェクト、『AI：30』では、ヴィヴがリード・アニメーターを務めた。しかし正直ヴィヴは、今回はその大役から外されてよかった、と思っていた。見方を変えれば、普通のアニメーターとして参加する今の彼女は、〝降格状態〟と言えなくもない。けれども今回のプロジェクト全体を統べるSVジェイソンの考えは「無理するな」であり、ヴィヴ自身、省エネルギーモードで走り抜けるつもりだった。

素体モデルのチェックを終え、三人が部屋を出ようとすると、ヴィヴはドン・リーヴに呼び止められた。

「ヴィヴ、ちょっと待って」

「はい、何でしょう」

「伯父貴《おじき》……いや、社長が君を呼んでる」

「えっ？」

「デスクに戻らずに、このまま社長室へ行って」

社長？　今朝メグミが言ったことをふいに思い出した。例の過去のデータを問い合わせてきた人の話？　勘弁してよ、私は何も知らないし社外秘を持ち出してなんかいないからね！　それとも他に何かやらかした？

顔が赤くなったり青くなったりしていたのだろう。ドン・リーヴが苦笑いで励ましてくれる。

「心配しなくても、お説教の類《たぐ》いじゃないと思うよ。実は俺も今朝社長と話したばかりでさ。まあ、そう深刻に捉えないで」

「そう……ですか」

どうにか「わかりました」と答えると、ヴィヴはカフェの個室を出た。

社長なんて、入社した時に一度だけ、このカフェで挨拶をしたきりだ。そもそも社長は基本的に出社せずほぼ自宅にいる。常時リモートワークで、姿を見かけることさえほとんどない。

戸惑いながらカフェを後にし、一階のエレベーターホールへ向かうと、ユージーンがいた。すらっとした後ろ姿、黒い肌によく映える緑色のカーディガン。「ハロー」とか、「その紙袋、隣のギリシア料理のテイクアウト？」とか、「仕事忙しくない？」とか、何でもいいから声をかけるべきか否か……しかし悩む間もなく昇りのエレベーターが来てしまい、ヴィヴは慌てて、ユージーンの後に続いて乗り込んだ。

小さな箱にふたりきりだ。ちらりと彼を見ると、ユージーンはただドア上のインジケーターを眺めていた。

ＶＥＳアワードの最優秀アニメーター賞を受賞したことがあるにもかかわらず、ユージーンが今回のプロジェクトから外されているのは、敢えてなのだとヴィヴもすぐにわかった。リンクスが抱えている仕事は、『レジェンド・オブ・ストレンジャー』だけではない。巨大プロジェクトが来たからといって、それまで取り組んでいた他の仕事を保留するわけにはいかないため、ヴィヴも自分の抱えていた案件をユージーンに渡した。

スタジオの半分が〝Ｘ〟に、もう半分が通常業務にあたる。通常業務のアニメーターのリーダーが、ユージーンだ。城壁の外へ出て闘う攻撃部隊と、城壁内にいて防衛を担当する兵士みたいだとヴィヴは思った。防衛の要は誰よりも優秀でなければいけない。

ユージーンのつけたアニメーションを、ヴィヴは一度観たことがあった。ひと言で言えば、精密機械。そしてレイアウトが抜群にうまい。その時プロダクションから来た資料はプリビズではなく作画で描かれた絵コンテだったのだが、監督の意図に忠実でありつつ、画面いっぱい、CGならではの勢いと迫力で魅了し、一発OKが出ていた。一分という長尺カットでありながら、出来は完璧だった。

ヴィヴははっとする。ひょっとしてユージーンはSVのジェイソンにハンティングされたのではないか？　『レジェンド・オブ・ストレンジャー』の依頼が来ることがわかった時点で、彼を後方防衛の要としてスカウトしたのではないだろうか。

とはいえ、そんなこと、まだ挨拶程度しか交わしたことのない彼に直接聞けるはずもない。結局ふたりは無言のままで、エレベーターは三階に到着し、彼は開ボタンを押したまま何かを待っている。

「……下りないの？」

「あ、私？」

ヴィヴを先に下ろそうとしてくれていたことに気づいて、慌てて手を振る。

「いや、実は社長に呼ばれてて。〝屋根裏〟に行かなきゃならないんだ」

正直に答えると、ユージーンは何か言いたげにかすかに口を開いて——何も言わず、眉間にしわをうっすら寄せただけで、ひとりで下りてしまった。ドアが静かに閉まる。

「……何？」

再び動き出したエレベーターの中でそう呟いたけれど、趣味が何か、普段カナルイヤフォンで聴いているものは何か、好きな映画は何かも知らない男の考えなど、わかりようもない。

孤独な自問自答を繰り返すうちに、エレベーターは〝R〟を点滅させながら、ポーンと音を立てて止まった。

通称〝屋根裏〟と呼ばれるこのフロアは、極端に天井が低い。しかも斜めだ。古い建物につきものの屋根裏部屋をそのまま使っているから当然だが、ヴィヴは「こんなところを社長室にする社長はなかなか不思議な人だ」と考えていた。

このフロアには仕切りがない。エレベーターから一歩出ればそこは一面広い部屋だ。異様なのは、四方の壁や天井の至る所にポスターが貼ってあることだろう。すべて、社長の思う「ＶＦＸが優れている作品」――つまりリンクスがこれまで手がけた、微力であろうと協力した映画のポスターである。床のパネルまでプリントされており、ここを訪れる者は、リーヴ社長がこの会社を心から愛していることを知る。他にほとんど物はなく、窓にはカーテンすらかかっておらず、立ち上る細かな埃《ほこり》が、日の光できらきらと輝いていた。

「……リーヴ社長？」

社長どころか、受付も秘書もいない。カラフルなポスターだらけで目をチカチカさせながら、ヴィヴはあたりを見回す。ポスター以外で部屋にある物は、革張りのソファが四脚と、高価そうなローテーブルがひとつ。たったそれだけだった。

ヴィヴは左手首のTIMEXで時間を確かめる。アメリカ軍仕様のアナログの時計の針は、午後四時三十六分を指している。あと二十分ほどで次の打ち合わせがはじまってしまう。待っていれば社長はここに来るんだろうか？

不安で胸がざわざわした。ヴィヴがここに来たのはこれまでに一度きり、それも社内でジェイソンを捜していて、うっかり来てしまった一回だけだ。あの時もやっぱり誰もおらず、ポスターの異様さに圧倒され、逃げるようにエレベーターのドアを閉めて退散したけれど、この状態が普通なのだろうか。

仕方がない。ヴィヴは「せめてどこかの誰かに聞こえるように」と大きめの咳払いをしてから、革張りのソファに腰掛け、社長を待つことにした。

ハイブランド製らしきローテーブルはコンクリートで出来ていて、水圧カッターで切ったように美しい直方体をしていた。どっしりとしたそのテーブルの表面には、小さな四角いくぼみがあり、羊歯《しだ》やモンステラといった鮮やかな緑の観葉植物が生けられていた。

その時、ふと誰かに見られている気がして顔を上げた。

「誰かいます？」

声に出した次の瞬間、何かが高らかに鳴りはじめた。観葉植物に気を取られていたが、その向こう、テーブルの反対側に、漆黒の薄いタブレット端末が置いてあったのだ。

タブレットが鳴らす音には、聞き覚えがある。リウがシステムを作った、社内専用オンラインミーティングアプリの呼び出し音だ。タブレットを手に取ってみると、画面に送信者の名前はなく、ただ番号だけが表示されている。

「スパイ映画かよ」

ヴィヴはそう毒づき、受話のコマンドをスワイプした。すると暗かった画面が切り替わり、ぱっと青空が映った。大きな窓のある部屋の中だ。中央に椅子の背もたれらしきものが見えるが、どこだ、ここは。

「もしもし？」

恐る恐る声をかけると、下からぬっと人が現れた。どうやらその人物は、屈んで何かしていたらしい。

「いや、すまない。ちょうどペンを落としてしまって」

そう言って万年筆をこちらに見せ、にっこり笑う。下がり気味の目尻のしわがぐっと深くなる。チャールズ・リーヴ、ここリンクスの社長。少し後退した白髪、面長でほっそりした鼻梁《びりょう》――ヴィヴは、老いたポール・ニューマンにどことなく似ていると思った。清潔感のあるオフホワイトのタートルネックがよく似合う。

「ミズ・ヴィヴィアン・メリルだね？　よろしく」

「ええと、どうも、社長」

我ながら間抜けな返事だと思ったが、リーヴ社長は特に気を悪くしている様子もなく、変わらず微笑んでいる。

「こんなところに呼び出しておいて、オンライン通話で済ませる非礼を許しておくれ。知っていると思うが、足が悪くてね」

「もちろん大丈夫です、存じ上げてます。お気になさらず」

慌ててそう答える。リーヴ社長は車椅子ユーザーだった——彼はアメリカ人で、若い頃、映画のマット・ペインター、合成用の背景画家だった。しかしそれだけで食えるわけもなく、広告の仕事を兼業していて、ベトナム戦争の後方へ取材に出た。しかし一九六八年、フーバイに配備された軍についていた時、テト攻勢が起こり、戦闘に巻き込まれて両足を失った。

これはCG業界のパイオニアである彼自身がインタビューなどで打ち明けている過去であり、業界では有名な話だ。社長が基本的に自宅でのリモートワークなのも、車椅子でロンドンの古式ゆかしく狭い建物内を、動き回るのはなかなか困難だからだという。

……こんなスパイ映画みたいなことを会議のたびにしているんだろうか。

ヴィヴはタブレットの後ろについているスタンドを立て、自分の視線に合うようテーブルに置き直すと、改めて姿勢を正した。

「それで、何のご用でしょう?」

するとリーヴ社長の顔から微笑みが消え、真面目な表情になった。

「少し、君のプライベートな部分に立ち入ってしまう話なのだが……」

「えっ」

思いがけない発言に、ヴィヴは体をきゅっと縮ませた。自分の私生活のあらゆること——休日は午後にならないと起きないとか、紅茶のメーカーにはこだわるくせに他の飲食物は安売り商品ばかり買うとか、そういったことごとが頭をよぎる。放っておけばいいのに何かというと他人の私生活に文句を言ったり、矯正《きょうせい》してあげようと手を突っ込んできたりする人というのはいて、社長もその類いの人かと思った。

ああ面倒だ。お説教の類いじゃないと言ったのに！　あなたの甥っ子が、ドン・リーヴが。

「でもミスター・ドン・リーヴが……」

「ドン？」

動揺のあまりつい声に出ていたことに気づいてはっと口を噤《つぐ》んだが、もう遅い。

「ドンがどうしたのかな」

「いえ、あの……その、私が呼び出されたのはお説教の類いではないと、仰っていたものですから。朝、社長とお話しされたからわかると」

「ああ、それか。それとはまた別の話なんだ。ドンとはエンド・クレジットについて色々話し合ったが」

「はあ……」

強張《こわば》りが向こうにも伝わったのか、リーヴ社長はヴィヴを安心させるように再び微笑み、姿勢を崩した。

「リラックスして。君に問題があったわけじゃないんだ。心配させてすまない。ただ、一週間前にあった出来事について、二、三、訊きたいことがあってね」

「一週間前?」

Xに取りかかる前は例のCMのアニメーションを作っていて、もうとっくにユージーンたちB班に渡している。納品も終わっている頃だし、クライアントからクレームが入ったとは聞いていないけれど……ほんの三秒ほどの間に、ヴィヴの頭の中を様々な考えと記憶が駆け巡る。実に長い三秒だった。

しかしリーヴ社長がヴィヴに訊ねたのは、そんなことではなかった。

「君に誰かが会いに来なかったかい?」

「え?」

「僕の古い友人なんだ。一週間前、君に会ったらしい」

ヴィヴの脳内から、まるで電気を消すように仕事にまつわる雑事が消え、代わりに、あの日あの晩のイメージが鮮やかに甦ってきた。夜のパディントン駅前、薄汚れたピザ屋で、向かい合って食べた。アメリカ英語をしゃべる妙な老婆と。パスポートの名前。リーヴ社長。

パチパチパチパチと軽快な音を立ててパズルが組み上がっていく。

「あーっ」

ヴィヴは思わず声を上げて立ち、勢い余って後ろにひっくり返りそうになるのを、腹筋に力を入れてなんとか留まる。

「モ……モ、モ」

いやいや、マジで？　信じらんない。ヴィヴはパニックを起こしかけていた。なぜあの晩、パスポートを見た段階で気がつかなかったのだろう。ヴィヴの頭の中に、白髪のポニーテールに往年のロックスター風のロングコートを着た婆さんが浮かび上がり、にやっと笑う。

「モーリーン・ナイトリー。レクタングルの……」

レクタングル社。それはハリウッドでも有数の大手VFX制作会社で、ハイクオリティな作品を作るスタジオのひとつだった。それを一九八〇年代に設立したのが、他でもないリーヴ社長と、モーリーン・ナイトリーだ。だが二十年近く前、つまり二〇〇〇年頃に、チャールズ・リーヴはレクタングルを辞めて突然ロンドンに移り住み、このリンクスを立ち上げた。同じ時期、イギリス政府が行った映画産業への税制優遇をあてにして、ロンドンにスタジオが出来たり、撮影が多く行われたりした。ハリウッドに不況の波が押し寄せていたのも、イギリスやカナダにエフェクト・スタジオが移転していった理由のひとつである。

レクタングルの代表取締役はモーリーンだけになり、そして数年前、倒産した。レクタングルだけではない、同じ頃、有名な大手スタジオですらアカデミー賞受賞という祝祭の最中に倒産してしまっている。ただしレクタングルの場合は、モーリーンの〝悪癖〟、すなわち向こう見ずで活動的すぎる性格のせいだと噂されていた。

ヴィヴの心臓は激しく脈打った。あの人がモーリーン？　マジで？

その場に立ったままタブレットを見下ろすと、リーヴ社長はまだ落ち着いた表情でいる。

「会ったんだね？　モーに」

「え、ええ、ええ、まあ……まったく、今の今まで気づいてませんでしたけど。というか、点と点が結べていなかった」

「モーは何をしていたんだろう？　君に何か言っていたかい？」

ヴィヴは正直にすべてを話した。スタジオからの帰り、ランカスター・ゲート駅に到着した時、ワイヤレス・イヤフォンを落としてしまったところから、それを拾った彼女に呼び止められ、そのまま夕飯を〝たかられた〟こと。なんだかんだでフラットに泊め、眠っているうちにパスポートを確認し、しかしまったくあの「モー」だとは思いもせず、朝になり、気がつくといなくなっていたこと。

「なるほど」

リーヴ社長は椅子の背もたれに背中を預け、唇に指を当てて考えるような仕草をした。

「どんな話をしたか覚えているかい？」

「何を言っていたかまでは、ちょっと……」

知らない誰かの話をしたような気がするが、思い出そうとしても店内の変な装飾やピザの味ばかりが甦ってきて、困った。そういえば店の隅に古いブラウン管のテレビがあって、映画が映っていた。老婆はあの名作映画を観ながら、運命がどうとか呟いたのだった。

「……店のテレビで『2001年：宇宙の旅』を上映していて、モーリーンさんはそっちに気を取られていたような覚えがあります」

ヴィヴがそう打ち明けると、タブレットの方からカチンと音がした。リーヴ社長はかすかに口を開いたまま固まっている。

「どうかしましたか？」

声をかけると社長ははっと我に返り、「いや、また万年筆を落としてしまった。面倒なので後で拾うよ」と言って微笑んだが、先ほどまでと明らかに雰囲気が違う。困ったような、混乱しているような目つきをしている。

「ありがとう、参考になったよ」

「いえ、あまりお役に立てなくてすみません」

話はこれで終わりだろうか。ヴィヴが緊張を解きかけたその時、社長はふと真顔になると、長い指をこめかみに当て、こう言った。

「最後にひとつ、訊いてもいいかな」

「はい、何でしょう？」

まだモーについて何かあるのかと、つま先に力が入る。しかし社長の質問の内容は、想像していたものと違った。

「君はスタッフロールに名前が載ることについて、どう考える？」

「え？」

「活躍しているミズ・メリルのことだ、すでにかなりの作品にクレジットされているだろう。やはり嬉しいものかい？」

「ええ、やっぱり嬉しいですよ。最近はもうやらなくなりましたけど、この仕事をはじめた頃は、封切り日に映画館に行って、スタッフロールの中に自分の名前があるのを確かめて喜んでいました」

そうするスタッフは多い。中には家族総出で映画館に押しかけ、スクリーンに愛する者の名前が並ぶのを見て涙する人もいるとか……今のヴィヴは映画館にすら行けないが。

「なるほど。では質問を変えてみよう。もし君が一度もスタッフロールに名前が載らないまま、この業界を去ったとする。しかし後になって、特別に名前をクレジットしてあげようと言われたら、どう思う？」

何だ、その質問は。ヴィヴは社長の前であることを忘れて顔を思い切りしかめた。すると社長は吹き出し、「いや、大丈夫だ、ありがとう」と言った。

「今の質問は忘れてくれ。モーリーンのこと、もし何かあったら、僕に直接連絡をくれ。アドレスは送っておくから」

そう言われてすぐに通信が切れ、社長室はまた静けさを取り戻し、真っ黒いタブレットとヴィヴだけが残った。スマートフォンに入れているリンクスのメッセージアプリがポンと音を立て、先ほど画面に出ていた番号とアドレスが届いていた。

再びアラームが鳴る。メッセージが届いている——社長ではない、バージョンⅢチームのリガー、ヤスミンからだ。もう時計の針は午後の五時を指している。ヴィヴはしばらくタブレットに気を引かれていたが、「よし」と膝を叩くと立ち上がって踵《きびす》を返し、エレベーターに乗り込んだ。

指定された三階のブース02は、ちょっとした打ち合わせに使える個室だ。ブース02にはヤスミンと一緒にA班のリード・アニメーターと、コンポジターのヒルシュビーゲルがいた。どうやらヒルシュビーゲルは撮影現場から戻ってすぐらしく、もじゃもじゃの髪と、しみのついたスポーツウェア、傍らに置いた大きなボストンバッグから、汗と皮脂の入り交じった異臭が放たれている。

「シャワールームで汗を流してきたらいいのに」

「着替えがもうないんだよ、悪いな」

そう言うヒルシュビーゲルは一切悪びれておらず、ヴィヴは肩をすくめた。

正面の壁に備え付けられたモニタは二台あり、一台の画面には、ポサダ監督のお膝元、メキシコのスタジオにいるレイアウト・アーティストがいた。もう一台には、ヒルシュビーゲルが現場から採集したのであろう、『レジェンド・オブ・ストレンジャー』のトラッキング・データが映し出されている。

トラッキングとはその名の通り追跡のことで、実写のカメラワークや俳優の動きを細かく追跡し、データ化する。VFX制作側にとってはCGと合成する上で必須である一方、撮影の合間に割って入ったりもするため、集中したいカメラクルーや俳優をはじめ、現場に負担をかける。スムーズに、かつ、数少ない撮影チャンスで確実に捉えられるよう、間違えてはならない任務だ。

目がチカチカするほど鮮やかなグリーン・バックの前で、衣装を着た子役たちが演技している。彼らの手元や周囲にはごつごつした岩の大道具があり、ヴィヴは「バージョンⅢのXのシークエンスなんだろうな」と思う。グリーン・バックの中央には、後でデジタル消去可能な印が付いており、子役たちは、あたかもそこに何かがあるかのように振る舞う。その目線や頭の動きを、アンカーポイントという小さなトラッキング・マーカーが、追いかける。

「イメージボードよりも照明がだいぶ明るいけど、後で落とすの？」

「そう、奥のピラミッドが浮き上がるように、手前側はかなり暗くする」

モニタの映像が切り替わり、灰色のつるっとしたXが画面に現れた。この間メグミが作った素体モデルだ。A班のリード・アニメーターがこっちを見て言う。

「ポサダ監督のところのレイアウト・アーティストがブロッキングも作ってくれた」

「ありがたいっすね」

CGキャラクターにしろエフェクトにしろ、合成作業は実際のカメラワークに合わせて動かす。先ほどのトラッキング・データはそのために使うのだが、しかし今回ヴィヴが担当するシークエンスの中には、俳優がおらず、Xと背景のセットだけの場面が多かった。

このような場合、背景だけのショットをカメラクルー（基本的には撮影監督）に別撮りしてもらい、データを受け取った後、フルCGアニメーションと同じ手順、ブロッキングという工程を挟むことになる。

まだリグがついていない、プラモデルのように手足がTポーズのまま固まった状態のXが、画面の奥から滑るようにこちらへ向かってくる。まるで子どもがバズ・ライトイヤーのお人形で遊んでいるかのごとき印象だ。とても大スクリーンには映せない稚拙さだが、このブロッキングによって位置関係が把握でき、そうすれば、CGキャラクターが何秒でどう動き、どう演技すればいいのかがわかる。

映画撮影は、千人以上で行われる伝言ゲームみたいなものだ。正確に伝えるために見本があり、次の工程に進むとまた見本がある。しかもたったひとつの対象に対して、複数の部門が同時進行で取り組む場合も多々あるから、情報交換が欠かせない。うっかりすると自分がどこにいて何をすべきなのかわからなくなってしまう。

海の向こうにいるレイアウト・アーティストと直接話しながら、トラッキング・データを参照しつつ、動きの勘所や、特殊なリグを使うかどうかなどの打ち合わせをする。

だいぶ目が疲れていたヴィヴは、隙を見て目頭を押さえ、ついでに親指で眉間を揉んだ。ああ今すぐここを出て、近所にあるマッサージ店でほぐされたい。行きつけの店のオーナー、ヤン氏の愛想のいい笑顔を思い出しつつ肩を回していたら、ドアの外で誰かの大きな声が聞こえた。

「ちょっと、ちょっと待って下さい！」

「待たん！　社長はどこだ？」

ヴィヴたちは顔を見合わせ、「すみません、社内でトラブルがあったみたいです」と、レイアウト・アーティストとの通話をいったん終了にすると、リード・アニメーターを残して立ち上がった。一番出口に近い場所にいたヤスミンがドアを開ける。全員、先月起きたばかりのテロのことを考えていた。

オフィスの出入口の方に人だかりができている。ヴィヴは一瞬、ああ、銃声がしたらどうしようと、最悪な事態を予想して身構えた。

しかし人垣の向こうにちらちらと見えるのは、ブルーのセーターを着た、でっぷりと太った老人だ。頭のてっぺんが禿げ、そのまわりを綿みたいに白い髪がふわふわと取り囲んでいる。武器らしきものは持っておらず、手ぶらで、ただ大声で喚《わめ》いている。

「テロではなさそう？」

ヤスミンは心細そうに呟く。

「まあ、大丈夫そうだ。しかし誰だ、あの爺さんは。セーターが赤かったら、季節外れのサンタだが」

ヒルシュビーゲルはこの状況でも愉快そうに言ったが、ヴィヴはどこかであの老人を見た覚えがあった。だが深いしわと鋭い目つきから思い浮かぶのは、『スター・ウォーズ』の暗黒卿パルパティーン皇帝ばかり――私はルーク・スカイウォーカーでもダース・ベイダーでもない。つまりは、ヴィヴの知人ではないということだ。

「ベンジャミン・モーガン」

隣で誰かが呟いた。これもどこかで聞いた声だ。声の方を見ると、いつの間にかユージーンがそばに立っていた。

「知ってる人？」

すると彼は、まるでヴィヴが奇妙なことを言ったかのように眉《まゆ》をひそめて、こちらを見下ろした。

「君は観ていないのか？」

「何を？」

「二月に放送されたBBCの『名作の裏側――名もなき創作者たち』」

「え、ああ、観たけど」

「じゃあ思い出せるだろう。マチルダ・セジウィックとスタジオを共同経営していた老人だよ」

「……あっ」

記憶が一気に逆回転して二月のあの寒い晩でカチリと止まり、ゆっくりと再生される。

確かに、今、目の前で「社長を！　チャールズ・リーヴを出せ！」と暴れている老人は、番組で得意げにしゃべっていたベンジャミン・モーガンその人だった。

「そういやあの時もパルパティーンに似てると思ったんだ」

「何？」

「いや、こっちの話。しかしどうしてミスター・モーガンがここにいるの？」

今のベンジャミン・モーガン翁の顔は、番組に出ていた時の強張った作り笑いではなく、赤くなって憤然としている。おそらくここに来る前に二階のプロダクション・フロアで一度揉めたのだろう、彼を後ろから必死で止めているのは制作進行マネージャーたちで、ピンク頭のアンデシュの姿も見えた。騒動が終わりそうもない様子に、最初は面白がっていたヒルシュビーゲルも真顔になって、加勢へ向かう。

「ヴィヴ、私は戻るわ」

自分の身を守るように隅で様子を窺っていたヤスミンが、ヴィヴの袖をついと引く。

「戻るの？」

「問題ないようなら。先方のレイアウト・アーティストを待たせてるし」

いったい何が起きているのかさっぱりわからないが、さほどの危険はなさそうだし、〝仕事は続く〟のだ。その時、

「ヤスミン！　ヴィヴ！」

誰かに呼び止められて振り返ると、野次馬の中にメグミがいて、こちらに手を振りながらデスクの間を縫い、大急ぎで向かってくる。小柄な彼女にとってこのオフィスとデスクと人間たちはかなり大きく、ヴィヴの元にたどり着いたときには若干息切れしていた。

「やばいよ、やばいよ」

そう呟きながらヴィヴとヤスミンの腕を引っ張って、オフィスの隅に連れて行こうとする。

「どしたの、メグミ？」

「打ち合わせが残ってるんだけど……」

「私だってリウと打ち合わせの最中だよ。でもいいからこっち来て。打ち合わせどころじゃなくなるかも」

スタッフ用ドリンク＆スイーツのコーナーのそばまで連れてこられ、ようやくメグミは手を離した。

「さっき他のスタッフから聞いたけど、あのお爺さん、〝X〟の権利関係の問題が片付いてないって、うちに乗り込んで来たらしいよ」

「は？」

権利問題は映画の製作過程につきものだ。たいていは金と交渉力でプロデューサーがどうにか折り合いをつけるものだが、原作者との揉め事は、一月に雪が降るのと同じくらいの確率で起き、不思議なことではない。しかしあの老人は原作者でも、リメイク元の権利者でもない。ヴィヴとヤスミンが怪訝《けげん》な顔をしていると、メグミはおかっぱ頭をぶんぶん横に振った。

「それが、ある意味では権利者なの。ほら、Xってグッズ販売とかしてたじゃない？　その権利者はあのお爺さんなんだって」

「……ベンジャミン・モーガンがアルビレオ・スタジオの社長だったからか」

「そういうこと」

「え？　映画の製作会社に権利があるんじゃないの？」

「それが、あの作品に関しては違うんだって。Xのデザインがそもそもマチルダ・セジウィックの作だから、Xの権利だけは工房に譲ったらしいの」

なるほど。ヴィヴは例のBBCの番組を思い出す。Xを実際に創造したクリエイターはマチルダ・セジウィックだけれど、この世界では基本的に、そのクリエイターが属しているスタジオか、もっと全体を総括する映画製作会社が権利を持つ。モデラーのメグミがどんなに懸命にキャラクターをモデリングしたところで、彼女には著作権がないように。しかしXに関してはデザインもマチルダが担当したという理由で、譲渡できたのだろう。©マークに自分の名前を入れられるアーティストは、自分のオフィスを持てるごくわずかな人々だ。

「そっか。あの様子じゃたぶん、会社から工房に権利を譲ってもらう時も相当ごねたんだろうね」

「Xのグッズ販売も相当うるさいらしいよ」

「あー、私、ぬいぐるみ持ってるわ」

「知ってる。この間ソファの横に転がってるのを片付けたもん」

そこまで話したところで、騒ぎが一層大きくなった。老人の声が壁を震わさんばかりに響き渡る。

「チャールズ・リーヴを出せ！　うちのXは断じてCG化させないと何度も言っているのに！　あの男はそれをよく知っているはずなんだ！　なのにこの仕打ちは許せん、あいつはいったい何度マティ、マチルダを傷つければ気が済む！」

この言葉を聞いた瞬間、ヴィヴの頭の中がスパークしたように弾けた。

冷や汗が出て、視界に映る何もかもが遠く感じられ、音まで聞こえにくい。まだ騒ぎは続いている様子なのに。地面がぐにゃぐにゃとしはじめ、体がふらつく。

心の奥底から湧き出した感情が、荒れ狂った濁流のごとく堰《せき》を切って溢れる。叫び出したい。でもダメだ、今はダメだ、体の内側に留めておかなければ。

――ボタンをぽんと押せばおしまい、何でも単純化してしまう。時代は効率化を求め、ゆっくりじっくり創作してきた者たちの仕事を奪う。コンピュータ・グラフィックスは悪そのものです。

そうだ、あの老人は番組でそう言っていた。濁流がヴィヴの口元まで押し寄せ、飲み込んで、ごぼごぼと溺れそうになる。

すると不意に腕を引かれ、驚いているうちに狭い部屋の中に入れられていた。先ほどのブース02とは違う、別のブースだ。デスクにはR&D部門のリウが、大きな体で小さなラップトップに向かい合っていたところで、目を丸くしてこちらを見た。

ヴィヴの腕を引いたのはユージーンだった。まだ自分のデスクに戻っていなかったのだ

——彼は無言のままヴィヴを椅子に座らせ、腕を組んで壁にもたれかかった。心配そうな面持ちのメグミとヤスミンがヴィヴの顔を覗き込み、デスクにいたリウまで「何だ何だ」と、わざわざラップトップを閉じてこちらに来るものだから、恥ずかしさがどっと押し寄せてきた。

「ヴィヴ、大丈夫？　顔が真っ青だよ」

「だ、大丈夫。平気だから。打ち合わせがまだ……」

「どう見ても大丈夫じゃないだろう。座ってろ」

ユージーンはばっさり切り捨てるように言って、部屋を出て行った。確かにヴィヴの手のひらや額には汗が滲んでいてひんやり冷たく、頭も重く感じ、ふらふらする。分厚いメガネをかけたリウが、ユージーンが出ていったドアとヴィヴを見比べ、「ユージーンの言うことを聞いとけ」と言う。

「でもまだ打ち合わせが」

「いいから。この中じゃ、B班のリード・アニメーターのあいつが一番偉いんだ。困ったらあいつのせいにすりゃいい。ほれ、こいつで拭けよ。洗い立てできれいだから」

リウが差し出してくれたハンカチをありがたく受け取り、汗を拭う。どうしてこうなってしまうんだろう、ヴィヴは心のテンションのスイッチがどこでオンオフされるのか、自分でもよくわかっていなかった。

ヤスミンもユージーンの後に続いて出て行き、三人が残った。ブースのモニタには、バージョンⅢのXのモデルが映っている。騒動が起きるまでここでメグミとリウが、このXに合ったシェーダの開発について話し合っていたらしい。

「おいヴィヴ、ちゃんとメンテ行ってるのか?」

「……ごめん、何の?」

「お前さんのメンタルのメンテだよ。まだ調子悪いみたいじゃねえか」

主に地下室にいるリウには知られていないと思っていたが、ヴィヴの不調ぶりはスタジオの噂にまでなっているんだろうか。頭は溶岩さながらに熱いのに手足ばかりが氷のように冷たくて、感情をどうやって回収したら良いかもわからず、ただ涙が出てこないように堪える。

「恥ずかしいところを見せて、その……」

「アホ抜かせ、何が恥ずかしいんだよ。全然大丈夫だから気にするなって。俺だってパニックの発作を起こしたことはあるし、ここに勤めてる連中も似たり寄ったりだ。人間の中のソフトウェアも故障するし、メンテが必要なの。わかったら黙っとけ」

口の悪いリウの優しさに涙が出そうになってしまう。ヴィヴがハンカチを口に当てて深呼吸していると、ふたりはヴィヴに向かって軽く頷き、打ち合わせの続きをはじめた。

モニタに映るXのCGモデルは、まだ制作途中とはいえ、美しかった。ポリゴンはまだごつごつしているけれど、サナギが美しいのと同じで、この後羽ばたくだろう完成したXは、きっと素晴らしい出来になるに違いない。けれどメグミには不満があるようで、色々とリウに相談している。

ふたりのやりとりをぼんやり眺めていると、ドアが開いてユージーンが戻ってきた。片手に持っていた紙コップとチョコレートの袋をヴィヴの前に置く。ゆらゆら揺れる湯気はコーヒーの良い香りがする。

「あ、ありがとう」

「いったんヤスミンとブース02に戻って、リード・アニメーターに君の調子が悪いことを伝えてきた。今日はもう帰っていい」

彼はちらりとヴィヴを一瞥し、「それを飲んで、食べたら」と付け加える。紙コップを両手で包むように摑《つか》むと、熱くて、冷えていた指先に少しずつ温もりが戻ってくる。

「どう、ユージーン。表はやばくなってる？」

「いや、もう落ち着いてる。あの爺さんの姿も見えなかった。たぶんジェイソンか誰かが説得して、下に連れ戻したんだろう。しかし、先方には伝わった」

ヴィヴたちと打ち合わせていたレイアウト・アーティストに、リード・アニメーターが詳細を伝えた。先方にもプロジェクト内で起きたトラブルを把握する責務があるからだ。レイアウト・アーティストはポサダ監督と近いし、遅くとも今日の夜半にはこの騒動が伝わるだろう、そうユージーンは説明すると、深々とため息をついた。

リウは箸で袋入りナチョスをつまみ、ばりばり嚙み砕きながら怒った口ぶりで言う。

「ったく、迷惑な話だよなあ。どうせ工房を閉鎖して他に稼げるクチがないから、唯一もぎ取ったXの版権にしがみついてるんだろうが、うちに殴り込まれたってどうしようもないっての。権利関係の問題はプロデューサーたちの仕事です、お引き取りください。末端の俺たちにはどうしようもねえよ」

「製作中止には？」

話をまとめようとするリウに、メグミが突っ込んでいく。その横顔は焦っているようでいて、何かを期待する表情にも見えた。

「ならんだろ。あの爺さんにしてみたって、生活がかかってるんだから、金はほしいに決まってる。もう少し値上げしてもらえれば黙って引き下がるに違いないさ。お偉方にとっても、蚊に刺されたようなもんだろうし」

「……そっか」

「何だ？　中止になった方がいいとでも思ってんのか？」

リウに咎《とが》められて、メグミは俯く。

「……自信がない」

「どうしてだ？　美術監督の髑髏《カラベラ》が描いた絵、エルフマンが作ったマケット、シェーダ開発の俺。必要なもんは全部揃ってるだろうが」

「ネットが」

「ああん？」

ほとんど彼の癖と言っていい乱暴さでぞんざいに振る舞うリウに、メグミはすさまじい早口で言い返す。

「鈍いふりしないでよ。リウだってSNS見てるでしょ？　めちゃくちゃハードルが上がってる。そもそもリメイク自体に反対意見が多いし、CGがどんな風にあれを再現するのか、古いファンたちが騒いでる。さっきのお爺さんだって結局、マチルダ・セジウィックが——」

そう途中まで言い立てて、メグミははっとしたように口を噤んでヴィヴを見た。またパニックを起こしかけたのを思い出したんだろう。

「……大丈夫、私、もう帰るし。ありがとうね、みんな」

ヴィヴは誰とも視線を合わさずに、それでも口元だけは微笑んで立ち上がり、部屋を出た。

右手にコーヒーの紙コップを、左手にチョコレートの袋を持って建物を出て、夕暮れの街を数十メートル進んでから、ようやく上着を仕事場に忘れたことに気がついた。春とはいえ四月の初頭の夕刻、パーカー一枚ではまだ寒い。しかし今からあの場に戻れる？　無理。ヴィヴがジーンズのお尻のポケットに手を当てると、幸い何枚かの小銭と、家の鍵の感触があった。

娯楽の街ソーホー、ミュージカルのポスターをでかでかと掲げた劇場前を通り過ぎ、コスタ・コーヒーの角を曲がる。調子が悪いのは自分でもわかっている——ケバブ屋のワゴンから漂ういい香りにもまったく食欲をそそられない。ただ右手の紙コップの温かさだけが救いだった。

ヴィヴはなぜ今、ここまで心をかき乱されているのか、自分でもわからなかった。トリガー。引き金。前回テレビを観た後、体調を崩したのと同じ原因なのだろうか。

自分でも不思議だった。マチルダ・セジウィックがいったい何だというのか。特殊造形師、メイキャップ・アーティストがCGを憎むのは、いつものことだ。マチルダが最初でも最後でもない。我々は彼らの仕事を奪い、失業に追い込んでいる。わかっている。

昨年のアカデミー賞の授賞式で、ヴィヴ達が関わった映画ではない、別の作品が視覚効果賞を獲った時、壇上に上がった代表者マシュー・エルフマンはこう言った。

「世界中の特殊造形師のみんな、見ていますか。僕らはアナログでデジタルに勝利しました」

アーティスト然とした灰色の長髪、映画ファンなら誰もが知る彼に、悪意はなかったと思う。ただ純粋に、あの見事なアニマトロニクスのクリーチャーが、コンピュータ・グラフィックスを凌《しの》ぎ、評価されたことが嬉しかったんだろう。

だがヴィヴは傷ついてしまった。

「寒い」

パーカーのポケットにチョコレートの袋ごと左手を突っ込み、まだ温かいコーヒーを啜って、横断歩道を渡ろうとした。青信号のカウントがあと数秒を告げているが、今から走れば――そう思いかけた時、ヴィヴは足を止めた。

横断歩道の向こう、信号の下に、彼女がいた。ジョン・レノン風の丸いサングラス、ポニーテールにした銀髪、毛足の長いフェイクファーで縁取られたロングコート、革のパンツ。

モーリーン・ナイトリー。

渡りそびれたまま信号が赤になり、車が目の前を行き交う中、彼女は赤い唇で微笑みながら、ヴィヴに手を振った。

「どうしてまだいるのか、って訊かないんだね」

「……社長に訊きましたから」

ヴィヴ達は横断歩道のすぐそばのカフェで向かい合い、お茶を飲んでいる。正確には、モーリーンはクリームたっぷりのコーヒーを、ヴィヴは熱いアッサムティーを。

「ああ、白状したんだ、チャールズのやつ」

そう言ってモーリーンはしわの寄った口をすぼめ、コーヒーを飲む。

この人がかのパイオニア。特に女性のCGアーティストであれば一度は憧れた経験のある先駆者。ヴィヴが生身の彼女を見たのは八年前、はじめてコンピュータ・グラフィックスの世界的カンファレンスであるSIGGRAPHの会場に行った時のことだったと思う。彼女はちょうどイベントのゲストとして呼ばれていて、ヴィヴも見に行ったのだ。まだ白髪が目立っていなかったモーリーンは、ステージで悠然と椅子に腰掛けると、軽妙なトークで会場の客を楽しませ、若い質問者たちをばさばさと切り捨てては笑っていた。

「こちらで仕事でも？　えっと、ナイトリーさん？」

マグカップにミルクを少し入れてから、ポットの熱い紅茶を注ぐ。自然に攪拌《かくはん》されたミルクティーはきれいなベージュ色になる。角砂糖をひとつ落として、スプーンで軽く突く。

「仕事？　違うよ。私はもう業界を引退した、自由の身だもの。あとモーでいいよ」

「じゃあなぜ？　どうして私に絡むんです？」

「ベンジャミン・モーガンが現れたんだろう？」

ヴィヴは角砂糖を削る手を止め、モーリーンを見た。彼女は愉快そうに笑い、あの晩「ベンジャミン・モーガンを知ってる？」と訊いてきたことを思い出させた。

「意味がわからない……あなたたち、どういう関係なんです？『レジェンド・オブ・ストレンジャー』のリメイク版のクリーチャー制作依頼がうちに来た。あなたが私の前に現れた。あなたは当然、社長と旧知の仲で、そしてベンジャミン・モーガンという、Xを造形したマチルダ・セジウィックの共同経営者のことも知ってる」

モーリーンは変わらず楽しげににやにやしたまま、何も答えず黙っている。アメリカ人は歯を大事にするとヴィヴは聞いたことがあるが、彼女の歯は黄ばんでいて、歯茎の色も悪い。

「何か教えてくれてもいいんじゃないですか。私も暇じゃないんですよ。今日は早退しましたけど」

「どうして？　風邪でも引いたのかい？」

「いえ……まあ、そんなもんです」

「Xはうまくいってる？」

一瞬、守秘義務が頭を過ったけれど、この人を前に隠したところでどうしようもない、とヴィヴはため息をついた。

「普通に進んでますよ。今日はレイアウト・アーティストが作ったブロッキングを確認しました」

「ブロッキング。懐かしいねえ。それにしてもイギリスのコーヒーもなかなか美味しいね？　いや、みんながイギリスの飯はまずいまずいって言うもんだからさ」

またこの人のペースに巻き込まれてなるものか。ヴィヴはバッグから財布を取ろうとして、バッグも仕事場に置いてきたことに気がついた。しまった。するとモーリーンがわかったと言いたげに軽く頷く。

「大丈夫、今日は金を持ってるんだ。私が奢ってやるから」

「……すみません」

「それで、ベンジャミン・モーガンはどうだった？　キレまくっていただろ？」

「ええ、まあ、そうですね」

「不当だよねえ。そもそもあいつが作ったXじゃないってのにね。いつまで版権にしがみついているんだかって、そう思わないか？」

ヴィヴは返事の代わりに、紅茶を飲むことに専念する。これ以上踏み込んだことを答えて、SNSにでも書かれたらまずい。〝『レジェンド・オブ・ストレンジャー』リメイク版のCGスタッフ、アルビレオ・スタジオの元代表を酷評！〟なんて炎上してしまったら、最悪だ。するとモーリーンの方から話を切り出してきた。

「あんたはマチルダ・セジウィックに会ってみたいかい？」

思わず噎《む》せて、テーブルのナプキンをわしづかみにして口を押さえ、胸元をどんどん叩く。何？　何だって？

「マチルダだよ。本人に会ってみたくないか？　どこにいるのか知ってるのかって？　そりゃ、知ってるから海を越えてはるばるロンドンまで来たんだよ」

まだ気管に残る紅茶を咳でどうにかしながら、潤《うる》む視界でモーリーンの顔を捉える。

「時間が空いたら、パスポートを用意しな。持ってる？　それなら、ニューヨーク行きのチケットを買うんだ。大丈夫、ロンドンからニューヨークなんて半日あれば着くよ。三日ほど休みをもらって行けばいい」

第四章　伝説の造形師

二〇一七年
ロンドン／ニューヨーク

たとえば、窓を開ける。古めかしい、下から持ち上げるタイプのずっしりと重いガラスの窓だ。腕と下半身に力を集中させ——いや、ふっと息を吐いて胸から肩にも力を入れる。窓はがたがたと軋《きし》みながらやっと上がる。

窓の下を見下ろしてみる。南風がのどかな街の家並みをすり抜け、空の菓子袋や紙くず、新聞、青色の帽子を転がしていく。老婆が杖を突きつつ青い帽子を追いかけていた。腰に手をやり、重たげな足を引きずるようにして帽子を追う。

その時、たとえば角の家のドアが突然開き、場違いな軍人が——それも第二次世界大戦のカーキ色の軍服に身を包んだ男たちが出てくるとする。「ゴー！　ゴー！　ゴー！　ゴー！」ヘルメットを被り、肩にライフルの銃床を当てて左手で構えながら、右手は銃把《じゅうは》にやっていつでも撃てるように備えて、ひとりは壁を背に、ひとりは道の様子を窺う。何者かの影が過る。轟《とどろ》く銃声、はじけ飛ぶ薬莢《やっきょう》、怒声を上げる男、硝煙。緊張感のある動き

――。

〝動き〟とはいったい何だろう。筋肉の躍動。静寂の中にさえ起こる震え。ゆっくりしたもの。せかせかしたもの。地球に重力があり、自転が止まらず、自然法則が存在する限り、世界が静止することなどない。

アニメーターはそうした〝動き〟を再現する。リグというコントローラーを動かし、関節を曲げ伸ばし、バネが弾むように変形させ、力を込める。柔らかい草の上を、裸足の踵《かかと》から足裏、つま先が、順に接地する。そのそばからまた踵が上がり、地面を蹴って、その足は駆ける。

近年では、膨大な計算さえできる環境なら、コンピュータだけでも〝動き〟のいくつかを再現できるようになってきた。

たとえばエフェクト。数十年前までは、アニメーターが手で描いていた水の流れ、きらめく川や溢れる洪水の勢いを、今では専用のCGエフェクト・ソフトウェアが自動計算で行う。もちろん簡単な話ではない。『モンスターズ・インク』ではじめて自然な体毛が自動生成されるエフェクトが開発された時も大ニュースになった。エフェクト・アーティストたちは開発されたソフトを使い、繊細で豪快な地球の自然現象の再現に日々取り組んでいる。

たとえばモーションキャプチャ。頭からつま先まで全身を黒タイツで覆った俳優に、ポインタをつけておき、演技をしてもらう。その動作をコンピュータに取り込んで、アニメーション化する。目で観察しただけではわからない細かな予備動作などがデータになり、よりリアルな演技になる——ただし、アニメーターが再調整しなければ、生々しすぎて使い物にならないが。

いずれにせよ〝動き〟があるから、観客は魅了され、物語に引き込まれ、創作を現実だと思い込むことができる。

そしてヴィヴィアン・メリルにはアニメーターの才能があった。しかしヴィヴが本当に最初からアニメーターになりたかったのかというと、話は違ってくる。

ヴィヴははじめ、モデラーになりたかった。無から有を、0から1を作り出す方が「創造的」で「かっこいい」と思ったのだ。今も、いくら自分に動きを細部まで観察できる目という〝ギフト〟があったとしても、マチルダ・セジウィックやメグミ・オガサワラのような人物の方が、有能なのではないかとどうしても感じてしまうのだった。

ドアをノックして中へ入ると、いつもの先生——白衣がよく似合う初老の男性がデスクの前でにっこり微笑んでいた。クリーム色の壁紙、木調の床、春の陽気がさんさんと注ぎ込む広い窓には、鮮やかな緑の観葉植物が寄り添っている。

壁際に、高級にも安物にも見えないカウチ、ちょうどヴィヴの独身の叔母が持っていそうな、布張りのカウチがある。頭髪が少し寂しい先生は頷きながら、静脈の浮き上がった手でカウチを示し、ヴィヴは腰掛けた。

「ご無沙汰してましたねえ。調子も安定していたんじゃないですか？」

「ええ、はあ、まあ……ただ、最近ちょっと良くなくて」

心療内科のクリニックで自分の状態を話すことは、いつだって難しい。気持ちは一筋の陽も射さない泥沼と化しているのに、それを他人に伝わるよう言語化しようとすると、どうしても〝まとも〟になってしまう。そして相手には、泥沼は少し汚れた湖程度のものだろうと思われる。

それでもどうにか、先日起きたこと、つまりベンジャミン・モーガンがスタジオに乱入して、マチルダ・セジウィックがどうのと叫んだ時、ヴィヴの頭がパニックを起こしてしまった出来事を話した。以前、ＶＥＳアワードやアカデミー賞にノミネートされながら落選した後で頼った、馴染みの医師に。

靴を脱ぎ、カウチのなだらかな背もたれに体を預け、お腹の上で両手を組む。言われるままに目を閉じて深呼吸する。医師の穏やかなしゃがれ声が耳に流れ込んでくる。

「あなたに原因があるわけじゃない。知らないお爺さんが突然職場に乱入してきたら、そりゃあ誰だって動揺しますよ。今の時勢なら、テロだと思っちゃいますし」

ヴィヴの心の一部は、「今の分析、採用でいいんじゃないかな」と囁く。そう片付けておけば本当の原因と向き合わなくて済む。

「……でも違うんです」

どうして私は黙っていられずに、真面目に説明しようとするの？　ヴィヴはじんわりしみ出した汗ごと手のひらを握る。

「テレビでそのお爺さんが、CGの批判をしたんです。その人は私の大好きなクリーチャーを作った工房の管理者で。しかも実際に造形したマチルダという女性も、CGで作られたキャラクターが嫌いだったとか」

「それでどうしてあなたがショックを受けるんです？」

「自分でも理解できないんですが……私は元々、特殊造形、つまり昔ながらのやり方で作られたモンスターが好きで、映画の仕事がしたいと思ったんです。ただもうアナログは廃れつつあったし、そもそも私、あんまり手先が器用じゃなくて」

「なるほど。今の仕事はあなたのアイデンティティと直結しているんですね」

たぶん、そう。ヴィヴが頷いてみせると、医師は続ける。

「切り離せないものですか？　あなたの仕事とアイデンティティを。つまり、たとえ憧れの人からあなたの仕事を貶《おとし》められようと、あなたのアイデンティティは聖域の中にあって、侵犯されることはない」

「……つまり？」

「それとこれとは別の話、と分けて考えるんです。そもそも、あなたの仕事はモデラーではないんでしょう？　マチルダという女性もCGキャラが嫌いなのであって、アニメーターであるあなたには矛先が向いていない」

医師の言葉がうまく飲み込めず、ヴィヴは両目を開けて天井を眺める。ぶら下がったペンダントライトは電球が六つもついていて、幾何学的な不思議な形をしていた。メグミをはじめとするモデラーたちは、これと同じものを作ることができる。コンピュータの中で。

しかしヴィヴにはできない。

ほんの一時、アニメーターになる前、ヴィヴもモデラーになろうとしていた。CG学校に通っていた頃の話だ。スクリーンを縦横無尽に駆け回るキャラクターや、大アップで観客を魅了するクリーチャー、宇宙を駆けるスターシップ。こういった〝モノ〟を作るモデラーこそが、やはりCGの花形だからと、憧れていたのだ。

だが実際にモデリングを勉強してみて、ヴィヴはかなり早い段階で挫折した。

CG作成ソフトにあらかじめ備え付けられている、立方体や球体のオブジェクトをいじって増やすことでさえ、大変だった。オブジェクトを変形させるためには、ポリゴンメッシュ（伸縮性のないネットにゴムボールや四角いブロックなどを入れて、口をしっかり閉じたところを想像してほしい）をかけ、いじる。このメッシュの点や辺や面を、移動させたり伸び縮みさせたり増やしたりして、ものを形作るのだが、この基本中の基本の作業が、ヴィヴには難しすぎた。

思い返せば幼少の頃、粘土で象を作ってみたら「あら、上手なカバねえ」と言われたくらいの人間である。造形など、CGでなくてもどだい無理な話だった。

アニメーターは第二志望だった。そしてそこで才能の花が開いた……はずだった。

今のヴィヴは迷子になっていた。憧れの造形師にもCGモデラーにもなれなかった。でもアニメーターだったから、〝目〟、洞察力や観察力という武器が生き、賞の候補になった。しかしそこで一度転んでしまって、この先どこへ行けばいいのか、わからなくなっていた。プロとして賃金はもらっているし、賞にノミネートされればそれだけですごいこと、もう充分だと思い込もうとした。けれどもできなかった。

　ＣＧアニメーターの職はそれほど狭き門ではないし、「特別すごいことではない」とヴィヴは思っている。平凡に、地道に、日々の仕事をこなしていけば、ここまでこじらせなかったはずだ。しかし賞の候補になったおかげで「審査に落ちた」のが明らかになってしまったわけだ。受賞と落選の差は天と地ほどの開きがある。〝特別〟でなかったはずの自分の才能に光が当たったかと思ったら、一瞬で消えてしまった。やはり自分は〝特別〟ではない。いつの間にか傲慢《ごうまん》になっていたのではと恥ずかしくなる。それに『ＡＩ：30』が放物線の最高地点で、この先はただただ、落ちていくだけの可能性もある。

　けれども結局ヴィヴは、このコンプレックスを心療内科医に打ち明けなかった。

「そうですね、私はアニメーターだし、仕事と切り離せばいいと思います」

　と答えて、医師は「そもそも会社の問題であって、スタッフたちは関係ないですよ」と微笑みを崩さず片付け、診療を終えた。精神安定剤と、よく眠れる入眠剤を処方されて、ヴィヴは病院を出た。

　自分の心情とは裏腹に、良い天気だった。もう四月だ。すぐ黒雲が空を覆って雨が降り出すロンドンとは思えないくらいの、抜けるような快晴。病院最寄りのパディントン駅周辺は、平日だというのに今日も賑わっていて、二階建ての赤いバスを楽しげに撮る観光客の後ろを、少し苛立ちながら通る。

午前休を取っただけなので、午後から仕事に行かねばならない。憂鬱だった。心療内科でカウンセリングを受けてもまるで憂鬱が晴れないのは、何だか損をした気分になるが、仕方なく地下鉄の駅に向かって歩き出す。

肩に痛みを感じ、ぐるぐる回してほぐそうと試みる。ここ数日スタジオの四階にある撮影室で演技に集中しすぎたのだ。バージョンⅢのXがどういう動きをするのか――ピラミッドから出てきて、足を引きずって、弱々しく体を上下させながら歩く――その動きを自分で演じ、動画に収めて参照《リファレンス》する必要があった。

アニメーションで再現するため、動きを実際に自分でやってカメラで撮るのは、多少恥ずかしい。俳優の友人に頼む時もあるが、しかしやはり、自分でいくらか動いてみるのとみないのとでは、かなり違うとヴィヴは考えている。実際、アニメーターは俳優によく似ている仕事だと思う。

立ち並ぶフラットの突き当たりにハイド・パークの新緑が見えてくると、だんだんひとけも少なくなり、ほっとする。カフェから漂うコーヒーの香りを嗅ぎつつ、スマホを見ると、ヤスミンからメッセージが届いていて、ほぼ完成したスケルトンとリグの確認をしてほしいとのことだった。

今はメグミのモデリング、ヤスミンの骨格《スケルトン》とリグ作り、ヴィヴのラフアニメーション付けとカメラ位置の確認を同時進行で行っているところだ。最初から細かくやるのではなく、まずおおまかに作って、どんどん精緻にしていく。

彼女に〝了解、今から向かう〟と返信したところで、スマホが着信画面に変わり、軽快に鳴りはじめた。この番号、社長だ。ぐっと唾《つば》を飲み込み、通話ボタンをスワイプさせる。

「はい、メリルです」

「やあ、リーヴだ。いま都合はいいかね」

「もちろん大丈夫です、社長」

先日、再び自分の目の前に現れたモーリーン・ナイトリーのことを、社長に報告してあった。

「すまない、なかなか多忙でね、連絡が遅くなってしまった。また彼女が来たんだね。何と言っていたんだい？」

「それが……」

ヴィヴはモーリーンがマチルダ・セジウィックの居場所を知っていて、会いに行けと伝えに来たのだと打ち明けた。すると社長は明らかに慌てた口調で「本当かい？」と訊ねてきた。

「君は会いに行くつもりかい？」

「まさか！　今はXのプロジェクトもありますし、マチルダさんに会う理由はないですから」

「そうか……」社長は明らかに安堵した声色で言うと、ため息をついた。「モーリーンのやつ、いったいどうやってマチルダの居場所を知ったんだ」

おや、とヴィヴは不審に思った。社長はマチルダ・セジウィックのことを、ファースト・ネームの呼び捨てで呼んだ。ベンジャミン・モーガンもスタジオに怒鳴り込んで来た時、しきりと「チャールズ・リーヴを出せ」と喚いていた。

ただでさえ狭い業界だ。別の映画で知り合ったスタッフが他の作品でもまた共に作業することはしょっちゅうである。特に親世代にあたるリーヴ社長やモーリーン、マチルダの世代は、今と比べてスタッフの数も数十分の一、知り合いだとしてもおかしくない。

何か因縁めいたものを感じるが、巻き込まれるのも面倒だ。ヴィヴは敢えて彼らの関係性について触れないことに決めた。

「マチルダはどこにいると聞いたんだい？」

「ニューヨークとだけ聞きました」

「なるほど、ハッタリではなさそうだ。きっとまたモーリーンは君に接触してくるだろう」

ハッタリではなさそう……つまり、リーヴ社長はマチルダの居場所を知っていて、モーリーンも本当のことを言っているということか。ヴィヴの好奇心が刺激されたが、いやいやと首を振る。マチルダに会いに行ってどうする？

「また何かあったらご連絡します」

「ああ、頼む。何かよくない予感もするんだ。気をつけて」

よくない予感って、何だ。もやもやした気持ちで通話を切り、雑踏に戻る。早くスタジオに向かって仕事の続きをしなければ。

するとその時、突然背後から声をかけられ、危うくスマホを歩道に落とすところだった。

「せっかく貴重な情報を与えてやったのに、マチルダに会いに行きもしないで、上にチクったのかい？」

ぎょっとして振り返ると、予想通りの人物がいた。リーヴ社長の勘は当たった。

穏やかな陽気の空の下、今にも端からトマトが落ちそうなバゲット・サンドにかぶりつきながら、モーリーン・ナイトリーは言う。ほんの数日前に会ったばかりなのに、なぜまた目の前にいる？　無視して通り過ぎようとしても、モーリーンは食べかすをぼろぼろこぼしながら追いかけてくる。

「また何か用ですか？　急いでるんですけど。それに異変があったら上に報告するのは当たり前です。責任がありますから」

「ふうん、真面目なんだ。それにしちゃ、どこ行ってたの？　いつニューヨークへ旅立つのかと思ってたのに、こんなところにいるなんてね。まさかサボり？」

「違います」

「今の作業はどのあたり？」

「もうラフなアニメーションはつけてますけど……ってこれ答える必要あります？　守秘

義務はご存知でしょ」

　通行人をかわして、早歩き。それでもこの、オレンジ色の派手なシャツを着た老婆は、往年のビートルズみたいなベルボトムデニムを軽やかにさばき、銀髪のポニーテールをそよがせながら、さっさとついてくる。

　ロンドンの中心部の雑踏の中から、よくも毎度私を見つけ出すものだと、ヴィヴは内心感心していた。

「そのバゲット・サンド、そこの角のプレタ・マンジェで買ったやつですよね。まさか私が通るのをずっと待っていたんですか？」

「まあね。ここはあんたのフラットの近くだから、旅立ったのかどうか確かめようと思ったのさ。窓際の席で張ってた。そしたら、いつもの駅と逆方向に歩いて行くじゃないか！だからどうしたのかと思ってね」

「そんなこと、まさか毎朝してるんですか？　あれからずっと？」

「悪い？　他に確かめようがないだろう。スタジオの前で張っていたら、旅立ったことは確認できないし」

「ストーカーですか。なぜ私につきまとうんです？」

「だから言ってるだろ、マチルダ・セジウィックに会いに行けって」

　ヴィヴは一度立ち止まって、モーリーン・ナイトリーを睨みつける。

「会いません。先日も言いましたよね」

Xの創作者がニューヨークに住んでいる。そう聞かされて、気持ちが揺らがないわけではなかった。何しろあのXの創造主だ。それに、ヴィヴにとって特殊造形師はアイドルだった。美術監督などのデザイナーも、モデラーもそう。0から1、無から有を生み出せる人たちは誰であれ、どのポジションであれ、ヴィヴの目には魔法使いに見える。

……私自身？　私は違う。アニメーターだもの。

そう心の中で呟きながら、モーリーンをかわして引き離そうとするが、彼女はしつこかった。

「あんた、ファンなんだろ？『レジェンド・オブ・ストレンジャー』のさ。せっかく会えるチャンスをふいにする気かい？」

「……何でファンだって知ってるんです？」

本気でストーキングされているんじゃないか？　まさかスタジオの誰かが情報を流しているとか？　ヴィヴの背筋が一瞬寒くなったけれど、以前、フラットに一泊させた際、Xのぬいぐるみが目に入ったのだと言う。確かにあの日、Xのぬいぐるみはソファの傍らにあった。

「なるほど。ともあれ、ファンだからってニューヨークくんだりまで会いに行ったりしませんよ」

「どうして？　彼女……マチルダに会えば、きっと勉強になる」

「それならアニメーターの私じゃなくて、モデラーを誘うべきでしょう。造形師とCGモデラーだったら話も合う」

「あんたと同居してるメグミ・オガサワラとか？　ダメだね、彼女は警戒心が強そうだから」

「つまり私はノーガードの間抜けってこと？」

「そういう意味じゃないさ」

春の肌寒く強い風が吹き、ざわざわと葉擦《はず》れの音がする。背後に立ち並ぶ木々の、芽生えたばかりの若葉と、不敵に微笑む老婆の服や髪がはためき、まるで映画のワンシーンを見ているようだった。目の前でサングラスを取った彼女の瞳は、新緑と同じくらいきらめいて、そこにまだ悪戯《いたずら》好きの少女らしさが残っている。

「あんたは私に似てる」

「……はい？」

耳を疑う以上に、からかわれていると感じた。つい鼻で笑ってしまう。

「……ぶっちゃけ今しんどいんで、冗談やめてもらえます？　私はただのアニメーター、あんたはCG業界の伝説のパイオニア。いったいどこに共通点があるって？」

「チャールズ」

「は？」

「チャールズ・リーヴ。あいつに変なこと訊かれなかった？　スタッフロール、エンド・クレジットに名前が載るか云々って話」

ぎょっと目を見開いて立ち止まるヴィヴに、モーリーンは口元に笑みを湛《たた》えたまま、顎をしゃくって通り向かいの公園、ハイド・パークを指した。

「ちょっと付き合いなよ。まだ少しは時間あるんでしょ？」

もはや嫌とは言えなかった。なぜモーリーンが、あの屋根裏で社長とふたりだけで交わしたはずの会話を知っている？　疑念がますます大きくなっていく。

平日昼のハイド・パークは観光客も少なく、空いている。馬も歩く広い道に、よく手入れされた緑の芝生。木々の茂みにはリスなどの小動物もいて、のどかな雰囲気だった。白く大きな噴水と人工池のまわりを、いかにもイギリス貴族風の装飾付き柵が囲っている。

モーリーンは噴水前まで歩くと、ベンチに腰掛けて手招きした。彼女が煙草をつけようとして、ヴィヴはライターと箱を毟《むし》り取る。不服そうに口を尖らせるモーリーンは本当に少女みたいだとヴィヴは呆れながら思う。

「園内は禁煙なんで」

ジーンズのポケットに押し込んで、ヴィヴはベンチの隣に腰掛ける。目の前の芝生を、鮮やかなオレンジ色の嘴《くちばし》をしたブラックバードが悠々と横切り、人工池で水を飲みはじめた。どこかでつがいが鳴いている。

「ロンドンはいいね。どこもかしこも居心地がいい」

「そうですか」

ふと、ヴィヴの頭の中に、この人いったいどこで寝泊まりしているんだろう、という疑問がよぎった。彼女がヒースロー空港に降り立った初日、ホテルに泊まれそうもない様子だった。誰かにたかっているのか、それともどこかに安宿でも見つけたのか。まさかリーヴ社長の家に押しかけたとか？　まさか、だったら社長から私に連絡が来るはずがない。

「ねえ、ミズ・モーリーン。どうしてそんなに色々と詳しいんです？　私がリンクスに勤めていることだって知っていたし、あなたと私は似ているとか言うし、おまけに社長とした会話まで」

「知りたい？」

「ええ」

「じゃあ、マチルダのところへ行ってよ。そうしたら教えてあげる」

モーリーンはそう言って、喉の奥が見えんばかりの大あくびをした。

「アメリカは広すぎて騒々しいよ。行ったことないのかい？」

「ないですけど。とにかく今はプロジェクトにかかりきりなんで、行く暇ないです」

「資料として重要だと思わないの？　せっかく〝本物〟を見られる機会なのに」

風が強く吹いて、木々を揺らす。梢《こずえ》に隠れていたらしいリスが幹を駆け下り、近くの茂みに移った。

「……Xの本物をマチルダが持っているんですか？」

「らしいよ……その顔だと、チャールズもアンヘル・ポサダもその情報は知らないっぽいね」

資料。本物のX。

CGを作る時、取材と資料集めは欠かせない。実写におけるロケを、CGアーティストたちも行う。時間と費用の関係で、実際に現地へ行ける人員は限られてしまい、写真だけ見せてもらって終わってしまうことも多いが、それでもスーパーバイザーやリード・モデラーたちはたいてい取材に出る。洞窟のCG描写が必要ならば洞窟へ、見渡す限りの大草原が必要ならば大草原へ。前回『AI：30』の時はヴィヴもスイスへ行き、山羊の一種〝アイベックス〟を実際に見て、写真を撮ったりクロッキーを描いたり、徹底的に観察した。

しかし今回の『レジェンド・オブ・ストレンジャー』のリメイク版製作に関して、オリジナルのX、つまりマチルダが実際に手がけた本体の話はほとんど出ていなかった。リンクスに届けられた素材は、ポサダ監督の右腕で美術監督の髑髏《カラベラ》が新しくデザインしたXの絵と、妖精王のマケットだけだ。

CGはコンピュータ内にしか存在しないのでアーカイブも残しやすいが、現実にあり、かさばる特殊造形物や大道具小道具の類いは、撮影後に処分される場合が多い。たまに俳優が気に入って持ち帰ったり、オークションにかけられたり、興行収入の良かった大作映画の場合は記念に映画ミュージアムに寄贈したりもするが、大体は解体されて、フィルムの中だけで生きるものとなる。

Xも万が一残っているなら大変な貴重品になる。なぜならXは映画の中で全貌が紹介されず、スモークが焚《た》かれているせいもあって全体像や細部が不明なのだ。全身を見ずにリメイク版のデザインをするよりは、見られるなら見た方がいい、と考えるのが普通だ。

ヴィヴはメグミもまた自信を失っていたことを思い出す。先日もリウに「CGがどんな風にあれを再現するのか、古いファンたちが騒いでる」と吐き出していた。

もし——もし本物をヴィヴが撮影して、メグミたちモデラーに見せたら、彼女らも少し自信を持って仕事に打ち込めるのだろうか。自信のなさがなくなるならどんな藁にでもすがりつきたい。その思いはヴィヴ本人が身に染みて、よくわかっている。

しかしこのモーリーン・ナイトリーという女性を信用していいのだろうか。

「まず、どこから情報を得たのか教えてください。なぜ私に声をかけたの？　どうやってマチルダ・セジウィックの住所を知ったんです？　そもそも、あなたはいったい〝誰〟なんですか？　リーヴ社長と旧知の仲だとはわかってますけど、それにしたって……」

「ひとつ。マチルダ・セジウィックの住所を手に入れるのは難しくない。あの人は自分の師匠のアトリエを買って、そこに住んでる。彼女の師匠はアンブロシオス・ヴェンゴス。昔々の特殊造形師だよ」

アンブロシオス・ヴェンゴス。ヴィヴは急いでスマホのウェブを立ち上げ、映画データベースサイトIMDbの検索窓に名前を入れた。戦前にB級ホラー映画などで活躍した特殊メイキャップアーティストだった。孫のヨルゴス・ヴェンゴスも情報が載っていて、いくつかの映画で音響技師として仕事をしているようだ。祖父のアトリエを知ることは、業界にいればさほど難しいことではなさそうである。

「あとね、チャールズはマチルダ・セジウィックの〝元彼〟なのだよ」

「は⁉」

「元彼っていうか、一緒に住んでた。私が奪ったんだけどね。まあ、若気の至りってことで」

リーヴ社長とマチルダ・セジウィックが一緒に住んでた？ ヴィヴは初耳だった。どこのCG雑誌にも載っていない情報だ。よく知られている噂話は、社長とモーリーン・ナイトリーがかつて恋愛関係になり、社長がレクタングルを抜けたと同時に関係を解消したこと。それにしてもCGに根深く関わってきた人が、特殊造形師と親しかったとは。

「いや、まあ、人のプライバシーに首を突っ込むのは趣味じゃないですけど……でも、何があったんです？」

うろたえながら話の続きを待つが、モーリーンはこちらを見つめるばかりで話してくれない。仕方がない。ヴィヴはライターも返しながら「今回だけですからね」と念を押す。モーリーンは実に美味しそうに一服すると、「私たちは知人だったんだ」と言った。

「マチルダ・セジウィック、チャールズ・リーヴ、ベンジャミン・モーガン、そして私。親しかったわけじゃない。マチルダはチャールズやベンジーと親しかったけれど、ベンジーはチャールズと私を一方的に嫌っているし、私はベンジーをよく知らない。複雑なんだ、大人の過去は」

そう言って煙草の灰を地面に落とそうとする。ヴィヴは慌てて、モーリーンが食べていたバゲットサンドの包み紙で、灰を受け取った。

「せめて灰くらい自分で片付けてくださいよ」

「悪かったって。一本でやめとくから」

　こうしてモーリーンは昔話をはじめた。大人たちの――ヴィヴ自身ももう充分大人だけれど――その物語は、彼女にとって新鮮で、刺激的だった。ヴィヴにとっては〝CG業界の巨人〟以外の何者でもなかったリーヴ社長が、ベトナム戦争で両足を失った後、特殊造形師の女性とともにロサンゼルスに移り住んでいたなんて、この機会なしにどうやって知ることができただろう？

　モーリーンの話では、マチルダ・セジウィックはミュージカル『アニー』の主人公みたいな巻き毛の女性で、でも性格はアニーとは似ても似つかない、生真面目で物静かなタイプだった、とのことだ。この間ヴィヴがＢＢＣのドキュメンタリーで見た、写真に写るマチルダも、確かに少しも微笑むことなく、まっすぐな眼差しで自分の造形物と向き合っていた。その姿にヴィヴは、まるで凪の海や、音もなく降りしきる雪のような印象を抱いた。

　大学院生だった若きモーリーンは、当時マチルダと同居していたリーヴと、映画館で出会った。上映していたのはキューブリックの『２００１年：宇宙の旅』。作品に惚れ込んだモーリーンは繰り返し映画館に通い、そのたび、入口近くに車椅子の男性がいるのに気づいた。そして声をかけた。

「それで私とチャールズは友達になった。言っとくけど、最初から略奪しようとしてたわけじゃないよ。マチルダは明らかに嫉妬《しっと》してたけどね。彼女はいつだって私を妬《ねた》み、嫌っていた。あの人は自己肯定感が低い上に頑固な職人肌。仕事を奪われることを恐れてCGを憎むようになって、しまいには業界から逃げちゃった」

さばさばした口調でいて、裏側にざらりとした悪意が漂う物言いだと、ヴィヴは感じた。おそらくモーリーン自身気づいていないのだろうが、マチルダ・セジウィックへの妬みが残っているのは、モーリーンの方じゃないだろうか。その妬みは、リーヴという男性をめぐって生じたのか、それともマチルダの才能に対して何か思うところがあるのか、それはヴィヴにはわからない。

モーリーンはヴィヴの考えを見透かしたかのように「別に私はマチルダを妬んで遠ざけたわけじゃないよ」と言う。フィルターぎりぎりまで吸った煙草をバゲットの包み紙に押しつけて消し、くしゃくしゃに丸める。

「私はむしろマチルダと仲良くなりたかったんだ。特殊造形師に憧れてたし、手先が器用じゃなかったから、マチルダみたいに何でも手で生み出せる人を尊敬していた」

再び風が、今度は横薙ぎに吹いて、目の前の噴水がぱらぱらと飛沫《しぶき》をまき散らした。ヴィヴは思わず目をつぶる。頬に冷たい雫《しずく》が当たり、パーカーの袖口で拭いながら、モーリーンが何を言いたいのかなんとなく気づいた。

「……だから私はあなたと似てるって言いたいんですか」

「そうだよ。あんた、以前インタビューで答えてただろう。覚えてる?」

確かに、一度だけＣＧ雑誌から取材を受けたことがある。アカデミー賞の受賞を逃した後で、『ＡＩ：30』の話が聞きたいと依頼されたのだ。ヴィヴはジェイソンの薦めもあってそのインタビューを受けた。おおむね好感の持てる質問が投げかけられたが、ひとつだけ、「特殊造形師についてどう思うか」という、明らかに受賞結果を反映した質問があった。ヴィヴは「私は子どもの頃から特殊造形師を尊敬していますし、マシュー・エルフマンの仕事はいつだって素晴らしいです。マシンを組み立てて動かす、その手作業に憧れますし、無から有を生み出す才能に目を瞠《みは》ります」と答えた。本当のことを話すその胸の痛みは今も残っている。

「あんたはアニメーター、私はエンジニア。基本的にデザイナーが決めたラフをなぞっているだけ。そうは言っても、特殊造形師も似たり寄ったりだけどね。私たちはみんな、映画監督や美術監督の手足で、彼らの想像力に従事してる」

映画産業はチームだ。監督のビジョンを再現するのがヴィヴたちスタッフの仕事である。真の意味で無から有を、０から１を生み出している人間は、ほとんどいない。けれどモーリーンは言う。

「でもマチルダは違う。少なくともＸに関してはね。あれはね、彼女が幼い頃から取り組んできた完全にオリジナルのモチーフが元になってる」

「ショロトルじゃないんですか?　アステカ神話の」

「確かに映画のXはショロトルがモデルになってる。でもね、彼女はなぜか幼い頃から犬の怪物に魅入られていて、ショロトルのことを知る以前からひとりで作ってたって話だよ。だからあの怪物に並々ならぬ愛情を注いだはず。それを映画製作側が使用したの。マチルダには無から有を生む、創作に取り憑《つ》かれる才能があったってわけ」

「……オリジナルのデザインをした者だけが創造主とでも？」

「そうだよ。ああ、ひとつ、マチルダに会ったら訊いてほしいことがある。あんたはこのままだとエンド・クレジットに名前が載らない。それでいいのかって」

「え？」

またただ。社長にもスタッフロールがどうのこうのと訊ねられたことを思い出す。

「何でですか？　というか、普通クレジットされるものじゃないんですか？　それこそオリジナルの創作者なら」

「あんたは別に、知らなくていい。大人同士の話だから」

モーリーンは茶化すように言ったかと思うと、ふと真面目な顔になった。

「私たちにはマチルダのような才能がない。デジタル環境には強いかもしれないけどね。だから嫉妬するし、コンピュータ・グラフィックスを馬鹿にされると傷つく」

嫉妬？　私は嫉妬しているのか、マチルダや特殊造形師たちに？　ヴィヴは飄々《ひょうひょう》とした表情を崩さないモーリーンの横顔を睨みつけ、抗議しようとした。

「私たちだって才能がないわけじゃない。少なくとも……」

「わかってる。ＣＧだって無から有を生み出せるって言いたいんだろ？　そう、ＣＧも充分クリエイティブだ。粘土がポリゴンに変わっただけ――いや、それ以上だ。自然現象だってエフェクトで再現できる。私たちの技術があれば、いつか第二の地球だって作れるだろう」

モーリーンはマッド・サイエンティストのようなことを言うが、ヴィヴもそれが夢物語ではないとわかっている。そう遠くない未来に実現できる可能性がある。コンピュータ・グラフィックスにある巨大な力と無限の可能性。それこそ『マトリックス』の世界のように。

「でも心の底ではあんたも疑っているんだよ、私と同じように」

モーリーンが諭すように言い、ヴィヴは喉に蓋《ふた》をされたみたいに言葉が詰まって、出てこなくなった。

気がついた時には、隣に座っていたはずのモーリーンは消え、ヴィヴひとりだけが噴水をぼんやり眺めていた。手の中を見ると、ニューヨークの住所が書かれたメモがある。堂々とした筆致で、〝本物を観に行け！〟と書き添えられていた。スタッフロールの話はいったいどういうことなのか――なんだかんだで色々なものをはぐらかされた気がする。

太陽はかなり西に傾いて、青かった空には少しずつ雲が増えはじめている。

ヴィヴは激しく苛立っていた。ポケットのスマホがピンと鳴って、誰かからメッセージを受信したのはわかったけれど、無視した。両手で顔を覆い、うるさい噴水の音や鳥の声をBGMに、こんがらがった心から目を背けようとした。
でも結局は重たい尻を持ち上げて、職場に向かった。なぜなら他にすることがなかったから。

「遅かったな」
オフィスに入るなりユージーンと鉢合わせ、しかもお小言をもらってしまった。リー
ド・アニメーターとはいえ、彼はB班だ。なぜ叱られるのかと思いながらも、説明する気
力が湧かず、軽く首を振って「ごめん」と謝り、彼の横をすり抜ける。
ヤスミンはいつもの自分の席で、イヤフォンで聴いているのであろうポップ・ミュージ
ックに体を揺らしていた。その肩をぽんと叩く。
「ただいま、遅くなってごめん」
「いいよ、ヴィヴ。リグはクラウドにあげておいたから」
「ありがとう」
自分の席に戻りながら、社長に連絡すべきかどうか逡巡して、やめた。リーヴ社長は、
今回のプロジェクトのことをどう考えて受け入れたんだろう。
落ち着く自分のブース、仕切りに囲まれたコックピットのような席で、ヴィヴはマシン
を立ち上げる。ヤスミンの言うとおり、〝チームX・Ⅲ〟の共有クラウド・ストレージに
は、ほとんど完成形になったXのスケルトンとリグ（つまり機械人形の内部構造のような

もの）がアップロードされていた。ヴィヴは顎に手をやって肘を突き、モニタに近づいて細部まで見る。前回確認したスケルトンよりも、上半身が向かって左側に傾いで、左足を引きずるような姿勢になっている。

軽く動かしてみると、スキニング（キャラクターの皮膚や筋肉と、骨が同時に動くよう連結させること）はしっかりしていて、変にぶれたりねじ曲がったり、突き出したりするようなことはなさそうだ。

すでに打ち合わせをしたらしいエフェクト・アニメーション・チームからもいろいろとメモが付けられていた。特に弱体化したバージョンⅢのXは体毛や鱗がまばらになるので、デジタル・フェザー担当が制御へアの見本を出していた。この段階でのヘアはまだ曲がっておらず、Xはまるでトゲを逆立てたヤマアラシだ。

このルック開発はモデル名称ver.03に基づいていたが、すでに次のファイルにはver.04が到着していた。開くと、メグミ製Xの最新バージョンだった。細部の作り込みが更新されても、ヤスミンのスケルトンを基幹にしているので、ぴったり合う。醜くなった顔、こぼれ出る両目。半開きの口からだらりと垂れた舌は、体力が尽きる直前に見える。

これが、リメイク版が新しく生み出した、〝バージョンⅢのX〟だ。オリジナルには存在しないデザイン。

脳内でモーリーンの言葉がリフレインする――「マチルダには無から有を生む、創作に取り憑かれる才能があったってわけ」。

ヴィヴは「リグ、すべて問題ありません。こちらも、現時点でのアニメーションをアップロードするので確認願います」とメッセージを書き込むと、先週渡されたブロッキングからブラッシュアップしたラフなアニメーションのファイルを、共有ストレージにアップロードした。そして椅子の背に深くもたれかかって天井を見上げ、しばらく考えてから席を立った。

「おつかれ！」

わざと元気を出して声を張り、たっぷりココアを入れたマグカップを差し出す。メグミは黒縁メガネ越しに、どんよりした目つきでこちらを見上げ、ふうとため息をついた。二台横に並べたモニタの左側には、先ほどヴィヴが見たアップロード済みのver.04よりも更に細かい部分が作り込まれた、Xが立っている。

「だいぶ進んだじゃん」

「まあ……」

メグミはそう言いながらモニタに向き直り、再びペンタブでポリゴンの頂点を出したり引っ込めたりしはじめた。普段の彼女の髪はカラスの濡れ羽みたいにつやつやと輝いているのに、今はぐちゃぐちゃだ。

「あんまり根を詰めない方がいいよ」

とりあえずココアをデスクに置いてやると、メグミは両手で顔を覆って呻きだした。

「……目が痛い」

「そりゃそうでしょ。あんたここ三日、うちに帰りもせず延々Xとデートしてるんだもん。そろそろ帰ってこないとお姉ちゃん心配で怒っちゃう」

おちゃらけてみると、メグミは呆れた様子で首を振りつつも、ペンから手を離してココアを飲んでくれる。

「大丈夫？　何かうまくいってないことでもあるの？」

「うまくいってないっていうか……」

メグミは口をもごつかせて唇についたココアを舐め取り、モニタに視線をやる。

「どうしても〝これで合ってるのかな〟って気持ちが拭えない。一応、バージョンⅠとⅡのモデラーたちとも話しているし、リード・モデラーもOK出してくれてるし、自分でも髑髏《カラベラ》のデザインからかけ離れてはいないと思う」

「うん」

「けど『レジェンド・オブ・ストレンジャー』のXじゃないんだよね」

独り言のようで、しかしいやに響くひと言だった。

メグミはデスクの抽斗《ひきだし》からいつもの珍妙なアイマスク――日本製で、中にレッド・ビーンズが入っていて、温めて目のまわりの緊張を緩めるのだという――を取り出すと、電子レンジのある簡易キッチンへ向かった。彼女が戻ってくる間にヴィヴはメグミの椅子に腰掛け、作業途中のバージョンⅢのXを眺める。

デスクの上にはプリントアウトされたデザイン画があった。新しいストーリーラインに沿って生み出されたバージョンⅢのX。他のバージョンⅠ、オリジナルに一番近いはずの基本のXも、ファンたちが愛したXとは違っている。

リメイクとはそういうものだ。ヴィヴは「迷うな」と呟いて、湧き上がってくる思いを押しとどめようと試みる。「こんなのXじゃない」と考えはじめたら、完成作を見もせず野次を飛ばすだけのオタクと一緒になってしまう。

しかし……しかし。モーリーン・ナイトリー、稀代のトリックスターが放った種は、確実にヴィヴの心に根ざし、迷いの花を咲かせていた。

顔を上げて時計とカレンダーを見る。ロンドンと、ロサンゼルスにニューヨーク、モントリオールと、クアラルンプールのそれぞれの時刻が設定された、デジタル時計。それぞれの都市にリンクスとよく連携するエフェクト・ハウスがあり、今何時か知っておけば、真夜中に電話してしまったりミーティングを設定してしまったりせずにすむようになっている。

ヴィヴはメグミが戻る前に立ち上がり、大急ぎで仕事を片付け、マシンの電源を落とすと、大股でフロアを横切った。気が急いていたので、プロジェクトやファイルにロックをかけることすら失念していた。そしてエレベーターで二階へ降り、休暇申請をした。アンデシュは虚を突かれた顔で「え？　今？」と言ったけれど、ヴィヴのメンタルが不調なのは彼も知っていること、たった三日間の有給休暇は即座に許可された。

一歩一歩進む空港の入国審査の長い行列に並びながら、嫌でも目に入る巨大な星条旗に、この国らしさを見舞われた気がした。天井から吊され、壁に掲げられ、売店で売られ——どこにでも星条旗がある。

無事にパスポートにスタンプを捺された後、市内へ向かう列車に乗ると、地平線が見えるんじゃないかと思うくらいに土地が広大だった。

星条旗はビルにもぶら下がっている。別段、政府の施設でなくても、気軽に星条旗を掲げる習慣らしい。甘ったるいチューイングガムと下水のにおいが充満する街のいたるところで、その旗、赤青白の派手なスター&ストライプス、キャプテン・アメリカははためいていた。

「……嘘でしょ……まだ1ブロックしか進んでないの……」

アスファルトをつなぎ合わせたフランケンシュタインみたいな歩道を、ヴィヴはひとり、スーツケースを引っ張り歩く。とりあえずまずはホテルにチェックインしようとしているものの、地図が当てにならない。というより、地図は正しいのだが、そこに書かれた1ブロックが驚くほど広いのである。ニューヨーク、マンハッタン島のビルひとつ分に、ロンドンの建物が三つ四つ入る気がする。歩いても歩いても1ブロックが終わらない。

「そりゃ『16ブロック』なんて映画が撮られるはずだわ……」

ロンドンの16ブロックはあっという間だが。

マンハッタンは何もかもが大きいし、騒々しい。みんな早歩きで、タクシーはクラクションを鳴らし、建物の彩りは原色の派手なものも多い。爆発するエネルギーに飲まれてめまいがしそうだ。

「さっきがペン・ステーションだったから……今はどこよ？」

人いきれでむっとするタイムズスクエアが見えてきたところで、目指すべき場所は反対側だと気づく。地下鉄に乗ればいいのかもさっぱりわからないが、逆に道を訊かれたりする。どうして人は、見るからに旅行者だとわかる人物に道を尋ねるのか？

ヴィヴに道を尋ねてきた大柄の黒人のマダムに、自分も道に迷っているのだと話すと、「ヘルズ・キッチンに行きたいの？　じゃあエンパイア・ステート・ビルに背を向けないと」と教えてくれる。ふたりはスマホにかじりつくようにしてお互いに道を教え合い、とりあえず握手して別れた。ヴィヴはどうやら来た道を引き返し、かつ、ペン・ステーションの駅を通り過ぎればいいらしい。やはりまったく逆方向に進んでいたわけだ。

モーリーンが残したメモには、マンハッタン島の九番街と四十六番街が交差する地点が記されていた。ヴィヴはそのすぐ近くにあるホテルにようやくチェックインすると、やや小さいけれどふかふかのベッドに腰かけ、ひと息ついた。

ヴィヴはこの時、誰にも、ジェイソンにも、A班のリード・アニメーターにも、メグミにさえ、ニューヨーク行きを告げていなかった。もちろんマチルダ・セジウィックの居場所を教わったこともだ——たった三日、リーヴ社長には旅立ったとバレないと踏んでいる。なぜか？　言ったら止められるに決まっているが、何の連絡も今のところないから。

映画のスタッフは監督の手足だ。頭脳より上回ってはならない。頭脳が求める以上の行動は、混乱を招くだけ。ポサダ監督がGOなら従う。NOと言うのならやらない。でも。モーリーン・ナイトリーの真の目的は不明だ。まず単なる親切心ではないだろう。モーリーンほどのプロフェッショナルならば、ひとりのアーティストに余計な知識を植え付ける危険性を、よく理解しているだろうから。だったらなぜ？　裏の意図があるに決まっている。

私は餌に釣られた魚だ。しかも餌だとわかっていて食いついた。行くしかなかった。

ヘルズ・キッチンと呼ばれるその場所は、古びた赤い煉瓦《れんが》造りのアパートメントが建ち並ぶ、駅前と比べたらぐっと静かな場所だった。昔はマフィアやら麻薬の売人やらが巣食っていたらしいけれど、今はこじゃれた雑貨店やカフェ、しっとりしたバー、可愛らしいホテルなどが入っている。

雰囲気は、昔『ウエスト・サイド物語』で観た景色そのままだなと思いながら、ヴィヴは並木道を歩く。赤い煉瓦壁に四角い窓、ところどころに外階段が設置されていて、折りたたまれた鉄梯子《ばしご》がくっついている。どこかで保育所でもやっているのか、小さな子どもたちの声がした。通りを隔てて向かい側のアパートメントの、窓が開いている部屋から聞こえてくるようだ。

ふとリネンの香りがして視線を戻すと、一階にクリーニング店が入った建物があった。番地を確認する。どうやらここがマチルダ・セジウィックが暮らしている家らしい。

緊張で心臓が跳ね上がる。ヴィヴは何度も咳払いして、アパートメントの入口側に備え付けられた部屋番号の呼び鈴を見つめた。モーリーンは部屋番号までは教えてくれなかった。いったいどの番号を押すべきか？　誰か出たら何て説明する？　素直に「マチルダ・セジウィックさんのお宅ですか？」と訊ねるしかないだろうか。「ええい、ままよ」と少し古い言葉で景気づけると、ヴィヴは適当に、二〇一の番号を選んで押した。

しかし誰も出ない。

かすかに落胆した気持ちで、玄関ポーチの階段に座り、誰かがドアを開けてくれないかと願ったけれど、次第に日が暮れ、巣に帰る鳥たちが鳴き出した。

結局その日は、夕暮れまで待っても、誰もアパートメントから出てこず、また帰っても来なかった。日が完全に暮れると、ヘルズ・キッチンの界隈は暗くなり、黒い木立がざわざわと囁き、昼間とは違う顔を見せはじめた。少ない街灯に浮かび上がった鉄梯子のシルエットはまるで怪物の牙。どこからかマリファナの匂いが漂ってくる。ヴィヴは急いでバッグを肩に背負い直し、ホテルへ戻った。

「そんなに簡単に会えるわけもないよね……」

ホテルのシャワーで汗を洗い流し、真っ白なシーツのベッドに飛び込んで、ひと息つく。今リンクスはどうなっているだろう……ロンドンの時刻のままにしていた腕時計のＴＩＭＥＸを見ると、向こうはもう真夜中だった。時差ボケと旅の疲労ですぐにとろとろと微睡《まどろ》み、ヴィヴは朝まで目覚めなかった。

翌朝、もう日がかなり高く昇っている時間に起きたヴィヴは、近所にあったペイストリー店にイートインスペースを見つけ、チョコレート・クロワッサンとコーヒーのブランチを取った。バターたっぷりのクロワッサンにかぶりつき、熱いコーヒーで飲み下す。明日のフライトは午後一番だ。もう今日しかマチルダに会う猶予《ゆうよ》はない。

マチルダに会えたら何て言おうか、散々考えたが、「資料が見たい」それしか誠実な答えはないように思えた。Xのファンだと伝えることも頭を過ったけれど、アーティストには「私はあなたのファンだ」と伝えた時に喜ぶ人間と、こちらをまるで詐欺師であるかの様な目で見る者と二種類いて、マチルダが前者である可能性は低い気がした。

なぜ彼女は『レジェンド・オブ・ストレンジャー』を最後に、業界から引退したのだろう。かの作品は公開直後から、製作側の予想を数百倍超える規模でヒットし、拡大上映までこぎつけた。

作品は、発表した段階から作者の手を離れると言う。ヴィヴはかつてその考え方に反発していたが、今では、ある意味ではそうだと身に染みてわかっていた。仕事依頼のメールに必ず書かれる〝『AI：30』の素晴らしさ〟。それを読むたびに湧き上がる感情は、喜びだけではなかった。

胸ポケットから、しわくちゃになったメモ用紙を出す。モーリーンに渡された住所。そもそもモーリーンが本当のことを言っている保証なんて、どこにもないのだ。リーヴと以前恋仲だったモーリーン。もし今ふたりの関係が悪化しているとしたら——リーヴ社長も、あんな謎めいた言い方ばかりしていないで、はっきり「彼女は信用ならない」と切り捨てるべきなのだ、とヴィヴは思った。もしかしたらモーリーンは、私を釣ってここに来させて、プロジェクトの邪魔をする算段なのかもしれない。

ヴィヴはコーヒーマグをこつこつと指で叩き、壁時計を眺め、真昼の一時を過ぎたところで席を立った。

ヘルズ・キッチンは昨日と何も変わらず、赤煉瓦の建物の並びに、芽吹いたばかりの新緑が茂る並木が揺れ、あちこちから子どもの声がした。白黒のハチワレ猫が家の窓の向こうからこちらを見ていて、視線が合った。

ヴィヴはあたりをうろうろして、〝セジウィック〟の表札が出ているアパートメントがないか捜したが、スパイシーな料理の香りを漂わせる家を見つけたくらいで、収穫はなかった。結局モーリーンのメモ通りの場所、昨日と全く同じ場所で待つことにした。

一階がクリーニング店で、四階建ての大きなアパートメント。地下室の格子窓からは延々と、リネンの香りがする蒸気が立ち上ってくる。マチルダは勇気を出して、クリーニング店の中を覗いた。後ろにビニールがけの洋服がずらりと並んだカウンターでは、気難しそうに顔をしかめた男が、新聞を広げている。

「あの、すみません」

「はい?」

「お訊ねしたいんですが。ここにマチルダ・セジウィックさんはいらっしゃいますか？」

するとと店員らしき――店主かもしれない――男はずんぐりとした肩をすくめ、「うちにはいねえよ」と答えた。

「上の階にはいるがね。時々うちに洋服を出しに来る」

「あ、ありがとうございます！」

「でもいたりいなかったりだ。クリーニングもなかなか取りに来ねえし。あんた、知り合いなら預かってくれよ」

ヴィヴは迷ったが、部屋番号を聞けることを期待して、引き受けた。預かった衣類は、白い袋に入った青色のつなぎと、数枚のバンダナだ。

「部屋番号は三〇一だ。間違えて四〇一を押しても、マチルダは出てこないぜ」

それはそうだろうと思いながら礼を言い、レジ前に置いてあったキャンディをお礼代わりに買って、店を出た。

会える。これで会える、きっと。ヴィヴは高鳴る心臓を抑えるのに必死になりながら、震える指で三〇一号室の呼び鈴を押した。

しかし誰の応答もなかった。クリーニング店の店主に頼めば、ここに立ち塞《ふさ》がっている表の玄関扉くらいは開けてもらえるだろうが、肝心の本人がいないのでは意味がない。

レモンの味がするキャンディを口に含み、玄関前の短い階段でしばし待つ。きっと今日なら会えるはずだ。きっと。

そのうち、旅の疲れと時差ぼけがどっと押し寄せ、ヴィヴは階段に腰掛けたまま、うつらうつらしていた。夢と現《うつつ》がごちゃごちゃになって、メグミが隣にいる錯覚を起こした。

「起きて、風邪を引くわ」

「大丈夫だよ、メグミ。今はもう春なんだから……」

寝ぼけながら、視界に映るもやもやと白っぽいものを手で払いのけようとし、はっと目を見開いた。

——ぬいぐるみ。

白くてつるんとした、かわいいゴーストのぬいぐるみだ。目はボタン製、キッチンミトンと同じく手にはめるタイプのもので、ぱくぱくと口が動く。まるで子どもをあやすかのようにぬいぐるみを操っていたのは、小柄なお婆さんだった。

「春とは言っても、外で眠ったら良くないわ」

すっかり真っ白になった髪はくるくるした巻き毛、微笑みは朗らか、目尻にしわがたくさん寄っている。柔らかなクリーム色のカーディガンにブラウス、灰色のスラックス姿で、ヴィヴの顔を覗き込んでいた。

名乗られなくてもわかる。マチルダ・セジウィックだ。

慌てて立ち上がりかけたその時、ヴィヴの頭に強い衝撃が走って、目から火花が飛び出した。呼び鈴のスチールパネルに頭をしたたかに打ち付けたのだ。

幸か不幸か、頭を打ち付けたことによって、ヴィヴはマチルダに言い訳を並べ立てる前に、家の中へ入れて貰える次第となった。

マチルダの誘《いざな》いに甘えて、介抱されに建物内へ入る。狭く薄暗い階段を上がり、三階の角の右手側のドアが開かれた時、一瞬でひどく懐かしいにおい、石膏《せっこう》と粘土のにおいに包まれ、目を瞠った。

吹き抜け。モーリーンから、マチルダ・セジウィックは師匠のアトリエを買い取ったと聞いたが、上の階までぶち抜かれているなんて。クリーニング店の店主が四〇一号室の話もしていたのは、このためだ。

「……すごいですね」

あんぐりと口を開けて上を見ていると、マチルダははにかむように言った。

「上の部屋も一応私の部屋なの。あまり人をお招きすることもないし、邪魔なので天井を抜いちゃったのよ」

ヴィヴが驚いているのは、単に天井が抜けていたからではない。

モンスターが家の中にいる。上下ふた部屋の仕切りが邪魔になるほど大きなモンスターが、白っぽいビニールカバーをかけられ、佇んでいた。四〇一号室の窓からも差し込む西日がビニールカバーを透かし、柔らかくおだやかな光に包まれて、まるでピエタ像のように神々しい。

「これは……まさか」

けれども姿ははっきりわからない。モーリーンが言ったとおり、あのXなのだろうか？　撮影に使われた、実物の、本物の？　それともまったく別のクリーチャー？　マチルダは引退したのではなかったのか？　しかしアトリエの壁際には、画材用と思われる棚が並んでいた。

たんこぶの痛みもわすれて呆気にとられていると、マチルダがヴィヴの腕をそっと引き、台所に連れて行ってくれた。小さなシンクと蛇口、野外用のガスバーナーがひとつしかない、ひどくつつましやかな台所だった。

「狭くてごめんなさいね。座って。血が出ていたらよくないから」

そう言ってマチルダは老眼鏡をかけると、スツールに座るよう促《うなが》した。ヴィヴは大人しくそこに腰掛け、結っていた髪をほどいて後頭部を見せる。するとマチルダの温かな指先が頭皮に触れた。労《いたわ》り、慈しむ手つき。ヴィヴの髪を掻き分けて頭皮をまさぐる彼女の指の動きは、どこまでも優しく、丁寧で、繊細だった。

この指に触れられ、創造された造形物は、きっと幸福だろう。

ヴィヴはふいにあふれ出そうとする涙を必死で堪えた。痛みのせいではない。大好きだったクリーチャーを作った創造主に触れられている感動と、ヴィヴの正体もここに何のために来たのかも知らせず、「これ幸い」と上がり込んだ自分の浅ましさを恥じる気持ちとで、感情が決壊しそうだったのだ。

「よかった、血は出てない。大丈夫そうね……あらあら、痛いかしら」

堪えきれず目にぷっくり浮かんだ涙を見て、マチルダは急いでキッチンペーパーを取り、手渡してくれた。

「大丈夫です、すみません」

ヴィヴはもう三十歳だ。ケガをして泣いたなんて思われて恥ずかしかった。何をしているんだろうと自分に呆れながらキッチンペーパーで涙を拭うと、ひとつふたつ深呼吸をして、ヴィヴはマチルダに打ち明けた。ロンドンからあなたに会いに来たこと、私は誰で、どこに勤めていて、今何の仕事をしているのか。

「下のクリーニング店で、ここの部屋番号を教えてもらいました。あなたの知り合いのふりをして……ごめんなさい。これ、預かったクリーニングです」

洟をすすりながら白い袋を手渡すと、マチルダは静かに受け取った。

はじめは戸惑った表情で彼女を見ていたマチルダだが、コンピュータ・グラフィックスのアーティストだと伝えた時、ふと眼差しに真剣な色が混じり、もうひとつあったスツールに腰掛けてヴィヴと向かい合った。

「あの作品のリメイクの話は承知しています。映画関連の情報はほとんど見ないのだけど、ある人から教えてもらったから。私には〝がんばって〟と励ますことしか出来ないわ……どうして私に会おうと？」

「Xの本物を見る必要があるかと……あの、資料として拝見したいんです。モーリーン・ナイトリー氏から伺って」

モーリーンの名前を出すと、マチルダは吐き捨てるように「あの人！」と言うと、うんざりしたような顔になり、ヴィヴはしまったと思った。

「メリルさん、だったわね。ミズ・ナイトリーやミスター・リーヴに言われていらしたのなら、ここにいてもらうと困るわ。私は彼らとの縁を切っているので」

そう言ってヴィヴを立ち上がらせようとする。無理もない、こちらが勝手に押しかけたのだから。けれど踏ん張って説得を試みる。そうでなければ、はるばるニューヨークまでなんのために来たのか。

「待ってください。あの、もう少しだけ話をさせてもらえませんか。私はナイトリー氏と親しいわけでもないんです。むしろ迷惑なくらいで……ほとんど無理矢理住所を押しつけられて。リーヴ社長とはウェブ回線と電話でしか話したことはありませんし、彼はひとこともあなたを捜せなんて言っていないんです。私の独断です。自分たちのプロジェクトに自信がなくて」

「……自信？」

「特殊造形師のあなたならおわかりだと思います。〝本物〟を追い求めたい気持ち。いつ完成のピリオドを打ったらいいのか迷う心。本当にこれでいいのか、いつまでも疑ってしまう」

ヴィヴはスツールから立ち上がりながらも、台所の台に手を突き、必死で食い下がる。

「ＣＧも同じです。あなたはＣＧを快く思ってらっしゃらないと聞きました。それも承知していますす。でも私たちも迷うんです。だって観客を満足させられる作品にしたいから……リメイクならなおさら、オリジナルとの差に悩みます。ぶしつけなお願いとはわかっています。でもどうか、あなたのXを見せてもらえませんか」

マチルダの表情は複雑で、感情を読み取れない。腹を立てているようにも、真剣に話を聞いて思案しているようにも、ただ戸惑っているようにも見える。あるいはそのすべてかもしれなかった。

彼女はふとヴィヴから視線を外し、狭い台所の窓の外を見やる。茜《あかね》色から濃紺に変わりはじめた空から、眩い日差しが差し込み、彼女の白髪やしわの増えた横顔を黄金色に染めた。

「……残念だけど、ミズ・ナイトリーの情報は間違っているわ。私の手元にあのXはない。知ってるでしょ？　小道具ならまだしも、大道具は通常、撮影が終わったら処分されてしまう。まれに取っておくこともあるけれど、少なくとも私の家にはないし、あの子を見送ってすぐスタジオから出て行ってしまったので、あの子がどうなったかすら知らないの」

「そう……ですか」

「ひょっとしたらベンジー……ベンジャミン・モーガンが所有しているかもしれない。工房が権利を持っているからね。でもとっくに売り払っているかもしれないわ。ロサンゼルスのアルビレオ・スタジオは閉鎖しているし、彼のガレージに仕舞うには大きすぎるもの」

そう言ってマチルダはくすりと悪戯っぽく微笑んだ。

情報源があの胡散臭いモーリーンだし、期待半分だとヴィヴは考えていた。それでも、このアトリエの中央にそびえ立つ、ヴェールをかぶったクリーチャーがもしかしたら本物のXではと思って、ついがっかりしてしまった。ロンドンからニューヨークまで飛んできたというのに。

「じゃあ、この大きい作品は……?」

するとマチルダはヴィヴと作品を見比べ、ふ、と軽いため息をついた。

「モーリーンの友達なら、やっぱりあなたを追い返すべきね。大人げないと思うだろうけれど、あの人とは本当に気が合わないの。でも、あなたがさっき放った言葉が、そのまま私にも突き刺さったのは確か」

そう言ってマチルダは台所から離れると、コツコツと軽い足音を立ててアトリエの中央へ向かい、ビニールのヴェールに手をかけた。

「あの人たちには言わないでくれる? モーリーンはもちろん、チャールズにも、ベンジーにも」

「も、もちろん! 約束します!」

ほとんど叫ぶように答えると、マチルダはかすかに微笑んで、ヴェールを取り去った。

その体は体毛やビーズに覆われ、濃淡の違う黒を組み合わせ、闇よりも美しい色をしていた。尾は長く太く、差し込む西日にぬらぬらと鈍く輝いている。そして見上げるほど背の高い、上下二階分のモンスターの顔。それは犬、いや狼の顔だった。

「……X」

感情が嵐のように体中を駆け回り、激しい歓喜が爆発しそうで、ヴィヴは手で口をおさえた。Xだ。間違いない。あの伝説的クリーチャー、大好きで仕方がなかった本物のモンスターが目の前にいる。

膝が笑って立っていられず、ヴィヴはその場にしゃがみ込んだ。床には粘土の欠片や羽毛、ビーズや薄いプラスチック片などが落ちていた。

しかしマチルダは朗らかな口調で言う。

「いいえ、もうXじゃないの」

「……えっ」

確かによく見ると、両目はモンスターの眼窩にしっかりとはめこまれ、垂れ下がっていない。

「正体不明の〝X《誰かさん》〟じゃないの、もう。私の、私だけのモンスター。名前はナイ＝ナイ」

「ナイ……?」

「赤ちゃんに言うでしょ、〝おやすみ《ナイナイ》〟って。そのナイ＝ナイ」

確かに、Night-Nightは小さい頃のおやすみの挨拶だったし、ヴィヴ自身、まだ二歳の甥を寝かしつける時に言ったこともある。

「元々この子はね、大好きだった知り合いのロニーおじさんが、私を影絵で楽しませようと見せてくれたパペットの犬がモチーフだったの。その頃の私はとても怖がりでね、大泣きしちゃって」

　マチルダは床にへたりこんだヴィヴの横に座り、気さくな感じであぐらをかいた。

「時が経っていろいろなことを忘れたけれど、あの影絵だけはずっと鮮烈なの。物心ついてからずっと、あれはいったい何だったのかを探り続けてる。パペットの犬だったと正体を明かされても、本当は違うと〝知っている〟の。ロニーや神話のショロトルに重ね合わせたこともあるけれど、私が見たのは、もっと別の、もっと素晴らしいものだった」

「だからずっと作り続けて……？」

「ええ」

　マチルダはXを作り終えた後、工房アルビレオ・スタジオをベンジャミン・モーガンに一任し、映画業界から姿を消した。住んでいたロサンゼルスの家を引き払い、ヘルズ・キッチンへやって来た——というより、戻ってきた。ニューヨークの師匠のアトリエを買い取り、空き部屋だった上階の四〇一号室の床も抜いて、二階建ての巨大なアトリエにした。なぜなら、そうしなければロサンゼルスの工房と同じだけの高さがある、天井の高い部屋が手に入らなかったからだ。すべてはXもといナイ＝ナイのためだった。

「『レジェンド・オブ・ストレンジャー』という映画があってもなくても、私はこの子を作り続けていた。もうほとんど妄執ね。あなたが今しがた口にした〝本物を追い求めたい気持ち〟と一緒だと思う。私にとっての本物は、幼かったあの日、あの時に感じた強烈な畏怖。それを再現したいだけ」

「じゃあ、いつかこれを完成して発表なさるんですか？」

何十年経っても世界的に人気のXがナイ＝ナイとなって復活したら、きっと映画業界もファンも喜び、大騒ぎするだろう。けれどもマチルダは首を横に振る。

「誰にも見せるつもりはないの。私はもうとうの昔に映画業界から抜けているし、今後も戻るつもりはなく、アーティストとして名を馳《は》せたいわけでもない。ただ私だけが満足できればそれでいい。そう思ってるの」

「そんな。きっとみんな見たがるでしょうに。それに、お金も稼げますよ」

ここでヴィヴはモーリーンから預かっていた質問を思い出し、ぶつける。

「クレジットは、どうお考えですか。『レジェンド・オブ・ストレンジャー』のです。このままだとあなたの名前は載らないと、ある人から訊きました。それでいいんですか？」

マチルダの目には、自分の半分にも満たない年の若いヴィヴが、なおのこと幼く見えたことだろう。考え方も態度も何もかも。彼女は微笑みながらゆっくり後ろを振り返って、台所の窓の向こうを指さした。

「通りの向かいでね、小さな子どもたちにお人形作りを教えているの」

「……ここに来る途中で声が聞こえて、保育所かと思いました」

「まあ、似たようなものね。私の師匠の自宅だったんだけど、ベンジーが時々振り込んでくれるお金で買えたのよ。そこで子どもたちに、私に備わった技術を教えて、少し生活費を稼いで、私はナイ＝ナイを作り続ける」

マチルダの声はまっすぐだった。

「誰にも邪魔されずに、勝手に、自由に、思うまま作りたかったの。他人の意見はいらない……確かに、私だって名前を残したいと憤《いきどお》っていた時期もあったわ。でももう、またか、と失望したくないの」

ヴィヴは唇を噛んだ。あなたが望めば、今度こそ名前をクレジットされるのではないかと。けれどその言葉は、マチルダのはっきりとした意思に阻《はば》まれた。

「私はただただ、自分の創作意欲だけに没頭したいのよ」

その言葉を聞いて、ヴィヴはマチルダのアトリエを辞去した。彼女は出口まで見送ってくれながら、「あなたはあなたで、がんばってね。本当にそう思ってる」と言ってくれたが、ヴィヴにはそれが、子どもの手を永遠に手放すと決めた親の言葉のように聞こえた。

とっぷりと暗くなった夜の下、昼とは一変した気温が、体と心に鋭く突き刺さった。

第五章　マッド・サイエンティスト

二〇一七年
ポーツマス

ヴィヴィアン・メリルは今、海を眺めている。

ほんのりカーブを描く水平線まで見渡せ、白い船がぽつぽつ浮かぶ。今日は暑いくらいで、すぐそこに初夏の到来を感じさせるぱりっとした色の青空、雲も少なくて天気はいい。しかし風が強いせいかエメラルドグリーンの海は荒々しく、大きな音を立てては、防波堤に打ち寄せてくる。

そんな中、ヴィヴは真っ昼間に防波堤の上に腰掛けて、足をぶらぶらさせていた。ここに来れば少しは気分が穏やかになるのではと思ったけれど、イギリス南部の四月の海はなかなかの暴れぶりで、泡立つ白波はかえって心を乱すばかりだった。

休暇で海辺に来たわけでも、仕事で来たわけでもない。アニメーション用の素材を探してもいない。非常に率直な表現をすれば、「上司命令で故郷に帰らされ、頭を冷やしているところ」だ。

五日ほど前、ヴィヴは三日間の有休を取って、ロンドンから時差五時間、飛行八時間のニューヨークへ飛び、マチルダ・セジウィックに会った。

最後の一日、フライト時間が近づくまでヴィヴは、ただセントラル・パークのベンチに座り、誰かがうっかり手放した大量の風船の束が、空へ昇っていくのを眺めていた。あの色とりどりの風船みたいにどこかへ行ってしまえたらいいのに、などと考え、呑気なものだった。まさか社長にバレているとは思いもよらなかった。いつもは出勤しない社長がやって来て、ヴィヴの点けっぱなしのマシンを開き、本来は資料を集めるために接続すべきインターネットで、ニューヨークのホテルや飛行機のチケットを手配していた履歴を確認すると、社長はすぐにヴィヴを〝島送り〟にするよう命じ、職場は大騒ぎになった。

マシンから履歴を削除せず、シャットダウンもしなかったのはヴィヴだ。しかしいったい誰がリーヴ社長に告げ口を？　それとも単に社長の勘が鋭かったのだろうか。

そこまで考えたところで、振り出しに戻る。モーリーンはなぜ、あれほどしつこくヴィヴをそそのかしたのか？　ヴィヴを現場から外させて業務妨害？　しかしヴィヴひとり抜けたところで、プロジェクトには大して影響がない。同レベルの技術を持つアニメーター、たとえばユージーンやB班のメンバーの誰かを異動させて穴埋めすればいい。代わりはいるのだ。

そんなことより今は自分の心配をしなくては。何しろチームのメンバーにかけてしまった心労といったら――

いないのはほんの三日だと軽く考え、モバイルルータの手続きも何もしなかったので、ネット環境が整っているカフェや本屋に入った時しかオンラインにできなかったのだ。その上、メグミに「どこにいるのか、家出とか仕事を辞めるとか、他にも何か変なことでも考えていないか」と訊かれても曖昧にはぐらかしてしまった。マチルダと会った後は一切メッセージを見ず、故国のヒースロー空港に着いてやっとスマホを確認した時は、毛穴から冷や汗がどっと溢れた。もしや精神面の不調で行方不明になったのでは、まさか最悪の事態になっているのでは――心配するメッセージが色々な人から届いていた。結局社長の乗り込みですべてが明るみに出て、ジェイソンにこってり絞られる羽目になった。

モーリーンにXの本物がどうのと誘われた時点で、社長に報告すればよかったのだ。これこそがヴィヴの行動の最大の反省点で、島流しになるかならないかの、分岐点だったのだろう。

ヴィヴは今日何十回目かのため息を吐いた。クビにならなかっただけまだマシだ。尻を片方上げてジーンズの後ろポケットからスマホを引き抜き、何かメッセージはないかと確認したけれど、アプリの更新を催促する通知しか来ていなかった。

一昨日ロンドンに戻ってから昨夜まで、ありとあらゆる人から騒動についての叱咤を受けた。リウやヤスミンはともかく、いつもふざけているヒルシュビーゲルでさえ『死霊の盆踊り』をストップし、真剣な面持ちで「しっかりしてくれよヴィヴィアン。プロジェクトの邪魔をするメンバーなんていらないぞ」と言った。

そしてフラットに帰れば、まったく目を合わせようとしないメグミからボストンバッグを押しつけられ、追い出された。目の前の道路には、ジェイソンの車が待っていた。どこへ行くのかと訊いても終始無言でとりつく島もなく、ヴィヴは不安と一緒にボストンバッグを抱きしめた。窓の外はどんどん郊外へ入っていくが、それは知っている道のりでもあった。

思った通り、ヴィヴはウォータールー駅まで連れてこられた。最大のハブ駅特有の、広くて線路も多い構内、人が自転車のごときスピードで行き来する忙しない駅の端っこで、「ちょっと待ってろ」と言われるままぼんやりしていると、ジェイソンが特急列車の切符を買ってきて、こちらに渡した。

「リーヴ社長は君のしたことに失望はしているが、怒っているわけではない。とにかく数日実家に帰って、頭を冷やしなさいとのことだ。君は今疲れている。それに精神状態も安定しているわけじゃないだろ？　とりあえずこっちが呼ぶまで待っていてくれ」

ジェイソンは、まるで学校で子どもが大失敗し、教師から呼び出された親のような顔で、ヴィヴの肩をぽんと叩いた。

メグミが押しつけてきたボストンバッグを開けると、ヴィヴの着替えやら洗面用具やらが詰まっていた。

それからは記憶が曖昧だ——特急に乗って夜の街を切り裂き進む間も、暗いポーツマス駅からタクシーに乗り継いで実家へ帰ったことも、自分がどうやってベッドに入ったのかも、ほとんど覚えていない。

もし時間を巻き戻せるのなら、私はどんなことでもするだろう。ヴィヴは心からそう思っていた。あのメンタルクリニックの建物の陰に隠れて自分を待ち、モーリーン・ナイトリーから逃げろと忠告したり、イギリスから出られないようパスポートを隠したり、とにかくなんでもいいから手を打ちたかった。

しかし過ぎたことは仕方がない。

海でも眺めていれば少しは気が紛れるかもと、防波堤に座ってみたものの、カモメがやたらと飛んできて頭やら体やらを突こうとする。

「しっ、しっ！　あっちへ行けってば！」

けれども獰猛なカモメたちはしつこく、ヴィヴのウインドブレーカーのポケットあたりを狙い続ける。何が入っているのかとポケットを漁《あさ》ると、買った覚えのない豚耳スナックの小袋が入っていた。赤いパッケージには付箋が貼ってあり、〝元気出せよ〟と書いてあった。字の印象からして、兄に間違いなかった。

「まったく……フランキーに気遣われるなんて！」

ヴィヴは防波堤を滑り降りて、豚耳スナックの小袋を芝生に放り投げ、カモメにくれてやると、空っぽになったウインドブレーカーのポケットに両手を突っ込んで、海沿いの道を歩き出した。

ポーツマスはロンドンからずっと南西に下った、グレートブリテンの南の海に面している。東へ行くと、昔から有名なリゾート地ブライトンに出られる。一方、ポーツマスは港町であり、軍港の町でもある。立派な造船所や、古い歴史的軍港が海辺に備えられ、丘を登れば王立海軍の基地が門を構えている。一九四四年にはその基地で、当時の首相チャーチルが、モントゴメリー将軍やアイゼンハワー将軍とノルマンディー上陸作戦を練った。おかげでポーツマスの海辺にはD‐デイを記念した博物館もある。

ヴィヴが今いるところ、サウス・シーと呼ばれる地区の海沿いには、芝生の緑が延々と続いていて、老人や子どもが犬を散歩させたり、近くのポーツマス大学の学生が防波堤にもたれかかってのんびり煙草を吸ったりしている。手を繋ぐカップルやサングラスのランナー、めいめいが穏やかな午後を過ごしている。近くのテニスコートからは楽しげな声が聞こえてくる。そのすぐそばにあるカフェが、とても美味しいサーモンチーズ・サンドイッチと、あつあつのジャケット・ポテトを出してくれるのを、ヴィヴは先ほど知った。

高い建物はほとんどない。せいぜい、駅前のショッピングエリアにぽつんと立つ、棒にDNA模型をつけたような形の展望台くらいで、空がとても広い。カモメをはじめ、鳥がたくさん飛んでいる。

地元のフットボール・チームはポーツマスFC、通称〝ポンペイ〟で、ヴィヴの部屋には今も青いユニフォームが飾ってある。しかしチームは弱小で借金まみれ、ヴィヴもポンペイ・サポーターズ・トラストという募金活動にバイト代を注ぎ込んだりもした。

かつてその〝ポンペイ〟の入団テストを、ヴィヴに豚耳スナックをよこした三歳年上の兄貴、フランキーが受け、そして落ちた。次は海軍の入隊試験を受けたところそちらも落第して、海軍造船所で少し働いたけれど飽きて辞めてしまった。今は何をしているかというと、古い軍艦を見に来た観光客を案内したり、子どもにフットボールを教えたりしているらしい。昨日帰宅した時にはまだ帰っていなかったけれど、ヴィヴが寝ている間に、母から事情を聞いたに違いない。

強い潮風が横殴りに吹き、ウインドブレーカーがばたばたとうるさくはためいた。顔についた髪の筋を払おうとするも、べったりとへばりついてなかなか取れない。湿っぽくて生臭いにおいに、懐かしさと鬱陶しさが込み上げてきた。

海辺の町——そういえばハリウッドのあるロサンゼルスも、海辺にあるはずだった。しかしひと口に〝ハリウッド〟と言っても、正確な場所は知らないし、現地のアーティストとやりとりするのもほとんどがオンラインだ。

再び自分の失策を思い出して、その場でしゃがみたくなり、かろうじて堪えてよろよろと防波堤に手を突く。ヒルシュビーゲルの言葉、「プロジェクトの邪魔をするメンバーなんていらないぞ」がリフレインする。本当に危ないところだったのだ。首の皮一枚のところで許されているだけ。

「うう……」

呻き声を漏らしながら防波堤に上半身を預け、コンクリートに残る陽の温もりに甘える。この際、モーリーンにすべてをなすりつけて恨めたらいい。けれどもヴィヴのうちにある潔癖さがそれを許さない。賞も獲れず、社長は失望させ、島流し。自分がとても矮小《わいしょう》な存在になった気がした。Xの本物を見ることで、自分たちがXに近づける――そこにすがってしまった自分はなんと弱虫だったのだろう。しかもそれでメグミを励ませるだなんて傲慢なことまで考えてしまった。いつまで経っても自信を持てない自分にヴィヴこそが失望していた。

湾の隅には、子どもの頃よく遊んだ小さな遊園地がある。客はほとんどおらず、潮風に吹かれて、観覧車のゴンドラが揺れている。入口前の屋台では、アイス売りが暇そうにあくびをしていた。

「いっそ別の仕事でも探すかなあ……」

ヴィヴはひとりごち、防波堤にもたれかかるのをやめて起き上がった。カラフルなアイスの看板をぼんやり眺め、店員の中年男性と目が合い、急いで前を通り過ぎる。今更、CGアニメーター以外の何の職に就けるというのか。

もう一度スマホを確認した。いつもの画面がすまし顔で、誰からもメッセージが来ていないことを告げている。この際、メグミに電話でもしてみたらどうかと思い、結局やめる。何を話すというのだ？　メグミに謝る？

リメイク版『レジェンド・オブ・ストレンジャー』は……Xはこれからどうなってしまうのだろう。私はもう、あの子に関われないんだろうか。そう考えるとぎゅっと胸が苦しくなるが、それが正しい選択なのかもしれないとも思う。

マチルダ・セジウィックの顔を思い浮かべる。あの穏やかな表情には、辛苦をすべて味わい尽くした人特有の柔和さがあった。人生の大事な何かを諦める代わりに、別の自由を手に入れた人が持つ、独特の雰囲気を纏っていた。

「……諦めなのかな」

創作は人に見てもらうのが当然だとヴィヴは思っていた。だからマチルダが言った「誰にも邪魔されずに、勝手に、自由に、思うまま作りたかったの。他人の意見はいらない。ただただ、自分の創作意欲だけに没頭したかったのよ」という言葉に、頭の中に積み上げていた積み木をひっくり返されたような衝撃を受けた。

他人の意見はいらない。ただ、自分の創作意欲だけに没頭する。

それができたら。それで満足できるのだったら、きっと幸せだろう。

ふと、先日社長から言われたことを思い出した――君はスタッフロールに名前が載ることについて、どう考える？

マチルダ・セジウィックは、「私だって名前を残したいと憤っていた時期もあったわ。でももう、またか、と失望したくないの」と答えた。

ヴィヴはマチルダの名をこれまでクレジットしてこなかった業界に腹が立ったが、自分に、彼女の代わりに怒る権利はないのだとも思う。

彼女がスタッフロールに名を連ねたことは、これまで一度もない。現役時代も、表舞台に出ることはなく、名も知られず、数ある大作の中で埋没してしまうような仕事ばかりしてきた、ごく普通の特殊造形師だった。それをXが変えた――しかしこれも、名前はクレジットされなかった。あるのはアルビレオ・スタジオの名前だけで、後年、『レジェンド・オブ・ストレンジャー』のオタクが探し当て、遅れて知られる存在となった。

一方のヴィヴはというと、近年スタッフの権利が重視されるようになったことも手伝い、すでに何度もエンド・クレジットに名前が載った。しかし自分が関わった作品を観に映画館へ行き、延々流れるスタッフロールの中から自分の名前を見つけて、有頂天になれていたのは、業界に入ってはじめの頃までのことだ。

マチルダたちの世代からすれば贅沢《ぜいたく》でうらやましいことに違いない――ヴィヴの場合は精神安定の都合上、ここ二年ほど劇場に足すら運べず、スタッフ内試写で間に合わせているとはいえ、マチルダの代わりに怒るのは傲慢ではないだろうか。

映画製作現場で活躍する女性は、二〇一七年の今でこそ増えてきた。それでも男性に比べたらまだまだ少ない。

およそ四十年前、一九七〇年代前後に活躍した女性の特殊造形師といえば、リズ・ムーアが最初に思い浮かぶ。作業途中で若手のブライアン・ミュアーに引き継がれたこともあり、エンド・クレジットに名前がないとはいえ、『スター・ウォーズ』のディープなファンの間ではストーム・トルーパーの最初の産みの親として知られているし、『2001年・宇宙の旅』のスター・チャイルドの創作者でもある。何しろ、ヴィヴと同じイギリス人なので、よく覚えていた。

――スタッフロールに名前が載ることについて、どう考える？

社長のセリフがリフレインする。それは、幸せなことである。そして作品がもし優れていた場合、エンド・クレジットに名前を連ねるスタッフと一緒に表彰の候補に挙げられるが、「やっぱり君じゃなかった、別の人にあげる。ごめんね」と突き落とされ、心が疲れ切ってしまうことだってある。

誰もが自分を無視して通り過ぎていく騒々しいざわめきの中、あるいはひとりぼっちの闇の中に佇みながら、創作って、何のために、誰のためにやるんだっけと思う。

そしてマチルダはそういった悩みから、場所から、自分で離れていったのだ。


方々歩き回っても気は晴れず、結局、ヴィヴは家に戻った。物心ついた頃から知っている馴染みの通りからは少しずつ家が消え、代わりにコンビニエンスストアやレストラン、ドラッグストアが立ち並んでいた。

赤煉瓦の塀に灰色がかった石の壁という、いかにも〝イングランドの家〟らしい我が家のドアを開けると、テーブルにはサンドイッチの皿が載っていた。マーガリンとマーマイトを挟んだ茶色いのと、マーガリンとキュウリを挟んだ黄緑色の、いつもと同じ二種類のサンドイッチ。お世辞にも洗練されているとは言えない花柄のテーブルクロスは、祖母が生前縫ったものだ。

ヴィヴはいつものポジション、産まれた時から与えられていた窓際の席に座った。膝を抱きかかえて、踵は椅子のへりに乗せ、丸まった姿勢をとる。

キッチンには母用のテレビがあり、オーブンでトリークル・タルトやらキャロット・ケーキやらを焼いている合間の時間に観ている。テレビは何かの自然番組のチャンネルがついていて、ちょうどCMに入ったところだった。

フルーツジュースのCMだった。ピンク色の産毛の生えた桃が画面いっぱいに登場し、女性の指が桃の薄い皮をぺろんと剝《む》くと、瑞々《みずみず》しく汁気たっぷりの果肉が露《あら》わになる。

『摘み立ての桃。フレッシュな味を、ご家庭で……』

この演出は一見してCGだとわかった——が、普通の人にはわからないだろう。職業病だな、とヴィヴは思う。

桃の実と女性の指は本物だ。けれど桃の皮と、皮の下から現れた果肉は本物ではない。皮は、ちょうどいい形に切り抜いたシールで代用し、無傷の桃に貼って、ハンド・モデルの女性が剝がしているところを撮影する。モデラーはシールの表裏を、テクスチャの切り貼りで桃の皮に見えるようにし、シールが貼ってあった桃の表皮は、果肉としてCGモデリングすればいい。他にも、人間の指や桃も、しみや歪みがないよう補正をかけている。ほんの一秒足らずのショットだ。一瞬なので、視聴者はすごく美味しそうな桃がぷりんと皮を剝かれたと思う。

本物の桃を使って同じショットを撮ろうとしても、皮はぐずぐずにしか剝けないだろう。もしかしたら果肉は若干傷んでいるかもしれないし、ぱさぱさで汁気も何もないかもしれない。現実は残念なほどリアルなものだから、理想はCGで補正する。

「CMの桃、すごく美味しそうよね。スーパーでそのジュース、つい買っちゃうのよ」

赤い塀に囲まれた裏庭から、洗濯物を抱えた母が戻ってきて、ヴィヴの隣の椅子にどさりと置いた。母はこのCMの桃が本物だと思っているのだろう。

「足を下ろすか靴を脱ぐかしなさい」

「……それよりこの洗濯物、生乾きだよ」

「乾燥機行きね。ほら、足」

大人しく足を床に下ろす。母はヴィヴと顔立ちこそ似ているけれど、茶色い髪はコテをあてすぎたのかくるくるしすぎていて、ヴィヴからすると「ちょっとかっこ悪い」髪型だった。あまり会わないうちにしわがだいぶ増え、お腹のあたりもたるんでいるのがエプロン越しにもわかる。

「はい、これ」

そう言って件《くだん》のジュースを冷蔵庫から出すと、グラスに注いでくれる。斜めにカットされた注ぎ口からジュースが注がれる時の動きは、下へ行くほどねじれて——

「あのCM、どうやって撮ってるのかしら。家ではあんなにきれいに桃は剝けないわ」

「……私、っていうかメグミならできるよ。前に会ったことあるでしょ」

「ああ、あの日本人の子ね。え、あれってひょっとしてCGなの？」

母親は明らかにがっかりした様子で、ジュースのパックを見た。慌ててヴィヴは言う。

「いや、このジュースは美味しいじゃん！　CMがただCG使ってるってだけで。見栄えだよ、見栄え」

「でも、なんだか騙された気分だわ」

しくりと胸が痛む。わかっている、母に悪意がないことは。

桃のあの薄くて剝きにくい皮を、一瞬できれいに剝いて中身を露わにしてほしいとクライアントから依頼があった時、きっとモデラーは悩んだだろう。そして「シールを使えば」と思いついた瞬間は、快哉《かいさい》を叫んだに違いない。でもそんなことは、視聴者にとってはどうでもいいこと——感心どころかむしろ嘘をつかれた気分になるのだろう。ヴィヴはジュースを飲み干して、せめてと説明した。

「CMはさ、生を使えばいいって話じゃないの。撮影は時間もかかるし、生きているものだと都合良くいかないことが多くて。たとえば……果物は果汁や断面がうまく撮影できないから。より美味しそうに見せないと、宣伝の意味がないでしょ」

まあCG嫌いのクリストファー・ノーランだったら桃を千個用意して完璧なショットが撮れるまで粘るかもしれないけど。

本当はもっとこだわって話したいところを堪えつつ無難に答えると、母はもう関心がなくなった様子で、ジュースをぐびりと飲んだ。

「そうそう、それよ。会社のみなさんには許してもらえたの？」

「……まだ」

「やっぱりね。あんたはいつもそうやって騒ぎを起こすんだから」

「ちょっと失礼じゃない。いつもってわけでもないんだけど」

「いいえ、いつもよ。あんたは他人と上手に付き合えないから、映画の世界に入ったんでしょ？　もうあきらめて別のスタジオに移ったら？　気ままなのがフリーランスのいいところだって言ってるじゃない」

腹立たしいことに図星なので、肩をすくめるにとどめてジュースを啜る。

即刻クビにならずに済んでほっとした一方、母の言うとおり、いっそのことリンクスを出てしまおうかとは考えた。ＣＧアニメーターを辞めるのはさすがに難しいが、スタジオを去れば、嫌な気持ちを引きずらずに済む。契約期間はまだ残っているから違反になってしまうけれど、事情が事情だし、代わりはいるし、他の面々もその方が、厄介者がいなくなって嬉しいだろう――ヴィヴはそう思い詰めていた。

椅子に深々と腰掛けてため息をつきながら、ついぽろりと声が出てしまった。

「結局、歯車なんだよね」

「どういうこと？」

「私の立場がさ。陳腐な言い方だけど、大きな機械を動かす歯車のひとつに過ぎないの」

「そうね、確かに陳腐な表現だわ」

母の返しにヴィヴは、自分で言っておきながら少しむきになる。

「うるさいな、ものの喩《たと》えでしょ。それにさっきまで私たちの仕事にケチをつけてたくせなんだけど？」

「ＣＭが気に食わないって言ってたじゃない。あれだって、私たちの同業者が作ったもの

に」

「ケチなんかつけてないわよ」

「あら、それはごめんなさいねえ」

母は呑気に言って席を立ち、キッチンのコンロでケトルの湯を沸かしはじめた。ヴィヴはいらいらしながら、その背中に向かって言葉を投げつける。

「じゃあこう言えばいい？　私たちはベルトコンベアー式のプラモデル工場の作業員で、偽物ばっかり作ってる。決められたデザイン通りに部品を作ってくっつけて、隣の塗装係に渡して『はいおしまい、じゃあ次』ってやってるにすぎない。私が毎日やっている仕事は、決められた動きをなぞって、トレースして、関節を動かしているだけ。しかも全部嘘のもの。こんな喩えならどう？」

「どう、って言われてもね。さっきのＣＭは確かにちょっと残念に思ったけど、でも美味しくなさそうな桃をテレビで見せられてもしょうがないもの」

温めたティーポットにティーバッグを入れながら母親は言う。

「それに、ベルトコンベアーの工場だって大切な仕事でしょう？　作業員の技術が高ければプラモデルの出来はよくなるし、不器用な人には上手に動かせないわ」

「まあそうだけど」

「ご近所のバザーに出すための婦人会でクッキーを作ったことがあるけれど、誰が粉を混ぜるか、誰がオーブンをセットするかで、ずいぶん出来が変わったものよ。私は外で働いたことはないけれど、でも人間が共同作業をする時ってだいたい同じよね。ひとりでクッキーを焼くのは簡単なのに、人数が増えたらもう大変。途中でうんざりしたわ、もう金輪際《こんりんざい》、十人でクッキーを焼くのはやめ！　って心底思った。だけどね、最後はうまくいった。その時の感動と言ったらなかったわ」

そう言い終えたところでケトルの湯が沸いて、母はティーポットに勢いよく湯を注ぐ。

ヴィヴはまた椅子の上に足を乗せ、膝を抱えながら、子どものような声で言う。

「……この間、ひとりでモンスターを作り続けてる人に会ったの。誰にも見られなくていいんだ、って。自由そうでうらやましかった」

ベルトコンベアー式のワークフローから、マチルダ・セジウィックは抜け出したのだ。ふと、Xの元になったショロトルのことが脳裏を過る。マチルダがショロトルのような泣き虫な性格かどうかは知らないが、他の神々が手に手を取って生け贄になろうとしている時に、その輪からショロトルは外れた。輪から抜け出したという点でふたりが少し重なった。神話ではショロトルは臆病者として描かれるけれど、マチルダが臆病だとは、ヴィヴには思えなかった。むしろ自由な選択をした人だ。

もそもそと考えている間に、母が紅茶のポットをテーブルに持ってきた。

「そう。じゃあやっぱり別のスタジオへ行ったら？　あるいはもう独立しちゃうとか……

あちち。ぐずぐず悩んでないで」

ティーポットから美しい赤色の紅茶がマグカップに注がれていく。

「前にいた会社はどうなの？　正規雇用を持ちかけられたと言ってたじゃない。そこも嫌ならまた違うところでもいい。アカデミー賞の話をすれば引く手あまたでしょう」

母はヴィヴの向かいに腰掛けると、紅茶のマグカップに口をつけたまま視線を落とし、特に娘を見つめるわけでもなく話す。

しかしこういう時のヴィヴの母親はだいたい、反対のことを言っているのだ。わざと関心のないふり、自然体を装いつつ、ヴィヴの自尊心をくすぐるような言い方をして、軌道を修正させようとする。昔から変わらない母親の癖だった。そうされると子どもはむしろむきになって反発したくなる、それを彼女は利用しようとするのである。

しかしこちらももう三十歳だ。ヴィヴは食べかけたマーマイトのサンドイッチをいったん皿に置いて、わざとらしく咳払いした。

「母さん。言いたいことがあるならはっきり言ってよ。母さんは、本当は私がリンクスに残った方がいいと思ってるんでしょ？」

「……私じゃないわ。あなたがそうしたいと思っているのがわかるから言っただけ」

母親はゆっくり紅茶を飲むと、頰杖をしてこちらを向く。たるんだ頰がむにゅっと上がった。

「ヴィヴ、あなたはリンクスを離れるつもりも、そのプロジェクトを離れるつもりも、ましてや独立なんてするつもりもないんでしょ？　あなたは今すぐにでもベルトコンベアーの前に戻りたいと強く願ってる。プラモデルを動かしたくてうずうずしてる。誰が何と言おうとね」

やられた。

いたたまれなくなったヴィヴは椅子から立ち上がり（歯型のついた食べかけのサンドイッチを忘れずに取って）、母には返事をしないまま台所から出た。かといって、もう外はうんざりだ。そうなるとまるで十代の反抗期の頃みたいに、部屋に閉じこもるほかない。

階段を上がる足音がせめて穏やかに聞こえるよう、馬鹿らしいくらい慎重に歩いた。

部屋はヴィヴが家を出た後も、母が手入れをしてくれていて、きれいなままだ。シングルベッドのシーツは昨夜箪笥《たんす》から出したばかりで、撫でるとホテルのシーツのようなぱりっとした感触がした。

壁には、映画『デリカテッセン』と『ドニー・ダーコ』、それぞれ主人公の頭に包丁が刺さっていたり、髑髏《どくろ》ウサギが青空に浮かんでいたりするポスターが二枚、それからポーツマスFCのユニフォームが飾られている。

ベッドの向かいには、小さなブラウン管のテレビが置いてある。子どもの頃からヴィヴは映画を観たがり、一番ひどかった十四歳頃は四六時中居間のテレビを占領したので、うんざりした父が中古品を買ってくれたのだった。

食べかけのサンドイッチを口に放り込んで、しょっぱくて薬くさいマーマイトを味わいながらスイッチを入れると、テレビはぼつんという変な音を立てて息を吹き返し、画面が徐々に明るくなった。ややあって、おそらくＢＢＣ Ｔｗｏらしき映像が映し出されたが、ピンクと緑の妙な縞《しま》のノイズが入り、とても観られたものではない。

テレビのラックの下にある、コードを繋いだままの古いＶＨＳデッキは、スイッチを入れても動かなかった。このＶＨＳデッキは、ヴィヴが生まれてはじめてひとりで最初から最後まで操作できた機械だ。再生ボタンや停止ボタン、巻き戻しボタンなどに小さな数字のシールが貼られていて、これは三歳の子どもでも操作順を間違えないよう、父が貼ってくれたものだった。

このデッキで、ヴィヴは好きなアニメや映画やテレビドラマを、何度も何度も、好きなだけ観た。ディズニーの『シリー・シンフォニー』シリーズに『ジム・ヘンソンのストーリーテラー』『スター・ウォーズ　新たなる希望』、そして『レジェンド・オブ・ストレンジャー』。滑らかに動く絵や、まるで本当に生きているかのような怪物たち、宇宙を飛ぶ船に光る剣――そういった映像の手品に夢中だった。

テレビの電源を切って、ヴィヴはベッドにうつ伏せに寝そべった。

映画に関わる仕事につけて、私はとても幸福なはずだ、と思う。けれど、ここ数年は仕事が忙しく、試しのラッシュ映像やスタッフ用の試写くらいしか観られず、新作映画は気がつくと公開終了、毎月のクレジット・カードの明細を確認するたび、オンライン配信サービスから退会しようかと悩む。

それでも業界の中には、忙しかろうと何だろうと映画を摂取し続けている強者もいて、時々、ヴィヴは自分が情けなくなってしまう。努力が足りない気がするのだ。他人と比べるものではないはずなのに。

ネガティヴの渦に巻き込まれていく。マイナス思考がどんどん広がって、余計な自己嫌悪まではじまった。このままではまずい、何か別のことを考えなければと思えば思うほど、自分の才能、自己管理問題、今ここで休んでいる理由が頭を駆け巡る——私のせい。

ごろりと寝転がって姿勢を仰向けに変え、天井を眺める。

もしマチルダの家で本物のXを拝めていたら、何か違っていただろうか。いや、きっと同じ結末になったはずだ。自信がないと悩んでいたメグミだって、それで迷いが晴れたりはしなかっただろう。

それより——モーリーン・ナイトリーだ。あの人はいったい何がしたいのか。再び疑念が頭をもたげる。

……本当に、社長はただ勘が鋭くて私のパソコンを見に来たのだろうか。まさかモーリーンが告げ口したのでは？　何のために？　しかし他にヴィヴが旅立ったことを知っている者はいないはずだ。

ふいに風が窓ガラスを揺らし、小さな子どものはしゃいだ声が聞こえてくる。空に浮かぶ雲は先ほどよりも増え、ぐんぐんと流れていく。太陽はまだ白く輝いているけれど、雲の色は黄ばんだ灰色で、強い風に木々の葉がこすれるざわざわという音がした。雨が降りるに任せた。

だし、睡魔に抵抗する理由がどこにある？　自分で自分の皮肉に笑って、まぶたが重くなるに任せた。

そうだった。

気怠く虚《うつ》ろな天気は眠気を誘う。考えごとをしても仕方がない、今はすることもないのだし、睡魔に抵抗する理由がどこにある？　自分で自分の皮肉に笑って、まぶたが重くなるに任せた。

気がつくとヴィヴは仄暗《ほのぐら》い洞窟の中にいた。体が小さくなってしまったのか、何もかもが大きかった。よく見ると、洞窟を人工的にくりぬいた神殿だった。天井には歪んだ穴が開いていて、振り仰げば漆黒の夜空に星が瞬き、風の音が聞こえる。神殿の中央にそびえるピラミッドの階段に腰掛け、穴から見える夜空をぼんやり眺めていると、突然、真っ黒な影が視界を塞いだ。体を斜めに傾がせた、異形の者——鋭い爪が間近に迫り、ヴィヴは悲鳴を上げた。しかし鋭い爪が今にも自分の顔にかかろうとした瞬間、その者は消えてしまった。

あたりはがらんとした暗い場所、屋外なのか屋内なのか判然としない空間に変わる。ヴィヴの目の前にいるのは、犬の頭をした怪物がひとりだけ。見上げるほど大きな怪物はすすり泣き、ぽっかり空いた眼窩からこぼれた真珠のような目玉を伝い、涙が落ちる。

ヴィヴは手を差し伸べ、怪物に触れようとする。だけどそこに実体はなく、手は空を切る。そして唐突に「これはXではない」と悟った。次の瞬間、青白い稲妻が天から落ちて怪物を撃ち、閃光《せんこう》がひらめいたと同時に、ヴィヴは目を覚ました。

雷鳴が激しくとどろき、窓ガラスに雨粒が打ち付けていた。とっぷりと日が暮れ、もう夜だ。髪がもつれてぐしゃぐしゃになった頭を掻きながら起き上がると、階段を降り、洗面所で顔を洗う。蛇口から溢れ出す水に両手を浸しながら、さっきまでいた夢の世界のことを考えた。

あれはXではない。ヴィヴの夢が勝手に想像力を働かせて生み出したXであって、ファンたちに愛され続けたオリジナルのXでも、メグミが作っているバージョンⅢでもないし、ましてやマチルダの〝ナイ＝ナイ〟でもないのだ。

Xが気になって仕方がない。〝X〟という存在——現実にはいない、幻であるはずの生き物が、妙に生々しく感じられた。いつもそうだ。自分は監督の求めているものに近づけているのか、〝本物〟を作れているのか、そんな不安が見させる夢だった。

雨は翌日も、その翌々日も続き、夕刻になってもまだびしょびしょとあたりを濡らし続けていた。あれからまた同じ悪夢を見て、しかも三晩連続だったものだから、ヴィヴの目の下にはくっきりとクマができていた。

……ノイローゼになりそう。

ヴィヴはスマートフォンをチェックするのを昨日からやめていた。誰からも連絡が来ないことを確認するだけの作業がつらく、虚《むな》しかったからだ。本当に気分が憂鬱になり、洗面所の水で顔をどんなに洗ってもすっきりしない。

水を出しっぱなしにしたままぼんやりしていると、ふいに横から手が伸びてきて、蛇口を閉めた。

「何やってんだ、水道代がもったいないだろ。父さんが怒る」

いつの間にか兄、フランキーが帰ってきていた。ヴィヴも背が高い方だが、フランキーはもっと大柄で、天井に頭がくっつきそうだ。運動後らしく汗臭い。ダークブラウンの髪を短く刈ったヘアスタイルは、十代の頃から変わらなかった。

「ごめん。帰ってたんだ。チビちゃんは？」

「三十分くらい前かな。チビはアンのところにいるよ。雨がすごいから練習がずっと中止でさ。室内練習も今日はできなかった」そう言ってヴィヴを見たフランキーは、顔をくしゃっとしかめた。「おい、しけたツラしてやがんなあ。飲みに行くしかないってツラだ」

フランキーはモーリーン並みに強引だ。ヴィヴの返事を待たず、明らかに夕食のにおいを漂わせている台所に顔を突っ込み、「ママ、ヴィヴを連れて飲んできてもいいかな？すぐ帰るからさ」と訊ねてしまう。フランキーの分厚い肩越しに母を窺うと、彼女は両目をぐるっと回して手を開き、勝手にしなさいと身振りで示した。

降りしきる雨の中、フランキーは路肩に止まった赤い乗用車に乗り込み、ヴィヴも駆け足で後に続く。篠突《しのつ》く雨にふたりともびしょ濡れだ。フランキーは窮屈そうに首をすくめながら、子ども用レースカー並みに小さく見えるハンドルを、器用にさばいて運転する。

こうして兄妹ふたりで出かけるのはずいぶん久しぶりだった。これまでだって一回か二回あったかどうか、だけれど。フランキーは社交的で、男女ともに友達も多く、学校でもよく目立った。ポーツマスは、正直、未来がある町とは言えないとヴィヴは考えている。しかしフランキーは地元を愛して止まないし、ここに骨を埋めるつもりでいる。ヴィヴとは違う。

　フロントガラスに叩きつける雨粒をワイパーが行ったり来たりして拭っていくのを眺めていたら、フランキーが先に口を開いた。

「珍しいな、お前がだんまりを決め込んでるなんて。よっぽどのことがあったんだな？」

「……まあ、会社から島流しにされたわけだからね」

「島流しって、お前なあ。実家に戻ってるだけだろ？　基地のある町はそんなに田舎じゃないぞ。すっかりロンドンにかぶれちまって」

　ワイパーが唸りながら何度も目の前を横切る。

「ロンドンは気に入ってるのか？」

「まあね」

「それならよかった。〝移民〟たちにいじめられてるんじゃないかと心配だったよ」

「はあ？」

　はっきりと嫌悪を感じながら横を見ると、フランキーはにやにや笑っていた。彼にとっては冗談のつもりなのだ。ヴィヴはうんざりしてため息をついた。

「そういうの本気で嫌なんだけど」

「はいはい、ただのジョークだよ。お前は昔から外の世界が好きで、ロンドン向きだったもんな。このあたりじゃガキの頃から浮いてたし」

「失礼だなあ、浮いてなんかいなかったよ」

「浮いてたさ、ばっちりね。みんなと一緒に遊ばないで、家に籠もって映画三昧。友達はモンスターばかりだったろ？　風変わりなヴィヴィアン・メリルは今じゃ、ロンドンでパソコンをこねくりまわしながらモンスターの母親やってるって、みんな言ってるぜ」

ヴィヴは思い切りフランキーを睨みつけた。フランキーはモデラーとアニメーターの違いもわからないし、説明する気もなかった。

「……あんまり無礼なことを言い続けるのなら、今すぐ降りて歩いて家に帰る。そのクソしか吐かない口をぶん殴ってからね」

「悪かった、悪かったって」

フランキーはハンドルを切り、車は右に曲がった。雨のせいか通りにひとけはなく、タイヤが盛大に水をはねても、文句を言う人はいなかった。

「ママから少し聞いたよ。幻のモンスターを探しているんだって？」

「いったい何をどう聞き違うとそうなるの？　私はただ、取り組んでるクリーチャーの原型が見たいと思っただけだよ」

ヴィヴはなるべく社外秘の情報を漏らさないよう気をつけながら、自分たちの作っているものが〝本物〟かどうか気になってしまったのだと説明した。そして特殊造形師とＣＧアーティストの違い――今は格差がどんどん広がって、アナログの居場所は少なくなっていること。それでも一般的には特殊造形や特殊メイキャップの方がずっと人気で、珍重がられ、反対にCGは侮られてばかりで、自信をなくしてしまったこと。

するとフランキーは意外とつぶらな目をぱちぱちと瞬かせて、「なんだ、そんなこと」と言った。

「そんなことって何、これってすごく大事な問題なんだからね」

「知ってるよ、別に馬鹿にしてるわけじゃないぞ！　俺はフラフラしてるからさ、お前みたいにちゃんとひとつの仕事を続けてるやつはすごいと思ってる。自信持てよ。俺の妹は才能ある」

そう軽く言ってフランキーは笑ってのける。まったく、本当にわかってない、ヴィヴは唇を突き出した。

「むやみに突っ込んでいった馬鹿な妹は、職を失いそうになってるけどね」

「いいじゃんか、無謀はいいことだぞ。俺だって三回も職を変えた。あれ、四回だったっけな……」

「あのね、本当に取り返しのつかないことになりそうだったの。オリジナルを作った人のところに勝手に会いに行って、社長にバレて……私、このまま契約を切られたかもしれないんだよ」

「ふうん。でもお前は戻れるんだろ？」

「……それがわからないから悩んでるんでしょ。もう」

腕組みをして、雨粒を拭うワイパーを睨む。フランキーに八つ当たりしてどうするんだ、自分が悪いのに。

ニューヨークに行って良かった唯一のことは、あの人の指に直接触れてもらえたことだろう。マチルダの指の感触。頭を打ったヴィヴの様子を優しく窺う手。見ず知らずの人間に触れる手つきでさえ、慈しむような、神様の手のような温かさだった。

オリジナルのXもマチルダのナイ＝ナイもその他の造形物たちも、きっと彼女に創造されて幸せだろう、とヴィヴは思った。私自身がもしマチルダの創造物だったら、彼女に作ってもらえた人間だったら、今も幸福に過ごしていただろうか。

フランキーが車を停めたのは、ヴィヴも何度か来たことのある馴染みのパブだった。うんざりするくらい記憶通りの狭くて黴《かび》臭い店内で、最悪な気分のままビールを一パイント頼んだ。テレビでは、フットボールのプレミア・リーグの試合が映っているけれど、地元のポーツマスFC通称〝ポンペイ〟は財政難の結果の四部落ちで、こんな最上位クラスの試合に出るはずもない。ひいきのチームが映っていないテレビを熱心に観ている客は誰もいなかった（いや、実際のところ〝ポンペイ〟はがんばっていた。もう少しで三部に上がれそうなのだ！）。

ともあれ、フライドポテトとビールジョッキを手に、奥の二人席に落ち着くことにした。フランキーはというとカウンターの前に留まって、ずいぶん老けて太ったマスターや、他の客――何人かは見覚えのある知人――たちと話している。無視してくれればいいのに、ヴィヴと目が合うとフランキーはビールジョッキをひょいと掲げ、久々に帰郷した妹に注目させようとするのだから、最悪に最悪が上塗りされた。

さっさとビールを飲み干して出ていかなければ。しかしこの大雨の中、三十分以上かかって歩いて帰るのは嫌だった。ヴィヴは免許を持っていないし、キャブを拾わなければならないけれど、と考えたところで、そもそもフランキーが酔い潰れるまで飲まないわけがないことに気づいた。いくら飲酒運転が常態化していようが、酔っ払いにハンドルを握らせて事故に遭ったらたまらない。

「フランキー！　一杯だけで……」

そう言いかけたところで、目の前にジョッキを持った若い男がするりとやって来て、空いている向かいの椅子を指し「座っても？」と訊ねてきた。背が高く、少しカールした黒髪が似合うハンサムだが、顔に見覚えがない。同い年か少し年下に見えるが、友人だったろうか。

「あー、私はあなたを知ってる？　地元に長らく戻ってなくて」

「いいや、知らないと思うよ。フランキーとは仕事仲間でさ」

「つまりフットボール教室の先生？」

「そういうこと」

黒髪の男は「さっきフランキーから〝一緒に飲もう〟って誘われたんだよね」と言いながら、向かいの席に座った。

「え？　フランキーが何て？」

一緒に飲もうと誘った？　私を連れてきておいて？　兄はどういう心づもりだったのかとヴィヴがカウンターの方を見ると、にやついているフランキーと目が合った。

「君、映画のCGを作ってるんだって？　ディズニーで働いてるの？」

男に言われて、ヴィヴは苦笑いした。一般的には「CG＝ディズニーまたはピクサー」と思われているようで、時々こういうことを言われる。知られていない仕事だし無理もない。ヴィヴはラジオの周波数を変えるように、話の目線を合わせた。

「まさか、違うよ。フリーランスで、ロンドンにあるスタジオのあちこちを回って仕事してる。最近は一カ所に留まってるけど……まあ、映画とかCMとかのCGを作ってるってところかな」

アニメーターであることを説明すると複雑になりすぎるだろうと、このあたりで留めておく。男はパチンと指を鳴らして、ヴィヴを指さした。

「ああ、思い出した。フランキーが言ってたよ。君、アカデミー賞が獲れそうだったんだって？」

フランキー！　と思わず怒鳴りそうになる。

「いや、チームが候補に入ったってだけだよ」

「何だっけ、SF映画だったっけ？」

「まあそんなところ……うちはそんなに大きなスタジオじゃないし、あの時は補助として関わっただけ」

「謙遜するね。僕なんかより全然すごいのに」

そう言って男はビールをぐびぐびと飲み、ヴィヴのフライドポテトに手を伸ばそうとする。

「もらっても？」

「どうぞ」

一応訊ねる礼儀は持ち合わせているらしい。ヴィヴは男をじっと見つめた。

「私、ここでフランキーを待ってるだけなの。でもすぐ帰るつもり」

「あ、ちょっと待って」

男はヴィヴの言葉を遮《さえぎ》ると、手に持ったフライドポテトでテレビを指した。テレビには、先日見たものと同じ、フルーツジュースのCMが流れていた。

「あれってさ、CGだよね？」

「……まあ、そうだと思うけど」

「やっぱり。コマーシャルって嘘つきだよなあ。そう思わない？　つまり、よりよく見えるために偽物を選ぶわけだ」

「何？」

あの時、母と交わしたのんびりした会話とはまったく違う。ピリリと緊張が走り、男がこちらに敵意を持っていることに、ヴィヴはようやく気づく。

「魅了するために本物を偽物にする。哲学的だ。だけどそれって神や自然物への領域に入り込みすぎているよな」

ヴィヴの頭にある危険メーターがどんどん上がって、警戒レベルに達した。

「悪いけど、何が言いたいの？」

「別にケチをつけてるわけじゃないよ。ただの世間話さ。いいだろ？」

男はふてぶてしい態度でビールを飲み干すと、唇を袖口で拭った。

「二十年前までの映画はよかった。素朴で、体温があった。だけど今じゃ、ぎらぎらして妙にぬるぬるした、おかしなグラフィックが画面を占領してる。偽物を見させられてるんだよ、観客は。覚えてるだろ、ジャー・ジャー・ビンクスのひどさを」

「ジャー・ジャーはギャグが寒かったんだよ」

「それもある。だけどCGの薄っぺらさが観客の興奮を冷めさせた。〝スター・ウォーズ・サーガ〟をダメにしたのは、CGだと断言できるよ」

〝周波数を合わせて話の目線を合わせる〟、なんてとんでもない。ヴィヴにはもうこの若い男の正体がわかっていた。こいつ、無知を装った映画オタク、〝こっち側〟の人間だ。CGを憎んでいて、アナログが最高神だと思っているタイプの。ヴィヴは椅子に深くもたれかかり、努めて冷静になろうとする。

「ルーカスは最初の『スター・ウォーズ』を当時の最新技術で作った。最新技術は悪じゃない」

ヴィヴが反発すると、男は鼻で笑う。

「皮肉だよな。ルーカスはいつだって最新技術にこだわる。エピソードⅠ、Ⅱ、Ⅲの惨敗は彼の最新技術好きのせいだよ。アナログだった旧三部作が歴史的傑作だと改めて知らしめちまった。モス・アイズリーの酒場がもしフルCGだったらと想像してみろよ。ぞっとするね」

突っ込みどころ満載だ、ヴィヴは戦闘態勢に入ろうとしたが、男は突っ込む隙を与えないスピードでまくしたてる。

「『ジュラシック・パーク』が悪い。スピルバーグが恐竜をCG化したせいで、みんな、何でも再現できると思うようになっちまった。その節操のなさが、陳腐で薄っぺらなんだとは気づかずに。『マトリックス』もそうだ。あのヘンテコな銃撃とキアヌ・リーヴスのポーズ。かえって現実を意識させせてるだろ？　魔法をかけたつもりで、その実、魔法を解いちまってる」

「CGが魔法だとは私も思ってない。CGは科学技術だよ」

「ふん、ただの方便だね。そういえば、あれ――あれは何だっけ」

完全に酔っ払っている様子で、手のひらで自分の額を叩く。

「そうだ、ターキン提督。昨年末の『ローグ・ワン』は観ただろ？」

ヴィヴはちっと舌打ちしたが、男は聞こえていないのか聞こえないふりをしているのか、まだ話を続ける。

映画『ローグ・ワン』は『スター・ウォーズ』エピソードⅣ――つまり第一作――の前日譚にあたる物語で、無限に増大し続けるサーガのうち、ごく最近作られた作品だ。Ⅳの冒頭、レイア姫が敵の基地デス・スターの弱点を記したデータを、ジェダイ・マスターの生き残りであるオビ＝ワン・ケノービ宛てに送る。さて、そのデータは誰が入手したのか？　というのが、『ローグ・ワン』の物語である。

「あれはどうなんだよ？　俺のまわりのファンは、死者への冒瀆《ぼうとく》だって言ってる。あんたが言うようにCGが科学技術なら、あんたらはさだめしマッド・サイエンティストってところだ」

死者とは、敵側である帝国軍のターキン提督を演じた、俳優のことだ。一九七七年の第一作目に出演した時点ですでに壮年だったピーター・カッシングが、二〇一六年公開の作品に潑剌《はつらつ》とした姿で出演できるはずもない。実際、もう二十年以上も前に亡くなっている。しかし『ローグ・ワン』はⅣの直前の物語である。製作陣は、この世にいない俳優をCGで甦らせ、新しい演技をさせたのだ。

ヴィヴは黙った。悔しいことに、男の指摘は間違っていない――マッド・サイエンティスト。試写で観たヴィヴ自身も正直なところ、CGの出来の良さに興奮してしまった。現在のCG技術を以てすれば、たとえ俳優が故人であってもキャラクターは不滅にできるのだと。

しかしこの考え方こそが倫理的に問題だと、論争になった。俳優をゾンビにするつもりか。脚本上必要なら、いる〝ふり〟だけでよかったではないか。あるいはⅣで使われたショットやNGショットを再利用すれば。

表現の問題、CGという新たな技術を手にした人間がもっと深く考えるべき倫理の問題が、明確に立ち上がっていた。

「冒瀆、確かにそうかもしれない。CGはもっと慎重になる必要が……」

「あんたらはさ、思い上がってるんだよ。死者は甦らせるわ、まがい物を本物だと偽るわ……そのうち第二の地球を作れるとか、うぬぼれているんだろ？」

折しも先日、モーリーン・ナイトリーが言った台詞だ。「私たちの技術があれば、いつか第二の地球だって作れるだろう」。

しかしヴィヴはだんだん腹が立ってきた。

そんなに簡単に第二の地球が作れて人間が移住できるなら、さっさと移った方が今の地球のためだ。でも、とても作れやしないだろう。『ローグ・ワン』のCG製ターキン提督だって、まったく完璧ではなかった。確かに目を瞠ったけれど、CGだとわかる。フルーツジュースのCMもそうだ。ヴィヴの母親のような人はだませても、少し目が慣れている人間が見れば、すぐに偽物だとわかる。

――私たちは思い上がる余裕なんか持ってない。

ヴィヴは唇を嚙みしめた。どんなにがんばったって本物には勝てないのだ。ほんの一瞬、〇・五秒なら人の目を誤魔化せるだろう。けれども三秒過ぎたらもうダメだ。化けの皮が剝がれて、妙にぬるぬるした表面、動きのコンピュータ・グラフィックス印が露わになる。そして人間はその違和感に耐えられない。

だからアニメーターは、滑らかすぎて不気味な動きから一コマ二コマ抜いて、わざとぎくしゃくさせ、本物っぽくする。いつだって本物は歪《いびつ》だから。それに比べてコンピュータが計算で作り出す〝理想〟は、完璧だ。

「……だからがんばってるんじゃない」

「は？」

「なんで今、私が故郷で油を売ってると思うの？　アナログがうらやましかったから、本物に近づきたかったからだよ！」

ビールジョッキを思い切りテーブルに叩きつける。

「わかる？　実際に手を動かしてもいないあんたにはわからないでしょうね。悔しかったらソフトを使って、CGモデルのひとつでも作ってみなさいよ。犬一匹すら満足に作れないでしょうけど」

「なっ……」

「あんたはCGの恩恵が全部偽物だって言うのね。『ロード・オブ・ザ・リング』のゴラムも。作家が想像したあの造形を現実にするには、哀れな飢餓児童を連れてこなくちゃ演じられない。だけどCGは太ったアンディ・サーキスをあんなに素晴らしい怪物に仕立て上げてくれた。CGは火をつけずに家を燃やせる。カーチェイスを無事故で実現できる。

動物を殺さないで死体を映すことができる。映画の表現を全部アナログで撮ってた時代に戻りたければ、がんばってタイムマシンを発明することね」

映画は科学だ。そして科学は進歩する。科学が進歩すると人間の想像力は更にその上を行こうとする。非現実的な夢を見る。それを再現することができるのはコンピュータ・グラフィックスだとヴィヴは信じていた。

「人間だって何でもかんでも演じられない。本物のスーパーマンを連れてきて空を飛ばせるわけにはいかないんだから！」

「まさか。実際、スーパーマンは昔の映画じゃないか。人間はな、コンピュータなんてない時代から、月面にすら着陸していない時代から、映画の中に宇宙を作れたんだぜ」

男はテーブルに肘をついて、こちらに身を乗り出してきた。

「CGなんていらない。CGがすべてをダメにしたんだ。映画から魔法が消えた。想像力や造形技術を持った天才たちが、数学で頭がいっぱいのロボットたちに仕事を奪われたせいさ。あんたらのようなCGアーティストどもにさ！」

気がついた時には、ヴィヴは一パイントジョッキを手に立ち上がって、残っていたビールを男の顔めがけてぶちまけていた。

「何にもわかってない！　特殊造形やSFX全盛の時代だって、全部技術だった。映画は魔法じゃない。科学で出来ているの、今も昔もね！　あんたたち観客に夢を見させるために！」

ヴィヴはテーブルにジョッキを叩きつけ、男に唾を吐きかけて大股で店を出た。客たちはざわめき、フランキーが後ろから追いかけてきた。

「なんだ、どうしたんだ。せっかく映画好きのやつを連れてきてやったのに、喧嘩したのか？」

「信じらんない……もう余計なお節介はしないで！」

全身が火照《ほて》り、春の夜の寒さなんてまるで感じなかった。鬱陶しく降りしきる雨を撥ねのけるように早足で歩く。車なんてどうでもいい、歩き続ければ家には帰れる。

道路は濡れて、川面のように町の明かりを映す。べっとりとした不快な大粒の雨が打つたび、水たまりに連なる細かな光が揺れた。道には他に歩く人もいない。遠くから聞こえる笑い声に顔を上げれば、窓から漏れる柔らかい明かりに、誰かと誰かが談笑している影が浮かび上がっていた。舌打ちして歩き続ける。路肩にずらりと並んだ車の下から虎柄の猫が這《は》い出てきて、ヴィヴをひと睨みすると、さっさと茂みへ逃げていった。

雨は当分止みそうにない。スニーカーはぐしょ濡れで、百ヤードも歩かないうちに体が冷え切ってしまった。足下からぶるりと震え、ヴィヴは両腕を交差させて抱きかかえるように脇をさする。雨に当たれば当たるほど頭に上っていた血が下がっていき、だんだんみじめな気持ちになってきた。

業界人でもない男に対して、むきになるべきではなかった。大多数の一般客に過ぎないのに。

みんなそれぞれに愛があるから、憎しみも倍増になるのだと、頭では理解している。ヴィヴ自身、たくさんの作品を記憶の宝箱という抽斗に大切に仕舞っているし、折に触れて取り出して眺めている。

ヴィヴが今いる道の出発点は、間違いなく特殊造形だ。けれどいつの間にか、CGそのものを愛していた。マッド・サイエンティスト呼ばわりされようと、コンピュータ・グラフィックスで作られた、派手で、勢いがあり、みんなを驚かせる技術が、ただ無心に好きだった。

だから特殊造形にこだわっていたのだ。マチルダのXに近づかなければと焦っていた。昨年、アカデミー賞でマシュー・エルフマンに負けたことが、悔しかった。とてもとても、悔しかったのだ。

マチルダ・セジウィックは、三十年も経ってこんなにも自分の作品を求めるCGアーティストがいるだなんて、想像しただろうか。憎きCGアーティストが苦悩していると知って、どんな気持ちになっただろうか。

気がつくと、ヴィヴは大通りのエルダー・ストリートまで出ていた。人もポツポツと増え、白い息を吐きながら行き交っている。あと二十分も歩けば家に着くだろうが、どこかのパブかカフェに入ってすぐにでも体を温めなければ、風邪を引いてしまいそうだ。でもパブで酔っ払いに絡まれるのも嫌だ。そこで、薄暗くない店を探し、たまたま目に留まった、明るい光を窓から放っているカフェの扉を開けた。

店員の若い女性はヴィヴが濡れ鼠《ねずみ》なのに気づくと、奥からタオルを持ってきてくれた。全身を拭きながら、がらんとした店内の奥へと進み、壁際の席にゆったりと腰掛ける。カウンターの後ろにある黒板のメニューを眺め、熱い紅茶にラムを垂らして生クリームをかけてもらうよう頼んだところで、壁の求人広告の紙に気がついた。時給制で、一時間十ポンド。悪くない。

その時だった。店のドアが開き、見覚えのある人物が入って来た。フランキーではない。母親でも、メグミでも、ジェイソンでもない。ネイビーのウインドブレーカーのパーカーを下ろし、現れた顔に、ヴィヴは動揺を隠しきれなかった。

「……ユージーン。どうしてここに」

今はB班のアニメーターの責任者。彼は白目の美しい目でヴィヴを睨みながら、長い足で大股でずんずんと近づいてくる。

「……君がよく行くという店の場所を、君の母上から訊いた。それで向かったが、いきなり出ていくから……」

「え、ま、まさか追いかけてきたの?」

「それ以外にどうやって会えると思う」

ユージーンは店員にコーヒーを頼むと、濡れたウインドブレーカーを脱いで椅子にかけ、ヴィヴのはす向かいに座った。向かいに座らないあたりが彼らしいとヴィヴは思う。

「ここのところ僕はずっと君の尻拭いをしている」

「……え？」

「君がやるはずだった仕事を全部引き受けてるんだ。Ｂ班として引き継いだものだけじゃなく、Ｘも。まずは文句を言わせてくれ」

ヴィヴははっとして両手を膝の上に乗せ、緊張に背筋を伸ばした。ユージーンはじろりと彼女をねめつけると、深々とため息をつく。

「僕はＡ班じゃない。リンクスに来てまだ二ヶ月だから新人だ。それでも君を叱る責任が僕にはある。Ａ班のリード・アニメーターは三種類のＸの制作で手一杯だし、Ｂ班は少し手が空いている。だから僕が来た。旅費は自腹を切ったからね、君には充分に反省してもらわないといけない」

「いや、反省はしてますけど」

「口答えしない」

抑揚のない淡々とした口調にヴィヴは「はい」と答えるしかない。いったいこれ以上何を叱られるというのだろう。

「なぜ、スマートフォンに送ったメッセージに連絡を返さない？　みんな心配している」

「へ？」

「メッセージだ。もしや今度こそ妙なこと——行方不明になるとか自殺とか、考えたくないような事態になってやしないかとメグミ・オガサワラが昨日から送り続けているのに、君ときたら……」

「ま、待って待って。メッセージ？　全然……」

慌ててスマートフォンを取り出してみた。画面は真っ暗だ。まさかこの大雨で故障した？　冷や汗をかきながら電源スイッチを押してみる。すると、未充電の赤い電池マークが表示され、再びシャットダウンしてしまった。

「すみません。コンセントお借りします」

ユージーンは店員に断りを入れると、自分の充電ケーブルをヴィヴのスマートフォンに挿し、コンセントにプラグを押し込んだ。

「……すみません」

「電池切れか。充電し忘れてたんだな」

「そう……いや、だって全然誰からも連絡が来ないのを、チェックするのが虚しくなってしまったから」

「子どもみたいだな」

ぐっと言葉に詰まる。いちいち嫌味っぽくて嫌なやつだなと思うが、図星なので黙るしかない。いっそ、本当にこの店でバイトをしようか。

「しかし充電切れか、なるほど。メグミ・オガサワラには後で謝っておくといい。まあ、僕も職務上の立場でものを言っているだけだし」

思いがけず、急に柔らかい口調になったユージーンに、ヴィヴはぽかんと口を開ける。

「君は真面目だ。よくやってる。君がつけたラフアニメーションは丁寧だったし、ファイルもよく整理されていてわかりやすかった。だからさぞかし今、落ち込んでいるんだろうなとも思う」

「……この店で働こうかなと、求人広告を見てたくらい」

ヴィヴがちらりと貼り紙に視線をやると、ユージーンはその後を追い、「ぶはっ」と吹き出した。そして店員がコーヒーを持ってくる間もずっと笑い転げていた。

「いや、すまない。あまりにも……いや、だって、君は三十歳でVESアワードの候補になったんだぞ。オスカーの候補にだって。CGアニメーターは君の天職だ。どうしてそんなに自分を痛めつける？」

天職。君の天職。思いも寄らない言葉にヴィヴの目の奥がじわりと熱くなり、涙が溢れ出しそうになった。

「だって、反省しなきゃって」

「確かに反省はしてもらわないと困る。ただ、自分がした行動についてだけだよ。頼むから、魂を痛めつけるな」

ユージーンはコーヒーにふうと息を吹きかけ、ぐびりとひと口飲む。

「これは僕の元上司の受け売りだが――そう、『優れたアニメーターとは、スタッフとは、監督が欲しいものを最も短いプロセスとルートで提供できる人材だ』と、彼女は言っていた。『それでいて、当然独創性も必要で、監督が欲しがっている以上のものを作れる』とね。君はそういうアニメーターのひとりだ。君がいなくなることは業界にとっても痛手なんだよ。賞や役職は関係ない。賞を獲っていなくても、役職についていなくても、それは時の運であって君の実力を左右するものじゃない。君には才能がある。それは同じアニメーターの僕が保証する」

堪えきれなくなってヴィヴは泣き出した。そして色々とぶちまけた――先ほど会った男から言われたこと。モーリーン・ナイトリーにそそのかされるままマチルダに会ってしまって、どうしようもないほど反省していること。でも、アナログには負けたくない、と本当は考えていること。

「どうしていつも比べられるんだろうと思うの。CGにはCGの良さがある。アナログと対立したって意味ないのに」

ヴィヴが濁流を吐き出すその間、ユージーンはただ静かに聞いていた。やがてヴィヴが泣き止み、さらさらとした気持ちになると、ユージーンは意外なことを言った。

「僕は特殊メイクが嫌いなんだ」

「……え？」

「嫌いなんだ、あのラテックスとかがさ。気持ち悪い、不気味だと思う。びろびろしてて、ゴム臭くてね。それに、白人を黒人にしたり、アジア人にしたりできるだろ。特殊メイクや特殊造形だけが〝本物〟だなんていうのは、はっきり言って大嘘だ。その点、CGはいい。すべて最初は灰色だからね」

「……そうか」

横から殴られたような気持ちになりつつ、ヴィヴはユージーンの言葉を聞く。

「死んだ人間を生き返らせることが罪なら、別の人種や性別に成り代わる演技だって罪になる。フィクションとはそういう、罪を背負っているものだと僕は思う。人間が作るものなんだから当たり前だが」

「ユージーンはクリスチャンなの？」

「いや、無神論者だが。まあ、強いて言えば……そうだな、CGは可能性の守護神だと思う。創造主《クリエイター》までもが実現不可能だと思い込んでいる想像を、スクリーン上に映し出すことができる。それは可能性を司る守護神だろう」

CGは可能性の守護神――ヴィヴは舌の上でその言葉を繰り返した。

ユージーンはこれで話は終わったとばかりにゆったりとコーヒーを啜ったが、何かを思い出したのか「あ」と呟くと、ウインドブレーカーのポケットからスマートフォンを取る。

「そうだ。これを君に」

そう言ってユージーンは自分のスマートフォンを差し出してきた。画面に表示された数字は、知らない番号だった。といっても、今どき暗記している番号なんて両親の携帯の電話番号くらいだが。

「そこにかけて。君を見つけたら連絡する約束だったたんだ」

チームの誰かだったらいいが、まさか社長？　またお小言だったらどうしよう。おそるおそる通話ボタンを押して、受話口を耳に当てる。ややあって、呼び出し音が途切れた。

「……もしもし？」

「ヴィヴ！　メグミだよ！」

「メグミ!?」

せっかく泣き止んだのにまた涙が溢れそうになってくる。ぐっと堪えていると、メグミは朗らかな声で言った。

「これ、リウのパソコンの番号なんだ。ちょっと知らせたいことがあって。そっちの調子はどう？　スマホに繋がらなかったんだけど」

「本当にごめん。それなんだけど、充電切れのまま放置しちゃってたみたい」

すると受話口の向こうから笑い声が聞こえてきた。この大声、間違いなくリウだ。

「ちゃんと連絡がつくようにしておいてくれよ。おかげで大事なリード・アニメーターをわざわざ派遣する羽目になったんだから」

「ごめん。そっちはどう？　今、どうなってるの？」

「どうもこうも……ま、まずは良いニュースからだな。とりあえずお前の謹慎期間は解けた。リーヴ社長直々のお達しだ。よかったな」

ほっとしすぎて体中から力が抜けた。何も答えられずにいると、リウが言った。

「ただ、いま俺たちは微妙な状況にも置かれている。リーヴ社長がロサンゼルスへ行っちまった」

「え、何だって？」

「俺たちのプロジェクトにはおそらく支障はないんだが、ただ社内はちょっとしたカオス状態になってる」

もしやモーリーンの狙いとは、そこだったのだろうか？　ヴィヴをけしかけてマチルダに会いに行かせ、そのことを元恋人であるリーヴに耳打ちし……いや、それでなぜロサンゼルス？　ニューヨークとは正反対の位置にある。ヴィヴは姿勢を正し、リウの話に慎重に耳を傾ける。

「社長がロサンゼルスのどこへ向かったかは、明白だ。今回の『レジェンド・オブ・ストレンジャー』の製作会社、キャビネット・オブ・キュリオシティーズ社だよ。旅程の調整をしたアンデシュからの情報だから間違いない。しかし何をしに行ったか、俺たちには目的がわからない」

「プロジェクトは大丈夫なの？」

「ま、そこはいけると思うが。ただな、今、こうして俺たちが電話してる理由を知ると、お前はちょっとびびるだろうな。お前だけと話がしたいと言っているから俺たちは消える……ちょっと待ってろ」

直後、電話の受話口からボツッと音がし、距離が遠くなった。いったい何だろう？　と首を傾げながら待っていると、声が聞こえてきた。

「あ、あー、もしもし？　聞こえていますか？」

メキシコ訛《なま》りが少し残っているが流暢《りゅうちょう》な英語。一度聞いたら忘れられない、コミカルなしゃべり方。

　ポサダ監督だ。

「ひぇっ？」

「あなたがヴィヴィアン・メリル？　こんにちははじめまして。アンヘル・ポサダです。『レジェンド・オブ・ストレンジャー』ではお世話になってます。あなたのアニメーション、知ってますよ。昨年のオスカーは惜しかったですね」

　映画のメイキング映像や、時々お忍びでやって来るSIGGRAPH会場で見かけるポサダ監督そのままの、陽気な口調だ。ヴィヴはしどろもどろになって「どうも」とか「ありがとうございます」とか、普通の受け答えしかできない。しかしきっと話し相手がそういう状態になるのは慣れているんだろう――ポサダ監督のペースは、ゆったりとたゆたう、静かで明るい海のような気配のままだ。

「いきなり電話してすみませんでした。そちらのみなさんにお願いしたんです。この通話を取り次いでくれたリウさんたちにはもう聞こえてないはずなので、率直に言います。マティから聞きました。あなたが悩んでいると」

「マティ？」

「マチルダです。マチルダ・セジウィック。Xを作った人ですね」

　いったいどういうことだ？　マチルダがポサダ監督に連絡を？　マチルダの物腰の柔らかさに油断していたが、まさかヴィヴがアポも取らずに押しかけたことを、大ボスであるポサダ監督その人に告げたのだろうか。ひょっとしてリーヴ社長にも？　モーリーンではなくマチルダが自分で話したのだろうか？

　ヴィヴはともかくにもかくにもと、今回の自分の失態を謝った。しかし監督は気にしていない様子で言う。

「心配しないで。あなたの訪問は聞きましたけど、マチルダが告げ口したわけではありません。別件で私が連絡した時、ついでに話してくれたんです」

「えっ？」

「あのね、マティと私は昔なじみなんです。私の母、エヴァンジェリンとマティが親友で、子どもの頃から遊んでもらっていた」

　ティロン、と音がしてスマートフォンの画面を見ると、ポサダ監督から写真が送られてきていた。今よりもずっと若い、まだ髪の毛に白髪がないマチルダが、にっこり笑って、太っちょの小さな男の子と一緒に写っていた。男の子を挟むようにして、長い黒髪が美しい、長身の女性が立っている。きっとこの女性が監督の母親なのだろう。

「そ、そうだったんですか？　じゃあ今回のリメイクは……」

「子どもの頃からの夢です。大好きなマティの仕事を、今の時代にもう一度世に出したかった。私の手でね。それで安心してほしいのだけど、実はXのオリジナルはすでに私が持っているんです」

　また写真が送られてくる。今度は、いくらか若くほっそりしたポサダ監督が、満面の笑みでVサインしていた。その後ろには見上げるほど背の高い、犬の顔をした漆黒のクリーチャーが立っていた。

「以前、マティには内緒で、ベンジーから買い取ったんです。権利まで持っていくんじゃないかとかなり警戒された上に、ずいぶん高値で買わされましたけどね……マティはきっとこのことを知ったら『無駄遣いだ』と怒る。だからあなたもこのことは内緒にしてくださいね」

「ええ、ええ、もちろんです」

本物だの偽物だの、結局、ヴィヴがひとりで空回っていただけで、オリジナルはすでに大ボスが持っていた。『青い鳥』みたいなオチに、情けなくて笑えてくる。ポサダ監督はオリジナルをじっくり観察した上で、バージョンI、II、IIIのデザインを髑髏《カラベラ》に頼んだのだ。本物がどうとか、疑う必要なんかなかった。

するとポサダ監督は、少しピンと張った気配に口調を変えて、こう言った。

「あなたが安心できなかったのは、私たちの責任でしょう。私とマティが昔なじみだなんてのは、他にベンジーくらいしか知りませんから。リーヴ社長も最近まで知らなかった。私はね、リンクスだからXのCG化を任せたかったんです。去年の『AI：30』の実績。正直、私はメインスタジオを務めたスライ・フォックス社よりもリンクスを買っています。スーパーバイザーにジェイソン・マグワイアもいますしね。私は以前彼と仕事をしたことがあって、実力を知っていますし」

自信をなくす必要なんてなかったのだ。すべて考えられた上で選んでもらえた。それなのにヴィヴは、安定していたはずの船を危うく沈めさせてしまうところだった。

「申し訳ありませんでした、本当に……私が変なことをしたせいで」

「変なこと？」

「マチルダさんに無許可で会いに行ったことです。余計な心配をおかけして……」

「いい、いい、そこはいいんですよ。ただ、自信を持って欲しいだけなんです。マティは言ってました、『あなたの仕事を請け負ってるスタッフさんが、自信がないと訴えている』って」

恥ずかしさで顔から火が出そうだった。

「私は、私のスタッフたちに自信を持ってもらいたいんです。大丈夫、私がいます。あなたがもし失敗しても、私が後ろに控えています。私があなた方を選んだんです。私は頼りないかもしれないが、髑髏《カラベラ》のデザインは、絶対に画面で映える。それにアニメーションは、あなたの持ち前の技術で充分でしょう。あなたはオスカーを逃したと思っているかもしれませんが、あの映画のクリーチャーの繊細な動き、私は大好きですよ。待っていますから。あなたの才能を信じる私を信じてください」

もう、充分だった。

ヴィヴは堰き止めていた水が決壊するように、涙を流すままにした。嗚咽《おえつ》も堪えなかった。「あなたの才能を信じている」と言ってくれる人がいる。それがどれほど大きな安心になるか。寂しく暗い夜に怯えないよう、柔らかな羽根布団で包まれ、寝かしつけられる子どものような気分だった。さっきパブで会った男の影は、ポサダ監督の眩く温かな光で霧散していた。

ろくに礼も言えないままポサダ監督との通話は終わり、代わりにはす向かいでずっと待っていたユージーンの声が耳に入ってくる。

「明日一日ゆっくりするといい。明後日、戻ってきてくれ。数時間で帰れる距離だろう?」

ユージーンはさっぱりとした口調で言って、店から出て行った。ヴィヴはまだ涙を止められずにいたけれど、もう一度ちゃんと、ユージーンにも、リウにも、メグミにも礼が言いたかった。

ヴィヴの体はいつの間にかぽかぽかと温まっていた。ラムがほのかに香る、生クリームたっぷりの、少しぬるくなった甘い紅茶を飲みながら、じわじわと力が漲《みなぎ》ってくるのを感じた。

一緒に何かをしてくれようとする仲間がいるのは、とても心強かった。求人広告の紙はもう目に入らなかった。

第六章　モーリーンという人

二〇一七年
ロンドン

ポーツマスから戻った翌日の朝、出社してすぐ、ヴィヴは社長室に呼び出された。久々のスタジオで自分のマシンに触れるより先に、同僚たちから声を掛けられるよりも先に。一階の受付で社員証を見せるなり、門番であるミスター・カプールから、「ミズ・メリルだね。すぐ社長室に向かって」と言われた。

社長はロサンゼルスに行っているはずだ、もう帰ってきたのだろうか。疑問が頭を駆け巡るが、屋根裏に着いて、ああ、そうだった、リモートワークのあの人はいつどこからでも、あのスパイ映画のような黒いタブレット端末にアクセスできるのだった、と思い出した。

思ったとおり、社長室は無人だった。相変わらずポスターだらけのフロアを突っ切り、ヴィヴは今回は躊躇いなく真ん中のローテーブルへ向かう。ふかふかのソファに腰掛けた瞬間、聞き覚えのある音楽が鳴り、ヴィヴは急いでタブレット端末を取り上げ、通話ボタンをスワイプした。

「やあ、ミズ・メリル。復帰したようだね」

社長のいる部屋は、どこかのホテルの一室のようだった。窓の外には、漆黒の空に月がかかり、椰子《やし》の木がライトアップされていた。明らかにイギリス国内の風景ではなかった。ヴィヴはひととおり謝罪の言葉を述べた後、「もしかしてまだロサンゼルスに?」と訊ねた。

「当たりだ。まだ仕事が終わっていなくてね。こちらは夜中の二時だ」

いったい何の仕事だろう。リウの話では、キャビネット・オブ・キュリオシティーズ社、つまりリメイク版『レジェンド・オブ・ストレンジャー』の製作会社のところへ行っているということだった。

「呼び出したのは、他でもないモーリーンのことだ。あれから彼女は君に接触してきたかい?」

「……いえ」

「そうか、それはよかった。どうかこのまま彼女とは、二度と会話をしないでほしい。メールや電話ももちろん禁止だ」

モーリーンには迷惑をかけられっぱなしで、社長に頼まれなくとも、話したくはなかった。しかし引っかかりを覚える。

「あの……以前から聞きたかったんですけれど、いいですか?」

「何だろうか」

「私がマチルダ・セジウィックさんに会いに行ったこと、モーリーンから聞いたんですか？」

タブレットの中の社長は、長い指をこめかみに当て、思案するように首をかすかに傾けた。そして「悪いが」と言った。

「それには答えられない」

「……わかりました、ぶしつけな質問をしてすみません」

「いいんだ。こちらからも訊ねたいことがあったから……以前した質問を覚えているかい？」

もちろん覚えている。何度も頭を過ったからだ。

「スタッフロールに名前が載ることについて、ですか？」

「ああ、覚えていてくれたのなら話は早い。君に訊きたいのは、ミズ・マチルダにこの話をしたかどうか、ということだ」

ぎくりとした。確かにヴィヴはマチルダに、『レジェンド・オブ・ストレンジャー』のスタッフロールに名前がクレジットされない可能性について話はした。モーリーンにそう訊けと言われたからだ。

もしモーリーンが社長としっかり繋がっていて、ヴィヴに話したことを逐一報告しているとしたら、質問するまでもなく「結果を報告しろ」と命じるに違いない。ヴィヴは以前から少しずつ芽生えていた違和がむくむくと大きく成長するのを感じた。そして意を決して、「話してません」と答えた。

「そんな話はしていません。する理由もないので」

動揺していないふりができたろうか？　嘘だと見破られていないだろうか？　画面に映る社長は、瞬きを何度かすると、「そうか」と呟き、深くため息をついた。ヴィヴの心臓は口から飛び出そうなほど勢いよく脈打つ。

「わかった。もう結構だ、仕事に戻ってくれたまえ。ああ、タブレット端末はそのまま電源を切らずにいてくれ」

「承知しました」

ローテーブルに端末を置き、社長室から出ようとエレベーターのボタンを押す。ちょうど二階から昇ってくるところだ。ポンという軽い音と共にドアが開き、中へ入ろうとすると、影とぶつかった――「おう、すまない」と謝られる。影ではなく、黒ずくめの服を着たドン・リーヴだった。

「いえ、こちらこそ」

伯父と甥で話すことでもあるのだろう。特に深く考えず、ヴィヴはエレベーターに乗り込んだ。

しかし仕事に戻ってくれ、と社長直々に言われたにもかかわらず、三階の馴染みのフロアに戻ると、ジェイソンが待機していた。

「来てくれて申し訳ないが、いったんフラットに戻ってくれ」

あまりの手のひら返しに、ヴィヴは腕組みをしてジェイソンを睨みつける。あるいは今しがた社長に嘘をついたのがもうバレたのだろうか。

「私は謹慎を解かれたと聞きましたし、社長からも、仕事に戻ってくれと言われたばかりなんですけど」

「もちろん謹慎は解けているし、仕事もしてほしい。ただ、君を会社に来させるとまずい、というだけなんだ。プロジェクトも進めたいし、君にはさっそく作業に入ってもらいたい。しかしモーリーン・ナイトリーが近くで目撃された」

「モーリーンが？　彼女がまた何かしたんですか？」

「リンクスの周囲やソーホー界隈をうろついているのを、何人ものスタッフが目撃している。それについてリーヴ社長が一番敏感に反応していらしてな。さっき内線で、君をいったん家に帰すようにと命じられた」

「なんでまた」

「おそらく君を待っているからだ、モーリーンがね」

どうしてこうもしつこいのか、ヴィヴは部屋をうろつきたい衝動をかろうじて抑えつつ、頭を掻きむしった。

「本当に何度も何度も、私にいったい何の用なんですかね？」

「社長の推測だが、おそらく彼女はマチルダ・セジウィックの動向が知りたいんだ」

「マチルダの？」

「引退したマチルダが、今、どう過ごしていて、何を作っているのか、気になって仕方がないんだよ。創作の現場から引退しようと、作る人間は作る。ひとりきりでもね。モーリーンはそれを知っているから、君をスパイとして送り込もうと目論み、成功した。後は結果報告を聞かないとね、というわけだろう。そう社長は仰っているし、僕もそう思う」

「なるほど」

「これ以上プロジェクトを混乱させないためにも、君とモーリーンを会わせるわけにはいかない」

ヴィヴの口から深い深いため息が出る。マチルダ、モーリーン、リーヴ社長、そしてベンジャミン・モーガンの間に古い因縁があることは聞いた。だがここまで来ると、妄執だ。

「何がモーリーンをここまでこじらせているのか知りませんけど、とりあえずわかりました。私だって彼女には会いたくないですし。それで、私はどうしたらいいんです？」

「リモートだ。環境はすでに整っている」

リーヴ社長のようにリモートで仕事をする。言葉で言うのは簡単だが、ＣＧの仕事ではそうもいかない。

まずはセキュリティ――社長がリモートワークをしている会社だけに、リンクスには外部からのアクセスを限定的に可能にしつつ、内部情報を漏らさないロックをかけるセキュリティ・システムが存在している。

　しかしそれ以前の問題がある。マシンの性能だ。量販店などで買えるレベルの家庭用パソコンでは、グラフィックス・プロセッシング・ユニット（ＧＰＵ）という画像処理用の装置の容量が小さすぎて、ヴィヴが仕事で使うようなアニメーションのソフトを起動したり、モデリングのファイルを開くことさえ難しい。そしてヴィヴの部屋にあるパソコンはごく一般的なラップトップで、用途のほとんどはメールやメッセージチャット、ＳＮＳを開くためか、配信映画やドラマ、研究用のオンライン講座を観るために使っている。

「ご存じだと思いますけど、うちじゃ無理ですよ。マシンがないですもん」

　するとジェイソンは今日はじめて笑顔を見せた。

「リウだ。君にはしばらくリウの家に行ってもらう」

「はい？」

「リウの家にあるＰＣはスタジオのマシンとほぼ同等のクラスで、ハードディスクもたっぷりついている。君の作業にも充分耐えられるだろう。それに、うちのクラウドにアクセスする暗号化も完璧だ。基本的に会社のマシンと同じだと考えてくれ。ただし、データの外部持ち出しは厳禁だからね」

　チアン・リウ、Ｒ＆Ｄ部門のリーダーにしてＣＧとコンピュータのオタク。巨漢で体の横幅はヴィヴがふたり分入りそうだ。性格はややひねくれているものの、口が悪いだけで意地悪ではない。

　そんなリウの自宅のパソコンが会社と同レベルと聞かされても、まあ当然だろうと納得はできるが、リウの家に行ってもらうというジェイソンの提案には、眉間にしわが寄る。

「あの、メグミとはルームシェアしてますけど、さすがにリウと一緒の生活は無理ですよ。絶対喧嘩すると思うし」

　その懸念はジェイソンにとってすでに想定済みだったようで、「そこは大丈夫」と軽く頷かれた。

「リウはほとんど家に帰らないから。あいつの普段の住まいは、うちの地下室だからね。R&Dルームの仮眠室からシャワールーム、キッチンまで我が物顔で使ってる」

　言われてみれば、ヴィヴもリウが家に帰るところを見たことがなかった。たまにパブへ飲みに行っても、最後は「じゃ、俺まだ仕事あるから」と会社に戻る。

　ヴィヴは地下室のことを思い出した。エレベーターホールの先は冷房がきつめに入ったコンピュータ・ルームになっていて、ヴィヴからしてみれば妙ちきりんなコードがくねくねと床を這い、どこがどう繋がっているのかもさっぱりだった。おまけに、コンピュータ・ルームの向こうにはオレンジ色の照明が照らす廊下があって、そこにシャワールームがふたつと、他の階より少し大きめの——といってもIHヒーターが二台追加されているだけだが——キッチンがあり、R&Dの人間が勝手に持ち込んだ大きな冷蔵庫がでかでかと鎮座しているのだ。そんな地下室にリウがいて、マシンに囲まれて生活している姿は、しっくりくる。

「もちろん今回の件はリウ本人も了承済みだし、君が滞在中は帰らないと約束している」

そうジェイソンが太鼓判を捺したので、ヴィヴは安心してリウの部屋を借りることにした。しかしそこまで持ち主が帰らない家となると別の問題が生じるのだと気づいた頃には、もうリウの自宅に着いていた。

精密機械を扱っている家だけあって、定期的に掃除には来ているのか、埃や黴の類いは気にならなかった。問題は、生活感がなさすぎて、家具や掃除機以外の家電、食器の類いがろくにないことだった。よく磨かれてつるつるとしたフローリングの床はがらんとしていて、ソファやテーブルもない。

「食べ物が一切ないいんだけど。紅茶も、ケトルすら」

「良い面は、ゴキブリが出なくていいってことかな」荷物運びについてきたメグミが、洗面所のドアを開けてうんざりした声を上げた。「うわあ……洗濯機がないわ。洗濯物はコインランドリーを使うか、いったんうちに持って帰るかだね。電車で十五分くらいだし」

「私、どこで寝たらいいんだろ……駅前のアウトドアショップで寝袋買ってくるか」

トイレと洗面所、シャワールームはユニットになっている。タオルもないので、スーツケースの中に何枚か入れてきてよかったと、ほっとした。

肝心のパソコンルームは、分厚いカーテンで日光を遮られて、日中にもかかわらず真っ暗だった。電気を点けてみると、中央にデスクトップが一台、両脇に一台ずつ巨大なモニタが並んでいる様子が立ち現れ、まるで映画に出てくるハッカーの部屋を見ているような気分になった。ラップトップではないので、デスク下にコンピュータが二台ある他、ハードディスクがいくつも積み上がって、R&Dルームと同様、うねうねとコードが這っている。そしてこの一式がもう一セットあり、正面と横の空間をL字型に占拠していた。

「すごい。SF映画みたい。もしくはスパイ映画」

「というか、オタク部屋。なんでこんなでかいマシンが自宅に二セットも必要なの？」

メグミの的確なツッコミに、「まあ確かに」とヴィヴは笑い、マシンに近づいてみる。椅子も立派なメーカーのもので、リウが給与をこの部屋とシステムに注ぎ込んでいるのはよくわかった。

「こんなにお金をかけているのに滅多に帰らないなんて、もったいない」

試しに正面のマシンを起動してみる。これまで作業したバージョンⅢのXのひとまずのデータは、すべて暗号化されたクラウド・サーバに上げられているので、まずはそれをダウンロードする必要があった。リンクス本社からHDDに落として持ち出す方が早いが、ジェイソンにそれは厳禁だと釘を刺されている。機密のプロジェクトだけに当然といえば当然だった。

ジェイソンの言うとおり、リウのマシンのGPUはヴィヴが普段会社で使っているものと同等か、それ以上だった。ふと脇を見ると、どこかの電器専門店で買ったらしいグラフィック・ボードが繋がっていた。

「どう、ヴィヴ？　良さそう？」

「たぶん、ほとんど問題ないね。バージョンも会社のと揃ってるし。でもなんか……微妙に何かが容量を圧迫してるっぽいかも」

ストレージを確認してみると、大容量のはずのメーターが七割ほど埋まっている。

「今ダウンロードをはじめたデータ以外に、すでにかなり使ってるんだよね。何だろう？」

「うーん、オタクのマシンだし、あんまりいじらない方がいいんじゃない？　今の残容量ならアニメーションもつけられるだろうし、いけるよ」

ダウンロードの完了までには数時間かかるとみて、ふたりはその間に、駅前に出て生活必需品を買い足した。寝袋、簡易的な折りたたみテーブル。メグミは日本にいた頃、座椅子というもので生活していたそうで、キャンプ用の低くて安い椅子をヴィヴに勧めてきた。

電子レンジを買うべきか否かを話し合い、結局ケトルだけを買って部屋に戻り、チキンティッカマサラをテイクアウトして夕飯にする。新品の折りたたみテーブルに早速カレーソースをこぼしてしまう。メグミがそういえば、と言った。

「ソニー・ピクチャーズが今、すごい3DCGアニメーションを作ってるんだって。スパイダーマンの」

「スパイダーマン？　『アベンジャーズ』シリーズとは別に？」

「そう、原作はコミックスの『スパイダーバース』だったかな。いつものピーター・パーカーじゃなくて、アフリカ系アメリカ人のマイルス・モラレスがスパイダーマンになる話。日本人も何人か参加しているらしくて、元同僚から聞いたんだ。手書きのコミック絵を3DCG化して、動きはもちろん、輪郭線なんかも2Dアニメを再現してるらしい。システム開発もすごいらしくて、技術面でもターニング・ポイントになるって」

「平面を３ＤＣＧ化して立体的に動かすのか……それってやばいね」

口で言うのは簡単だが、ヴィヴには想像がつかない。これまでの二十年はいかに写実的《フォトリアル》にこだわるかだったが、最近はノン・フォトリアルの可能性がどこまで広がるかの実験が続いている。

チキンティッカマサラを食べ終わったメグミが、軽いしゃっくりをした。

「日本でもこのくらい環境が整えばいいんだけどな」

「どういうこと？」

メグミは口元についたカレーソースをペーパーナプキンで拭うと、リウのマシンを指した。

「趣味でこのくらいやってる人はいるけど、会社レベルでは無理。日本はまだＣＧが弱くて……クオリティが基本的に低くなっちゃうの」

「そうなの？　まあ確かに、下請けにお願いする機会もあんまりないよね」

「でしょ？　でも別にアーティストの腕が悪いんじゃない。全然劣ってないの。みんなちゃんとスキルを持ってるし、すごく勉強もしてる。でもお金がない。環境が整わない。自社に開発部門を持ってるスタジオがあっても、プロデューサー側に尊重されないんだ」

驚きだった。なぜなら十年ほど前、流体シミュレーション・システムの開発でアカデミー賞の科学技術賞を獲ったのは、日本人の坂口亮《さかぐちりょう》だったからだ。そのことを伝えると、メグミはとても真剣な顔で頷いた。

「言ったでしょ。個人のスキルはむしろ高いの。問題は映画やアニメの製作業界全体。レンダリングにかかる時間とお金を減らしたくて、せっかく高クオリティの質感が出せるのに、わざと落としてもややエフェクトをかけて、予算を削ったり」

レンダリング――端的に言えば、画像を読み込み、書き出しする作業のことを指すが、それには時間と性能のいいマシンを揃えるお金が必要だった。

コンピュータの内部では、どんな精巧なＣＧも情報として認識されている。精巧であればあるほど複雑で容量が重くなるそれを、成形し直し、もう一度同じ画像として出力する作業をレンダリングと呼ぶ。

簡易的なレンダリングは、作業がどのようになっているか確認するために、モデリングやアニメーション付けの途中で、たびたび行われる。これによって、カメラの位置や設定を変えたり、ライティング、質感、テクスチャの調整ができ、完成形へと近づいていける。

とはいえ、ＣＧが扱うデータ量は一般的にすさまじい。たとえばＣＧを前面に押し出した、派手な大作映画だったら、宣伝ポスター一枚でも、六〇〇〇×三〇〇〇の画素――４Ｋの一・五倍のデータ量を圧縮することになる。

ＣＧモデルのポリゴンは、ひとつひとつがいわばデータのブロックだ。細密に、滑らかになればなるほどブロックの数は増え、データは巨大になっていく。

簡易レンダリングでも数分から数十分かかるが、これらを最終的に、アニメーション、エフェクトやライティングなどとコンポジットし、完成した映像作品としてまとめてデジタルフィルムに書き出しするためには、大変な容量と時間が必要だ。

そのため最終レンダリングには、ハリウッド・クラスのレンダリング・マシンを何十台と用意していようと、十数時間、時に数日もの時間がかかってしまう。

メグミはため息をつく。

「マシンの性能がよければ作品全体の質が上がって評判になり、お金も稼げる。そういうごくあたりまえの循環がみんなの共通認識になってくれるといいんだけどね。なんでも『節約』だし、観客も粗《あら》いCGに慣れ切っちゃっててさ。ゲーム会社の方が何倍も良いマシンを揃えてるんじゃないかな——って言っても、ゲーム系の会社がね、ハリウッド級のめちゃハイグレードなフェイシャル・キャプチャを使ったフルCG映画を作ったんだけど、興行収入は全然振るわなかった」

「日本ってそんなにCGが普及してないんだ」

「普及してないって言うか、見下されているというか。〝国内のCG大作映画は気持ち悪い〟って意見すら聞いたことがある。業界も業界でCGには後ろ向きでさ、プリビズでさえほとんど不可能だったたよ」

「マジ?」

「でも去年、『シン・ゴジラ』がプリビズを使ってくれたから、少しはプロダクション側の理解が得られるかもねって話にはなってるけど。〝あの監督だから特別〟みたいな考え方にならないといいなって思う。マケットもそうだし、HDRIを現場で撮らせてもらうことも障害が多くて――ベテランのカメラクルーに『俳優もいないところを撮ってどうするんだ』って怒られたりするんだよ」

「まあ環境データの採集はねー。どの国でも無理解な人はいるよ」

「そりゃね。ともかく日本のCG業界は苦戦続きですよ」

それからメグミは日本の映画業界の金銭面についてひととおり愚痴を吐き、缶ビールを三本空けて、いつものフラットへと帰って行った。


翌日からヴィヴは、リウのマシンを使ってXのアニメーション作りに打ち込んだ。

メグミがほとんど仕上げにかかっている最中の灰色のXも、問題なくモニタの画面に映った。テクスチャはまだついていないが、毛並みはぼさぼさでところどころ禿げ、両目は眼窩から落ちてぶら下がり、犬の耳は力なく垂れている。手足も痩せ、胴体にはあばら骨が浮き、頭ばかりが大きく見える。

バージョンⅢのXの動きは基本的に、階段から降りる動作が主になる。

一般的なアニメーションで、歩行サイクルをフレームに収めると、だいたい合計32フレームが使われる。階段での昇降も、体の伸び縮みの差が大きくなるだけで、ほぼ同じフレーム数だ。キーとなる動作を五つほど設定し、アニメーション・カーブを操作しながら片側16フレーム分を作り、ミラーリングしてもう一方にコピーして32フレーム分としつつ、均一すぎる動きをわざとずらしていくなどして微調整すれば、時間短縮にもなる。

今回の場合も、階段を降りる単純なサイクルだけは、ヴィヴの不在時にユージーンがつけてくれていたようだ。キーボードのAltキーとVキーを押して再生すると、灰色のXがスムーズに、何の引っかかりもなく階段を降りていく。

しかしこのバージョンのXは疲れ果て、ボロボロの状態なので、途中でよろめいたり転んだりするはずである。ユージーンがつけてくれた基本のサイクルをもとに、体を傾がせ、よたよたとバランス悪く歩かせなければならない。

こうした細かな作り込みの作業が、ヴィヴには楽しく感じられる。アニメーション付けの一番美味しい部分だ。

足の接地は踵からつま先へ重心が移る。バージョンⅢのXは体重がかなり減っているはずで、最も力強いバージョンⅡのXと比べ、一見して〝弱っている〟と、観客にわからせなければならない。外見だけでなく、動きによって。

ヴィヴは参考にするために、バージョンⅡのXの閲覧用ファイルを立ち上げた。一番人数が投入されているチームなだけあって、アニメーションはかなり進んでいた。

Xは仁王立ちして肩を怒らせ、荒く呼吸している。一歩、二歩、前に踏み出したその接地は、音がなくとも、ずしんと衝撃が伝わってきそうなほど重い。Xは再び立ち止まると、今度は膝を曲げて腰を落とし、思い切り踏ん張ってから空へと跳躍する。そのまま鳥のように手を広げて飛び、滑空する。

カメラのアングルをオンにして観ると、迫力は更に伝わってきた。正面の顔のアップから、足下の踏みしめ、跳躍、飛翔。まさに映画の見せ場だ。

「なるほど、こりゃ負けてられないな」

ヴィヴは指をぽきぽき鳴らし、リファレンス用のアプリで映像を立ち上げた。以前、スタジオの四階で撮っておいた、自分の映像だ。

背中を丸め、膝は曲げて、左のつま先から階段に接地、ゆっくりと踵を下ろす。そう、この演技を自分で動画に撮っている時、足首が外側へと不安定に揺れた方がいいことに気づいたことを思い出した。映像の中のヴィヴはぐらりとふらつき、そして、何とか踏ん張るために片足にぐっと力を入れ、内側に重心を戻す。そして次の一歩。片足をケガしていると想定して引きずる。ずるり、ぱたん、ずるり、ぱたん。

しかしこうして改めて見ると、なんだか「ただ疲れている人」か「やる気のない人」に見えてしまった。おそらく、左足も右足も同じペースで動かしてしまっているからだろう。

実際に傷を負った人が歩くとき、両足共にゆっくりと動くこともあるだろう。けれど片足ずつ動きが異なる方が、アニメーションとしては際立って見えるはずだ。

コンテの指示では、階段を降りるシークエンスは、全体で三十秒。はじめの階段降りは十五秒、その後、Xを見守る子どもたちの三秒ほどのショットが入る。つまり一歩当たり四秒、約三歩分だ。それから足を踏み外して転がり落ち、子どもたちが駆け寄ってくるまで十五秒。

三歩――通常なら48フレーム分。バランスを崩している動きならばもう少し多くなるだろう。ヴィヴは手元にノートと鉛筆を引き寄せ、動きの観察と分析を続けた。

ふと以前、ヒルシュビーゲルに言われたことを思い出す。

「ヴィヴは感情型のアニメーターなんだな」

ちょうど『AI：30』のアニメーション付けをしている最中だった。

「そう？　あんま感情型っぽい性格じゃないつもりなんだけど……」

「表現に性格は関係ないんじゃないか？　表現ってさ、〝自分はこうだ〟と思ってる性格とはまったく正反対のものが出てきたりするんだよ。むろん直結しているやつもいるけどね。アーティストの連中は観てて面白い」

すべてを俯瞰《ふかん》して見る必要のあるポジション――コンポジターを長く経験しているせいか、ヒルシュビーゲルは、アーティストのことを客観的に見る傾向があった。

アニメーターにも、それぞれ得意不得意、向き不向きがある。ダイナミックで勢いのある動きが得意な者、愛嬌のある動きが得意な者、コンテやプリビズに忠実で完璧に再現できる者、そして繊細な感情表現が得意な者。

『AI：30』でヴィヴのアニメートが評価されたのは、繊細な感情表現ゆえだった。言葉を発しないシーンでの、躊躇いや怒り、失望を、ほんのわずかな指先の動き、首や視線の動きで表現する。まるで俳優のように。

だからこそヴィヴは、このバージョンⅢのXが自分に任されたのだろうと思っている。

バージョンⅠは、謎めいていて、かつ、オリジナル版を愛したファンたちを納得させられる動きが必要になる。バージョンⅡはCGとVFXの見せ場。そしてバージョンⅢ。登場場面は物語のクライマックスだが、チーム人数は最少だ。簡単だからではなく、シークエンスの長さが最も短いため、というのが大きい。その上で、SVのジェイソンは、アニメーションはヴィヴひとりで担当した方がいいと考えたに違いなかった。

バージョンⅢのXは、言うなれば燃え尽きた後の消し炭だ。繊細で複雑な感情表現が必要になる。

それは観客が最も感情移入する場面。ヴィヴはそういう場面のアクションほど、自分の中の何かがぴたりと合わさるような、パズルの最後のピースや、鍵穴と鍵がかっちり嚙み合うような、そんな感覚を抱くのだった。

モニタの中のXは、全身にリグのコントロールが巻き付いている。ヴィヴはフレーム1の接地からとりかかる。足のつま先から甲、踵についているIKリグ——複数の関節を連動して動かすリグで、歩行アニメーションに向いている——を動かしていく。参照映像を撮るために自分自身が体験したように、つま先からゆっくり踵へ、やや重心を外側にして……腕は？　垂れ下がった眼球はどう動く？　顔は上がっているのか下がっているのか？

今この瞬間のヴィヴは、疲れ切ったXだった。自分の体、つま先から指先に至るまですべての神経がXとシンクロし、演技をしている。舞台に上がった俳優のようにスポットライトを浴び、痛みに耐えながら階段を降りる怪物そのものになっていた。

自分はヒルシュビーゲルが評した「感情型」のアニメーターなのかどうか、正直わからない。けれど気分はいい。つい先日まで引きずり続けていた迷いが、一歩進むたびに遠ざかり、少しずつ見えなくなっていく。

そうして数時間、数日が過ぎ、時間をかけるほどにXに魂が宿り、息づきはじめる。没入して作業するヴィヴの目に、血が通い、筋肉を震わせ、感情を持って行動するXの姿が映る。

時折様子を見に来るメグミの差し入れを貪《むさぼ》り食いながら、四月の花散らす雨を過ぎ、新緑芽吹く五月も終わって、六月に入った。

そんな折りに、メグミから電話があった。

「美術監督の髑髏《カラベラ》が全体像を見たいと言うから、素材をかき集めてるところなの。ヴィヴのアニメーションも、一度レンダリングしてクラウドに上げてくれる？」

そういうわけで、ヴィヴは現時点までのアニメーションを、この容量なら数十分で終わるはずだと見込んで、簡易レンダリングする。

しかし、その間に昼食を食べに出かけて戻ってみても、まだレンダリングは終わっていなかった。そういえば最近、簡易レンダリングをしていなかった。ひょっとしてマシンの調子が悪いのだろうか？

慌ててGPUの空き容量を確認してみる——すると、プラグイン、拡張機能が膨大に使用されていて、レンダリングのスピードを相当に圧迫していた。

「ちょっとリウ、何してくれちゃってんの！」

どうやらリウは、R&D部門の長として「らしい」といえば「らしい」が、プラグインオタクでもあるようだ。アンリアルという映像系のオープンソース開示サイトから、自動でソースを引っ張ってこられるソフトウェアを自己開発し、この自宅PCにコレクションしているらしい。

「ねえ、木の自動作成ツールとかリ・アンチ（俳優を老けさせたり若返らせたりするプラグイン）とか、今いらないよね？　消していい？　このままじゃ重すぎてクラウドにも送信できない！」

ヴィヴが怒気も露わに電話をかけると、リウは珍しく動揺した様子で言った。

「頼むから他のHDDに移してくれ！　お願い！　消さないで！」

これまで一度も聞いたことのない、すさまじく弱気で情けない声で訴えるので、ヴィヴは少し面白くなってしまい、ついからかってみる。

「こっちは明日までに髑髏《カラベラ》に見せないといけないんだけど。なんで事前に脱出させておかなかったの？」

「今から空きのハードディスクを持っていくから、待っててくれ！」

リウより立場が強くなったのは、リンクスに入って二年の付き合いでこれがはじめてだった。結局ヴィヴの好物であるバラ・マーケットのダージリン・ティーを買ってきてもらうことで、ヴィヴはリウのコレクションを守ってやることにした。

プラグインはＨＤＤに移り、すっきりしたマシンによってデータは無事レンダリングされ、クラウドに送信完了。髑髏《カラベラ》に詳細な全体像を送ることができた。

それから一週間後、六月も半ばになろうというその日、寝袋での生活も板についたヴィヴはいつものようにプロジェクトを立ち上げた。

もうすっかりテクスチャがついてほぼ完成形となったバージョンⅢのＸを動かしていると、スマートフォンに入れてあるリンクスのメッセージ・チャットがピポンと音を立てた。チームのグループ・チャットではなく、会社全体のチャットだ。

普段、これが使われることは滅多にない。ごくたまに、業務上の注意事項やインフルエンザの流行情報、保険の案内などが流れてくる程度に使われるだけだ。

しかし今、ピポン、ピポン、と何度も音を立ててメッセージが入ってくる。いったい何事だ？　ヴィヴは慌ててスマートフォンを取り、チャットを開く。目に飛び込んできた単語は〈試写室でやばいＣＧ映像が流れてる！〉だった。

はあ？　試写室でやばいＣＧ映像？

どういうことだとヴィヴは目を疑ったが、次々に入ってくるメッセージを読むだに、冗談ではなさそうだった。

〈試写室で面白い映像を上映してるよ、みんな観においでよ！〉

〈いったい誰がこれをＣＧにしたんだ？　しかもこれは古いってダメ出ししているぞ！〉

〈観たい！　何が映ってるの？〉

〈観てのお楽しみ、度肝を抜かれるよ〉

〈上映はもう終わっちゃった？〉

〈繰り返し上映しているからまだ間に合う！〉

　スタッフたちはチャットを使ったり、互いに声をかけあったりして、二階にある試写室へ向かっているようだ。

〈いたずらにしては手が込んでいるけど、こんなハイクオリティなものを作る余裕なんてどこにあったの？　まるで本物みたい〉

〈でもさすがにCGだってわかるよ。でもこんなやばい遊び、上から叱られるんじゃないか？　やったのは誰だ？　B班？〉

〈……こちらB班、そんな余裕はこちらにもないぞ。いま観に行く〉

〈R&Dも地下室からそっちへ向かうぜ！　楽しみだな〉

　チャットには楽しげなメッセージが続き、リンクスにいるスタッフたちのほとんど全員が、好奇心につられて試写室へ向かっている様子だった。ハイクオリティなCGがあれば観たくなるのがCGクリエイターというものだ。かくいうヴィヴもそわそわしてきた。

〈ねえ、みんなうらやましすぎる！　私、観られないいんだけど！〉

　その時、玄関の呼び鈴がジリリリ、と鳴る音がし、ヴィヴの手からスマートフォンがするりと落ちた。この二ヶ月間でメグミ以外に誰も訪ねてきたことがないのに、いったい誰だ？　宅配にも覚えはなく、胡乱に思いながらそっとドアを開けた。
玄関先に立っていたのは、黄色いTシャツにサングラス姿のモーリーン・ナイトリーだった。

「なっ……」

「やあ、久しぶり。ちょっとお邪魔するよ」

そう言ってモーリーンは無遠慮にずかずかと家の中に入ってこようとする。一瞬呆気にとられて棒立ちとなったヴィヴだが、はっと我に返り、モーリーンを止めた。

「待って、今リンクスで変な出来事が……試写室でやばいCG映像が流れているとかで」

するとモーリーンはふっと笑った。

「あんたもすぐ観られるよ」

ぼそりとした小声で呟かれたので、ヴィヴは聞き返した。

「何ですって？」

その時、手に持ったままのスマートフォンから、ピポン、とメッセージ・チャットの音が鳴った。見てみるとジェイソンからメッセージが入っていて、〈みんな落ち着け。とりあえず試写室に集まりすぎだ。フロアに誰もいなくなってるぞ〉とある。

「……今、私もすぐ観られるみたいなこと言いました？　何でわかるんです？　というか、知ってたんですか？」

「ま、私も情報源を持っているんでね」

さっきまで、自社で何か面白そうなことが起きていると弾んでいた気持ちに、暗雲が垂れ込めていく……モーリーンが情報源を持ってる？　何の？　うちに関する情報源にきまってているじゃないか。

「まさかあなたが試写室で上映を……」

「上映には関わってない。リンクスからここまで電車で十分だよ。瞬間移動でもしないと今ここに立ってないだろ。それに、私はあんたらのスタジオから警戒されまくっていて、中に入ることとも不可能だ」

確かに言われてみれば、チャットは今しがた、たった数分前からはじまった。リンクスからここまで、徒歩の時間も含めたら二十分はかかるだろう。そしてリンクスの出入口はひとつしかなく、受付のミスター・カプールが目を光らせている限り、モーリーンはスタジオに一歩も入れない。

「ちょっと待って、〝上映には関わってない〟って――何には関わっているんです？」

「悪さはしてないよ。だから私を信じて、中に入れておくれ。見せたいものがあるから」

ヴィヴは悩みながらも、モーリーンに道を空けた。社長にバレたら今度こそクビになってしまうかもしれない。しかし今のヴィヴには他に選択肢がなく、それに先ほど彼女が口にした「情報源」が引っかかった。それに見せたいものって？　いったいこの老女は何を考えている？　クビのおそれよりも、突き止めなければ、の気持ちが勝った。

モーリーンはまるで遠慮する素振りもなく、ヴィヴの寝袋をまたいでリウの部屋に入ると、「ブルーレイを観られる環境はどこだい?」と訊ねてきた。

「奥の、PCルームです」

「了解——ふうん、マシンが五台くらいあるかと思ったら、二台か。まあ会社で仕事しているんだからそんなものかね」

リウのPCコレクションの感想を述べつつ、モーリーンはバッグのポケットからブルーレイディスクのケースを取り出し、ヴィヴに渡した。ヴィヴは怪訝な顔をしながらもそれを受け取り——片手でスマートフォンのメッセージ・チャットを開いた。試写室に集まりすぎたスタッフを呼び戻すメッセージが入っていた。

モーリーンは、腕組みしてふんふんと鼻歌を歌いながら、隣のマシンを覗き込んだり、モニタの縁に触れたりし、リウのパソコンを吟味している。

ヴィヴはモーリーンからなるべく目を離さないようにしつつ、リウのPCに繋いであるディスク再生用の機器を開いて、ブルーレイディスクを入れた。

モニタの画面に現れたのは、どこかの部屋。壁に『ジュラシック・パーク』『マトリックス』『レジェンド/光と闇の伝説』『ウィロー』の映画ポスターが貼られ、手前にゆったりとした三人掛けのカウチがあり、そこにひとりの男性が座っている。

やや遠い位置にいるのでヴィヴからは小さく見えるが、カウチの半分以上をひとりで埋めているほど体は大きい。癖の強い灰色の髪、丸いめがね、子どもふたりほど入りそうな黒のビッグTシャツに灰色のジャージ姿。メキシコのスタジオから送られてきて受信状態が悪かったのか、紫色を帯びたノイズが入っていて、画質も低かった。

ポサダ監督だ。

監督は、ポーツマスにいたヴィヴを励ました時とはまた違う、どこか事務的で冷静な声で話しはじめた。

〈ポサダです、突然すみません。あなたにこれを観てもらいたいんです〉

ぱっと画面が切り替わり、ポサダ監督の姿が消えたと思うと、黒い怪物がモニタ一面に出現した。ぎくしゃくとした動きで、大きな犬の頭を左右に揺さぶり、口からぷしゅ、ぷしゅうと蒸気を吐く。

「これは……オリジナルのX？」

アニマトロニクス、機械仕掛けで作られた動きによく似ている。しかし何か違和感がある。再び画面が切り替わり、ポサダ監督が映し出される。

〈今の映像を観てあなたはどう思いますか？　私は、これはもう古い、と思っています。やはりリメイク版にはCGがふさわしい〉

そう言ったかと思うと、ぴたりと静止した。ディスクの内容はこれで終了らしい。再生機器が自動的に動いてディスクが排出される。

「……まさかこれって」

「オリジナル版のXにポサダ監督がダメ出ししている映像さ。説得力あるだろう？　監督本人が言ってるんだから」

モーリーンは軽やかに言うとこちらに腕を伸ばし、ディスクに指紋をつけないよう中央と縁を摑むと、丁寧な手つきでケースに仕舞った。

何でもなくふるまうモーリーンが、ヴィヴには信じられなかった。

「嘘。あのXはCGです。アニマトロニクスで動いているように見せかけてはいるけれど、あれはオリジナルに似せただけの、コンピュータ・グラフィックス製のXですよ。しかもポサダ監督も本物じゃない。彼もCGで作られてる!」

あのノイズが入った映像——壁に四枚のポスターが貼られた部屋で、カウチに座ったポサダ監督を、やや遠目から撮った映像。

CGだ。

リンクスのスタッフたちが、つい先ほど、試写室で上映されていると言って騒いでいたものと同じ映像だろう。

クオリティはかなり高い。あの『ローグ・ワン』のターキン提督と遜色ないくらいの出来だ。一瞬だけ観させられたのであれば、騙されたかもしれない。皮膚の透明感から髪質、体形、仕草の特徴までポサダ監督とそっくりそのままだった。けれどCGの——CGアーティストとして認めたくないが、あの独特の生々しさが残っていた。

ヴィヴがモーリーンを睨みつけると、彼女は慈母のような微笑みをたたえたまま、ヴィヴを見つめ返した。

「あなたですか、これを作ったのは」

「……正解。さすが、私が見込んだだけのことはある。ちゃんと見抜けるんだね」

「見抜けますよ、何年CGの仕事をしていると思ってるんですか？　それに、私だけじゃなくてリンクスのスタッフ全員見抜いてましたよ」

「だよね。やっぱ、ダメなんだなあ」

モーリーンはため息をつくと、ケースをバッグに仕舞い、床の上に座ってあぐらをかいた。トレードマークの丸いサングラスを外し、眉間を揉む。今までサングラスのせいできづいていなかったが、モーリーンはかなり疲れている様子だった。目に輝きがなく、眉間のしわが深くなり、顔色も悪い。

「まさかひとりで作ったんですか？」

「いや、さすがにそれは無理だったね。元レクタングルのスタッフに、色々だまくらかしながら手伝ってもらった。これはちょっとしたびっくり箱で、年末までのお楽しみだとか言ってさ」

レクタングル社は倒産こそしたものの、ＩＬＭと同等レベルの技術を持つ、大手スタジオだった。規模はリンクスの倍以上あった。

「腐ってもレクタングル社ってことですか。でもどうしてこんなことを？」

「ポサダ監督はおまけ。腕試しってとこかな。本当に見てもらいたかったのは、Ｘの方だ。あれはやっぱりアニマトロニクスには見えないかな」

「……素人だったら騙されるかもしれません。でも私みたいにCGを見慣れている人間には、やっぱりどこかぬるぬるして見えるんです」

「なるほどね」

モーリーンは再びため息をつくと、大きく伸びをして立ち上がり、さっさと踵を返して立ち去ろうとした。慌てたのはヴィヴの方だ——遠ざかろうとする彼女の腕をしっかりと摑む。これまで、モーリーンを引き留めるだなんてことをするとは思いもしなかった。

「待って、待って下さい。ちゃんと説明して。どうしてこんな手の込んだことをしたんです？　なぜリンクスのスタッフだけじゃなく、私にまで見せに？　はっきり言って下さい。私を付け狙い続けてきたのも、何か理由があるんでしょ？」

モーリーンはヴィヴのことを〝見込んだだけある〟と言った。いったいいつから自分に目をつけていたのか——そこで、何ヶ月も前にメグミがした話を思い出した。リンクスにヴィヴの過去の作品についての問い合わせがあり、ポートフォリオを送信したものの、そんな会社は存在しておらず、アンデシュがひどく落ち込んでいたという話。

「まさかずっと私を狙って……？」

「あんたは私に似ていると言ったよね。それはあんたの過去の作品を観て確信した。あのルクソーJr.によく似た作品」

「やめてやめて、あれは思い出したくないんです」

「いいじゃないか。私はね、あのルクソーJr.を、引退する前のマチルダに見せたんだ。そしたらマチルダは勝手に絶望して、業界を引退してしまった。私はそんなつもりなかった。

ただ、彼女にCGは優れていると認めてもらって、肩を並べたかっただけなのに」

　モーリーンは弱々しく笑うと、ふと真剣な面持ちになり、ヴィヴをまっすぐに見た。

「それにあんたも辞めそうだったから」

「……まあ、辞めそうでしたけど。ていうか、この間まであなたのおかげでクビの皮一枚だったのもありますけどね」

「悪かったって。ただ私は、才能ある人たちに辞めてもらいたくないだけなのさ」

「社長に告げ口をしたのもあなたでしょう？」

「いや、それは違う。そんなこと自分でするもんか。あれはジェイソン・マグワイアがやったんだよ。制作進行マネージャーから、あんたが急に休暇を取ったのはおかしいと言われて、社長に告げたんだ」

「ジェイソンが……」

「ま、彼がまともなSVだってことだよ。リーダーなら部下の行動をちゃんと把握しないといけないしね」

　それからモーリーンは、ショロトル――『レジェンド・オブ・ストレンジャー』のXのモチーフとなった、アステカ神話の神のことを話した。

　ショロトルは、弱き神だ。世界を救うような強い神ではない。

　そんな弱き神を、なぜマチルダはモチーフに選んだのだろうかとモーリーンは言う。

「どんな理由があったのか、私が彼女から聞けることはないだろう。ただ結果的に、マチルダもショロトルと同じじゃないかと思ってしまうんだ。ふたりとも〝持っている力〟から逃げてしまった——ショロトルは神として生け贄になり、太陽を再び動かすことのできる力から。マチルダ・セジウィックはその才能から。……あんたもそう、あんなに素晴らしいアニメーションを付けられる才能から、逃げようとしていた」

ヴィヴはぐっと言葉を詰まらせ、射すくめるようにこちらを見つめるモーリーンを、遠ざけたいと思った。逃げてなんかいない、と答えたかった。けれどそれは嘘だと自分でもわかっている。ヴィヴは逃げたかった。

モーリーンは更に続ける。

「私は自分の会社を倒産させてしまった。私の部下たち、大いなる才能を持った人たちはみんな散り散りになったよ。さっきの偽ポサダや偽Xを作ってもらいながら、短くも久々に共同作業ができて嬉しかったね。しかしそれぞれ忙しくて、もう二度目はないだろう」

夕刻を告げるカラスの鳴き声が窓の外に聞こえる。メグミは以前、日本にはカラスと一緒に帰ろうという歌があると言っていた。モーリーンには帰る家がないのだろうか。

「才能ある人に辞めてもらいたくない。まして や……エンド・クレジットもされたことのない人が、そのまま業界からいなくなるなんてのはね」

私たちの居場所。ヴィヴは心の中で呟いた。私たちは仕事をして映画に貢献している。でもそれを明《あか》らかにしているのは、スタッフロールだけだ。スタッフロールは私たちが確かにいたことの証《あかし》だ。

マチルダにはそれがない。

「……マチルダは何て言ってた？」

「え？」

「以前、マチルダに会いに行ったら、訊いてくれと頼んだろ？　このままだとエンド・クレジットに名前が載らない。それでいいのかって」

「ああ……」

ヴィヴは目をつぶって記憶をたどる。

「彼女は諦めていた様子でした。そう、『確かに、私だって名前を残したいと憤っていた時期もあった。でももう、またか、と失望したくない』と言っていたと思います」

「そうか」

モーリーンの目がきらりと光ったように思った。

「じゃあやっぱり、あれを完成させないと」

「あれって、ポサダ監督のCGですか？」

「馬鹿だね、おまけだと言っただろ？　あれは単に、リンクスのスタッフたちをおびき出すために、試写室で上映しようと思って作ってみただけさ」

「おびき出す？　何のために？」

「あのXのデータをあんたの会社に入れるためだよ。私のことを警戒して、中に入れるどころか聞く耳すら持たないリーヴ社長率いるリンクスのファイルにね。アニマトロニクスをモーションキャプチャのようにしてCG化できるプラグインを、あんたのお仲間なら作れるかもしれない」

そう言ってモーリーンは勢いよく、PCルームから出ていこうとする。ヴィヴは慌てて立ち上がった。

「待って、ちょっと待って」

「待てない。待っていたら、あんたの社長が製作会社と取り交わした約束を蹴っ飛ばすことができないから」

「どういうことですか？」

混乱して思わずこめかみを押さえる。どうして社長の名前が今出てくる？　するとモーリーンは振り返り、ヴィヴの肩を摑んで揺さぶった。

「あんたのところの社長、チャールズ・リーヴだよ。あいつが全部ダメにしようとしているんだ。アンヘル・ポサダがマチルダの名前が入ったクレジット・リストをプロダクションに提出して、彼女の名前もスタッフロールに入るはずだった。けれどチャールズが猛反対したんだ。業界から引退したマチルダの名前を、映画の最後に持ってくることで、彼女のまわりが騒がしくなってしまうってね」

ヴィヴは数ヶ月前、社長がロサンゼルスへ飛んだことを思い出した。夜の闇の中、ライトアップされて浮かび上がる椰子の木たち。そして、スタッフロールに名前が載ることについてどう考えるかと尋ねられたことも。

「まさか製作会社のキャビネット・オブ・キュリオシティーズ社に行ったのは、彼女の名前を入れさせない交渉のため……？」

「ああ。ベンジャミン・モーガンも何だかんだで結局は納得したよ。工房アルビレオ・スタジオの名をクレジットさせ、権利金を上積みして支払う代わりに、マチルダの名前を消せとリーヴに持ちかけられたんだ。昔と一緒さ。アルビレオ・スタジオがスタッフロールに流れ、マチルダはどこにもいない」

胸のうちがざわざわと騒がしい。モーリーンの言うことが本当だとすれば、チャールズ・リーヴはとんだ過保護の妨害人だ。マチルダ本人がクレジットを諦めているような口ぶりだったのは、リーヴがそう彼女に言って聞かせたのだろうか？

人に守られて、ありがたいと感じることは多い――ヴィヴも特に精神的に不安定な時期、仲間たちに支えてもらったおかげで、今も仕事を続けていられた、と思っている。しかしチャールズ・リーヴの行為は行き過ぎだ。たとえば「恋人を守る」という一見正しそうな名目で、相手の自由を奪い、束縛してしまうのは、間違っているのと同じように。

「あんたはチャールズの味方かい？　それとも私の？」

丸いサングラス越しに見えるモーリーンの目は、ぎらぎらと光っていて、ヴィヴをたじろがせた。

「社長の行動はおかしいと思います……でも、まだあなたの味方とも言い切れません。どうしてそんなに内情に詳しいんですか？　情報源があるって言ってましたよね」

色々と突っ込みたいところが多いが、まずはそれだ。先ほどの騒ぎにしたって、彼女や元レクタングル社の面々が作ったCGを、誰が社内に持ち込んだのか。ヴィヴのことについてもそうだ、付け狙うにしてもタイミングが良すぎる。

「ドンだよ」

モーリーンはため息交じりに言って、ヴィヴから体を離した。

「チャールズの甥、ドン・リーヴだ。彼は私の手足や目になってくれた」

「……つまりスパイってことですよね」

「まあ、そういう言い方もある」

モーリーンは悪戯娘のように肩をすくめ、部屋から出て行った。ヴィヴはその後を、とるものもとりあえず大急ぎで追いかけた。

言われてみれば、確かに、チャールズと昔恋仲であり共同経営者だったモーリーンと、チャールズの甥に面識がない方がおかしい。ドンとチャールズは言わずもがなで、情報も密に共有していただろう。社長室に向かうドンとすれ違ったあの日のことをヴィヴは思い出した。

「ドンと私は同じ考えを共有していた。マチルダ・セジウィックの名前をクレジットさせるべきだと」

ふたりは外に出る。リウが暮らすこの建物は、ヴィヴたちの〝古き良きテラスハウス〟を改装したフラットとは違う、新興のコンクリート製の建物だ。各階にドアがあり、外階段が設えられている。

　その外階段を足音高らかに駆け下りながら、モーリーンは言う。

「アホのチャールズは、マチルダを守っているつもりでいるんだ。名前を隠すことによってね。だから私はあのアニマトロニクス版のXの映像を無理矢理にでも本編の後ろに入れて、スペシャル・サンクスとしてマチルダ・セジウィックの名前をクレジットさせるつもりだった。ファンも喜ぶかと思って」

　ここでようやくヴィヴは全容を摑んだ。

「まさかあなたの目的って、マチルダ・セジウィックの名前をクレジットさせたい、それだけのことだったんですか？」

「まあね。悪い？」

「悪いって言うか、なんで私まで巻き込んだんです？」

　モーリーンはサングラスをかけ、にいっと不敵に笑った。

「そりゃ、あんたに手伝わせようと思ったからじゃないか。時間がなかったから、接触不可能になったあんたの代わりに、レクタングルの連中に手伝ってもらったけど。アニマトロニクスバージョンのXのデータはすでに、あんたらの会社のファイルに入り込んでいる。さっき試写室で上映があったと言ってたろ？　あれはドンがやってくれた。好奇心でホイホイつられたスタッフたちが試写室に集まった隙に、ドン・リーヴにデータを中へ入れさせた」

第七章　スタッフロール

二〇一七年
ロンドン

風が強い。まるで行く手を阻むかのように強く吹きすさぶ向かい風の中を、ヴィヴとモーリーンは進んだ。

「ドン・リーヴが、試写室にみんなが集まっている間にデータを社内に入れた？」

「そうさ。誰もクラウドにアクセスしていない状態にできれば良かったが、思ったよりうまくいったみたいだね」

こんなことを聞かされた上に一緒に行動していたら、私もグルだと思われるとヴィヴは焦ったが、モーリーンをリウの部屋に入れてしまった時点でダメなのだろう、半ば諦めのため息をつく。

「じゃあ、もう入れてしまったデータは消せないんですか？」

「まさか、そんなことはない。これから修正しなくちゃならないからね」

つまりまだ後戻りはできる。モーリーンを裏切り、会社に戻ってデータを消し、チャールズ・リーヴ社長の下で、アニメーションを作り続けられる。けれど、それを想像するとヴィヴの良心が痛んだ。

――才能ある人に辞めてもらいたくない。ましてや……エンド・クレジットに名も刻まれたことのない人が、そのまま業界からいなくなるなんてのはね――

その言葉を発したモーリーンの顔は真剣だったし、今も風を切って進む横顔は、いつものトリックスターじみたおかしな様子ではなく、真面目そのものだった。

とはいえ、これほどの大きなプロジェクトで勝手な振る舞いをしているモーリーンに加担したとわかれば、今度こそヴィヴはクビを切られる。それどころか、業界からも干されてしまうかもしれなかった。

しかし、チャールズ・リーヴ社長の考え方、マチルダの名前を伏せることで彼女を守れるという考えには一矢報いたい、反撃したいと思う。

マチルダは決して、「クレジットされるのは嫌」とは言わなかった。「確かに、私だって名前を残したいと憤っていた時期もあった。でももう、またか、と失望したくない」と答えたのだ。マチルダは本当はずっと心の奥底で期待していたのではないか。

ならば、ヴィヴは期待に応えたいと思う。ここは腹をくくってモーリーンの味方に付くべきなのだろう。しかしモーリーンが、犬猿の仲のはずのマチルダをクレジットしたいがためにここまでするとは。

「私たちがやりたかったのは、とにかく先にXのデータをあんたの会社に入れてしまうことだった。もし出来がよければそのまま本編終了後に映し出すって寸法だったんだ」

つまり、いったん映像をリンクスが作成している本編データの最後にくっつけてそのまま流してしまうつもりだったのだ。運が良ければ、こちらは気づかずにすべてをレンダリングし終え、プロダクション側に提出する。そうすれば否が応にも、プロデューサーやアンヘル・ポサダ監督の目に留まることになる。もしその前にリンクスのメンバーに気づかれたとしても、現場の人間ならきっとわかってくれるはずだと踏んだ。チャールズ・リーヴは信用できないものの、クリエイターたちならみんな、オリジナルの姿を映画に添えるべきだと気づいてくれると思った。その声がポサダ監督に届きさえすれば、きっと監督は味方になってくれる。

モーリーンはそう企てて今回のデータ挿入に踏み切った。

「監督さえ味方になれば、映像と一緒にマチルダの名前をクレジットするよう、プロデューサーに掛け合うだろう。私の狙いはそれだった。そこまでいけばチャールズの意見なんて吹き飛んじまうさ。しかし、結果はあんたの眼鏡にもかなわなかった。それじゃダメだ」

駅に着くとモーリーンは「あんたは一度リンクスに戻って」と言った。

「アニマトロニクス版のXを完成させてほしいんだ。それにはあんたのところのスタッフの助力が必要だから」

確かに今回の騒動でみんな試写を観ているため、難点や美点に気づけているはず。それにリウがいるR&D部門なら、オリジナル版のXのモーションをポインタで写し取って、ギミック化したプラグインを作成し、モーリーン版のCGアニマトロニクスもどきをうまく修正した映像が作れるかもしれない。

頭の中で想像する。『レジェンド・オブ・ストレンジャー』の本編が終わる——そしてスペシャル・サンクスの文字と、かつて人気を博した、アニマトロニクス時代のXが現れ、マチルダ・セジウィックの名前がクレジットされる。

これまでのヴィヴだったら、それで良しと答えたかもしれない。アナログとデジタルの融合。大いに喜ばしいことじゃないかと。

けれど、とヴィヴは風で乱れた髪を整えながら思う。

「でも……よく考えて下さい。CG版のアニマトロニクスを作ったところで、ファンは喜ぶでしょうか」

「ファン？　ファンって、これまでの『レジェンド・オブ・ストレンジャー』のファンのことかい？」

モーリーンはくだらないと舌打ちしながら言う。

「どうでもいいよ、どうせ懐古趣味のろくでなしたちだろう？」

その言葉につい吹き出しそうになり、かぶりを振って咳払いをする。

「ファンを舐めちゃいけませんよ。彼らの愛憎はすごいんですから。ただでさえリメイク版で気が立ってるところに油を注ぐことになりかねません」

そう言ってヴィヴは、ポーツマスで出会った男からマッド・サイエンティスト呼ばわりされたことを話した。

「映画の『ローグ・ワン』で論争が起きたのを知ってます？　うちのリウならきっと、今のCG拵《ごしら》えのアニマトロニクスをもっとうまく作れるでしょう。でも、結局は本体映像のトレースです。それこそ『ローグ・ワン』の死者を甦らせた〝ゾンビ〟みたいじゃないですか。論争を起こしたいですか？　だったら、本物を撮った方がまだマシですよ」

するとモーリーンは顔をしかめつつも、不承不承同意した。

「まあSNSやレビューで炎上したら、興行収入がひどいことになってしまうかもしれないからね。それは私の本望じゃない」

「それに、CGでアニマトロニクスを再現する行為を、マチルダが喜ぶと思いますか？」

モーリーンがどう思おうが、マチルダはモーリーンのことを嫌っている。今もそれが変わっていないのは、先日ニューヨークを訪れた際に、ヴィヴ自身が感じ取ったことだ。

「CGでアニマトロニクスを再現する。悪いアイデアではないでしょう。でも、マチルダは元々CGが嫌いです……ついでに、あなたのことも」

ファンだけじゃない、マチルダ自身もそうだ。みんなの神経を逆撫でする結果になるのは目に見えている。

モーリーンは明らかにがっかりしていた。とりわけ、自分がマチルダに嫌われているという事実に。認めてはいても改めてはっきりと言われると傷つくのだろう。

「ミズ・メリル、あんた、毒舌家だって言われない？」

「ミズ・ナイトリー、あなたよりマシですよ」

その時、電車が構内に入ってきた。モーリーンの灰色のポニーテールがばさばさと煽られ、まるで嫌がらせのようにヴィヴの首筋を打つ。

「……あんたの言い分も一理ある。だとしたら、代替案をお願いしようじゃないか」

やっぱりそうなるか。ヴィヴはため息をつき、「わかりました」と答えた。

「その代わり、一緒にリンクスへ行って下さい。もう隠れてないで、正々堂々うちに来て謝って下さいよ。試写のこととか」


今でこそ自分の名前を見に映画館へ行くことはなくなったが、生まれてはじめて自分の名がスタッフロールにクレジットされた時のことは、よく覚えている。

ヴィヴは封切り日に映画館へ向かい、前方の座席に陣取った。SF映画としては予算が少ない作品だった——エイリアンが地球に襲来、アメリカの国防軍に属する主人公は途中でエイリアンのひとりと友情を育むことになるという内容——、初日というのに観客はほとんどいなかった。いびきすら聞こえてきた。それでもヴィヴは、自分や知り合いのスタッフが手がけた場面にわくわくしたし、スタッフロールの中に自分の名前を見つけて、飛び上がりたいほど嬉しかった。家に帰る道中で家族や友人にメールを送り、自慢した。

自分が確かにその作品に関わったのだという証拠だった。見落とされていない、忘れられていないと思える対価だった。〝自信〟にどんよりと垂れ込む雲を、ひとつ残らず晴らす風だった。

アニメーターであることを誇りに思った。自分の才能を信じられた。

いつの間にか忘れていたけれど。

あの感動を一度でいいからマチルダ・セジウィックに味わわせたい。自分は確かにこの世に、何らかの爪痕《つめあと》を残したのだと、彼女に実感してもらいたい。モーリーン・ナイトリーもきっと同じ気持ちなのだろう。ならば——ヴィヴは誰の味方に付くべきかわかった。

電車を降り、ソーホーの賑やかな街を進んで、リンクスに着く。

建物の様子は基本的にいつもと変わらなかった。ただ、SVのジェイソンが外に出ていて、誰かと電話していた。社長だろうか、それともまさか警察？

後ろにモーリーンを従えたヴィヴは、深呼吸し、「ジェイソン！」と呼びかけた。もじゃもじゃ髭に硬そうな髪、いつだって裸足にサンダルのジェイソンは振り返り、目を丸くした。

「ヴィヴ、お前——！　なんでモーリーン・ナイトリーと？」

耳まで赤くして、ジェイソンは口をぱくぱくさせている。ヴィヴはまるで自分が荒馬をなだめる騎手になったような気分で、両手を広げ、害意がないことを伝えようとした。

「大丈夫、大丈夫です。お叱りはごもっとも。動揺されるのも当たり前です。数十分前まで私も同じでしたから、ええ」

　ヴィヴは後ろにまだモーリーンがついてきていることを確認しつつ、ジェイソンに近づき、電話を切らせると、事情を説明した。

　とはいえ、さすがにポサダ監督とXのCGを勝手に作って試写室で上映させたことや、エンド・クレジット映像のデータを無理矢理フォルダに突っ込んだことを話すと、ジェイソンの顔は噴火寸前の火山のようになった。やはり、試写室に何者かが忍び込んで上映したいたずらを、警察に通報しようとしたところだったらしい。今にも怒鳴り散らしそうな彼を押しとどめさせたのは、ドン・リーヴが内通していた、という事実だった。

「ドン・リーヴが？　スパイ？」

「ええ。うちの情報がモーリーンに筒抜けだったのは、ドン・リーヴ――社長の甥御である彼がモーリーンと接触していたからです。データを社内に入れたのも、試写室でフィルムを回したのも彼です」

　いくらか顔色が元に戻って冷静になった様子のジェイソンは、ごつごつした手であごひげを撫で、ううむ、と呻いた。

「……事情はわかった。データもうクラウドに上がっているんだろう？　もうここまで来たら、あなたにはスタジオに入ってもらいます、モーリーン」

「もとよりそのつもり」

　風にポニーテールをそよがせて平然としているモーリーンに、ジェイソンはため息をつく。

「あなたは昔からそうだ。現場を引っかき回して困らせて……でも憎めない。あのCG映像、見事でしたよ。結局はあなたの思い通りになるんですよね」

「昔から？」

ヴィヴが訊ねると、ジェイソンはひょいと肩をすくめた。

「言ってなかったか？　僕は以前、レクタングル社にいたんだ。モーリーン・ナイトリーとチャールズ・リーヴの下で働いていた。倒産した時、リーヴ社長に引き抜かれてロンドンに移り住んだんだよ」

ヴィヴにとっては初耳だ。ジェイソン・マグワイアがアメリカ人で、ハリウッドのVFX会社が倒産したからロンドンにやって来たのは知っていたが、それがレクタングル社だったとは知らなかった。一方のモーリーンはふんぞり返った姿勢のまま腰に手を当て、〝早くしてよ〟と言わんばかりの態度だ。

「前はよくあんたを使ってた。出来のいい部下だったからね。さあ、中に入れるならさっさとして」

「はいはい、わかりましたよ……ヴィヴ、お前、リンクスを出てこの人の下につくことだけはやめておけよ」

「頼まれたって行きませんよ」

もういい加減うんざりしてるんです、と続けると、ジェイソンは少しほっとしたように笑った。

受付のミスター・カプールをはじめ、すれ違うリンクスのスタッフたちは全員、驚きに目を瞠ってヴィヴたち一行を見た。この分ならあっという間に噂は広まるだろう。リンクスのメンバーにとっては、無断でマチルダ・セジウィックに会いに行ったヴィヴも立派な問題児だが、そのヴィヴに輪を掛けて問題視されているモーリーン・ナイトリーと一緒に、社内に入って来たのだから。それもSVのジェイソンに連れられて——ヴィヴはまるで警察官に逮捕された容疑者のような気分だった。

ポサダ監督とXの試写映像騒動は、今はもう落ち着いていて、スタッフたちはいつも通りに過ごしていた。それでもまだ興奮冷めやらぬのか、一階のカフェや二階のプロダクション・フロアからは、ポサダ監督の動きやリアルさがどうの、という話が聞こえてきた。

ジェイソンはいったん二階に寄ってアンデシュに「社長室で社長と話したい。繋いでくれ。ついでにドン・リーヴを呼び出して」と言うと、ふたりをエレベーターに乗せ、Rボタンを押した。アンデシュは何か言いたげだったが、その前にドアが閉まった。

「社長室へ行くんですか?」

「とりあえずな。事情は理解したが、社長を説得できなきゃうちでエンド・クレジットの作業をするのは無理だ。いいですか、モーリーン。うちがダメならメキシコへ飛んで、ポサダ監督の下で作って下さい」

「わかったよ」

「……何で最初からメキシコで作らなかったんです？」

考えてみれば、ロンドンのVFXスタジオにちょっかいをかけるよりも、ポサダ監督の下でエンド・クレジットを作ってしまえば、こんな大がかりなことをしなくて済んだはずだ。ヴィヴが問いかけると、モーリーンは少し照れたように顔をしかめた。

「メキシコじゃビザがうまく取れなくてね。あそこにはCGのプロもいないし、何よりあんたが面白かったからだよ、ヴィヴィアン・メリル。あんたに接触してみたかったのさ」

それを聞いたジェイソンは深くため息をついた。

「春先にヴィヴの過去のポートフォリオを取り寄せたの、あなただったんですね」

「言わなかったっけ？」

モーリーンがとぼけたのと同時にドアが開き、三人は社長室に着いた。

何度訪れても変わらない、ポスターだらけの壁、誰もいない静かな部屋——のはずだった。しかし今日は違う。コンクリート製のローテーブルの向こう側に、車椅子姿の老人がいた。チャールズ・リーヴ、社長本人だった。

「やあ」

窓を見ていた社長は振り返り、表情の読めない顔で軽く挨拶をした。しかし胸の前で指を組み、背筋をしゃんと伸ばした格好は、決してこちらを優しく招き入れる態度には見えない。静かに威嚇《いかく》されているのをヴィヴは肌で感じ取った。

それは他のふたりも同じなのか、なかなか最初の一歩が出ない。エレベーターのドアが閉まる間際、アンデシュが何か言いかけていたのは、社長はすでにここにいるということだったのだろう。

「座りたまえ」

促されてようやく三人は、お互いの顔と社長の顔を窺いつつ、ソファに腰掛けた。その時、再びエレベーターのドアが開き、黒いシャツとズボン、スキンヘッドのドン・リーヴが現れた。はじめ、彼はごく普通の様子だったが、モーリーンが手を振ったことではっと足を止め、顔を強張らせた。今、ようやくすべてに気づいたのだろう。モーリーンがリンクスに乗り込み、ドン・リーヴが内通者だったと知られてしまったことに。

「モーリーン。それに、ドン……どういうことなのか、説明してくれるかな」

社長の淡々とした口調に、ドン・リーヴは哀れなくらいに真っ青になって、立ち尽くした。やがて、チャールズ・リーヴの怒りが爆発した。

「座れ！　そして説明しろ！　お前たちふたりがやっていることは悪質な妨害と侵入行為だぞ！　説明しないのなら、今すぐクビを切る」

「伯父さん、待ってくれ伯父さん」

「気安く呼ぶなドナルド・リーヴ。お前と血縁があろうがなかろうが今ここでの我々は雇用主と従業員の関係に過ぎない。お前のクビを切るも切らぬも私の一存で決められる」

「……すみません、社長」

「それからモーリーン。君にはいい加減うんざりだ。いったい何十年、私の邪魔をすれば気が済む？　君さえいなければ私は……」

「マチルダと平穏無事に暮らしていたとでも？　はっ、馬鹿も休み休み言いなよ」

額に血管を浮かび上がらせ、顔を青ざめさせながら怒るチャールズ・リーヴに向かって、モーリーンは立ち上がった。

「確かに私とあんたの甥は手を組んで、あんたの会社の仕事を妨害した……特に、ここにいるミズ・ヴィヴィアン・メリルは迷惑千万だったろうね。でもね、私が妨害したかったのは、いつまでも馬鹿な妄想に取り憑かれて、マチルダ・セジウィックの名前をクレジットしないと言い張る、あんたのその考え方だよ！」

そうしてモーリーンは語りはじめた。

モーリーンは、自分のせいでマチルダが引退したのだと自覚していた。CGの魅力を伝えるのに夢中で、ルクソーJr.もよかれと思って見せた。マチルダが傷つくなどとは考えもしなかった。そして『レジェンド・オブ・ストレンジャー』が公開された後、ベンジャミン・モーガンから、マチルダはもう二度と映画の世界に戻ってこないと知らされ、はじめて自分が何をしたのかを知った。

人気を博した『レジェンド・オブ・ストレンジャー』が公開範囲を広げた後、モーリーンは何度となく作品を観に行った。ほかの多くの観客と同じように。なぜこの作品がヒットしたのか？　それは明白に、Xという奇妙なクリーチャーのおかげだった。それなのに、これを生み出した創造主を、自分は放逐してしまったのだ。

このことをずっと悔いていた。だからこそリメイク版の話が出た時に、ついにマチルダ・セジウィックの名前が――せめて名前だけでも――クレジットされれば、彼女が確かにこれを作ったのだという爪痕を、スクリーンと観客の心に残せるのではないか。

しかしそこに立ちはだかったのがチャールズ・リーヴだった。

チャールズ・リーヴ率いるリンクスがVFXを担当すると聞いたモーリーンは、リーヴに連絡を取った。マチルダの作ったXをどこまで再現するのか、スタッフロールに彼女の名前はクレジットされるのか、知りたかったからだ。リーヴは社外秘を口実にほとんど打ち明けてはくれなかったが、ひとつだけ苦言を呈した。先日放送されたBBCの番組『名作の裏側――名もなき創作者たち』について、「マチルダはもう表舞台に立つ人ではない。あんな番組、作られるべきではなかった」とはっきり口にしたのだった。

嫌な予感がした。まさかリーヴは、自分の権限を最大に利用して、『レジェンド・オブ・ストレンジャー』からマチルダ・セジウィックの名前を外させるのではないか？　元々Xの権利はアルビレオ・スタジオが持っているため、版権問題は工房名さえ出せば解決する。それにマチルダ自身はリメイク版には絡んでいないから、必ずしも名前を出す必要はない、と考えたのでは。

「つまり、ポサダかチャールズがクレジット・リストに名前を挙げる以外、マチルダ個人の名前が出ることはない。そしてチャールズはきっと、彼女の名前を隠すだろうと思った。

だから私はドンに連絡を取ったの。あんたと長い付き合いの私だもの、たったひとりの甥っ子の連絡先くらい知ってる。そうしたら、ビンゴだった。あんたはクレジット・リストのスペシャル・サンクス枠からマチルダ・セジウィックの名前を外した。あんたは……」

「私だって最初からそうと決めていたわけではない。悩みはしたんだ」

モーリーンが息継ぎをした隙に、リーヴ社長は口を挟んだ。

「……悩んだ末だ。スタッフロールに名前が載るのは彼女の夢だったからね。でも、マチルダはもう引退した身だ。それに今回のリメイク作は、ファンから大いに叩かれる可能性がある。そんな作品に彼女の名前をクレジットするか？」

「それでマチルダを守ってるつもりなわけ？　はん、笑わせる」

「悪いか？　お前は昨今のＳＮＳやレビューのたちの悪さを知らない。映画が不評でマチルダまでコケにされたらどうする。彼女は静かに暮らすべきなんだ」

「悪いも悪い、最悪の悪さだね。記憶を美化しすぎて聖女にでも祭り上げてるつもりじゃなかろうね？　あんた、気持ちが悪いよ」

モーリーンはペッと足下に唾を吐いた。

「何だと？　お前は本当に無礼な……」

「マチルダが引退した身だって言うなら、今のあんたはマチルダの何なのさ？　未成年の親じゃあるまいし、彼女に直接聞いたらどうなの。聞く勇気もなかったくせに」

モーリーンがぶつけた言葉で、チャールズ・リーヴの顔にさっと赤みが差す。

「お前の方こそどうなんだ！」

「私？　私はちゃあんと聞いたよ。この子を使ってね」

そう言ってモーリーンはすぐそばで身を固くしていたヴィヴの肩を抱き寄せた。ヴィヴはぎくりとして、その場にいた全員の顔を見比べる。呆気にとられていたのはチャールズ・リーヴだった。

「君は……確か以前、クレジットについてマチルダに聞いたかと訊ねた時、訊ねてないと言っていたな」

「……嘘です、すみません。本当は聞いていました」

ヴィヴは心臓が口から出そうなほど激しく脈打つのを感じ、どうにか唾を飲み込んで打ち明けた。

「マチルダさんは『確かに、私だって名前を残したいと憤っていた時期もあった。でももう、またか、と失望したくない』と、そう仰ってました。私には、それが諦めのように聞こえました、社長。もし今回もマチルダさんの名前をクレジットしなかったら、彼女はきっと『またか』と失望してしまうんじゃないでしょうか」

チャールズ・リーヴの体から力が抜けていくのがわかり、ヴィヴはニューヨークへ行って以来はじめて、あそこへ旅立ってよかったと思った。

「社長。私もついこの間まで自信がありませんでした。叩かれたらどうしようとか、自分には才能がないとか思って、転職しようかとまで思い詰めていました。あのＢＢＣの番組をご覧になって、不安に駆られたお気持ちはわかります。私も去年のことがあって、目立つことの怖さは身に染みました。でも――でも、作るってそういうことです。作った物が表に出たら、もはやそれは作者の手を離れ、批判どころか誹謗中傷までされることもあるでしょうけど、でも名前だけは誰にも奪えません。それが私たち創作者の持つ権利です。……もしマチルダさんが嫌がってるなら話は別ですが、彼女はクレジットされたいと望んでいます。それなのに、勝手に名前を奪ってしまっていいんでしょうか」

ヴィヴは自分のクビと引き換えに訴えた。今ここで言わなければ、あの指先のぬくもり、Xやその他たくさんのクリーチャーたちを生み出してきた温かな指先を、永遠に失ってしまう気がした。それだけは嫌だった。

チャールズ・リーヴは虚を突かれたように口を噤み、そして項垂《うなだ》れた。

しばらくの後、「わかった……君たちの好きにしたまえ。私の負けだ」と呻くように言うと、車椅子を発進させ、エレベーターに乗り、どこかへ行ってしまった。

「さて……それで、どうしようか」

社長室を辞した後、ヴィヴはジェイソンの個室にいた。ここには他に、R&Dのリウ、コンポジターのヒルシュビーゲル、モデラーのメグミ、そしてリード・モデラーのドン・リーヴと、モーリーンも一緒にいる。

モニタには正午前の明るい日差しに照らされた、メキシコ・シティのポサダ監督が映っていて、事情をすべて説明し終えたところだった。監督は突然の呼び出しに怒るでもなく、むしろマチルダの名前をクレジットできることを喜ばしいと思っている様子で、にこやかだった。

「モーリーン・ナイトリーさんの作ったCG版の僕とXのアニマトロニクス、拝見しました。素晴らしい。さすがの出来ですね」

ポサダ監督は丸々しい体をひねって別のモニタをいじりながら言った。

「しかし、確かにヴィヴさんが仰ったように、CGであることがはっきりわかってしまいます。これはあまり筋が良くない気はしますね。アナログファンの神経を逆撫でしてしまうのではという危惧もわかります」

「ではどうするべき？」

改めて、監督直々の却下という決定に、モーリーンは多少悔しそうではあったものの、長年この世界で生きてきただけあって、切り替えは早かった。

「スペシャル・サンクスでマチルダ・セジウィックの名前を出すだけではつまらないと思う。せっかくなんだし、何か映像を入れるべきだと私は思うけど」

「確かに仰るとおり。僕は元々、ピクサーやマーベルがやるような、おまけ映像が大好きなんですよ。さすがにマーベルのような、キャストを撮り直して何か言わせるようなものは難しいですが、スタッフロールの途中で面白いおまけ映像があると楽しいですよね」

ポサダ監督はうきうきしているが、スタッフたちは正直、「それはいったい誰がやるんだ?」という怯えを浮かべて話を聞いている。

ヴィヴ自身は迷っていた。

どうしたらいいのかわからない。何が正解なのかも。ニューヨークの建物で出会ったマチルダの顔を思い浮かべる。彼女を喜ばせるにはどうしたらいいだろう。今もひたすら〝ナイ＝ナイ〟と名付けたクリーチャーを作り続けているマチルダに、自分は何を伝えるべきなのだろうか。

少なくとも、CGを快く思っていない彼女との溝は埋まらないだろう。

「……少なくとも、モーリーンさんは参加すべきではないと思います」

「何だって?」

モーリーンは嚙みつくように言ったが、ヴィヴも対等に渡り合えるほどには、彼女に馴れていた。

「いや、あなたの腕があれば百人力ですよ。でも、マチルダ・セジウィックはあなたのことをまだ許していない。たぶん永遠にそうでしょう。そんな相手が自分へのスペシャル・サンクスの映像を作ったとわかったら、傷つきませんか。元からあったかさぶたを剝がして塩をすり込むような行為じゃないでしょうか」

「……本当に毒舌家だよ、あんたは。わかった、私はこのプロジェクトにこれ以上首を突っ込まない。それでいいだろ、アンヘル・ポサダ監督?」

「いいでしょう、マティに余計な心労をかけるくらいなら、ただの文字を流すだけに留めます。おまけ映像は誰よりマティに喜んでもらえねば意味がありません。モーリーンさんの尽力はありがたいですが……」

「いいって、もういいから。それより代替案だ。この小娘にはさっきも言ったが、私が提出したCG映像以上のものを出してくれ」

部屋にいる全員がヴィヴに注目していた。リウはうんざりと、メグミは心配そうな顔をしていて、ヒルシュビーゲルに至っては今にも吹き出しそうに頰を膨らませている。

深く息を吸って、吐く。マチルダはリメイク版には同意した。XをCGで作らせること自体に反対ではなかったし、ヴィヴの正体を知って追い返すこともしなかった。

その時、ふいに二月の記憶が甦ってきた。

自宅フラットで鬱々と悩んでいたあの日、リメイク版『レジェンド・オブ・ストレンジャー』の公開情報を知った。そしてヴィヴはふと窓辺に立ち、雪が降る中、向かいのレストランの前で、若い恋人たちが待ち合わせている場面を見たのだ。

あの時、彼が持っていた薔薇の花。寒い中、彼女を待ちながら手にしていた真っ赤な薔薇の花は、彼女への思いを具現化したものだ。

それより前にも、BBCの番組を録画しなければと走っていた際に、花束を運んでいた業者にぶつかり、薔薇の花弁が散った。バレンタイン・デー、ロンドン中を花の香りでいっぱいにする薔薇たち。その一枚一枚に見蕩《みと》れ、ヴィヴは自分の〝目〟、アニメーターとしての才能のことを思ったのだ。

薔薇。贈り物。大切な人を思って渡す花束。

「……薔薇の花束にしましょう。ありきたりかもしれないですけど、花を贈るという習慣は、うちの国ではとても大事な習慣だし」

「薔薇ねえ。いいんじゃない?」ヒルシュビーゲルは頷いた。「CGで薔薇を作るか」

「構想はこうです。オリジナル版『レジェンド・オブ・ストレンジャー』から、Xが大画面に映るシーンを切り取って、リメイク版に持ってきてフィルムにはめ込みます。その下にCG版のバージョンⅠ、Ⅱ、ⅢのXを登場させます。それぞれに薔薇の花束を抱えて、こう、オリジナル版のXに捧げるように掲げるんです」

集まっていたメンバーはそれぞれ考え込んでいたが、最終的には全員が納得し、意見が一致した。何より喜んでいたのはポサダ監督だった。

「薔薇の花束を掲げるX、いいですね、愛らしくて。敬意を表するというメッセージ性もありますし、それでいきましょう」

「製作費の足が出た分は私が持つよ」

意外なことをモーリーンが言ったので、ヴィヴはぎょっと目を瞠った。するとモーリーンは、これまでは決してそんな行動を取らなかったが、ヴィヴの肩を優しくぽんと叩いた。

「倒産したと言っても、私にはまだ資金の余裕があるんだ。金くらいは出させてくれ」

悲鳴を上げたのはリンクスのスタッフたちだった。元々作っていたモデルをベースにすればいいのではあるが、いったい誰が三体のXのアニメーションを作り、薔薇の花束のモデリングをするのか、ちょっとした騒ぎになった。

「私がやります、私がやりますってば」

ヴィヴはそう言わざるを得なかった。バージョンⅢのXもほぼ完成形に近づいたし、花束をさっと捧げる動きを付けるくらいどうということはない。おまけ映像の長さはせいぜい五秒、一週間あればなんとかなるだろう。宙を舞う薔薇の花弁は、花びらが飛び散るエフェクトのプラグインを使えば簡単だ。それにいざとなれば、B班のユージーンに頼ればいい。その程度に考えていた。

しかしその翌日、ジェイソンの個室でヴィヴが一緒にワークフローを考えていると、ユージーンが飛び込んで来た。

「おまけ映像を作るんですって？」

「ああ、そうだが……」

「待って下さい、そんな余裕はもうないですよ！」

そう言ってユージーンは、ジェイソンとヴィヴを三階のホワイトボード前に連れて行った。そこには、CMからテレビドラマ、映画と、リンクスが請け負っているあらゆるプロジェクトの進捗状況が書かれている。そこにレンダリング・ルームのチーフ、セラン・パクの直筆メモで「レンダリング・スケジュール目いっぱい！　横入り絶対厳禁！」の貼り紙がしてあった。ジェイソンはぽかんと口を開けている。

「……しまった、A班のことで頭がいっぱいだったが、B班も詰まっていたか」

「そうです」

レンダリングは、簡易であれ最終であれ、レンダリング・ルームにあるマシンのサーバーを使って処理をする。その順番はリスト化されており、自分がレンダリングしたい場合は、何月何日の何時から何時まで、というように予約をする。それぞれに長短や重さの違いがあるため、スケジュール管理はレンダリング・ルームのチーフ、パクが整理して優先順位を決め、最終決定をするのだが、もうそこに横入りする余裕はないというのだ。

「まずいな。とりあえず簡易レンダリングなしで作るしかない。おまけ映像は最終レンダリングだけどうにか入れさせてもらおう」

それは途中の確認作業を経ないで完成させろということを意味する。要するに、アニメーションを試しに再生してみて具合を窺う工程を取り上げられるわけで、ヴィヴは慌てて抗議したが、ユージーンにじろりと睨まれて引き下がるしかない。

「元々決まっていたスケジュールなんだ」

「はいはい……わかりましたよ」

その日からヴィヴは、バージョンⅢのアニメーションの最終作業に取りかかり、次いでバージョンⅠ、Ⅱ、ⅢのすべてのXを使ったおまけの花束贈呈映像のアニメーションを作りはじめた。

花束のモデリングは、メグミがやってくれた。

「毒を食らわば皿までってね」

遠目から見ても真紅の薔薇だとわかるように本数は少なめの五本ずつ。すべてコピー&ペーストして仕上げるのかと思ったが、メグミは凝り性なので一本ずつ、つぼみの状態のものや、満開に咲いているもの、盛りを過ぎて散りはじめたものとを混ぜ合わせて作った。花束を束ねるリボンの色もバージョンによって違う。Ⅰは赤、Ⅱは青、Ⅲは黄色に仕上げたそうだ。

花束の簡易レンダリングは、どうにかレンダリング・スケジュールの隙間中の隙間を縫って走らせたらしい。チームのクラウドに「花束」のフォルダが入った時は、安堵の気持ちでいっぱいになり、メグミに感謝のプレゼントを贈った。日本で使っていたという座椅子である。海外通販サイトで購入して渡すと、メグミはひどく喜んで、さっそく自宅フラットで使いはじめた。

ヴィヴは、灰色の画面にバージョンⅠのXを呼び出す。カメラの動きがつくと迫力あるクリーチャーに見えるが、こうしてTポーズで立っていると、まるで『エイリアン』のフィギュア・モデルみたいだ。

Xに花束を抱きかかえさせ、恭しく片膝をついて花束を持ち上げる。この動きをトレースしてバージョンⅡ、Ⅲにも当てはめ、ずらりと並んで一斉に花束贈呈しているように見せる。これをすべて終わらせるのに三晩かかった。

七月四日。ついに『レジェンド・オブ・ストレンジャー』のCGI・VFXチームの納期当日になった。

役者の撮影はとうに終わっており、あとはCGの合成作業が待たれている状態で、プロダクション側からは矢のような催促をもらっている。これ以上引き延ばすことは出来なかった。

「やっとここまでこぎつけたねぇ」

「本当だよ……A班もB班もみんな死んでるわ」

ぼさぼさ頭のヒルシュビーゲルにため息をつかれ、ヴィヴは素直に申し訳ない気持ちになった。コンポジターの彼の目の下にはくっきりクマが出来ていて、『死霊の盆踊り』だけがタブレット上で虚しく白光りしている。

本編の作業はすべて終わり、最終レンダリングがはじまっていた。あとは機械に任せればいいだけだった。

時刻は朝の四時を回り、精根尽き果てたリンクスのスタッフたちはほとんどがぐったりとして、床の空いているところにめいめい横たわっている。地下のロッカーに仕舞ってあった宿泊用の毛布やタオルケット、寝袋などなどに身をくるんで、あちこちからいびきが聞こえてくる。

ヒルシュビーゲルも大あくびをした。

「あーあ、もっと余裕で終わるはずだったんだがねぇ」

嫌味ともからかいともつかない口調でヒルシュビーゲルが言う。

「私だって死ぬ気でおまけ映像作ったんだから、もう少し褒めてもらってもいい気がするんだけど」

結局、バージョンⅠ、Ⅱ、Ⅲ揃い踏みのおまけ映像はうまくいった。しかし問題があった。オリジナル版のフィルムが古すぎて、ＩＭＡＸ仕様のデジタル・フィルムにはめ込むと、暗い上にぼやけてしまって、何が何だかわからなかったのだ。そこでＣＧ補正が必要になった。ヒルシュビーゲルがずいぶん努力して背景を白くし、輪郭をはっきりさせたもののの、どうしても経年劣化はごまかしきれない。

ポサダ監督が「うちにある本物のＸで撮ってみましょうか」と申し出てくれたが、これもまた内蔵されている機械、アニマトロニクスが壊れていてうまくいかなかった。仕方なく、新しいデジタルフィルムで本物のＸの横顔を一枚撮影し、はめ込み画像として使うことになった。

ただ、それだとヴィヴが頭で計算していたアニメーションがうまくハマらず、結局アニメーションはやり直しになり、ユージーン・オジョが手伝う羽目になった。彼は「いったい自分はどこまでミズ・メリルのサポートを務めねばならないのか」と静かに怒りながらも、最後まで付き合ってくれた。

床の上でメグミが眠っている。緑色の毛布に身をくるみ、まるで芋虫みたいだなとヴィヴは思った。その隣にはヤスミンが横たわり、軽やかな寝息を立てていた。ヤスミンはヤスミンで、少しでも簡易レンダリングで確認ができるよう、容量を軽くするため、バージョンⅠ、Ⅱ、Ⅲのリグをシンプルなものに付け替えてくれた。

そんな中、ユージーンをはじめ何人かのスタッフはまだ、デスクに向かっていた。A班の『レジェンド・オブ・ストレンジャー』が終わろうと、それ以外の仕事を受け持つ、B班の締め切りはまだいくつもあるのだ。

誰もが満身創痍《まんしんそうい》だったが、その甲斐あって『レジェンド・オブ・ストレンジャー』の作業はこれで終わり。今日の夕方四時には、最終レンダリングを終えて、監督の元に送られる。地下のR&Dフロアの半分を占めるレンダリング・ルーム、夏でも肌が粟立《あわだ》つほど冷房が効いた部屋にずらりと並んだレンダー・サーバーが、本編からエンドロールのおまけ映像までを、まさに今必死で読み込んでいる最中だろう。

その時、社内放送がかかった。レンダリング・ルームのシステム・エンジニアの慌てた声だった。

「こちらレンダリング・ルームです。異常あり、異常あり。『レジェンド・オブ・ストレンジャー』のレンダリングが走ってません。至急、SVの方かコンポジターの方、いらしてください」

「なんだ、だいぶパニックになってるな」

そう言って地下に急ぐヒルシュビーゲルに、ヴィヴもついていく。疲れのピークに達しているせいか、まるで眠くならない。心療内科で処方された入眠剤は一応リュックサックに入れてあるが、今は完成まで見届けたい気持ちの方が勝っていた。

「どうしたのかな」

「レンダリング・チーフのパクがいれば、問題も問題にならんはずだがね。っとまだ明け方か。いるわけないよな」

ひとまずR&Dのオフィスを突っ切らなければ、レンダリング・ルームへは行けない。エレベーターが到着するポーンという音と共にドアが開き、オフィスの中へ一歩入った瞬間、ヴィヴはつい「さむっ」と呟いて、自分の肩を抱いた。

窓のない地下室はエレベーターホールと同じくらい暗く、蛍光灯が二、三本、頼りなげな顔をして青白く光るだけで、明かりを点けていないものまであった。モデラーやコンポジターの一画でも、モニタに光が反射して色合いが見えにくくなるのを防ぐために、照明は暗めに落としているけれど、ここまでではない。この部屋の光源は主に、天井ではなく下の方にあった——つまり、モニタの光。

壁の向こう側からこちら側まで、六列にわたるコンピュータがずらりと並んでいる。その前に腰掛けているのは、眼鏡にモニタの光を映し、表情の読めない〝オタク〟たちだ。

ここ地下はR&D、すなわち開発部門のフロア、つまりリウの持ち場で、その隣がセラン・パクが仕切るレンダリング・ルームとなる。

映画は科学だ。そして現在の映画の科学を支えているのが、これらの部門である。

バグの処理や粗に貼る修正パッチだけでなく、プロジェクトに合わせて既存のプログラム・コードを書き換え、ソフトそのものまで開発してくれる。たとえば先頃も、メグミがモデリングしてくれた花束から薔薇の花弁が舞い散る様子を、新しくリウが開発したプラグインで、エフェクト班が演出してくれた。

彼ら、彼女らのおかげで、生身のエキストラを使わずともランダムに動く群衆シミュレーションや、たゆたい、勢いよく流れ、さざ波立つなどのさまざまな表情を持つ水を、フルCGで再現することができる。

そしてこれらをすべて統合し、デジタル・フィルムに出力する作業が最終レンダリングだ。レンダリングが終わらなければ、どんなに各部門ががんばっても、映画は完成しない。

R&Dのフロアは部門ごとにいくつかの小部屋に分かれている。エレベーター・ホールのある手前側、つまり今ヴィヴが立っている場所がメインのコンピューター・ルームで、奥の部屋とは黒いドアで繋がっている。ドアには「ライティング」という表札が出ていた。更にその奥の部屋は「レンダリング・ルーム」とある。

ドアを開けると同時に、先ほど社内放送をしたらしい若い男性スタッフが飛び出してきた。

「パクさん！　あっ……違った。ヒルシュビーゲルさん」

「やあ、どしたの？　問題があった？」

若いスタッフは一瞬後ろ——数十台あるマシンが整然と並んでいる——を見て、言った。

「レンダリングが走らないんです。どうしても重たいものがあるみたいで。もう結構限界だったんで無理もないんですけど」

「まずいな。今日の夕刻四時にはすべてのレンダリングを終えてないといけないんだよね？」

「そうなんです。内部を解析してみないといけないんですが、パクさんがまだ出社してこなくて」

しばらくするとSVやR&Dの面々も出社してきて、みなでなぜレンダリングが進まないのか話し合った。二十分ほどで、ようやくセラン・パクがやってきた——夏だというのに紺色のパーカー姿でフードをかぶり、ぼさぼさの髪がはみ出している。いつもどおりの化粧っ気のない顔だ。起きてそのままやって来たのだろう。チュッパチャプスを舐めているので、喋ると白い棒が上下した。

「悪い、待たせたね。なんかあった？」

若い男性スタッフはほっとしたのか若干涙目になりながら、小柄なパクの肩をどんどん押して部屋の中へ入れ、事情を話す。

「ふうん、なるほど」

パクはチュッパチャプスをころころ転がしながらホスト・コンピュータに向かい、コードだらけの画面にキーボードで何やら打ち込みはじめた。冷え冷えとしたレンダリング・ルームで他の全員が固唾《かたず》を呑んで見守っていると、パクが「わかった」と言った。

「どうなったの？」

「聞いてたよりもだいぶ容量が大きくなってるな」

「もしかして私のせい……？」

容量を増やしたのは〝おまけ映像〟を作った自分だ。ヴィヴはみんなの視線が自分に集まってくるのを感じ、きゅっと体を縮こめた。発案は自分だし、アニメーションも担当した。

「いや、アニメーターは関係ないよ。こっちの想定よりファイルの容量が重かったんだ。レンダリング側の容量が足りない」

パクは続ける。

「もうすでにかなり限界に来てたんだ。どうにかレンダリングの容量を増やさないと、納期に間に合わない」

ヴィヴは以前見たホワイトボードの忠告を思い出した。通常の仕事を請け負うB班の作業もあったせいで、レンダリング・マシンの負荷がパンク寸前だったのだ。

しかしそう言われたところで、「はいわかりました」とあのおまけ映像を取り下げるわけにもいかなかった。せっかくポサダ監督が喜んで引き受けてくれたものだし、何よりモーリーン・ナイトリーの想いを無下《むげ》にすることになる。

おまけ映像のなくなったスペシャル・サンクスを想像する——マチルダ・セジウィックの文字だけが流れていくスタッフロール。それでいいのだろうか？　いや、ダメだ。ヴィヴは迷いを振り切るようにして首を横に振る。

「どうにかならないの？」

「手がないわけじゃないが……」

「何、どんなこと？」

ヴィヴはパクの肩を摑んで「早く言え」とばかりに揺さぶった。

「やめろ、やめろって……奥の手はある。分散レンダーだ」

レンダリングは、映像を一枚の絵として認識し、エリアをモザイクのように切り分けて、ひとつひとつ情報処理しながら認識することが可能だという。

「ただし、とてつもない台数のPCが必要になるよ。そうだな、みんなの……会社中のマシンを使えば出来なくはないかも」

次の瞬間、ヴィヴは駆け出していた。レンダリング・ルームを飛び出し、R&Dルームも通り抜けて、エレベーターのボタンを連打する。やきもきしながらエレベーターを待ち、到着するなりドアに肩をぶち当たらせながら乗り込んで、三階を押した。

「みんな、大変！『レジェンド・オブ・ストレンジャー』が納期に間に合わないかも！」

ヴィヴは三階のフロア――半数以上のメンバーが床で寝ているか、かろうじて正気を保っているB班の面々がパソコンに向かっている――に到着するなり、大声で叫んだ。

「何、何だって？」

床に転がっていたスタッフは寝ぼけ眼で起き上がり、B班も頭を掻きながらこちらを見る。ヴィヴは地下室で起きたことを話した。レンダリングが走っていない、『レジェンド・

オブ・ストレンジャー』の分とB班の分で容量が圧迫されている。

「でも、みんなのマシンがあればいけるって。お願い、みんなのPCを貸して！」

「『ドラゴンボール』か」

「『がんばれ！ベアーズ』？」

「いや、『エヴァンゲリオン』のヤシマ作戦じゃない？」

全員疲れ切っていてどうでもいいことを言う。ヴィヴは地団駄を踏みながら、「お願いだから真面目に聞いて！」と主張する。

「しっかりして、みんな！　このままだと納期に間に合わないんだよ！」

その時、緑色の毛布にくるまって芋虫状になっていたメグミが、むっくりと起き上がり、フロアにいるメンバーに訴えかけた。

「みんな、マシンを使ってもらおう。私たちはもう仕事を終えてるし、もし間に合わなかったら、今までの努力が水の泡になっちゃうよ！　ねえヴィヴ、私たちのマシンを使って！」

メグミの言葉にヴィヴは泣きそうになった。A班の面々は起き上がり、そうだそうだと頷き合う。けれどもB班はまだ説得できなかった。

「おいおい、A班はそれでいいだろうが、B班はどうなる？　こっちにだって納期があるんだぞ！　もし遅れたら誰が責任を取ってくれる？」

そう声が上がる。無理もない、今やっている仕事をいったん終えてマシンを明け渡せと言われても、責任が持てない。その時、思いがけない声が上がった。ユージーンだった。

「仕方がない。ミズ・メリル、全台数の容量を集めたらどのくらいで終われる？」

「わ、わからないけど、今日の夕方四時が納期時刻だからそれまでにはできる！　みんなお願い。責任なら、社長のチャールズ・リーヴが取ってくれるはず。こうなったのも彼が元凶なわけだし」

するとユージーンはいつものようにため息をついてやれやれと首を振りつつ、「協力しよう」と言った。

「よし、今日はみんな休もう。ぼろぼろじゃないか。B班のマシンも全部休息だ。責任問題はミズ・メリルの言うことを信じよう。今すぐ手を離して。まず『レジェンド・オブ・ストレンジャー』を完成させるんだ」

ここまで追い詰められれば後はどうにでもなれとでもいうように、スタッフたちは「わかったよ！」と両手を挙げた。

パクの話では、社内にある通常のマシン二百台すべての容量が使えれば、レンダー・サーバー百台分に相当するという。まずはA班のマシンを完全にレンダリング用に使い、続いてB班、本編以外の作業をしているチームの進行も止めて、サーバールームへ容量を分ける。

R&Dチームも参加することになり、地下から四階の撮影エリアにあるマシンまで含めて、全フロアの全スタッフが、自分のマシンから離れ、成り行きを見守る。作業を中断させられたB班からはまだ多少の文句も聞こえたが、すでに疲労困憊だったA班のメンバーは、床に寝転がっていられる時間が増えたので、むしろ長く続けばいいのにと囁き合った。マシンは唸りを上げ、淡く青く光るパワーを地下のレンダリング・ルームに注いでいく――そんな劇的な場面をヴィヴは想像したが、現実は映画のようにはいかない。実際のところそんな派手な出来事は起こらず、ウィーンと音を立てるマシンがただそこかしこにあるだけだ。

淡々とレンダリングは進んでいく。一コマ一コマを読み込み、モザイク模様が集まって、一分の乱れもないような滑らかなCGI部分が、構築されていく。

出来上がればポサダ監督に提出する。そこから先はポスト・プロダクション、編集や音響作業が待っていて、映画の完成へ至るにはまだもう少し工程が続く。

だがリンクスはできる限りのことをやった。自分たちのパート、VFXと3DCGのパートは、これで手を離れる。後はすべて他のスタッフたちに受け継がれる。

ヴィヴはふと、ポーツマスの実家で母親と交わした会話を思い出した。この仕事はベルトコンベアー式の作業に過ぎないと思っていた自分。地元の婦人会で作ったクッキーの出来映えのこと。今まさにヴィヴはベルトコンベアーの脇に立ち、作品が自分の手を離れ、ごとんごとんと音を立てて先へ進んでいくのを見送った。

共同作業――マシンに向き合ってアニメーションをつけている最中は孤独だが、その前にはモデラーのメグミやリガーのヤスミンがいて、自分の後ろにはライティングやエフェクト、コンポジターがいる。レンダリングにはみんなのマシンを使った。

たとえ自分の手を離れようと、作品はリレーのように繋がる。ひとりぼっちではない。

映画は何百、何千、何万の人間の手に触れて、ようやくひとつの形になる。ヴィヴたちが担った箇所はほんの一端にすぎない。それでも、偉大な一端である。


夏の盛りが終わる頃、リメイク版『レジェンド・オブ・ストレンジャー』、本タイトル『異界の伝説〜レジェンド・オブ・ストレンジャー』はついに完成、スタッフ向けの試写が実施される運びとなった。

リンクスのそれほど大きくない試写室で、スタッフたちは客席にぎゅう詰めで座った。出足が遅れたヴィヴは、ほとんど埋まってしまった席の中から、空いているところを探した。

ぐるりと見渡すと、客席の上方にリウを中心としたR&Dチームが座り、なにやら盛り上がっていた。座席の中央にはメグミとヤスミンが並んで座っている。その後ろにピーター、メグミの憧れの人がいて、メグミはそれに気がつくと明らかに顔を赤くしてヤスミンにからかわれていた。

その隣には制作進行マネージャーのアンデシュと、コンポジターのヒルシュビーゲルがなんだかんだと仲睦まじげにくっついていた。後方には交替でやってきたのか、受付のミスター・カプールもいる。パクをはじめとするレンダリング・チームの他にも、隅の方にドン・リーヴとジェイソンが並んでいるのを見つけた。その脇には、車椅子に乗ったチャールズ・リーヴ社長がいた。

伯父と甥は、互いの行いを改めて話し合い、過ちを認めつつ、これからも共に仕事を続けていくことに決めたらしい。ドン・リーヴは減俸にはなったらしいが、社長が元凶は自分だと認めたことによって、免責になった。

大勢のスタッフたちが客席にひしめきあっていた。

まだ座れていないヴィヴは、空席がどこかないかと目をこらして探した。すると前方の中央に、ぽっかり空いた一席を見つけた。それはB班のリード・アニメーター、ユージーン・オジョの隣だった。ヴィヴは、ブルーの半袖シャツを着た彼の隣に小さくなって座り、何かまた言われるんじゃないかと若干緊張したが、ユージーンは特に何も言わなかった。

そのうち場内の照明が落ち、意識がスクリーンへと吸い込まれていく。

はじめに、画面いっぱいにポサダ監督の大きな丸顔とでっぷりした上半身が映る。監督はきらきらした目で口を開いた。

「みなさん、映画が完成しました。みなさんのパワーが結集したおかげです。ありがとうございます。すごく面白い作品になったと自負しています。きっと、リメイク作だからと甘くみる人も、最初のうちはいるでしょう……でも、そんな人も没頭させられる。これはそういう作品です。いえ、あまり多くを語るのは野暮《やぼ》ですね。私は映画を観る楽しみを——そのマジックを祝福します。ENJOY!」

拍手が沸き起こり、映画がはじまった。監督の言葉どおり、観る者全員を虜にし、涙させる内容だった。

スタッフロールがはじまると、みんな名前が出るたび、拍手で互いを褒め称え合った。やがて最後のおまけ映像――みんなが半ばパニックになりながら完成させたスペシャル・サンクスが流れると、朗らかな笑い声が起きた。再び場内が明るくなる。ヴィヴは涙こそ流さなかったけれど、温かい気持ちになっていた。

「よかったねえ」

「よかった、よかった」

観客――スタッフたちのざわめきも戻り、現実に帰ってきた感覚にしばらくぼんやりしていると、隣のユージーンが話しかけてきた。

「おつかれさま。無事やり遂げたな」

「うん」

「バージョンⅢのアニメーションが一番よかった。やっぱり君には才能があるよ」

「そ、そうかな。ありがとう」

まさか褒められるとは思っていなかったヴィヴは、照れ隠しに頭を搔く。ユージーンにも何か声を掛けるべきだろうか――B班のサポートのおかげ。仕事とはいえポーツマスまで会いに来てくれ、励ましてくれたこと。レンダリングの際に、マシンを貸してくれと他のメンバーに訴えてくれたこと。

しかしヴィヴが口火を切る前に、ユージーンの方から話があった。

「僕は今日付けでリンクスを辞めるんだ」

「えっ、そうなの？」

驚きのあまり大きな声が出て、試写室を出ようとしていたスタッフたちの注目を浴びてしまい、人差し指を自分の唇に当てる。

「ごめん、声がでかくなっちゃった……え、じゃあどこか別のスタジオに？」

「ああ。元々フリーランスだし、ここは短期ならってことで話を受けたんだ。これからアメリカに行く。『スパイダーマン』のアニメ版のこと、聞いたことある？」

そういえばメグミがそんな話をしていた覚えがある。フォトリアルなアニメではなく、アメリカン・コミックを再現した、アン・フォトリアルの面白さを追求した作品。

「『スパイダーバース』だっけ？」

「そう、それだ。そいつに参加しようと思って。僕はこの先、やりたいこともあるし」

「そっか……ユージーンは色々と考えているんだね」

ユージーンはこちらに手を差し伸べてきた。

「またどこかで会おう」

惜しい気持ちを押し隠して、ヴィヴは彼の手を握り返す。

「もちろん。アワードでも何でも会えるし、何より作品で会えるかもしれない」

この仕事をしていると、よく感じることがある。どこが仲間との切れ目なのだろうかと。

さまざまなスタジオを渡り歩き、別のスタジオで働きはじめ、別れと出会いを繰り返しても、同じ映画のスタッフロールの中に、見知った名前を見つけることが多々ある。顔を合わせたり言葉を交わしたりしなくても、作品を通じて誰かと出会っている。

ユージーンと試写室の外で別れ、ヴィヴは一階のカフェで一服することにした。スタッフの声で賑やかな店内を通り、窓辺の席に腰掛ける。穏やかな晩夏の午後、街路樹から溢れる木もれ日に目を細めた。ひと仕事無事に終えた。その安堵感と、もう二度と後戻りが出来ない、これで本当に手を離れて、あとは観客に委ねられるという不安で胸がいっぱいになる。

もう作品は完成した。自分のバージョンⅢも、おまけ映像も終わった。SIGGRAPHやVESのアワードもアカデミー賞もどうなるかはわからない。評価されるかもしれないし、何にも引っかからないかもしれない。そもそもリメイク版に反対していた観客はどう感じるか。ポーツマスで出会ったあの男は、この映画を観るだろうか。スタッフロールの中にヴィヴィアン・メリルの名前を見つけて、悪口を言いふらすか、とんだ貶《けな》し言葉をレビューサイトに書き込むかもしれない。

そんなことを考えながらアイス・チョコレートを啜ると、目の前に人が座った。SVのジェイソンだった。

「やあ」

「あれ、どうしたんです?」

「ちょっと頼みごとがあってね。君にしか頼めないんだが、どうだろう?」

そう言ってジェイソンは、二枚のディスクをテーブルに並べると、ずい、とこちらに押し出してきた。

「……なんですか、これ」

「試写のディスク版だ。ポサダ監督から直々にだよ。これをある人に渡してほしい」

ヴィヴは口をぽかんと開け、ぱくぱくと魚のように動かした。

「まさか」

「そのまさかだ……大丈夫、そんな顔するな。ふたりいっぺんに渡せとは言ってない。明日から一週間、君は休暇。今度はニューヨーク行きの切符も用意してある」

「……もう一枚は?」

ジェイソンはにやりと微笑み、外を指さした。歩道、その溢れる木もれ日の下に、ひとりの女が立っている。灰色の髪をポニーテールに結い、サングラスをかけてベルボトムのジーンズを穿《は》き、自信満々な様子で。

お断りします、と言う前にジェイソンは消えていて、ヴィヴは深々とため息をついた。

「おつかれさん」

「あなたからそう言われるとは」

「ずっと応援してた、それは本当なんだけどね」

　モーリーン・ナイトリーは夏の風のように陽気に笑う。このトリックスターに実際励まされたかというと、まあ、発憤材料にはなったかもしれないと苦笑いして、ヴィヴはディスクを差し出す。

「ポサダ監督からのプレゼントですよ。本編」

　モーリーンは口の端にしわを寄せて戸惑ったように微笑み、おどけたピエロのような大袈裟なしぐさでディスクを受け取った。そしてまぶしそうに顔をしかめる。

「たいしたプレゼントだよ」

「あなたの名前は載ってませんけど」

「わかってる」

「恨んでません？」

「私はもう百万回スタッフロールに名を連ねたんだから。一回くらいあの女の名前が載ったって良いじゃないの」

　モーリーンはズタ袋のようなナップザックにディスクを突っ込むと、無造作な仕草で肩に背負った。なんて憎たらしいんだろう、とヴィヴは思う。本当は誰よりもマチルダ・セジウィックのことが気になって仕方がないくせに。

「……あんたの提案が正しかった。私のことは、彼女にも言わなくていいから」

「頼まれたって言いませんよ。私はどっちかというとマチルダの味方ですし」

「知ってるよ。じゃあね、迷惑かけて悪かった」

そう言ってさっさと立ち去ろうとするモーリーンの後ろ姿に、ヴィヴは声をかけた。

「マチルダの味方ですけど、でも私はあなたの世界の住民ですよ。また会社、いつか興して下さいね！　発注待ってますから！」

モーリーンは振り返りもせず、片手をさっと上げると、強《したた》かな足取りできらめく晩夏の陽射しの中へ消えていった。

残されたヴィヴも、踵を返してリンクスへ戻る。モーリーンはこれからどうするのか、考えてみたところで意味もない。それより自分自身だ。

『AI：30』の失望を経て、あれだけ悩み抜いた後、新しい映画が完成した。バージョンⅢのXのアニメーションの出来は、悪くないと思う。けれど不思議と、達成感が薄かった。

「……というより、〝そういうもの〟なのかも」

ひとりごち、受付にIDを見せ、エレベーターに乗って三階のボタンを押す。たとえユージーンのようにリンクスを離れ、別のスタジオへ移っても、この不思議な気持ちは消えないだろう。どこまでも日々は続いて、その都度できる限りの、今の自分に出せる本気の仕事をする。時には、アワードのような大きな波が来ることもある。

そのたび転んでたんじゃやってられない。手応えや賞賛よりも、毎日毎日これを続けていく感慨のなさに慣れ、しなやかで良い作品を安定して生み出していけたら、それでいいのではないか。将来、モーリーンのように会社を設立したり、潰したり、マチルダのように引退して自分の好きなことだけに没頭したりすることも、ないわけではないだろう。

けれど今はまだその時ではない——現役の自分は、ただ、今目の前にあるものを最高の状態で作りあげていくだけ。

ヴィヴは人の動きのすべてを見る。自分を追い越していく人の、様々な歩き方、悠然と歩いているのかちょこちょこと歩いているのか、すみずみまで目に焼き付け、トレースして再構築する。自分にはその力がある。よくわかっている。自分は仕事としてアニメーターを選び、そしてこれから先も、続けていくのだ。

ヴィヴが強くそう思った時、エレベーターはいつものフロアに着いた。


その翌々日、ヴィヴは再びアメリカの地に降り立ち、ニューヨーク市内へ向かう列車に揺られていた。

窓の外を流れるどこまでも広々とした景色、小銭を求めに来る傷痍軍人、スマートフォンから大音量で音楽を流す人。言葉は同じ英語であっても、異国は異国だなとあらためて感じる。

今回は唐突な訪問ではなく、アポも取ってあるし、ヘルズ・キッチンまでの道のりもしっかりグーグルマップに入れてあった。列車から地下鉄に乗り継ぎ、地上へ出る——けばけばしい色合いのマダム・タッソーの蠟人形館がすぐそばにあり、空は突き抜けるように青く、車はクラクションを鳴らしながら、ツギハギの道路をがたがた音を立てて走っていった。

ニューヨークだ。

「いらっしゃい、よく来たわね」

ヘルズ・キッチンにあるアパートメントのチャイムを押すと、ややあって返事が聞こえ、ロックが外れる音がした。

狭い階段を三階へ上がり、三〇一号室のドアをノックすると、すぐに彼女が出てきた。

「こんにちは、お久しぶり」

「おじゃまします」

マチルダの綿毛のように白く、くるくるとした髪型も、笑いじわの多い顔も、数ヶ月前と同じだった。変わっていなくてよかったとヴィヴは内心ほっとする。

天井をぶち抜いて存在する巨大なクリーチャー、〝ナイ〟ナイ〟も変わらずそこにある。

今もラテックスや木の削りかすのにおいが漂うアトリエに誘われ、ヴィヴは奥の部屋へ入る。

「待ってて、すぐにお茶を淹れるわ」

「あの、お構いなく」

「お茶もなしで映画を観るつもり？　だめよ」

マチルダはそう言うと、この間と同じ小さな台所で手際よく湯を沸かし、ふたり分の紅茶を淹れ、アトリエの奥の方を指さした。

ジェイソンからディスクを受け取り、マチルダに電話をかけ、ポサダ監督から本編の試写用ディスクを預かっていると告げた時、ヴィヴの心臓ははち切れんばかりにばくばくと脈打ち、彼女の返答次第ではこのまま気絶するのではないかと思った。けれど受話口の向こうから聞こえてきたのは、予想外に、マチルダ・セジウィックのころころと軽やかな笑い声だった。

「アンヘルったら、変わらないのね」

アンヘル・ポサダ監督は、十二歳ではじめて撮った映画のビデオテープから、すべて母の親友、マチルダに見せていたらしい。ヴィヴは「それを先に言ってくれよ！」と叫びたい気持ちを抑えつつ、訪問のアポを取ったのだった。

アトリエの奥にはもう一つ部屋があり、ベッドとふたりがけの緑色のソファ、そしてテレビがあった。液晶製ではあるが最新型ではないテレビで、デッキも最近ブルーレイ用を買ったという話に、危うく電器店に走るところだったとヴィヴは胸をなで下ろす。

ヴィヴがディスクを渡すと、マチルダはしわの寄ったほっそりした指で、壊れ物を扱うかのようにそっとディスクを手に取り、デッキにセットした。そしてふたりは並んでソファに腰掛け、紅茶を片手に映画『異界の伝説〜レジェンド・オブ・ストレンジャー』を鑑賞した。

生き物好きで心の優しい主人公の少年。引っ越してきたばかりで友達のいない少女。老婆から買った奇妙な石から、怪物Xが現れる。

ストーリーはオーソドックスだが心惹かれるもので、良きジュヴナイル作品として愛され続ける、とヴィヴは思っている。同じようにマチルダも思っていたらいいのだが――ヴィヴは時折紅茶を飲む振りをしながらマチルダの横顔を窺い、そっと視線を画面に戻した。

怪物Xが大泣きに泣いて眼球が転げ落ちる場面は、マチルダが作ったXの方が造形に美しさがあったかもしれない。しかし飛翔するシーンは昔のアニマトロニクスよりも今のCGの方が迫力があり、本物らしく、生き生きとして見えた。

ヴィヴはただ、昔ながらのアナログを愛する者も、現代のデジタルを愛する者も、楽しませる作品であればいいと思った。

百十八分の映画のうち九十八分が終わり、残りの二十分になった時、ヴィヴ自身が手がけたバージョンⅢのXが、崩れかけた神殿から出てきた。よろめき、片足を引きずり、疲れ果てた様子で。

バージョンⅢのXは誰かと共にあること、友として抱かれることを願い、主人公たちに抱きとめられる。異界から現実世界へ渡ってきたXは、小さく弱体化していたが、X自身が望んだように、新しい友人たちと共にこれから生きる。

マチルダの横顔は、画面の光を受けて輝いていた。

映画が終わり、スタッフロールが流れる。ふたりは言葉も交わさず、ただただ、静かにスタッフロールを眺め続けた。

千をゆうに超えるスタッフの名前の後、最後に場面が切り替わった。かつてのX――オリジナル版の、アニマトロニクス仕込みのXの静止画が映った。そしてCGで作られたバージョンⅠ、バージョンⅡ、バージョンⅢのXたちが下に並び、Xに向かって、薔薇の花束を差し出す。ヴィヴの提案で急遽《きゅうきょ》作ることになり、納期ギリギリまで夜なべして作ったあの〝おまけ映像〟だ。編集作業を経て、無事に一番最後に挿入されたのだった。

そしてスペシャル・サンクスとして、〝Xの創造主、マチルダ・セジウィックに〟とメッセージが入った。

ヴィヴは心臓が早鐘を打つのを感じながらマチルダを見た。

彼女は静かにまばたき、かすかに驚いたような、それでもこの結末をわかっていたような、ひそやかな微笑みを浮かべた。

謝辞

本書の執筆にあたり、特殊造形のトップアーティスト・片桐裕司氏にお話を伺えたのは望外の喜びでした。

エピテーゼについて詳しく教えて下さった井上伊都美氏にも心から感謝申し上げます。

ＣＧについては元・株式会社アニプレックス代表取締役、現・株式会社スカイフォール代表取締役　植田益朗氏、また株式会社インディゾーンの田中一郎氏から様々にご活躍の皆様をご紹介いただき、大変勉強になりました。

ＮＹのＳＶＡ（School of Visual Arts）の学長ならびに上海科学技術大学副学長だったJohn McIntosh氏や、株式会社スクウェア・エニックスの野末武志氏をはじめとする映画『KINGSGLAIVE FINAL FANTASY XV』チームの皆様、東映アニメーション株式会社の森田信廣氏・デジタル映像部（現製作部）の皆様、株式会社白組の粟飯原君江氏以下ＣＧクリエイターの皆様、株式会社ロボットの谷内正樹氏・橘和紀子氏、株式会社グリオグルーヴ LiNDAチームの皆様、オートデスク株式会社の皆様、古橋由衣氏、後藤美沙氏、影山ちひろ氏に、深く感謝申し上げます。

なお、本書内に誤りがございましたら、すべて作者・深緑野分の責任であることをここに明記致します。

＊所属や肩書きは単行本刊行当時

主要参考文献

Jeffrey A. Okun, Susan Zwerman 編 日本語版監修：秋山貴彦『VES　ビジュアルエフェクトハンドブック（上下）』ボーンデジタル　2012・2013 年
Jahirul Amin『MAYA　キャラクタークリエーション』ボーンデジタル　2016 年
Paul Naas『Maya　キャラクターアニメーション 改訂版』ボーンデジタル　2019 年
Tina O'Hailey『Maya　リギング　正しいキャラクターリグの作り方』ボーンデジタル　2013 年
中子真治『SFX 映画の世界（完全版１・２）』講談社X文庫　1984 年
中子真治『モンスター・メーキャップ大図鑑 「SFX 映画の世界」完全版 5』講談社X文庫　1986 年
マイケル・ベンソン著　中村融・内田昌之・小野田和子訳　添野知生監修『2001：キューブリック、クラーク』早川書房　2018 年
ジェローム・アジェル編　富永和子訳『メイキング・オブ・2001 年宇宙の旅』ソニー・マガジンズ　1998 年
ジョン・ノール, J.W. リンズナー著　富原まさ江訳　神武団四郎日本語版監修『スター・ウォーズ　制作現場日誌―エピソード１～６―』玄光社　2016 年
『ＣＧＷＯＲＬＤ +digitalvideo』2019 年 6 月号
片桐裕司『アナトミー・スカルプティング　片桐裕司造形テクニック』グラフィック社　2014 年
秦新二編著『ジョージ・ルーカスの大博物館』文藝春秋　1993 年
J・W・リンズラー著　北川玲訳『メタモルフォシス　リック・ベイカー全作品』河出書房新社　2021 年
大場正明『サバービアの憂鬱』東京書籍　1993 年
北野圭介『ハリウッド 100 年史講義　夢の工場から夢の王国へ』平凡社新書　2017 年

筈見有弘『スピルバーグ』講談社現代新書　1987年
デイヴィッド・A・プライス著　櫻井祐子訳『ピクサー　早すぎた天才たちの大逆転劇』ハヤカワ文庫NF　2015年
ニール・ゲイブラー著　中谷和男訳『創造の狂気　ウォルト・ディズニー』ダイヤモンド社　2007年

ウェブサイト

CGWORLD.jp ＣＧ用語辞典　https://cgworld.jp/terms/
AREA JAPAN　オートデスク株式会社　https://area.autodesk.jp
鍋潤太郎のハリウッドＶＦＸ最前線　https://jp.pronews.com/tag/鍋潤太郎のハリウッドvfx最前線
【あなたの知らないスターウォーズ】ストーム・トルーパー生みの母、悲運の造形師リズ・ムーア物語　https://theriver.jp/storm-trooper-mother/

その他、かまぼこ型兵舎 Quonset hut にまつわる事項やＳＦＸ／ＶＦＸの工程など、数多くのウェブサイトの記載に助けられました。

映像

映画ＳＦＸ大全集　ムービー・マジックスペシャル　Vol. 1, 2, 3, 4
FK と IK の説明 - どちらをいつ使用するか？　https://www.youtube.com/watch?v=0a9qIj7kwiA

その他、1950 年代のニューヨークやフィラデルフィア周辺の映像、またＤＶＤ／ブルーレイソフトのメイキング映像、また YouTube に挙げられたＣＧＩテクニックなど、多くの動画に助けられました。

文庫版あとがき

普段は、作品の後ろに作者の姿はない方がいいかなと思い、文庫の最後に収録する文章は他の方にお願いして解説を書いて頂いている。しかし今回だけは特例として、作者自らが出張ってしまおうと考えた。なぜなら本編には入れられなかった補足や語りたいことが山ほどあるからだ——この『スタッフロール』で描いた業界は今なおリアルタイムで進化している現実で、フィクションではない。

大きく報道されたので、映画ファンでなくとも、二〇二四年の第九十六回アカデミー賞で、『ゴジラ-1.0』が〈視覚効果賞〉を受賞したことをご存知だろう。まず候補になった段階で快挙だが、受賞となるともう、歴史的な偉業である。

そもそもアカデミー賞の〈視覚効果賞〉という部門において、欧米・英語圏にあるスタジオ以外がノミネートされた回はなかった。今回の白組と山崎《やまざき》貴《たかし》監督の受賞は、日本初どころかアジア、ひいては欧米・英語圏以外のスタジオで、はじめてのことなのである。

補足しておくと、一九八二年に創設された〈メイキャップ賞（現メイキャップ&ヘアスタイリング賞）〉と〈視覚効果賞〉は異なる。本編『スタッフロール』の前半の主人公、マチルダがもしアカデミー賞を獲るとしたら、前者の方だ。現実世界では、『狼男アメリカン』で伝説のアーティスト、リック・ベイカーが最初の受賞者となり、最近だと第九十回で『ウィンストン・チャーチル』の辻一弘《つじかずひろ》が初受賞したことが記憶に新しい。

映画のメイキャップは「施《ほどこ》される側／施す側」が基本的に一対一なので、関わる人数が比較的少ない。すると自動的に賞の対象は、作品のメイキャップを担当する、ひとりから三人ほどのメイン・アーティストとなる。

一方、〈視覚効果賞〉は大人数だ。もともとこの賞の前身は〈技術効果賞〉として一九二九年の第一回アカデミー賞から表彰され、第一次世界大戦を舞台に大迫力の空中戦を描いた『つばさ』が受賞している。その後は〈特殊効果賞〉として一九四〇年から一九六三年まで、音響効果と複合しつつ、映画作品を表彰した。さらに一九六五年に〈特殊視覚効果賞〉となって、アニメーションと実写が融合した『メリー・ポピンズ』が受賞したが、八〇年代のＳＦ／ホラー映画ブームが安定的になるまでノミネーションがほとんどなく、指名の形での授与が多かった。

そして現在の〈視覚効果賞〉は一九七七年に設けられ、『スター・ウォーズ』を皮切りに、「その作品らしさと言えるほど象徴的な視覚効果技術」を評価し、視覚効果を担当したスタジオを褒賞するものとなっていく。本編でも触れたが、これは技術革新とブームによる映画史の変遷、特にＳＦやホラー、ファンタジー、アクションといったこれまで格下扱いとなっていたジャンルが躍進し、メインストリームになったことが影響している。特

に『スター・ウォーズ』以降、〈視覚効果賞〉は視覚的な技術の先端性を評価しがちにな
り、更に本物と見まごうCGの恐竜を大画面に登場させた『ジュラシック・パーク』（一
九九四年受賞）の成功からCGも評価の対象に加わる。現在ではもはやCGの技術を競う
賞と化した節がある。

お察しのとおり、私はこの〈視覚効果賞〉のマニアだ。昔からWOWOWに加入してい
たため、毎年アカデミー賞の授賞式の中継を見てきたのだが、私が一番注目していたのは
〈監督賞〉でも〈主演賞〉でも〈作品賞〉でもなく、〈視覚効果賞〉だった。だから文藝春
秋の担当編集者さんから「映画がお好きなら、映画の小説を書きませんか？」と提案され
た時、私は「じゃあ特殊効果や視覚効果に関わる人たちの話にしたいです」と答えた。担
当さんは一瞬驚いた顔をなさったが、理解が早く好奇心が旺盛な方なので、「いいです
ね！」と二つ返事でOKして下さった。こういう反応は稀《まれ》で、しかも蓋を開けてみると、
私が想像していた以上にこの分野に関心を持っている人が少ないことを知る。

視覚効果や特殊効果、CGが好きだと言うと、「この人は映画の芸術的な魂を理解して
いないんだろう」と思われる節がある。映画の芸術とは、俳優の演技、脚本の優れた言葉
選び、演出の妙、監督の美学、そういったものだと思われがちである。

とんでもない。映画は科学技術であり、視覚効果こそが映画の本質と言っていい。

そもそもフィルムに映像を転写している段階で科学だし、映画の演出は技術によって支
えられている。前述した初の表彰作『つばさ』は空中戦以外の場面でも工夫を凝らしたシ

ョットが観客を魅了した。パーラーで客たちが向かい合っている間をカメラが通過し、最奥にいる酔いどれた主人公を捉えるショットで、カメラをどう動かせばこれが撮れるかを試行錯誤した結果が現れている。これは撮影の技術、視覚効果の一種だ。

映画は一見魔法のようだけど、その陰には創意工夫を凝らし苦闘を重ねる人々がいる。まるでオズの魔法使いのように、幕の裏側で必死に歯車を回しながら、観客に偉大なる幻の夢を見せているのだ。映画とは極めて科学的なフェイクの芸術であり、私はこの幕裏の大勢のオズの魔法使いたちを敬愛している。

舞台には舞台、小説には小説、漫画には漫画の良さがあるように、映画にも映画でしか実現できないものがある。その重要な要素のひとつが視覚効果なのだ。

しかし視覚効果にはお金がかかる。ブロックバスター映画がCGをこれでもかと使えるのは、潤沢《じゅんたく》な資本あってこそと言える。一方、低予算作品は視覚効果よりも脚本や編集、演出に重点を置くことが多く、〈視覚効果賞〉とは縁がなくなりがちだった。とはいえアレックス・ガーランド監督作『エクス・マキナ』は、一五〇〇万ドルという低予算ながら二〇一六年に〈視覚効果賞〉を受賞する快挙を達成した。ちなみにこの時に受賞したスタジオのひとつMilkはロンドンのソーホーにあり、本編のリンクスのインスピレーション元となった。

閑話休題、つまり欧米・英語圏、つまりハリウッドに近いスタジオ以外は受賞どころかノミネートさえされなかった原因は、はっきり言えば金である。

本編中にもメグミの口を通して書いたけれど、日本のCGアーティストの技量は高い。実際に私は『スタッフロール』を書くためにたくさんのスタジオにご協力頂き、あちこちの方々の作品や工程を見せてもらったので、確信できる。たとえばスクウェア・エニックスの野末武志《のずえたけし》監督による映画『KINGSGLAIVE FINAL FANTASY XV』のフェイシャル・キャプチャは世界でもトップレベルの技術が使われ、これまでのリアル志向のCGキャラクターとは比較にならないほど表情が豊かで、顔の造作もバリエーションが豊富だった。『シン・ゴジラ』で後藤美沙《ごとうみさ》さんが担当したゴジラの第三形態、いわゆる〝品川くん〟も、実物のCGモデルはものすごい作り込みだった。

　しかしずっと「日本映画はCGがダメ」と言われ続けた。〝特撮神話〟が根強かったせいもあるかもしれないし、そもそも邦画は予算が少ない。Maya《マヤ》やHoudini《フーディニ》、ZBrush《ズィーブラシ》など大手のCGソフトウェアはとても質が高いが高額だし、ベーシックなままでは出来る範囲も限られ、新しいプラグインを加えれば更にお金がかかる。そして何より、レンダリングだ。CG創作物の膨大なデータ量を毎回パソコンに再現して構築するだけでもレンダリングは必要で、最終的に観客の目に触れるデジタルフィルムに落とし込むためのレンダリングとなると、高性能のマシンを何台も買いそろえる必要があり、予算が激増する。予算がないならどうするかというと、CGの容量を減らすしかない。画質を落とさざるを得なくなり、低画質にしたポリゴンモデルを不自然に発生させた「もや」が隠すという、〝邦画の視覚効果あるある〟が常態化してしまった。映画製作陣のCGへの関心が低い場合、映像イメージをスタッフ間で共有するために欠かせないはずのプリビズも、予算の無駄遣いとして削られてしまうこともあるそうだ。

欧米圏、ハリウッドの巨大資本にあやかれるスタジオでなければ、アカデミー賞にノミネートすらされない。ましてや製作側のCGへの無理解のせいで遅れに遅れた邦画では夢のまた夢。

そんな状況の日本映画にあって、白組と山崎貴監督は『ゴジラ-1.0』で快挙を成し遂げた。

ひとつ前のゴジラシリーズである庵野《あんの》秀明《ひであき》総監督の『シン・ゴジラ』は、樋口《ひぐち》真嗣《しんじ》監督のこだわりの特撮シーンや実写映像が比較的多く、CGモデルはゴジラに主に集中している。またいわゆる「蒲田くん」「品川くん」と呼ばれる第二、第三形態のモデルは、庵野監督のこだわりであえて画素数を落としたそうだ。

一方『ゴジラ-1.0』は、ゴジラのCGモデルはもちろん、重巡洋艦高雄《たかお》や駆逐艦たち、銀座の街、電車、海など、様々なCGモデリングや流体シミュレーションがこれでもかとばかりにふんだんに使われている。メイキング映像で観られる俳優の撮影シーンはグリーンバックが多用され、背景もCGが多く、一見してデータ量の膨大さがわかる。これまでも白組は『ALWAYS 三丁目の夕日』で昭和三〇年代の東京をCGで再現するなど、低予算になりがちな日本でもこんなにCGを使った映画が作れるのだという新鮮な驚きをもたらしてきた。

しかし今回は、モデルだけでなく海の流体シミュレーション、しかも非常に細かな波《なみ》飛沫《しぶき》まで表現されたＶＦＸが使われた場面が、上映時間のかなりの割合を占めている。ＣＧはモデリングよりも流体シミュレーションの方がずっとデータを食ってしまう。簡単に説明すると、ＣＧモデルはポリゴンで固定されるため、レンダリングでいったんデータを覚えてしまえば再構築がしやすい。しかし流体シミュレーションはその都度情報が変わる。ＣＧの水、波飛沫、海面の動きは、非常に細かい無数の粒で表現されていて、つまりビーズクッションの中身に似た細かな粒子が液体を作り上げているのだ。流体シミュレーションとはあたかも水の分子のように、本当の水、海の理論を以て再現するもので、数多《あまた》の粒子が動き回るためデータ量は膨大になってしまう。『ゴジラ-1.0』のレンダリングが大変だというのは、この精緻《せいち》で迫力ある海を観てわかった。

そうなると、やはり気になるのはまず「白組はどうやってこのデータ量のレンダリングをこなしてきたのか？」だ。

大変光栄なことに山崎貴監督と、『ゴジラ-1.0』で海のシミュレーションを担当した野島《のじま》達司《たつじ》さんに取材をさせて頂く機会に恵まれ（というか文庫化に便乗した職権濫用である）、山崎監督に「今回のためにレンダリングマシンを増やしたりしたんですか？」と訊ねると、「いやいや、知恵と工夫で」と仰った。なんと「基本情報はシミュレーションしてデータ保存しつつ、それ以外はレンダリングしたら消去をする」という、もしリンクスのリウが聞いたら卒倒しそうな方法で、どうにかこなしたらしい。映画全体ではペタ級のデータ量になったそうで、このクラスのＣＧを使った映画が日本で実現できたということだけでも、アカデミー云々以前にすごいことである。
山崎監督が「ひとりハリウッド」と評する凄腕の田《た》口工亮《ぐちこうすけ》氏がメイン・モデラーを担当したゴジラは圧巻のリアリティだったし、〈視覚効果賞〉のトロフィーに名を刻んだ野島さんが作り上げた海の表現は卓越していて、流体シミュレーション好きの私は興奮した。特に作中、漁船に乗った主人公、敷島《しきしま》たちの前に登場するゴジラのシーンが圧巻だった。ゴジラの生々しいほどリアルな口が開いて機雷が流れ込み、牙に当たって回転しつつ、口に入った波飛沫が飛ぶという場面は、こんなに作り込まれているのかと驚いた。

　そのことを伝えると、野島さんは本編映像を確認しながら、「うわーダメだこれ」と仰る。いや何一つダメではないのではとこちらが困惑すると、彼は「飛沫が小麦粉みたいになってる。歯茎の下とかが雪溜《た》まってるみたいになっちゃってるんですよ」と言うではないか。確かに言われてみればそう見えなくもないが、素人目には全然わからない。にもかかわらず、野島さんは二十代でアカデミー賞を受賞した自分の担当場面にダメ出しをして七転八倒している。

　制作当時まだ二十代前半だった野島さんは流体シミュレーションの技術を見込まれ、『ゴジラ-1.0』の海の場面に抜擢《ばってき》されると、一年間、波飛沫の映像をひたすら見続けたらしい。クジラの映像を何度も何度も見返し、ゆっくりコマ送りにしてみたりして、無限に形を変える波飛沫をひたすら見ることで目を肥やしたそうだ。レベルが違う人というのはやはりこういう人だよなあなんて素朴に思う。

このようなハイレベルな人たちを集め、まとめることは簡単ではないだろうし、改めて山崎監督はすごいなと思っていると、御本人は「実は僕は全部自分でやりたい派なんです」ととても意外なことを仰る。しかしチームで映画を作る以上、自分でやりたくならないように自分よりうまい人、「こいつにはかなわないな」と思う人を配置するのだそうだ。「謙虚さじゃなくて、自分のレベルを下げるしか、もう委ねられない。たぶんものすごく厄介《やっかい》なんです、僕自身が」「それをなんとかうまくするために、天才しか置かない」。その上で自己評価を下げるために自分はあえて学ばず、「どんどんみんなに技術を磨いてもらう」のだという。

つまり彼自身の自己評価の高さと、それゆえの悔しさ、ストイックさが逆に作用することによって、白組には天才レベルのクリエイターが集まり、『ゴジラ-1.0』ができたという話なのである。それに、そもそも天才たちが一緒に働きたいと思える人でなければ、チーム作りすら不可能だ。山崎監督の下にみんなが集まるのは、自身の実力をひけらかすのではなく映画のために一歩引いて人を正当に評価できる、成熟したリーダーシップに惹きつけられるからだろう。

本稿は日本のCGクリエイションの話に傾きがちだったが、一般的に各スタジオのメンバーは多国籍だと念を押しておきたい。取材した某スタジオではインドネシアの方もいらっしゃり、私はその時のイメージから作中にヤスミンを登場させた。また白組も含め、どのスタジオも、忙殺的なスケジュールでなければ通常ホワイト就労で、休暇も就労時間もしっかりマネジメントされている。これは海外のスタジオと連携を取ることが多い性質という所以《ゆえん》もあるそうだ。

　ただし、ＣＧ業界は順風満帆ではまったくない。ショート動画の影響もあって映画の規模は縮小されていき、映画館で大画面を楽しむより、小さなスマートフォンの中に収まるものを好む人が増えている。視覚効果に限らず、市場自体もコンパクトになり、高画質である必要さえ減るかもしれない。しかしこれを世代の新旧による感覚の違いとしてしまうのは、いささか問題があるし、白組のおふたりの取材によって私も考え方を改めた。

　若い野島さんはスマートフォンに興味がなく、映画館のＩＭＡＸ、特にＩＭＡＸレーザーが大好きだと仰るし、一方還暦を過ぎた山崎監督は普段、TikTokを楽しんでいるという。もちろん山崎監督は大画面で映画を楽しんでもらうためにＣＧクリエイションに力を込め、改めて映画館の良さを知ってほしいと思っている。それでいて新しい技術の会得や若い人々の感覚を楽しみ、表現の自由さと未来、映画愛と好奇心に目を輝かせていた。私は、最先端とは、最前線とはこういうものだなと嬉しく思いながら、『スタッフロール』の人々を改めて尊敬した。

　本物の『スタッフロール』の主役たちは、現実の世界に存在する彼ら彼女らのことである。改めて各スタジオのみなさん、アーティストの方々、監督、多大なご協力を賜り、本当にありがとうございました。

深緑野分

初　出　「別冊文藝春秋」二〇一六年九月号～一九年三月号
単行本　二〇二一年四月　文藝春秋刊
DTP　エヴリ・シンク

文春文庫

スタッフロール

定価はカバーに
表示してあります

2025年3月10日　第1刷

著　者　深緑《ふかみどり》野《の》分《わき》

発行者　大沼貴之

発行所　株式会社　文藝春秋

東京都千代田区紀尾井町 3-23　〒102-8008
TEL　03・3265・1211㈹
文藝春秋ホームページ　https://www.bunshun.co.jp
落丁、乱丁本は、お手数ですが小社製作部宛お送り下さい。送料小社負担でお取替致します。

印刷製本・大日本印刷

Printed in Japan
ISBN978-4-16-792340-2

（　）内は解説者。品切の節はご容赦下さい。

有栖川有栖
火村英生に捧げる犯罪
臨床犯罪学者・火村英生のもとに送られてきた犯罪予告めいたファックス。術策の小さな綻びから犯罪が露呈する表題作他、哀切でエレガントな珠玉の作品が並ぶ人気シリーズ。（柄刀　一）
あ-59-1

有栖川有栖
菩提樹荘の殺人
少年犯罪、お笑い芸人の野望、学生時代の火村英生の名推理、アンチエイジングのカリスマの怪事件とアリスの悲恋。「若さ」をモチーフにした人気シリーズ作品集。（円堂都司昭）
あ-59-2

有川　浩
三匹のおっさん
還暦くらいでジジイの箱に蹴りこまれてたまるか！　武闘派2名と頭脳派1名のかつての悪ガキが自警団を結成、ご近所に潜む悪を斬る！　痛快活劇シリーズ始動！（児玉　清・中江有里）
あ-60-1

青山文平
遠縁の女
追い立てられるように国元を出、五年の武者修行から国に戻った男が直面した驚愕の現実と、幼馴染の女の仕掛けてきた罠。直木賞受賞作に続く、男女が織り成す鮮やかな武家の世界。
あ-64-4

青山文平
跳ぶ男
弱小藩お抱えの十五歳の能役者が、藩主の身代わりとして江戸城に送り込まれる。命がけで舞う少年の壮絶な決意とは。謎と美が満ちる唯一無二の武家小説。（川出正樹）
あ-64-5

阿部智里
烏《からす》に単《ひとえ》は似合わない
八咫烏の一族が支配する世界「山内」。世継ぎの后選びを巡る有力貴族の姫君たちの争いに絡み様々な事件が……。史上最年少松本清張賞受賞作となった和製ファンタジー。（東　えりか）
あ-65-1

阿部智里
烏《からす》は主《あるじ》を選ばない
優秀な兄宮を退け日嗣の御子の座に就いた若宮に仕えることになった雪哉。だが周囲は敵だらけ、若宮の命を狙う輩も次々に現れる。彼らは朝廷権力闘争に勝てるのか？（大矢博子）
あ-65-2

（　）内は解説者。品切の節はご容赦下さい。

朝井リョウ
武道館
【正しい選択】なんて、この世にない。「武道館ライブ」という合言葉のもとに活動する少女たちが最終的に〝自分の頭で〟選んだ道とは――。大きな夢に向かう姿を描く。（つんく♂）
あ-68-2

朝井リョウ
ままならないから私とあなた
平凡だが心優しい雪子の友人、薫は天才少女と呼ばれる。成長に従い、二人の価値観は次第に離れていき、決定的な対立が訪れるが……。一章分加筆の表題作ほか一篇収録。（小出祐介）
あ-68-3

安東能明
夜の署長
新米刑事の野上は、日本一のマンモス警察署・新宿署に配属される。そこには〝夜の署長〟の異名を持つベテラン刑事・下妻がいた。警察小説のニューヒーロー登場。（村上貴史）
あ-74-1

安東能明
夜の署長2　密売者
夜間犯罪発生率日本一の新宿署で〝夜の署長〟の異名を取り、高い捜査能力を持つベテラン刑事・下妻。新人の沙月は新宿で起きる四つの事件で指揮下に入り、やがて彼の凄みを知る。
あ-74-2

安東能明
夜の署長3　潜熱
ホスト狩り、万引き犯、放火魔、大学病院理事長射殺。夜間犯罪発生率日本一・新宿署の「裏署長」が挑む難事件。やがて20年前の因縁の事件の蓋が開き……人気シリーズ第3弾！
あ-74-3

浅葉なつ
どうかこの声が、あなたに届きますように
地下アイドル時代、心身に傷を負った20歳の奈々子がラジオアシスタントに。「伝説の十秒回」と呼ばれる神回を経て成長する彼女と、切実な日々を生きるリスナーの交流を描く感動作。
あ-77-1

浅葉なつ
神と王　亡国の書
弓可留国が滅亡した日、王太子から宝珠「弓の心臓」を託された慈空。片刃の剣を持つ風天、謎の生物を飼う日樹らと交わり、命がけで敵国へ――新たな神話ファンタジーの誕生！
あ-77-2

（　）内は解説者。品切の節はご容赦下さい。

浅葉なつ
神と王　謀りの玉座
琥劔の若き叔母であり、虫を偏愛する斯城国副宰相・飛揚。ある小国の招待を受けたが、現王に関する不吉な噂を耳にする——「世界のはじまり」と謎を追う新・神話ファンタジー第二巻。
あ-77-3

天祢　涼
希望が死んだ夜に
14歳の少女が同級生殺害容疑で緊急逮捕された。少女は犯行を認めたが動機を全く語らない。彼女は何を隠しているのか？　捜査を進めると意外な真実が明らかになり……。（細谷正充）
あ-78-1

天祢　涼
葬式組曲
喧嘩別れした父の遺言、火葬を嫌がる遺族、息子の遺体が霊安室で消失……社員4名の北条葬儀社に、故人が遺した様々な〝謎〟が待ち受ける。葬式を題材にしたミステリー連作短編集。
あ-78-2

秋吉理香子
サイレンス
深雪は婚約者の俊亜貴と故郷の島を訪れるが、彼には秘密があった。結婚をして普通の幸せを手に入れたい深雪の運命が狂い始める。一気読み必至のサスペンス小説。（澤村伊智）
あ-80-1

朝井まかて
銀の猫
嫁ぎ先を離縁され「介抱人」として稼ぐお咲。年寄りたちに人生を教わる一方で、妾奉公を繰り返し身勝手に生きてきた、自分の母親を許せない。江戸の介護を描く傑作長編。（秋山香乃）
あ-81-1

彩瀬まる
くちなし
別れた男の片腕と暮らす女。運命で結ばれた恋人同士に見える花。幻想的な世界がリアルに浮かび上がる繊細で鮮烈な短篇集。直木賞候補作・第五回高校生直木賞受賞作。（千早　茜）
あ-82-1

芦沢　央
カインは言わなかった
公演直前に失踪したダンサーと美しい画家の弟。代役として主役「カイン」に選ばれたルームメイト。芸術の神に魅入られた男と、なぶられ続けた魂。心が震える衝撃の結末。（角田光代）
あ-90-1

（　）内は解説者。品切の節はご容赦下さい。

麻見和史
凍結事案《コールドケース》捜査班　時の呪縛
行方不明だった重要参考人の目撃情報から捜査が再開された、青梅小学4年生遺体遺棄事件。妻に先立たれた刑事・藤木は悲しみを抱えながらも「捜査班」のメンバーと事件の真相に迫る。
あ-93-1

雨咲はな
暁からすの嫁さがし
閉塞感を抱える令嬢・深山奈緒は、失踪した友人を探す中で、不思議な一族の血を引いた青年・当真と出会う。ひょんなことから奈緒は当真の嫁候補に選ばれ、共に妖魔がらみの事件を追うことに。
あ-95-1

顎木あくみ
人魚のあわ恋
新任の美しい国語教師で話題の夜鶴女学院に通う16歳の天水朝名。家族からはある理由で虐げられていた。そんな朝名に思いがけない縁談が。帝都を舞台に始まる和風恋愛ファンタジー！
あ-96-1

秋木　真
助手が予知できると、探偵が忙しい
暇な探偵の貝瀬歩をたずねてきた女子高生の桐野柚葉。彼女は「私は2日後に殺される」と自分には予知能力があることを明かすが……。ちょっと異色で一癖ある探偵×バディ小説の誕生！
あ-97-1

石田衣良
池袋ウエストゲートパーク
刺す少年、消える少女、潰し合うギャング団……命がけのストリートを軽やかに疾走する若者たちの現在を、クールに鮮烈に描いた人気シリーズ第一弾。表題作など全四篇収録。（池上冬樹）
い-47-1

池井戸　潤
オレたちバブル入行組
支店長命令で融資を実行した会社が倒産。社長は雲隠れ。上司は責任回避。四面楚歌のオレには債権回収あるのみ……。半沢直樹が活躍する痛快エンタテインメント第1弾！（村上貴史）
い-64-2

池井戸　潤
かばん屋の相続
「妻の元カレ」「手形の行方」「芥のごとく」他。銀行に勤める男たちが、長いサラリーマン人生の中で出会う、さまざまな困難と悲哀。六つの短篇で綴る、文春文庫オリジナル作品。（村上貴史）
い-64-5